UNE TÊTE POUR UNE AUTRE

W0334014

WILLIAM BAYER | *ŒUVRES*

PUNIS-MOI PAR DES BAISERS
UNE TÊTE POUR UNE AUTRE | *J'ai lu* 2085****

WILLIAM BAYER

UNE TÊTE POUR UNE AUTRE

TRADUIT DE L'AMÉRICAIN
PAR BENJAMIN LEGRAND

ÉDITIONS J'AI LU

Pour L.G.B., conteur

J'avais conduit des enquêtes qui s'ouvraient peu à peu comme des fissures dans la terre ferme du présent, creusant profondément, à travers les strates du passé.

ROSS MACDONALD, *The Chill*

Ce roman a paru sous le titre original :

SWITCH

Nous remercions vivement Alfred Knopf, Inc. de nous avoir autorisés à citer des passages sous copyright de *The Chill*, de Ross Macdonald.
© 1963 by Ross Macdonald.

© William Bayer, 1984

Pour la traduction française :
© Éditions Robert Laffont, S.A., 1985

Un enterrement dans Queens

L'air était mauvais, le jour de l'enterrement d'Al DiMona – chaud, oppressant, sulfureux. Le ciel était couleur d'étain, souligné de jaune, et une odeur saturée de miasmes flottait, une odeur de raffinerie, comme si le cimetière avait été dans le New Jersey et non pas dans Queens. C'était une de ces matinées d'août où les réverbères continuaient à gaspiller le courant. Le type qui était censé les éteindre avait oublié ou ne s'était pas réveillé.

Janek regarda avec attention les autres personnes rassemblées autour de la tombe, reconnut quelques visages familiers, de vieux inspecteurs, des flics à la retraite à la mâchoire lourde. Lou, bien sûr, la veuve – elle avait déjà cet air frénétique qui leur hurlait à tous : voilà, maintenant il va falloir que je m'inquiète des hypothèques et que je vieillisse seule et que je fasse faire les vidanges de la voiture. Et Dolly, sa fille – sa lettre se trouvait sur la table de bridge avec les mots croisés à moitié finis et les petits outils pour graver la flûte à moitié creusée. Elle avait écrit qu'elle allait déménager à Houston, alors est-ce qu'elle pouvait leur laisser les enfants un moment et tout un tas de blabla égoïste comme ça. C'était peut-être la lettre de Dolly qui l'avait provoqué, songea Janek, ou peut-être quelque chose d'autre. Peu importait. La détente avait fonctionné. Quelle que soit la raison qui avait poussé Al à appuyer, elle importait beaucoup moins que le simple fait que cette détente attendait qu'on appuie dessus, tout simplement.

Il s'était imaginé la scène : Al assis à la table de bridge, regardant nulle part, les bruits de Lou à l'étage au-dessus, secouant les draps, puis nettoyant le lavabo de la salle de bains. C'était un dimanche d'été, un matin chaud et humide. Les placards dégageaient une odeur de pressing et le quartier était calme, il y avait un P. 38 étincelant dans le tiroir de la commode dans le hall et cela n'avait pris qu'une seconde pour y aller, le sortir et se le coller dans la bouche avant d'expédier une...

En haut, Lou s'était figée, l'éponge en l'air, tandis que l'écho du coup s'estompait lentement, s'enfonçait dans sa tête. Elle avait compris tout de suite; elle n'avait pas eu besoin de réfléchir. Elle avait déjà assisté à ce genre d'enterrement, elle avait entendu parler de ces choses-là, elle connaissait toutes ces histoires du dimanche matin. Une année de retraite, la pire, le moment où il fallait vraiment faire attention. *Elle savait*, et Janek l'imaginait très bien, là, statufiée dans sa salle de bains, ne tremblant même pas, raide comme un mannequin, jusqu'à ce que le bruit du coup disparaisse enfin. Elle avait peut-être jeté un regard intrigué sur son éponge, l'avait laissée tomber dans le lavabo puis s'était dirigée vers le haut de l'escalier, là, elle avait regardé en bas jusqu'à ce qu'elle aperçoive les pieds d'Al qui dépassaient dans l'entrée.

C'était à ce moment-là, quand elle avait vu les semelles usées de ses chaussures, que l'amertume était remontée, sentiment de désespoir, de trahison et d'injustice aussi. C'était si horriblement injuste. Elle s'était inquiétée, elle avait prié, elle les avait finalement sortis de ces années de risque quotidien pour avoir à faire face maintenant à l'insidieuse violence rentrée du dimanche matin. Elle avait su que ça arriverait, elle l'avait vu venir pendant des mois, avait eu peur d'en parler, peur qu'il se fâche si elle lui demandait de voir quelqu'un, de vider son sac, de trouver de l'aide. Elle avait marché sur la pointe des pieds jusqu'en bas; elle l'avait contemplé, s'était assurée qu'il était vraiment mort puis s'était dirigée vers la cuisine, avait décroché le téléphone mural et appelé Frank Janek, parce que Frank était un ami loyal, Frank saurait quoi faire et Frank s'occuperait de tout – ce bon vieux Frank.

Un mélodrame, songea Janek, un pauvre mélo couleur de classe moyenne. Pas même une tragédie parce que la culpabilité d'un flic est trop insignifiante, son honneur trop ambigu et ses imperfections trop minimes pour lui donner une stature tragique. Ses tourments venaient de petites choses, aucune trame grandiose pour l'élever au-dessus des dieux. Et donc, cette mort qu'il s'était infligée n'était qu'une petite fin geignarde, rien qu'un autre suicide-du-dimanche-matin-d'un-flic-à-la-retraite.

Janek se souvenait d'une époque où il avait failli choisir la même sortie, juste après avoir tué Terry Flynn, quand tous les types lui tournaient le dos et que tout le monde se taisait subitement quand il entrait dans un bureau. Ce n'était pas le remords de s'être défendu, mais d'avoir donné la mort au lieu d'infliger une blessure, et la solitude qu'il avait ressentie après, et les cauchemars, et le rejet, et les questions sans fin qu'il se posait sans jamais trouver de réponse. Maintenant, en regardant la douzaine de vieux inspecteurs agglutinés autour de la tombe d'Al, il se demandait combien d'entre eux avaient songé au suicide. Ils avaient les yeux plissés, les paupières alourdies d'hommes vivant uniquement de codes privés. Ils étaient tous là, debout, pensant à Al et à ce qu'il avait fait dimanche; et ils se demandaient tous ce qui leur arriverait quand ils n'auraient plus d'affaires à élucider; ils se demandaient s'il n'existait pas aussi en eux quelque chose qui émergerait alors, qui se retournerait contre eux-mêmes pour les dévorer.

Le prêtre marmonnait. Janek l'entendait à peine. Le ciel d'étain jauni était zébré d'avions et, dans le cimetière, un arbre se dressait, noir de corbeaux qui protestaient contre la chaleur. Hart était là, le chef de Division, ses petits yeux serrés étincelant dans sa figure de bouledogue renfrognée et en sueur. Hart ne se flinguerait jamais – impossible, pensait Janek, pas lui. Si Hart devenait dingue, il tuerait plutôt quelqu'un d'autre. C'était l'alternative – voilà ce que disaient les psychiatres de la police. On se retournait contre soi-même ou contre le reste du monde.

Il y avait quelqu'un d'autre à l'enterrement, et ce quelqu'un ne cadrait pas avec la veuve, la fille, le chef et les vieux inspecteurs qui étaient venus présenter leurs derniers respects à Al DiMona. C'était une grande femme mince d'une trentaine d'années, avec de très belles jambes et un appareil photo hors de prix suspendu à l'épaule. Ses cheveux châtain clair étaient coupés en dégradé, elle était élégante, avait un beau visage et elle se tenait bien droite, immobile.

Janek l'étudia, puis son regard obliqua lorsque lui revinrent en mémoire les mots prononcés par Lou le dimanche, après la levée du corps.

– Il travaillait sur quelque chose, Frank. C'est pour ça que cela ne veut rien dire. Il m'avait dit que c'était une très vieille affaire, un de ces vieux cas en suspens qui le rongeaient : il avait de nouvelles idées à ce sujet et il avait du temps pour y penser. Il disait qu'il allait réexaminer un peu tout, revoir certaines choses qu'il avait oubliées à l'époque. Il passait des journées entières dehors. Des fois il ne rentrait pas avant neuf ou dix heures du soir. Il travaillait. Je le sentais. Je ne l'avais pas vu comme ça depuis des années. Il revivait, tu sais, comme quand il avait flairé quelque chose et qu'il approchait du but. Peut-être – je ne sais pas. Peut-être était-ce important. Peut-être que s'il avait découvert quelque chose, Frank – tu vois, ça pourrait expliquer...

Janek avait acquiescé, bien qu'il ne pensât pas que le comportement d'Al nécessitât la moindre explication. La scène du dimanche matin était suffisamment éloquente, songeait-il; mais Lou était convaincue qu'Al travaillait à quelque chose et il existait toujours la possibilité que ce fût vrai. Alors Janek avait dit qu'il s'en occuperait quand il aurait le temps et que Lou devrait tout garder, tous les papiers qu'Al avait peut-être laissé traîner à la maison ou dans ses affaires et il avait même pensé à cet instant qu'Al pouvait bien, finalement, avoir été sur un coup. Peut-être même avoir eu une maîtresse. Mais pas une fille comme ça, avec des jambes pareilles, un Leica à l'épaule, des chaussures chics, un sac à main pas donné. Elle avait l'air d'un *top-model*. Elle n'aurait même pas remarqué un type comme Al. Et quand bien même? Qui était-elle? Pourquoi était-elle ici? Pourquoi se tenait-elle là comme si elle désirait à la fois faire partie de l'assistance et avoir l'air à part? Janek décida d'aller lui parler après la cérémonie. Si elle s'esquivait rapidement, il pourrait toujours la rattraper à la grille ou près des voitures.

Le prêtre avait fini. On descendait le cercueil. Les corbeaux criaient encore plus fort. Lou avait toujours cet air affolé de veuve pétrifiée. Dolly reniflait. Hart regardait droit dans la direction de Janek tout en chuchotant quelque chose à un sergent en uniforme. Le sergent fit deux pas en arrière pour se détacher du groupe. Janek en fit autant. Il voulait se rapprocher de la fille. Une seconde plus tard le sergent était à côté de lui. Il posa sa main sur le bras de Janek.

– Le chef demande si vous revenez avec lui en voiture.

C'était Sweeney, gardien des portes du maître, celui qui était assis au comptoir, devant le bureau directorial de Hart et qui régulait la circulation : inspecteurs, journalistes, politiciens, plaignants.

– Je ne peux pas, chuchota Janek. J'ai ma voiture.

– Donnez-moi les clés.

– *Quoi?*

– J' vais vous la ramener. Je vous la rendrai en ville.

– Je n'allais pas en ville.

– Eh bien, vous y allez maintenant, lieutenant.

Sweeney secoua la tête et sourit. Comme c'était marrant, avait l'air de dire son sourire – Janek n'avait rien compris... Des années dans le service et il ne savait pas encore qu'une invitation du chef n'était rien d'autre qu'un ordre.

L'assemblée se dispersait. Janek se dépêcha de rejoindre la fille. Il se présenta. Elle lui sourit gentiment. Son front était moite et ses yeux marron étincelaient.

– Al m'avait parlé de vous, dit-elle. Il avait confiance en vous, vraiment.

– J'aimerais vous parler de tout ça.

Elle le regarda, l'air intrigué.

– Puis-je avoir votre numéro?

Elle l'étudia un instant.

– Bien sûr, dit-elle en lui tendant une carte prise dans son sac.

Hart

– L'air est vraiment puant, fit Hart. On dirait qu'on respire de la vapeur.

Il frotta sa nuque et regarda dehors d'un air dégoûté. Ils roulaient sur le Triborough Bridge, les poutrelles immenses se succédaient en sifflant. Les oreilles de Hart étaient pointues et ses cheveux gris étaient rasés presque jusqu'au scalp. La grosse voiture noire avait l'air conditionné. Ils étaient à l'arrière. Le chauffeur était un flic en uniforme.

Janek se retourna, aperçut sa voiture conduite par Sweeney qui les suivait à vingt mètres.

– Je ne savais pas que vous connaissiez Al.

Hart se tourna doucement vers lui. Ses petits yeux bleus froids étincelèrent comme deux étoiles de glace minuscules.

– J'essaie de venir, même quand je ne connais pas le type. Après tout DiMona était un inspecteur.

– C'était un ami.

– Votre gourou – ouais, je sais. Eh bien c'est vraiment dommage, Frank. On devrait leur ôter leur flingue. J'ai jamais adhéré à l'idée qu'ils puissent le garder. Regardez ce qu'ils en font. Ils se le bouffent un dimanche matin.

Le chef secoua la tête, pinça les lèvres. C'était à peu

près la seule marque d'expression sensible dont il était capable, songea Janek. Un effort considérable pour prétendre au statut d'être humain. Pourtant Janek se demandait toujours pourquoi il s'était fatigué à assister à l'enterrement.

– ... Travaillez pas sur un truc vraiment important en ce moment, hein?

C'était donc ça. Hart n'était pas venu saluer Al une dernière fois mais parler à Janek pendant le trajet du retour.

– J'ai quelque chose pour vous, Frank. A prendre de suite. Le genre d'affaires que vous aimez. Psychologique, fit Hart en plissant les yeux comme s'il venait de faire une plaisanterie fine.

– Tout est psychologique.

– Celle-ci est psycho-logique, comme dingo-logique, répondit Hart en souriant, content de lui.

Maître ès jeux de mots, il n'aurait pas besoin d'un nègre pour lui écrire ses Mémoires quand il prendrait sa retraite.

Janek attendait la suite, mais Hart était déjà parti sur autre chose.

– Deux inspecteurs, deux couillons qui se comportent comme des gamins de quatre ans. Une scène embarrassante, embarrassante personnellement, avec le médecin légiste, hier après-midi.

Il jeta un coup d'œil à Janek.

– Je continue?

– Bien sûr. Que s'est-il passé?

– C'était incroyable. Deux satanés moutards de quatre ans, continua Hart en s'épongeant le front. (Des gouttes de sueur brillaient au-dessus de ses lèvres.) Deux homicides ce week-end. Un dans le Dix-neuvième, un dans le Vingtième. Lundi matin on a trouvé ce professeur. Vous l'avez probablement lu dans le journal...

Janek l'avait lu en effet : une jeune femme, professeur dans un collège privé pour jeunes filles, avait été trouvée morte dans son immeuble de l'East Side. Les journaux de l'après-midi avaient fait tout un foin parce que l'école était huppée et que la femme vivait dans les quartiers chics.

– Le second a eu lieu dans le West Side. Immeuble banal. Une fille, genre call-girl ouverte toute la nuit. Ils l'ont trouvée lundi, aussi, mais on n'en a pas dit grand-chose bien qu'il existe un lien très particulier entre les deux affaires, mais on ne s'en est aperçu qu'hier après-midi.

Hart grimaça.

– Je vais vous dire un truc, Frank. Vous n'avez jamais vu une affaire comme ça.

– Comment comme ça?

– Attendez, j'y arrive. Comprenez bien que ce que je dis ne doit atterrir dans aucun canard.

Il se tourna vers Janek, le regardant bien en face. Sa voix devint sérieuse. Ses petits yeux se rétrécirent.

– Les têtes ont été échangées. Vous comprenez bien ce que je dis? La tête de la prof était sur le corps de la prostituée et vice versa. Maintenant vous commencez peut-être à voir où je voulais en venir. Celui qui a fait ça a pris un risque énorme. Vous avez déjà entendu causer d'un truc pareil? C'est comme un film d'horreur ou un de ces bouquins de terreur.

Janek regardait le plancher de la voiture. Hart portait des chaussures à semelles compensées – il ne l'avait jamais remarqué auparavant. Il ignorait si c'était l'odeur qui régnait dans l'air, le suicide d'Al ou la pensée des deux têtes échangées, mais quelque chose était en train de le rendre malade.

– ... le tueur décapite la victime A, traverse Manhattan et décapite B, puis il prend la tête de B, la ramène chez A, la place sur le cadavre, retraverse la ville avec la tête de A et l'installe de manière qu'on ait l'impression qu'elle va avec le corps de B.

C'est peut-être plus simple que ça, pensa Janek, mais Hart avait raison sur un point – on ne se trimbale pas avec la tête d'une victime quand on va tuer quelqu'un d'autre. Hart avait raison quant aux risques encourus, aussi, et sur le qualificatif de « psychologique ». Une mise en scène démente, l'affirmation, la signature d'un psychopathe. Mais ce n'était pas le genre d'affaires qu'il aimait.

– ... doit bien y avoir une raison, non? C'est là que vous intervenez. Trouvez-la. Je vous les donne : deux têtes sur un plateau d'argent. Ça vous intéresse?

– Que s'est-il passé chez le médecin légiste?

Hart grogna. Ils filaient maintenant sur FDR Drive. L'immeuble de l'ONU était juste en face d'eux.

– Deux branleurs ont pris les appels. Stanger dans le Dix-neuvième et Howell dans le Vingtième. Vous les connaissez?

– Stanger – vaguement.

– Alors vous devez savoir que c'est un branleur. Croyez-moi, Howell c'est du pareil au même. Bref, Stanger a obtenu une identification assez vague du concierge de l'immeuble de la prof. Ils la transportent en ville et là, ils ont du mal à trouver quelqu'un de son école pour l'identifier; ses parents habitent à Buffalo, alors ils ne peuvent pas venir tout de suite. Pendant ce temps-là Howell ramasse la prostituée, ils la ramènent, et, hier après-midi le médecin légiste pique une crise. Il y a erreur. Les têtes ont été échangées. Comme si quelqu'un s'était mis à tripatouiller les cadavres.

– Ils ne sont pas parfaits, là-bas. Ça leur arrive de se planter.

– Je sais, mais pas cette fois-ci. On a les photos. Avec la preuve de l'échange dans chaque appartement. Ensuite Stanger et Howell se précipitent en ville et commencent à s'engueuler. A qui revient l'affaire? Tu as ma tête, j'ai la tienne. Remettons tout en place et commençons chacun notre enquête. Chacun sa route et pas d'embrouille. Ils ont d'abord commencé par essayer de s'arranger, ces merdeux, avec les photos sous le nez! C'est insensé. Ensuite ils se sont cogné dessus. Un vrai combat de boxe devant les deux cadavres, avec toute l'équipe de médecine légale autour. Pourquoi? Parce qu'ils sont totalement débiles. Voilà deux inspecteurs; ils ont chacun un homicide dans leur quartier; chaque mec veut travailler et s'il faut qu'ils partagent – Dieu interdit sans doute pour eux que ces deux affaires soient liées! non mais je vous jure! – ils savent tous les deux qu'il y en a un qui va se faire baiser en fin de compte.

– Donc vous avez besoin d'un lieutenant de l'extérieur?

Ils passaient sous le pont de Brooklyn.

– J'ai besoin d'un véritable inspecteur, bon sang, Frank. C'est pour ça que je vous confie l'affaire.

Deux hommes attendaient dans l'antichambre du bureau de Hart. Janek reconnut Stanger. Le gros devait être Howell. Ils étaient chacun assis à un bout de la pièce et étudiaient le tapis. Stanger avait un œil au beurre noir. Hart ne les lui présenta même pas. Janek le suivit dans son bureau.

– Installez-vous dans les locaux de l'escouade spéciale au deuxième étage de la 6e circonscription. J'appelle Taylor pour le prévenir que vous arrivez. Vous voudrez sûrement deux de vos gars, non?

– Sal Marchetti et Aaron Rosenthal.

– Connais pas Marchetti. Aaron est balaise. Maintenant qu'est-ce que je vais faire de ces deux branleurs repentis, là dehors?

Hart désigna l'antichambre d'un geste du menton.

– Ils ont commencé, ils ont reçu les appels.

– Ouais. Et ridiculisé la Division. Mais si vous les supportez, vous pouvez les avoir. Restez là et écoutez ce que j'ai à dire à ces deux débiles.

Il fit entrer Stanger et Howell et fondit dessus sans pitié. Ils n'étaient que des trous du cul, des branleurs, des gamins. Il fallait leur apprendre à vivre. Mériteraient qu'il leur arrache leurs insignes. Mais cette fois-ci il allait se montrer généreux. Il allait leur donner une chance de se racheter. L'affaire passait maintenant dans une seule paire de mains. Celles de Janek. Ils allaient bosser pour lui tous les deux, et se tuer au boulot, pas moins. Des questions? – Pas de questions – Bien. Alors foutez-moi le camp d'ici. Et, une chose encore – pas un mot sur l'échange. Une seule fuite dans un journal et le couperet tomberait; il y aurait quatre têtes à la morgue au lieu de deux.

Quand Janek sortit, Sweeney lui tendit ses clés.

– Bonne bagnole, lieutenant, mais votre moteur a un bruit bizarre. Il se trouve que je connais un garage réglo. Ils font une bonne ristourne à la police de New York...

Terre sainte

Stanger fit son rapport au milieu de la pièce, un grand studio au dernier étage d'un de ces immeubles de grès, sur la 81e Rue Est. Howell était adossé à la porte. Sal Marchetti se tenait près de Janek. Aaron était occupé et les rejoindrait le lendemain.

Stanger et Howell s'étaient repris. Ils étaient sérieux et essayaient de se montrer compétents, ce que Janek appréciait. Mais il avait un mal fou à se concentrer. Sa pensée revenait sans cesse à Al. Il savait qu'il fallait absolument qu'il s'arrête de gamberger, qu'il donne forme à son enquête. Déjà quarante-huit heures s'étaient écoulées depuis la découverte du premier corps, une période cruciale, la période la plus cruciale dans une affaire de meurtre et, cette fois, c'étaient deux homicides et le temps avait été gaspillé.

– Amanda Ireland, dit Stanger, enseignait le français à la Weston School. Quand ils ne l'ont pas vue arriver lundi – ils donnent des cours d'été en ce moment –, quelqu'un a appelé, et comme elle ne répondait pas au téléphone, le professeur de dessin, type caucasien, est venu en taxi jusqu'ici et a fait ouvrir par le concierge. Dès qu'il a vu le spectacle il s'est retourné pour vomir. Ni lui ni le concierge n'ont regardé de très près, ce qui explique qu'ils n'aient pas remarqué la tête de l'autre fille.

Howell gloussa.

L'appartement avait une qualité qui attira la compassion de Janek. La Terre sainte, pensa-t-il. Un territoire qui venait d'être consacré par l'acte terrifiant qu'on y avait commis, le vol de la vie, le jaillissement du sang humain.

Des plantes pendaient du plafond devant les fenêtres – il se sentit l'envie de les arroser; elles commençaient déjà à faiblir. Le couvre-lit brodé de rayures arc-en-ciel fané avait besoin d'un nettoyage; il était maculé de sang coagulé. Une pile de copies sur le bureau, la moitié corrigée, l'autre en instance. C'était l'appartement d'une jeune femme bien qui avait essayé de se construire un refuge. Une gamelle à moitié pleine d'eau était posée par terre à côté de l'évier. Une laisse de chien et un imperméable beige foncé pendaient à un vieux portemanteau près de la porte.

L'équipe de départ avait tout passé au peigne fin. Aucune preuve matérielle, trace, fibre ou empreinte. Aucun des deux appartements n'avait été saccagé et les deux étaient fermés à double tour. Stanger, presque chauve et la mine cadavéreuse, désignait la porte de la salle de bains.

– Poignardée là-dedans. La brosse à dents par terre et du dentifrice dans la bouche. Elle se brossait les dents quand c'est arrivé.

Il s'arrêta lorsqu'il les vit bâiller.

– Ouais, je crois que c'est évident. Il devait l'attendre caché dans la baignoire. Il l'a frappée dans le dos à travers le rideau de la douche. Le plastique s'est déchiré. Ça l'a protégé des éclaboussures. Puis il l'a tournée, toujours enveloppée dans le rideau, et a travaillé sur la poitrine. Aucune blessure défensive sur les paumes ou les bras. On dirait qu'il l'a eue par surprise.

– Brillant, murmura Sal.
– Excuse-moi, dit Stanger. J'essaie de représenter tout ça au lieutenant.
– Tu peux, dit Janek. Tu t'en sors très bien. Continue. (Il jeta un coup d'œil à Sal, un signal pour qu'il laisse tomber.)
– Après l'avoir tuée, il l'a roulée dans le rideau de la douche et l'a traînée jusqu'au lit, déshabillée, retournée sur le ventre, puis il lui a coupé la tête. Le médecin légiste parle de deux armes différentes – un couteau court à pointe fine dans la douche et quelque chose de plus long avec une lame fine ici. Pas trace d'agression sexuelle – ni devant ni derrière, ni dans la bouche. Et rien ne manque d'après ce qu'on peut en savoir, sauf ses clés. Personne n'a rien entendu ni vu qui que ce soit entrer ou sortir.
Janek secoua la tête.
– Personne n'a rien entendu?
– Seulement le chien. Le chien aboyait, mais il faisait ça toutes les nuits. Il aboyait chaque fois que quelqu'un traversait le palier. Les gens se sont souvent plaints du chien. Quelqu'un a même écrit une lettre au propriétaire à ce sujet il y a quelques mois.
– Eh bien, voilà le mobile, dit Sal.
– Qu'est-il arrivé au chien?
– Blessé. Le tueur lui a flanqué un coup de pied dans la tête. La fourrière l'a emporté. Et probablement piqué.
– Et voilà le témoin qui disparaît!
– Ferme-la, Sal, fit Janek.
Stanger était trop abattu pour supporter ce genre de plaisanteries sarcastiques. Il s'était rendu ridicule à la morgue, il avait pris un savon du chef, il avait souffert l'affront d'un œil au beurre noir et, maintenant, Janek devinait qu'il perdrait toute utilité si quelqu'un ne le regonflait pas un peu.
– Aucune idée sur la façon dont il a pu entrer?

– En admettant pour l'instant que le suspect soit *un* suspect, Amanda aurait pu le laisser entrer, bien que cela ne cadre pas avec la planque dans la douche. Aucune trace d'effraction. J'ai interrogé le concierge. Il porte ses clés attachées à un énorme anneau à sa ceinture et tous les gens qui le connaissent jurent de son honnêteté. Mon impression, c'est que notre homme est entré par l'escalier d'incendie. Vous remarquerez qu'il y a une grille en accordéon. Elle était fermée mais il n'y a pas de cadenas. Ça peut paraître bizarre puisqu'il y a un double verrou à la porte, mais pas mal de ces filles ont peur de boucler leurs grilles. Ça les rend nerveuses. Elles veulent pouvoir sortir vite fait en cas d'incendie.

Ainsi Stanger était une sorte d'expert autodidacte et sa spécialité était le style de vie des jeunes célibataires de l'East Side. Janek n'était pas d'accord avec Hart; il ne pensait pas que Stanger fût un branleur. C'était juste un inspecteur médiocre travaillant de son mieux. Pas étonnant qu'il ait voulu garder l'affaire. Une porte vers la gloire : le meurtre d'une jeune fille de la bonne société. Il allait pouvoir traîner dans tous les bars de célibataires de la Deuxième Avenue, parler à ses amies, s'envoyer une bonne centaine de verres, baiser deux trois fois et peut-être même avoir la chance de trouver une piste qui l'aiderait à résoudre l'affaire.

– Et son boy-friend?

Stanger secoua la tête.

– Elle ne sortait pas. Une solitaire. Le genre fille seule. Personne n'a jamais rien entendu à travers les murs. Et, si on en croit les gens, elle ne donnait jamais de soirées et n'a jamais eu d'invité qui aurait dormi chez elle.

– La parfaite petite demoiselle, murmura Sal. Je n'y crois pas. Je ne crois pas à ces conneries.

– Elle était bon prof. Tout le monde l'aimait. Elle était plutôt jolie. Elle promenait son chien toujours à la même heure : avant de partir travailler, dès qu'elle rentrait et chaque soir vers neuf heures. Père et mère tous deux professeurs. Une sœur mariée à Hawaii. Je pense que le type est entré par la fenêtre pendant qu'elle sortait son chien, ce qui suggère qu'il connaissait ses habitudes. Il l'a peut-être aperçue qui sortait de l'école un jour. Y'a toujours des marteaux qui rôdent autour de ce genre d'endroits. L'école conseille aux filles de ne pas leur parler. Il aurait pu la remarquer, la suivre jusque chez elle et elle ne se serait aperçue de rien. Une fois sa routine décortiquée, il savait quand il pouvait rentrer chez elle tranquillement et l'attendre.

La parfaite théorie de seconde zone, pensa Janek, tout à fait correcte, excepté que n'y entraient ni l'autre fille ni l'échange de têtes. Stanger n'arrivait pas à prendre en compte qu'Amanda Ireland n'était pas un cas isolé.

En roulant vers l'autre appartement, Janek donna ses instructions à Sal. Vérifier les fiches des taxis et interroger les chauffeurs de bus. Minuter le temps qu'il fallait pour aller à pied d'un appartement à l'autre. Parler aux policiers de service cette nuit-là et vérifier les contraventions et les stationnements en double file. Et parler aux concierges sur le trajet. Aurait-on remarqué quelqu'un faisant l'aller retour plusieurs fois samedi en portant un paquet ou un sac? L'assassin avait fait au moins deux fois le trajet, peut-être même trois. Il portait les têtes et des armes. Il était revenu sur un des lieux, peut-être même sur les deux. Il pouvait avoir du sang sur lui. Un comportement étrange, impatient, nerveux, tendu. Tel était le boulot de Sal – l'aspect mécanique : trouver comment le tueur avait fait ses aller retour. Il fallait travailler pour l'instant en présumant que l'assassin était un homme sans oublier de poser des questions comme si c'était une femme.

La call-girl s'appelait Brenda Beard; elle se faisait appeler Brenda Thatcher dans son travail. Elle vivait dans la 73e Rue, entre Broadway et le West End, un bon/mauvais bloc – un centre de désintoxication pour junkies et un dortoir pour chômeurs au milieu d'appartements très chers découpés dans ce qui avait été des hôtels particuliers. Son studio était au troisième étage d'un hôtel victorien divisé en logements, accessible grâce à un petit ascenseur sans liftier et des escaliers miteux. Pas d'escaliers d'incendie, pas d'autre issue que sa porte : elle avait donc laissé l'assassin entrer; elle le connaissait ou bien elle l'avait fait monter pour une passe.

Howell la présenta. Pas grand-chose à dire. Elle avait été tuée dans son lit, elle était nue quand cela s'était produit. L'assassin l'avait retournée, avait découpé sa tête puis, en la retournant à nouveau, avait placé la tête d'Amanda à la place de la sienne, le visage regardant le plafond. Le lit aurait dû être couvert de sang, mais il ne l'était pas, ce qui suggérait une tactique similaire à celle du rideau de la douche chez Amanda, une feuille de plastique, bien qu'on n'ait rien trouvé qui y ressemble.

Lundi, en fin de matinée, un homme avait appelé la police. Howell avait retrouvé l'enregistrement de l'appel. Le type annonçait le meurtre d'une fille, donnait l'adresse, puis raccrochait. La police avait enfoncé la porte, trouvé le corps et l'avait identifié sur la base des papiers contenus dans son sac à main. Howell supposait que la personne qui avait appelé n'était pas son assassin mais son maquereau.

– ... à mon sens elle aurait dû le retrouver quelque part et lui donner l'argent. Comme il ne l'avait pas vue venir, il s'est rendu chez elle. Il avait un jeu de clés de l'appartement – les macs sont très pointilleux là-dessus. Il a jeté un coup d'œil, vu qu'il y avait eu meurtre, vu aussi que ce n'était pas vraiment elle, s'est pris les foies et a couru jusqu'à une cabine pour appeler. Il est peut-être même resté dans le quartier pour observer la levée du corps. Il n'a probablement pas encore compris ce qui se passe. Je ne crois pas que l'assassin aurait appelé. Tout le monde sait qu'on enregistre tous les appels, et il n'y a eu aucun appel à propos de l'autre meurtre.

Janek était content – au moins Howell avait relié les deux affaires dans sa tête.

– Qui est le mac?

Howell sourit.

– Je n'ai cette affaire que depuis hier. Donnez-moi une demi-journée, lieutenant, et je vous le ramène. Avec d'autres trucs sur cette Brenda.

Sûr de lui, pensa Janek. Connaît sûrement pas mal de call-girls, de macs et autre menu fretin du quartier. Alors que Stanger était mince avec des yeux désespérés, Howell était lourd et bravache; la brute avec un bon fond, le flic des rues normal qui s'était retrouvé nanti d'un insigne d'inspecteur.

Janek leur dit ce qu'ils avaient à faire, là, dans l'appartement. Ils le fatiguaient. Il était impatient d'en être débarrassé, pour pouvoir être seul et chercher.

– Chacun d'entre vous a une fille. Bossez sur elles. Epluchez tout, puis collez-le par écrit. Comment vivaient-elles? Où faisaient-elles leurs courses? Où traînaient-elles? Qui connaissaient-elles? Je veux leurs agendas personnels. Demain Aaron pourra les comparer et chercher le joint. Tuer deux personnes c'est une chose, échanger leurs têtes en est une autre. Quelqu'un, pour l'instant, disons un homme, les connaissait, les a tuées, puis a fait l'échange, le *switch*... Pourquoi? Peut-être voulait-il mettre une tête de pute sur le corps d'une sainte, ou bien l'inverse, ou bien les deux. Peut-être avait-il un foutu complexe de la madone et de la prostituée. Peut-être avait-il une obsession et voulait-il échanger leurs personnalités, et s'était-il assigné cette mission. Peut-être est-ce du vaudou, du satanisme de cuisine, un culte de la terreur quelconque. Quoi qu'il en soit, le plaisir a été temporaire – il n'a eu que quelques secondes pour admirer son ouvrage, et à nous la pagaille! Il n'a pas essayé d'en savoir plus. Il savait qu'on découvrirait l'échange et il s'en foutait. Pourquoi? Quelle est la relation? Quelque part, un jour, ces deux filles ont été en contact avec notre homme. Et c'est comme ça qu'on va le trouver, en trouvant où leurs deux vies se rejoignent. Parce qu'il avait une raison, si malade qu'il soit. Il s'est créé un tas d'ennuis et a pris un énorme risque pour arranger tout ça presque sans fautes et d'une manière très particulière.

Stanger et Howell écoutaient attentivement. Ils semblaient tous deux accepter son autorité. Il les prévint à nouveau de ne pas laisser la presse savoir que les têtes avaient été échangées, puis il les congédia mais fit signe à Sal de rester.

– Qu'en penses-tu? demanda-t-il, une fois les deux autres partis.

– J'ai bien aimé ce que tu as dit : *le complexe de la madone et de la prostituée.*

– Tu crois qu'ils avaient la moindre idée de ce à quoi je faisais allusion?

– Probablement pas. Mais quand tu en auras fini avec eux, ils comprendront.

– Hart pense que ce sont des branleurs.

– Pour moi, ils ont l'air plutôt normaux.

– Balourds, hein?

Marchetti hocha la tête et grimaça.

C'était un excellent inspecteur : jeune, pas encore la trentaine, une bonne tournure d'esprit et le genre de bonne volonté que Janek aimait. Il avait les cheveux noirs épais, des pattes, la moustache, il était divorcé, jouait en Bourse, suivait la coupe de hockey et était très fier de son habileté au tir. Il avait travaillé aux stups pendant trois ans et y avait acquis les manières de cette brigade – dureté, compassion, réflexes instantanés et obstination. Janek connaissait un tas d'inspecteurs des stups et connaissait tous leurs défauts. Ce qu'il aimait chez eux, c'était leur flair, et la manière dont ils s'accrochaient à une affaire sans jamais lâcher prise.

– Tu as appelé Amanda « la parfaite petite demoiselle ». Tu penses vraiment qu'elle était trop belle pour être honnête?

Sal haussa les épaules.

– J'en sais rien, Frank. Elle était prof. Elle promenait son chien toute seule. Pas de petit ami. Un peu trop jeune et jolie pour être déjà vieille fille, non?

– Il y a des filles comme ça, pourtant.

– Ouais... Sûrement.

– Eh bien on verra, hein...

Marchetti acquiesça. Janek l'accompagna jusqu'à la porte.

Assis, seul, dans l'appartement de Brenda Thatcher, il essaya d'imaginer le genre de vie qu'elle avait pu mener. Le téléphone qui sonnait toute la journée, appels des clients, rendez-vous, fausses alertes, et ces hommes étranges qui venaient passer la nuit. L'endroit n'était pas mal. Il y avait un bar en bambou avec trois tabourets, des bouteilles de whisky et des alcools sur une étagère derrière. Le lit était couvert du même velours chocolat que les murs. Il y avait des ampoules rouges et des rhéostats pour régler l'éclairage.

Il ouvrit le placard. Il était plein et dégageait une forte odeur de parfum. Pas un parfum de quatre sous, mais une senteur érotique, lourde, orientale. Il examina quelques vêtements, une chemise de nuit de soie noire, un ensemble de cuir noir complet ceinturé d'une chaîne chromée et un déshabillé de satin rouge avec des épaulettes comme en portaient les aventurières dans les films des années 40.

C'était un placard de professionnelle, rempli de tous les accessoires nécessaires spécialisés : talons aiguilles, sous-vêtements noirs, un bonnet de bain pendu à un crochet. Dans la salle de bains il trouva des antibiotiques, un rasoir de femme, un sèche-cheveux, un fer à friser, des cosmétiques, plus un assortiment de godemichets rangés avec les rouleaux de papier hygiénique et une paire de menottes dans une bassine sous le lavabo. Des traces d'une tentative pour s'en sortir aussi : Brenda avait jadis essayé d'être mannequin; elle avait eu l'ambition d'être actrice – il y avait des photos sur papier glacé et des coupures de journaux rangées avec les ampoules de rechange et le nécessaire à couture.

Janek jeta un coup d'œil panoramique. L'endroit était complètement différent du studio d'Amanda, substance et atmosphère différaient radicalement. Ce n'était pas un refuge, mais une boutique, l'endroit où se pratiquait un art ancien. Sur les photos, les cheveux de Brenda étaient frisés, tandis que ceux d'Amanda étaient longs et lisses. C'étaient deux personnes complètement différentes qui avaient vécu deux vies totalement opposées. Mais leurs vies étaient reliées.

Quelque chose avait tourné de travers pour ces deux filles; quelqu'un était entré, les avait tuées et avait échangé leurs têtes. Soudain Janek se sentit terriblement fatigué, lassé par cette affaire alors qu'il venait juste de commencer. C'était pourtant typiquement le genre d'affaire qui pouvait faire la une des journaux, lui amener de l'avancement s'il parvenait à arrêter le tueur. C'était sans doute de là que venait sa lassitude : la pensée d'avoir à donner la chasse à un type aussi dérangé. Oui, potentiellement, c'était une grosse affaire; bizarre, à faire dresser les cheveux sur la tête, le genre d'histoires qui donnaient des cauchemars aux femmes seules et aux détectives sur le retour. Mais il était épuisé à la perspective de ces cauchemars, et d'avoir à lutter contre un esprit tordu, impénétrable. Il allait devoir chercher au plus profond de l'abîme labyrinthique de son propre esprit, s'il y parvenait. Hart avait raison – c'était psycho-dingo-logique et il n'avait pas envie que ça tourne à l'obsession pour lui.

– Mon Dieu, s'il vous plaît, faites que ça finisse demain, murmura-t-il. Faites que ce salaud se rende demain et passe aux aveux.

Il ferma l'appartement avec soin, d'abord la serrure de Brenda, puis le verrou installé par l'équipe qui avait découvert la chose. On devrait marquer la porte, songea-t-il, la marquer d'une croix, comme en Europe, quand ils marquent les endroits où ont eu lieu des accidents mortels sur la route – pour informer les passants qu'ils sont en Terre sainte.

La photographe

Il vivait quinze blocs plus au nord dans la 87ᵉ West, entre Columbus et Amsterdam Avenue. Il remonta Broadway vers le nord dans la moiteur de ce début de soirée, croisant des vieux assis sur leurs bancs dans l'allée centrale, à travers le mélange ethnique du West Side, les gens qui se grouillaient de rentrer du boulot, s'arrêtaient au supermarché, entraient dans les bars. Il essaya en vain de chasser l'affaire de son esprit. Il aurait voulu penser à Al DiMona et à lui seul, et s'abandonner à sa tristesse.

Son appartement était frais. C'était un demi-sous-sol avec une grille sous l'escalier de l'immeuble où vivait la famille de son propriétaire. Il n'avait pas fait grand-chose pour l'arranger, l'avait meublé à l'Armée du Salut et avait placé le vieil établi de son père contre un mur. Il était couvert d'outils et d'entrailles d'accordéons cassés. Il prit une bière dans le frigo, enleva sa veste et sortit la carte que la fille lui avait donnée à l'enterrement. On lisait : « Caroline Wallace, photographe. » Il s'assit sur son lit et composa le numéro.

Le téléphone sonna six fois et il allait renoncer lorsqu'elle répondit, d'une voix pressée et essoufflée.

– C'est Frank Janek.

– Qui? Oh oui! Ne quittez pas.

Il l'imagina posant ses paquets, se débarrassant de son appareil photo, s'essuyant peut-être le front d'un geste de l'avant-bras.

– Oui, lieutenant Janek...

– Frank, s'il vous plaît.

– Bien. Euh – comment allez-vous?

– Puis-je vous voir ce soir?

– Ce soir? Pourquoi?

– Comme je vous l'ai dit ce matin...

– Vous avez dit que vous vouliez me parler. Vous n'avez pas parlé d'une rencontre.

– Une rencontre vous pose problème?

– Non, non, pas de problème. Je suis curieuse de savoir ce que vous voulez.

– Vous savez que j'étais un proche d'Al.

– Oui. Bien sûr...

– Je voulais vous poser quelques questions à son sujet.

– Des questions sur quelque chose de particulier?

– Oui. Quelque chose que je ne comprends pas. Louella DiMona m'a dit qu'il sortait beaucoup, qu'il passait le plus clair de son temps dehors. Et je me demandais si...

– Vous vous demandiez si je savais où il passait ce temps-là?

– Oui. Quelque chose comme ça.

– Eh bien, je crois que je peux vous éclairer. (Elle marqua une pause.) Je suis dans Long Island City. Voulez-vous venir?

– Si ça vous dérange ce soir – je ne veux pas vous importuner...

– Ce soir, c'est très bien. Finissons-en. Ecoutez – je viens de rapporter des plats chinois. Si vous arrivez assez vite vous pourrez m'aider à les manger.

En roulant vers Queens il se sentait un peu bizarre. Il ne savait rien d'elle, n'avait aucune idée du type de relations qu'elle avait eues avec Al et, vu l'allure qu'elle avait, il ne lui semblait pas possible qu'elle ait eu une aventure avec lui. Mais elle avait réagi immédiatement à son coup de sonde sur les absences quotidiennes de son ami. Elle allait « l'éclairer ». C'était presque comme si elle s'attendait à s'entendre demander ce qui s'était passé entre eux.

La circulation était fluide sur le Queensboro Bridge. Il jeta un coup d'œil dans son rétroviseur, aperçut Manhattan, la ville tissée de lumières. Il y avait encore une lueur dans le ciel, derrière les buildings. Il adorait cette vision romantique et lumineuse de New York, détachée sur un fond de ciel évanescent.

En descendant du pont il imagina Hart en train de dîner avec sa femme (il l'avait vue une fois, lors de l'intronisation de Hart dans la brigade), et il pensa à Stanger observant les femmes, assis sur un tabouret de bar solitaire, et à Howell en train de malmener un maquereau, à Sal Marchetti se recoiffant avant un rendez-vous, à Lou DiMona, effondrée, et à sa propre femme, Sarah, assise dans la maison de Staten Island qu'il lui avait abandonnée deux ans auparavant; il lui manquait peut-être sa présence protectrice, tandis qu'elle regardait d'un air absent l'horreur des informations locales sur son téléviseur.

Long Island City était une ancienne zone industrielle juste de l'autre côté de l'East River, un quartier au taux de criminalité très bas, habité par des ouvriers sérieux, membres de syndicats, dévoués à leurs familles. L'immeuble de Caroline Wallace était un bâtiment industriel d'avant-guerre; elle avait dit *loft* pour décrire son appartement. Janek savait que beaucoup de peintres, sculpteurs et photographes avaient déménagé vers ce quartier quand la zone artistique de Manhattan, Greenwich Village et Soho, était devenue à la mode, les loyers augmentant à une allure faramineuse.

Il gara sa voiture, entra et trouva son nom. Elle avait

glissé une de ses cartes dans une fente à côté de la sonnette.

– Oui? fit sa voix déformée par l'interphone.

– Frank Janek.

Le *buzz* libéra la porte.

L'entrée était spacieuse, tout à fait ce qu'on attendait dans un immeuble de ce style. Il y avait des vélos attachés par des chaînes à une barre boulonnée dans le sol en granit. Des murs gris et épais, et un escalier de fer – elle vivait en haut de deux grandes volées de marches. Deux *lofts* par étage, deux portes de fer façon atelier sur chaque palier, face à face. En grimpant, il put entendre le rythme étouffé d'un groupe de rock dans un autre *loft*.

– Bonsoir.

Elle l'inspecta puis recula en souriant pour le laisser entrer. Elle portait la même robe grise qu'au cimetière, un chemisier différent et des sandales à la place de ses élégantes chaussures. Il y avait de la chaleur dans son sourire. Elle n'était pas tendue. Il remarqua à nouveau la perfection de ses jambes et la beauté sombre de ses yeux bruns.

Une cuisine-bar s'alignait le long d'un des murs. Il sentit l'odeur de la cuisine chinoise. Elle lui versa un verre de vin, lui dit de se mettre à l'aise pendant qu'elle réchauffait leur dîner et préparait le riz.

Il regarda la pièce. Le *loft* était immense et joliment arrangé. Un vaste plancher de bois, miroitant comme celui d'une salle de danse, des fenêtres sur trois côtés, une rangée de poutrelles métalliques avec des chapiteaux doriques. Il remarqua une paire de raquettes de tennis et des boîtes de balles dans une corbeille près de la porte. Elle avait posé une bouteille de sauce de soja sur la table, disposé des baguettes et des serviettes en papier, de petites tasses à thé et un bol de fruits.

Il explorait, laissant sa main courir sur les barreaux d'un lit de cuivre surmonté d'un grand ventilateur qui brassait lentement l'air de la pièce. Il trouva son chemin jusqu'à un groupe de fauteuils aux pieds de métal et tendus de tissu : le coin relax près d'un divan. Dans un autre coin, une chambre noire – il sentit l'odeur diffuse des produits chimiques. Elle travaillait, faisait la cuisine, prenait ses bains et dormait dans cet immense espace.

Sur les murs, entre les fenêtres, elle avait accroché de grandes photos encadrées.

– C'est de vous?

Elle le regarda :

– Ouais. Ma galerie privée. Tarifs sur demande.

Il prit son temps pour examiner son travail, s'arrêtant devant chaque photo. Il y avait deux photos prises au Viêt-nam : des soldats épuisés dans une tranchée, les yeux brillants dans des visages noircis d'agonie et de lassitude. Une vieille femme vietnamienne qui regardait, terrorisée, le ciel plein d'hélicoptères vrombissant comme autant de frelons menaçants. Il y avait un instantané d'un boxeur que Janek reconnut, un poids moyen qui montait; elle avait saisi le moment exact de l'impact d'un coup : les traits distordus, les cartilages écrasés sur les os de la face. Il y avait aussi un cliché d'un champion d'échecs russe en pleine action : un intéressant mélange de concentration et de peur dans les yeux. Elle était forte. Elle savait ce qu'elle faisait, son travail était puissant, expressif, et son regard était courageux.

Elle apporta le repas sur la table.

– Puis-je vous aider?

– Non, merci. Tout est là. Asseyez-vous.

– Eh bien, dit-il, ça a l'air bon. Pas le tout-prêt habituel.

– C'est bon. Mangez, dit-elle en le servant de porc aux haricots noirs. Je vous avais repéré ce matin. Vous colliez parfaitement avec la description qu'Al m'avait faite de vous.

Il était amusé de l'entendre employer un jargon quasi policier.

– Repéré? fit-il en souriant. Comment m'avait-il décrit?

Il luttait avec ses baguettes en se demandant s'il n'allait pas réclamer une fourchette.

– Il disait que vous bougiez comme Robert Mitchum. Et c'est vrai, Janek. Dans un sens vous lui ressemblez : la démarche. Ça ne vous ennuie pas si je vous appelle Janek? C'est ce que faisait toujours Al. Il ne vous appelait jamais Frank. Janek, c'est un bon nom. Il cadre avec le métier de lieutenant de police. Je peux?

Il répondit qu'elle pouvait. Elle lui sourit et il lui rendit son sourire. Il l'aimait bien. Elle était aussi directe que ses photos. Elle ne cilla pas, ne cligna pas des yeux quand il la fixa.

– Désolé pour ce matin. Je ne voulais pas être si abrupt.

– Ne vous inquiétez pas. J'étais contente de vous voir arriver. Je ne connaissais personne là-bas et je me sentais un peu en dehors de ce qui se passait. Mais je désirais vraiment y être.

– Vous étiez assez proche d'Al, n'est-ce pas?

– C'est une question ou une affirmation?

– Ni l'un ni l'autre, juste une interrogation un peu faiblarde.

– Nous étions amis. Je l'aimais bien. Il m'aimait bien.

– Pas amants?

– Non. Cela aurait effectivement pu prendre cette direction dans l'esprit d'Al, mais pas dans le mien. J'avais été très claire là-dessus. Puis il a eu d'autres signes de reconnaissance et notre rapport s'est stabilisé. Il venait souvent l'après-midi. Il aimait s'asseoir ici et parler. J'aimais l'écouter. Il parlait de son travail et je parlais du mien. Parfois, quand je travaillais dans mon labo, il restait simplement là, assis, à lire des magazines. C'était bien de l'avoir là. On aimait bien être ensemble et c'était tout ce qu'il y avait.

Ainsi ils restaient là, assis, et ils parlaient des après-midi entiers. Ils étaient assis et rien de plus. Il la croyait. Il n'avait aucune raison de ne pas la croire, mais pourtant, songeait-il, c'était un curieux rapport : le vieux flic fatigué à la retraite et déprimé, et cette photographe jeune, attirante et tout à fait sensée.

– Vous l'aimiez vraiment bien, hein?

– C'était un type bien. Il racontait des histoires terribles. Il adorait parler de ses vieilles enquêtes, et il avait matière à raconter. C'était une vraie personne. C'était ça que j'aimais. Et je crois aussi qu'il me rappelait un peu mon père. C'était sans doute ça qui se passait – une relation du type père/fille.

Elle le regarda bien en face.

– Mon père était flic, vous savez.

– A New York? (Elle hocha la tête.) On était de la famille...

– On dirait, oui. Vous, moi, Al et peut-être cent mille autres personnes aussi.

– Vous disiez qu'il parlait de moi?

Elle acquiesça d'un signe.

– Il vous aimait beaucoup. C'était votre gourou, il me l'avait dit, et je savais ce que ça signifiait : le type qui avait fait attention à vous et vous avait donné des conseils quand vous aviez commencé. Il était fier de vous, Janek, fier que vous ayez si bien réussi, que vous soyez devenu lieutenant, même après l'histoire avec votre partenaire. Il disait que vous aviez pris une sacrée secousse mais que vous aviez réussi à surmonter la tragédie et que vous étiez devenu un des meilleurs inspecteurs de toute la ville. Il disait que vous compreniez les gens et que c'était *ça* être un flic. Il disait que vous étiez meilleur qu'il ne l'avait jamais été, mais peut-être pas aussi bon que vous aimiez le penser.

– Il disait vraiment tout ça?

Janek était surpris de la douceur avec laquelle elle avait ouvert les vannes. Et aussi qu'Al lui ait parlé de Terry, et qu'il ait utilisé le mot de tragédie – le mot même qu'il lui avait refusé le matin, devant sa tombe.

– Il disait que vous étiez très bon, mais que vous pensiez être plus que très bon.

Il rit.

– Je ne suis pas certain d'avoir jamais imaginé être aussi génial que ça.

Elle rit aussi.

– Eh bien, peut-être qu'Al se trompait.

Il décida de changer de sujet. Il lui posa des questions sur son travail. Elle avait fait deux livres, dit-elle. Le premier quand elle débutait, une collection très émotionnelle de trucs pris au Viêt-nam. Elle était partie là-bas alors qu'elle était complètement novice.

– J'étais très ambitieuse, j'en voulais. Je voulais le prix Pulitzer. J'y suis restée deux ans, j'ai pris de bons contacts, je me suis fait pouponner par la presse et les militaires. Pensez-vous, une jeune femme comme ça! J'avais de la chance. Il ne m'arrivait rien. Je sais maintenant que j'étais irréfléchie, inconsciente mais, à l'époque, je croyais que j'étais bénie des dieux. Bref, le livre a eu de bonnes critiques et, revenue ici, je voulais essayer quelque chose de différent, c'est ainsi que je suis rentrée dans ma période cruelle. C'est comme ça que je l'appelle.

– J'avais en effet cru déceler un rien de cruauté, dit-il en désignant les agrandissements sur les murs.

Elle secoua la tête.

– Non, celles-ci n'en font pas partie. Ma période cruelle était – eh bien, c'est un peu difficile à décrire...

Elle posa ses baguettes, se leva et alla chercher un

grand livre, l'apporta à table et resta à observer Janek pendant qu'il tournait les pages.

Cela s'appelait *Célébrités*; c'était un livre de portraits de metteurs en scène, peintres, écrivains célèbres, photographes; et elle les avait tous surpris avec une expression triste, un regard vide. Janek comprit ce qu'elle voulait dire par « cruel » – quelque chose en commun dans tous ces visages, pas une ressemblance physique puisqu'il y avait des femmes et des hommes, des jeunes et des vieux, mais quelque chose de similaire dans leur expression, qui se répétait dans leurs yeux : méchanceté, égoïsme, vanité, et, au-delà de tout ça, un sens du vide, une absence, de la déception même, quant à leurs propres vies.

Il hocha la tête.

– Oui, je vois. Vous les avez tous fait poser d'une certaine manière. Comment vous y êtes-vous prise? J'imagine que certains d'entre eux ne devaient pas être consentants.

– Certains, oui, fit-elle en haussant les épaules. Je n'essayais pas d'être consciemment méchante. Je cherchais quelque chose, un effet secondaire. Je leur avais dit de poser. Ils se gonflaient comme des baudruches. Et je les fixais sur la gélatine avec un second clic juste au moment où ils relâchaient leur souffle. Je n'essayais pas de dire qu'ils étaient bidon, bien que beaucoup de personnes l'aient cru. Mes prémisses étaient les suivantes : même les plus beaux, les plus riches, les plus reconnus, les plus sûrs d'entre eux étaient vulnérables. Non pas à cause de leur vanité, mais à cause de leur humanité; l'âge et le temps les briseraient, comme tout le monde.

Elle l'avait regardé bien en face, lui donnant le sentiment qu'elle lui disait quelque chose d'important sur elle-même. Et, en regardant à nouveau les portraits, il comprit exactement ce qu'elle voulait dire. Ses portraits étaient en réalité moins cruels que compatissants.

– Si vous aviez fait les mêmes photos en immortalisant des clochards et des ivrognes, personne ne vous aurait accusée de méchanceté.

Elle rit.

– Ils m'auraient traitée de prétentieuse. Ils se seraient moqués de ma conscience sociale. Mais comme mes sujets étaient riches et célèbres, tout le monde en a déduit que je voulais les descendre. Pas du tout. Tout ce que j'essayais de dire, c'est que leur confiance en eux n'était qu'un masque, qu'ils vivaient avec les mêmes terreurs intérieures que les clochards ou les ivrognes – que même quand la vie est douce, elle est beaucoup trop courte.

Il était étonné de l'entendre dire une chose pareille. Elle était encore jeune pour voir les choses sous cet angle. Mais, d'après ses portraits, il pouvait affirmer que sa vision était authentique, que ce n'était pas un sentiment emprunté à qui que ce soit. Il la regarda à nouveau. Il ne s'était pas attendu à la trouver ainsi. Il l'avait prise pour un mannequin, ou un modèle. Elle était une artiste.

– Je commence à comprendre pourquoi Al aimait venir ici, dit-il. Il racontait peut-être de bonnes histoires, mais vous n'êtes pas mal non plus dans votre genre.

Elle sourit. Elle aimait son compliment.

– On ne parlait pas beaucoup de cette façon, Janek. On s'en tenait plutôt à l'anecdote. On plaisantait. C'était sympa. C'est tout. Une amitié honnête, franche. Le plaisir de la compagnie de l'autre.

– Comment vous étiez-vous rencontrés?

Elle lui servit encore du riz.

– C'est une drôle d'histoire. Je vais jouer au tennis assez régulièrement dans un club, à un kilomètre d'ici à peu près.

– Ce truc près de la rivière, sous les grosses bulles de plastique?

– C'est ça. J'y vais à bicyclette. Comme chaque fois que je me déplace dans le quartier. Un jour, je rentrais et ma roue avant est passée sur un trou, je me suis cassé la figure. J'avais des bleus partout et une cheville foulée. Al est passé juste à ce moment-là. Il s'est approché, m'a aidée à me relever et a regardé ma cheville pour voir si c'était grave. Il était très gentil et m'a raccompagnée jusqu'ici. Il portait mon vélo et me soutenait.

– Je parie qu'il vous a proposé de vous porter dans l'escalier.

– Il était vraiment chouette. Au premier coup d'œil j'avais compris que c'était un flic. Une fois à ma porte, je me suis dit que je pouvais au moins lui offrir un verre. Alors je l'ai invité et on s'est mis à parler pendant que je soignais ma cheville, et voilà, ça a débuté comme ça. Et puis ça a continué.

Une belle histoire – elle plaisait à Janek. C'était tout à fait le côté saint-bernard d'Al. Une histoire un peu trop belle, peut-être, surtout la coïncidence qui faisait du père de Caroline un flic comme lui, mais de telles choses se produisent tous les jours et il n'avait aucune raison de douter d'elle. Il se souvint qu'il n'était pas en train d'interroger un suspect mais simplement de se renseigner sur les absences répétées d'Al.

– Heureuse rencontre pour vous deux. Quand cela s'est-il passé?

– Il y a deux mois. Fin juin, je crois.

– A-t-il jamais fait allusion à une affaire précise?

– Il ne parlait que de ça! Il y en avait tellement. Mais si vous voulez dire une affaire en particulier, non. Il passait de l'une à l'autre, tout s'enchaînait.

Nous y voilà, songea Janek – Al avait dit à Lou qu'il travaillait sur une vieille affaire parce qu'elle n'aurait jamais compris une amitié pareille avec une fille qui avait la moitié de son âge. Elle n'aurait jamais voulu croire qu'Al venait là juste pour parler et écouter, un refuge extérieur à la prison qu'était leur maison, une chance de rire avec une jeune femme.

– Je ne savais pas qu'il était déprimé, dit-elle. Je n'arrivais pas à y croire quand j'ai entendu dire qu'il s'était suicidé. Il n'y avait aucun signe de déprime chez lui. Il était heureux quand il était ici. Parfois, on commandait de la cuisine chinoise comme ce soir, et il restait jusqu'à ce que je le mette dehors. « Rentre chez toi, DiMona, je lui disais. Sors ta carcasse d'ici que je puisse prendre un bain. » On écoutait de la musique, on jouait aux échecs et on bavardait. Il avait l'air d'un homme raisonnablement heureux.

– Visiblement, il vous cachait son anxiété. Vous étiez peut-être la seule belle chose qui lui soit arrivée ces derniers mois.

– Mais pourquoi, Janek? Pourquoi a-t-il fait ça?

Il haussa les épaules.

– Les vieux inspecteurs, les vieux flics – ça nous arrive beaucoup. C'est un des taux de suicides les plus élevés. Personne ne sait exactement pourquoi. Ils nous préviennent. Ils nous parlent de dépression probable. Quelque chose à voir avec notre boulot. On finit fatigués, désillusionnés, lassés. Tout ce stress, toute cette tension, cet affrontement permanent, jour après jour, et puis tout d'un coup, plus rien, rien que nos pensées, et alors on commence à broyer du noir. Certains types le prennent autrement. Je connaissais Al depuis vingt-cinq ans et je n'aurais pas imaginé ça de lui. Mais j'ai connu d'autres types dont je pensais la même chose et ils l'ont fait quand même; ils m'ont surpris. Cette fois, je n'ai pas été surpris.

Il l'aida à débarrasser les assiettes, releva ses manches et les rinça avant de les lui tendre pour qu'elle les mette dans la machine.

– Un modèle d'homme d'intérieur, dit-elle en souriant.

– Ça fait longtemps, dit-il. Je suis divorcé depuis deux ans. En général je mange dans un *Delikatessen*, ou bien j'achète des trucs à emporter et je mange dans des assiettes en carton. Il n'y a pas grand-chose comme appareils ménagers là où je vis. Une cafetière électrique et un grille-pain. C'est à peu près tout.

Ils prirent place dans les fauteuils aux pieds chromés lorsque tout fut rangé, et elle lui parla du livre qu'elle était en train de faire. Cela s'appelait, provisoirement, *Agression*. Les agrandissements sur les murs en faisaient partie. Elle photographiait les hommes à un moment de stress physique : boxeurs, joueurs de football ou de hockey, camionneur hurlant après un piéton, flic passant les menottes à un voleur, avocats qui s'engueulaient, escrimeur allongeant une botte, torero face aux cornes du taureau.

– C'est l'esthétique de l'agressivité masculine, lui dit-elle. Cela m'a toujours fascinée. C'est peut-être pour ça que j'aime tant discuter avec des flics. Vous y êtes sans cesse confrontés. Vous vivez dedans. Nous, nous voyons les gens dans des moments insipides; vous les voyez au plus haut du stress.

– C'est intéressant. Plutôt un sujet curieux pour une femme.

– Allons, Janek, vous ne croyez pas aux stéréotypes. De toute façon l'agression mâle peut brancher les gens. J'en ai eu plus que ma dose quand j'étais au Viêt-nam; parfois cela m'a même attirée. L'agression est un thème fortement érotique aussi. Ensuite, ce sera quoi? Je me le demande. Des vies tranquilles? Des naïades sur le sable? (Elle secoua la tête.) J'aimerais savoir ce que je vais faire après. En tout cas, je ne reviendrai pas en arrière, ça c'est certain.

Il était près de minuit quand il la quitta. Cela avait été une journée épuisante – l'enterrement, les têtes échangées – mais malgré tout, il se sentait régénéré. Caroline Wallace était extraordinaire. Il ne parvenait plus à la chasser de ses pensées. En roulant vers Manhattan, il se sentit soudain envieux, envieux d'Al et de son amitié avec une femme comme elle – quelle chance il avait eue!

Le mystère de la destruction

Le chef médecin légiste Gerald Heyman n'arborait pas sa bonne humeur habituelle.

– Je l'ai dit carrément à Hart, dit-il, ne m'envoyez plus jamais vos crétins ici!

Le Dr Heyman avait la cinquantaine, un bronzage permanent et l'allure d'un type qui fait deux heures de jogging à l'aube dans Central Park tous les jours. Ses cheveux gris fer étaient partagés au milieu. Son menton était carré et il se tenait droit derrière son bureau méticuleusement rangé.

– On a tous des prises de bec. On est humains après tout. Mais nous sommes avant tout des professionnels et nous tenons à la courtoisie. Quand nous sommes en désaccord, nous en parlons. Parfois nous élevons la voix. Mais jamais, jamais, nous n'essayons de régler les choses à coups de poing. Une autre chose que nous ne faisons pas, c'est mélanger les morceaux de cadavres. Quand quelqu'un a été démembré, et je me fiche de savoir si c'est la tête ou les côtes qui manquent, on étiquette les morceaux et on les garde ensemble. Les photos, ça sert à ça!

– Il n'a jamais été question de mélange. Hart a été très clair à ce sujet.

– Très bien. Je veux simplement que vous sachiez

où je me situe. Je ne veux en aucun cas que ceci atteigne le point où un plaignant quelconque ou un avocat geignard se mette à hurler que l'échange a eu lieu ici.

– Je ne crois pas que cela puisse arriver.

– Je peux vous prédire le contraire.

– Les photos contrediraient à coup sûr une affirmation pareille.

– En effet.

Et alors, fut tenté de répondre Janek, qu'est-ce que ça peut bien foutre?

Il se retint. Inutile d'argumenter. Le Dr Heyman, satisfait de voir qu'il avait réussi à faire admettre sa position, l'envoya à David Yoshiro, le médecin légiste qui avait pratiqué les autopsies.

Yoshiro était un petit Japonais-Américain, sérieux et très pointilleux. Il portait des lunettes cerclées de noir et semblait perdu dans sa blouse blanche trop grande. Il parlait d'un ton neutre, méthodique, avec une voix grave qui résonnait dans la pièce.

– Ireland a été frappée à travers le rideau de la douche d'un coup dans le dos et d'une douzaine d'autres coups dans la poitrine, coups qui formaient le dessin d'une grappe. J'ai trouvé des morceaux de rideau dans les blessures. Ensuite elle a été portée ou tirée jusqu'à son lit, retournée et décapitée comme par un bourreau – un seul coup, très violent, à la base du cou. Plus tard, le tueur ou l'exécuteur a fait un effort pour raccorder la tête de Beard là où s'était trouvée la tête d'Ireland. Il les avait coupées toutes les deux au même endroit, ce qui fait que les morceaux se rattachaient à peu près correctement.

Vraiment, songea Janek, c'est une affaire épouvantable, le truc à vous donner la nausée.

– Et Mlle Beard?

– J'ai compté onze blessures, également dans la poitrine. Des coups profonds, groupés très près les uns des autres dans la région du cœur. Cette avalanche de coups n'était pas nécessaire. Cliniquement parlant, les deux femmes ont été tuées presque sur le coup. Beard a été frappée à travers un drap, décapitée par la nuque de la même façon qu'Ireland, puis retournée pour que la tête d'Ireland puisse être enfoncée sur son cou. J'ai l'impression que les têtes ont été transportées dans des sacs en plastique. Avec d'énormes précautions, aussi, parce qu'il n'y a pour ainsi dire pas de traces de sang dans les cheveux. Aucune empreinte digitale, nulle part. L'assassin a fait très attention. Je le soupçonne d'avoir manipulé les têtes à travers le plastique, en retirant doucement les sacs une fois les têtes arrangées comme il le désirait.

Des sacs en plastique. On était mercredi. Si les sacs avaient été jetés dans une poubelle, les pièces à conviction étaient déjà dans un incinérateur.

– Le tout en combien de temps?

– Certainement en deux heures. Je dirais qu'Ireland a été la première victime. Je ne peux pas le jurer, mais il y a des signes.

– Armes?

– Deux. L'arme pour frapper, un couteau de chasse ou de cuisine très pointu, et l'instrument de décapitation, un couteau à longue lame, très fin, très lourd, très affûté. Le travail, précis – un seul coup à chaque fois. L'exécuteur n'a pas hésité. Ce n'est pas si facile de décapiter quelqu'un. On peut frapper et frapper. Mais dans le cas qui nous préoccupe il n'y a eu qu'un coup.

Yoshiro fit un geste comme s'il abaissait une épée qu'il aurait tenue à deux mains au-dessus de sa tête.

– Cela aurait pu être fait avec un sabre?

– Pure conjecture. Même si vous m'ameniez une telle arme je ne pourrais en être certain. C'est une coupe très nette. On ne peut prétendre qu'aucune arme ne l'ait signée. Evidemment, si vous m'apportiez un sabre avec du sang et des traces, des tissus, alors je pourrais le relier à ces femmes. Mais j'ai déjà vérifié et je pense que vous ne trouverez jamais d'arme autrement que nettoyée.

– Qu'entendez-vous par « déjà vérifié »?

Le ton formel de Yoshiro commençait à agacer Janek.

– J'ai examiné avec la plus grande attention les deux séries de blessures. Aucune cellule, aucune trace de sang de l'une dans les blessures de l'autre. J'en déduis qu'il a utilisé les mêmes instruments, mais en les nettoyant entre-temps. A propos, j'ai cru comprendre que l'on n'a trouvé aucune trace de sang dans les deux appartements.

Janek le regarda. Le type était furieux.

– C'est vous qui avez découvert l'échange, n'est-ce pas?

Yoshiro hocha la tête.

– J'étais en train de travailler sur le cadavre d'Ireland et je me suis aperçu tout de suite que les deux morceaux n'allaient pas ensemble. (Il secoua la tête.) On a déjà eu des décapitations ici, mais jamais avec les têtes recollées. Je voudrais attirer l'attention sur la bizarrerie de ce phénomène. Les têtes n'ont pas simplement été replacées sur les corps. Elles ont été littéralement pressées sur les corps, comme si l'assassin avait essayé de les réarranger à sa façon, selon son plaisir.

– Oui, dit Janek. Je vois. C'est effectivement assez bizarre.

Yoshiro le regarda. Soudain il ôta ses lunettes, d'un geste brusque.

– Je suis médecin légiste, pas psychologue, lieutenant. Mais en me fondant sur ma compréhension de la nature humaine, qui provient d'observations personnelles, de lectures poétiques ou littéraires et de quelques cours que j'ai suivis à Cornell, je dirais...

– Oui?

– Je me trouverais dans l'obligation de vous dire qu'il semble que cet homme essayait autant de créer des êtres que de les détruire. Est-ce que vous voyez ce que je veux dire?

Le docteur Yoshiro remit ses lunettes sur son nez.

– Il les a tuées, bien sûr, mais pour en utiliser les morceaux à son idée. Donc, dans un sens, nous pouvons dire que c'est un créateur. Destructeur et créateur : les deux. C'est une idée difficile à concevoir, je sais. J'ai eu moi-même du mal à y penser, à l'envisager, ce qui peut paraître étrange étant donné mon travail. Normalement, je reste imperturbable. Découper des corps, accomplir des autopsies ne me dérange nullement. Mais ce cas-là me perturbe énormément. J'ai la sensation d'avoir en face de moi un homme qui a tenté de créer de nouveaux êtres humains, qui s'est amusé à jouer à Dieu. Et maintenant, si vous voulez bien m'excuser. J'ai un mal de tête épouvantable. Je vais prendre deux aspirines et m'allonger. Vous aurez un rapport complet, bien sûr, dès que nous en aurons fini. Excusez-moi.

Il se leva et plongea dans un salut tout asiatique.

Janek hocha le chef et se retira. Un étrange petit bonhomme, songea-t-il, avec des réactions sensibles, étonnantes. Un scientifique plein d'assurance et de confiance en soi, jusqu'à ce qu'il commence à essayer d'évaluer la signification du crime; alors sa tête lui fait mal et il perd les pédales. Il avait entrevu un mystère, la création et la destruction, des vecteurs qu'il n'arrivait pas à concilier. Et ces découvertes l'avaient frappé, lui qui passait pourtant son temps à ouvrir des abdomens, sortir des organes, mesurer le poids de la chair de ses semblables.

Lui aussi, Janek, se sentait frappé, pensait-il en roulant vers le commissariat. Il y avait là quelque chose qui dépassait le simple homicide violent. Quelque chose d'affreux, de malfaisant, et de fascinant aussi.

Le quartier général de la 6e circonscription était un de ces nouveaux bâtiments officiels qui avaient vieilli très vite. Construit une douzaine d'années auparavant pour être aussi indestructible qu'une école publique, il avait vite acquis la patine de crasse et la puanteur de n'importe quel commissariat : fumée de cigarette, sueur d'étable et effluves de la détresse humaine.

Aaron Rosenthal avait déjà organisé le bureau de la brigade spéciale sur l'arrière du deuxième étage. Bureaux, téléphones, armoires à fichiers, une carte et un panneau de liège grand format sur lequel il avait épinglé les photos prises sur les lieux des crimes. Les photos d'Ireland étaient sur la droite et celles de Beard sur la gauche. Entre les deux un diagramme indiquait les différents itinéraires entre les deux appartements. Il restait de la place pour la documentation à venir.

Aaron était un excellent inspecteur, un fin limier, superbe dans les interrogatoires et brillant au téléphone. Il avait quarante-trois ans, était inspecteur de deuxième niveau, l'équivalent d'un sergent, presque chauve, pansu, portant lunettes, avec d'énormes favoris hideux, un sourire vif. Il avait aussi une femme adorable, quatre merveilleuses filles et un cynisme new-yorkais aiguisé que Janek adorait. De temps à autre il portait une calotte pour venir travailler, au grand étonnement de ses collègues, car cela ne tombait jamais pendant une fête juive. Certains avançaient qu'Aaron faisait des pénitences personnelles pour payer les erreurs de son passé mais, comme beaucoup d'autres mystères posés à la division des Inspecteurs, celui de la calotte d'Aaron Rosenthal avait été relégué dans le tiroir « affaires non résolues ».

– Qu'est-ce que tu penses de l'affaire? demanda Janek. (Il n'avait parlé que très brièvement avec Aaron la veille.)

– Saleté de film d'horreur. Désolé pour Al, Frank. Lou va bien?

– Elle s'en tirera, dit Janek. Tu as déjà parlé à Taylor?

Taylor était le responsable du commissariat, un capitaine en uniforme qui n'aimait pas voir les inspecteurs s'emparer de son espace sans avoir de comptes à lui rendre.

– Il est furax après Hart. Il réservait ces bureaux pour faire un centre d'assistance aux femmes violées.

Janek jeta un regard circulaire.

– Joli. Tu as balayé toi-même?

– Tout. Sauf les salles d'interrogatoire. Je pensais les laisser telles quelles, elles sont très bien.

Janek alla jeter un coup d'œil aux deux espèces de cabines séparées par un petit couloir et qui permettaient de regarder dedans par des fentes étroites garnies de glaces sans tain.

– Tu ferais bien d'acheter un spray anticafard, dit-il. Tu sais... hier j'ai eu un rejet de tout ça. J'ai prié pour que le type vienne tout avouer ce matin.

Aaron haussa les épaules.

– Ouais, mais c'est pas drôle quand c'est facile.

Ils descendirent et marchèrent jusqu'au Taco-Rico sur la Septième Avenue où ils déjeunèrent en bavardant. Aaron était au courant de l'embrouille entre Stanger et Howell et de la bagarre à la morgue. Tout le monde était au courant.

– C'est Sweeney. Il a vendu la mèche, il raconte partout qu'ils sont punis et obligés de bosser sous tes ordres.

– Sweeney raconte ça?

– C'est ce qui se dit.

– Cet imbécile... Hier, il a conduit ma bagnole.

– Et il t'a dit que t'avais un problème de moulin, non?

– Oui. Il a dit qu'il faisait un sale bruit.

Janek jeta un coup d'œil à Aaron.
– Il raconte ça aussi?
– Pas que je sache. Mais les bagnoles c'est sa marotte. Il a des parts dans un garage.
Aaron regarda Janek avec attention.
– Tu sais, Frank, tu devrais être un peu plus excité par cette affaire. Quand même, c'est pas n'importe quoi. C'est le genre à te rendre célèbre.
– Ouais, je sais, c'est la grosse-affaire-bizarre qu'on attend toute sa vie. Super si on la résout. Terrible si on rate.
– On y arrivera.
– Je n'en suis pas si sûr. De toute façon je n'aime pas cette histoire.
– Ça viendra, Frank. Ça viendra quand tu seras dedans.
Après le déjeuner ils revinrent au bureau et regardèrent ensemble les photos prises sur les lieux des crimes. Ils se tenaient chacun devant une série de clichés. Ils changèrent de place plusieurs fois. Ensuite Janek se mit à faire les cent pas, cherchant quelque chose qui était là et qu'il n'avait pas vu. Qu'est-ce que c'était? Il sentait cette absence. Quelque chose de révélateur, d'anormal, peut-être même d'au-delà de l'anormalité. L'échange. Le *switch*... Cela avait à voir avec l'apparence des lieux sur les photos. Quelque chose... Il ne savait.
– Tu vois quelque chose? demanda-t-il à Aaron.
– Toi oui, en tout cas, vu la façon dont tu fais les cent pas.
– Tu vois quoi?
– Des photos d'identité judiciaire.
– D'accord.
– Il y a peut-être autre chose.
Janek attendit, et comme Aaron ne continuait pas, il fut pris d'impatience, se demanda s'il n'avait pas

regardé trop attentivement, cherchant un sens qui n'y était pas.

– C'est trop parfait, dit Aaron au bout d'un moment.

– Intéressant. Qu'entends-tu par là?

– J'en sais rien.

– Allez, Aaron.

– D'une certaine manière on dirait que c'est manigancé.

– Ouais...

– Comme si tout avait été disposé pour être photographié, et du diable si je sais où je vais en disant ça.

– Ce n'est pas le tueur qui a pris les photos.

– Je sais, mais...

– Tu veux dire que ces scènes ont l'air d'avoir été arrangées exprès pour être photographiées?

Aaron était penché dessus maintenant, les regardant de très près.

– Mmmm... Je ne sais pas, peut-être...

– Tu disais « trop parfait ». Qu'est-ce que tu voulais dire?

– J'en sais rien.

– C'est la symétrie qui te fait tiquer?

– C'est certain qu'on peut parler de symétrie quand on échange deux têtes.

– Ça va. Mais il y a autre chose?

– Il y a quelque chose, Frank. Quelque chose qui te frappe de prime abord et que tu ne vois plus quand tu regardes de trop près.

– Alors, bon Dieu, c'est quoi?

Aaron recula et secoua la tête.

– Je suis battu, dit-il.

– Eh bien, je vais te dire ce que je pense qu'il y a. De l'arrogance. De la vanité. Je vous défie de résoudre ce crime. Je vous défie d'y comprendre quoi que ce soit. Je vous défie de me trouver. Je l'ai fait, je suis le super-tueur et vous, les flics, vous êtes des cons. Vous ne me trouverez jamais et même si vous me trouvez, je ne vous expliquerai jamais pourquoi!

Aaron acquiesça.

– Ouais. C'est ça. Et il y a peut-être encore autre chose de plus. Comme si notre tueur avait tout arrangé par vanité.

Un détail à approfondir si un suspect venait jamais à être arrêté. Ces meurtres étaient plus que bizarres. C'était peut-être là le problème. Ils étaient *trop* bizarres. Comme si cette bizarrerie était calculée – les crimes bizarres n'étaient pas commis dans ce but, en général.

Janek planta ses coudes sur son bureau, appuya son front sur ses doigts. Quand Sal entra, il se sentit soulagé; il n'arrêtait pas de penser à la folie de cette affaire.

Sal leur lut ses notes.

– J'ai vérifié les carnets des taxis. Dans les compagnies, tout a été relevé. Des circulaires ont été envoyées aux indépendants. Pour l'instant personne ne se souvient d'un passager particulier qui ait fait ce trajet cette nuit-là. Les chauffeurs de bus non plus. « On les regarde même pas. » Voilà ce qu'ils disent tous. La relation chauffeur de bus/passagers tend au superficiel. Voilà le sens de cette phrase.

– Cette enquête affine ta sensibilité, on dirait, dit Aaron.

– Ouais, je suis en train de devenir un expert des trajets est-ouest dans cette ville. J'ai parlé à quelques concierges, quelques portiers. Rien pour l'instant. Ils ont des relais spéciaux pour les week-ends. Des rotations. J'en essaierai d'autres ce soir.

Quand Stanger et Howell appelèrent, Janek les convoqua. Lorsqu'ils arrivèrent, les cinq inspecteurs s'installèrent en rond. Janek s'adressa à eux à tour de rôle. Aaron prenait des notes sur un bloc.

Stanger leur apprit que les parents d'Amanda Ireland étaient en ville, dans un motel de la Dixième Avenue.

– Des gens très nerveux. Le genre qui déteste New York. Le père l'a identifiée. La mère n'a pas voulu venir. Je n'ai pas parlé de l'échange. Je pensais que vous vouliez peut-être leur parler et le leur apprendre vous-même.

– Je veux leur parler, dit Janek. Arrange-moi un rendez-vous au motel. Il n'y a aucune raison de mentionner l'échange sauf s'ils ne trouvent pas cette histoire assez atroce.

– Oh pour ça, rassure-toi. Ils sont horrifiés.

– Ils n'ont pas parlé d'éventuels boy-friends? Elle n'a jamais mentionné personne dans ses lettres?

– Personne, sauf ce professeur de dessin, celui de son école. Mais il est pédé, il n'a pas peur de le dire. Gentil garçon. Ils étaient très proches.

– Amenez-le ici.

Stanger parut surpris.

– J'ai passé deux heures avec lui, lieutenant. Il est OK. Souvenez-vous, il a gerbé.

– Bizarre! Si c'est un professeur de dessin, pourquoi n'a-t-il pas remarqué le changement de têtes?

– Il est très sensible.

– Beaucoup d'assassins sont très sensibles. S'il était très lié à elle, ils ont dû se faire des confidences. Il cache peut-être quelque chose. Peut-être qu'Amanda aimait les filles. Joue les types sympa, Stanger. Je le cuisinerai moi-même. (Janek se tourna vers Howell.) Et le maquereau?

– Il y en avait un. Des gens dans l'immeuble l'ont vu. Et on les avait vus ensemble dans la rue.

– Qui est-ce?

– Un Oriental. Drôle de nom. Bitong. Paraît qu'il est très malin. Dès que j'aurai mis la main dessus, je le ramène ici. J'ai une théorie : peut-être qu'il a voulu donner une leçon à ses autres gonzesses. En échangeant les têtes et tout, pour faire peur aux autres. Vous voyez ce que je veux dire : « Si vous ne faites pas ce que je vous dis, voilà ce qui vous attend. »

– Pas très malin. Pourquoi le professeur de français et pourquoi l'échange?

– Qui sait? C'est de la dinguerie chinetoque. Peut-être qu'Amanda faisait des trucs très classe pour lui. East Side. Vous voyez, genre discret...

– Oublie ça, dit Stanger en claquant des doigts.

Howell l'ignora.

– Ou bien peut-être qu'Amanda n'était qu'une cible prise au hasard? J'essaie de me mettre à la place d'une prostituée.

Ils éclatèrent tous de rire.

– Si j'étais une pute et que je voie ce qui est arrivé à Brenda, je ferais dans mon froc. J'embrasserais le cul du Chinetoque toute la nuit et je ne penserais plus jamais à le doubler.

– On devient trop théoriques, dit Janek. Qu'est-ce que tu as sur ses clients?

– Elle avait une annonce dans *Screw*. Tous les quinze jours. Avec un numéro de téléphone. Ce qui est bizarre c'est qu'en général, quand elles mettent des annonces, elles travaillent à deux. Deux filles. Elles partagent le même appart. Comme ça, s'il y a une embrouille avec un jobard, elles se sentent un peu protégées. Mettre une annonce c'est juste la classe au-dessus du trottoir, et sur le trottoir, au moins, elles peuvent voir de quoi le client a l'air. Par téléphone, elles bossent à l'aveuglette. Des coups de fil de businessmen de province, des mômes, des dingues aussi. N'importe qui. Tout le monde. Il n'y a pas de protection contre les cinglés. A travailler comme ça toute seule, Brenda prenait un risque chaque fois qu'elle ouvrait sa porte.

– J'aime déjà mieux ça que l'idée de la punition du

mac, dit Sal. Un coup de fil d'un inconnu. Au téléphone il a l'air cool. Elle le laisse entrer en se figurant qu'elle contrôle la situation. Et puis il lui fonce dessus si vite qu'elle n'a pas le temps de lever la main. Des prostituées se font tuer comme ça tous les jours.

Howell s'énervait. Janek voyait qu'il avait déjà pensé à ça et que maintenant Sal et les autres avaient l'air de le prendre pour un crétin.

– Ça se tient, ta théorie, dit Janek, et celle du mac aussi. Il faut causer au mac pour l'éliminer de toute manière. Maintenant, examinons la théorie de Howell sur la rencontre de hasard. Disons que Brenda est la cible. C'est une fille facile. Il n'y a qu'à l'appeler, être sympa et prendre un rendez-vous. Mais avec Amanda, ce n'est pas si simple. Elle ne vous laissera jamais entrer. Alors disons que le tueur en avait après Amanda et qu'il voulait faire un échange, il a besoin d'une autre tête, d'accord, alors il prend *Screw*, choisit une fille et prend un rendez-vous – la seule fonction de la pute est de fournir la seconde tête. Qu'est-ce qu'on obtient? Brenda n'est plus qu'une victime choisie par hasard et c'est Amanda qui est vraiment intéressante.

Janek regarda Stanger.

– Il faut qu'on en sache davantage sur elle. Et surtout sur la façon dont il est entré. Ça fait une grosse différence s'il est passé par l'escalier d'incendie ou si elle lui a ouvert la porte. Si Amanda l'a laissé entrer, tout bascule : elle le connaissait, elle est au centre de la mire; Brenda devient un accessoire.

Ils hochèrent tous la tête. Au moins Janek arrivait avec une théorie. Amanda était la première cible, même si rien ne permettait de l'affirmer. Avant qu'ils se séparent, il leur enjoignit de chercher des connexions possibles entre les deux filles.

– Si elles se connaissaient, si leurs trajets se croisaient, on aurait une base de départ. En attendant, on travaille dans le noir. Jusqu'ici on a quelques notions, mais pas une seule idée de ce à quoi on s'attaque. Est-ce un double homicide avec une raison derrière ou bien un crime de dingue qui va tourner à la série? C'est une chose à laquelle nous devons penser. Si le mec qui a fait le coup pense qu'il va s'en sortir, il pourrait tout aussi bien recommencer...

Chinatown

Lorsqu'il fut enfin seul dans le bureau il téléphona à Caroline Wallace.

– Hé, Janek, j'espérais que vous me rappelleriez.

Elle semblait ravie qu'il appelle.

– C'était très sympa hier, maintenant c'est mon tour.

Il suggéra de venir la chercher et de l'emmener dîner dans Chinatown.

Elle prit son appareil avec elle, le même Leica qu'il avait remarqué à l'enterrement, passé sur son épaule avec une demi-douzaine de petits sacs de cuir pour ses boîtes de films. Pas de sac, pas de valise d'équipement. Elle expliqua qu'elle aimait voyager avec des bagages légers. Elle ne sortait jamais sans son appareil car elle ne savait jamais ce qu'elle allait voir.

Dans la voiture il lui demanda si elle l'avait sur elle le jour où elle était tombée de bicyclette et qu'Al l'avait raccompagnée.

– Tu ne peux pas t'empêcher de jouer à l'inspecteur, hein?

Ça l'amusa, puis elle fronça les sourcils.

– Non, je ne l'avais pas pris pour aller au tennis. Il y avait eu des vols dans les vestiaires.

– Donc tu ne l'emportes pas toujours avec toi.

– Tu as raison. Tu es un homme très intelligent.

Elle sourit, leva son appareil, s'appuya à la portière de son côté et prit un cliché de lui, au volant, lui rendant son sourire.

Il l'emmena dans un restaurant en étage qu'il aimait, dans Mott Street, un endroit bon et pas cher, où les serveurs parlaient mal l'anglais. Elle prit d'autres photos de lui pendant qu'il commandait. Il joua le jeu en faisant le clown avec le serveur. Clic. Clic. Il aimait l'idée d'être photographié. Elle doit m'aimer, songea-t-il, sinon elle ne gâcherait pas sa pellicule.

– Tu bouffes beaucoup chinois, hein, Janek?

– Oui, deux soirs de suite c'est vraiment beaucoup.

– En Chine, ils mangent chinois tous les jours; je crois qu'on survivra.

– Demain, dit-il, il se peut que je mange encore chinois. J'ai un maquereau chinois à interroger.

Elle lui dit qu'elle aimerait le photographier en train de mener un interrogatoire.

– Pour surprendre mon agressivité?

– Bien sûr. Surtout quand tu le frapperas. Vous les cognez, j'espère? Mon père me racontait comment les flics savent cogner les types sans laisser de marques, en les travaillant vraiment bien.

– C'était en 1902. Je savais que tu détestais les flics. Les enfants de flics sont tous comme ça.

– Je pense que les flics sont les gens les plus sympa, les plus intelligents et les plus généreux du monde.

Elle était sérieuse et il se sentait désolé de ne pouvoir acquiescer.

– Qu'est-ce qui t'attire dans l'agression?

– C'est mon truc, je crois.

– Rien que les hommes, n'est-ce pas?

– L'agression des femmes peut être intéressante, mais dans ce livre je ne m'attache qu'aux hommes.

– Ce livre va les descendre?

– Ceux de ton espèce? (Elle rit.) Non, non, pas du tout. Il y a quelque chose d'élégant dans l'agression masculine. Les postures. Les poses. Les regards. L'apparence. C'est la meilleure part de l'être humain. Nous sommes des animaux en société. L'agression fait fonctionner le monde. La gentillesse aussi, je crois, mais ce serait un autre livre.

– J'imagine que tu pourrais faire un livre là-dessus, dit-il en la regardant droit dans les yeux.

– Des mamans serrant des bébés. Des amants s'embrassant tendrement. Ça a déjà été fait mille fois et, de toute façon, c'est trop mièvre pour moi pour l'instant.

Les plats arrivèrent dans un nuage de vapeur et ils les attaquèrent avidement. Il la complimenta pour sa dextérité avec les baguettes. Elle répondit qu'elle avait pris l'habitude de s'en servir pendant deux ans à Saigon. Il lui demanda comment c'était là-bas, surtout à la fin, pendant le dernier siège et l'effondrement. Tandis qu'elle en parlait, qu'elle lui racontait ses souvenirs de guerre, il lui vint à l'esprit qu'elle racontait ses aventures comme un homme l'aurait fait. Un aspect très intéressant de sa personnalité, songea-t-il, car elle était une femme très attirante. Il savait que les jeunes femmes étaient différentes aujourd'hui, que leur existence pouvait être aussi aventureuse que celle d'un homme sans qu'elles deviennent masculines pour autant. Il l'avait remarqué chez quelques inspecteurs femmes, mais c'était la première fois qu'il s'y trouvait confronté hors de son travail. Cette pensée le fit soudain se sentir vieux, comme si le monde était passé à côté de lui au cours de ces dernières années.

Lorsqu'il exprima ce sentiment, elle réagit avec sympathie et parut amusée. Elle dit qu'elle lui donnait dans les cinquante ans et quand il confirma qu'il en avait cinquante et un, elle dit qu'elle pensait que ce n'était pas si vieux.

– Al avait dans les soixante-six. Il était vieux et il avait pris sa retraite. Il vivait dans le passé, dans ses anciennes affaires; toi, tu as une prise sur le monde. Il ne t'a pas dépassé, Janek. J'ai le sentiment que tu as les choses en main, et que tu as encore de l'avenir devant toi.

Il l'aima d'avoir dit ça, il l'aimait plus qu'il ne voulait bien l'admettre. Maintenant il voulait examiner cette affection naissante, grandissant en lui à toute vitesse, parce qu'il ressentait quelque chose qu'il n'avait pas ressenti depuis des années, et cela l'effrayait un peu... ça faisait si longtemps.

Il savait depuis des lustres que ses relations avaient toujours été affectées par son travail : le regard inquisiteur qu'il appliquait sur les choses et les gens, sa recherche permanente des motifs, des forces et des faiblesses de chacun, les moments où il essayait de s'imaginer comment telle ou telle personne jouerait le coup, sa façon de saisir l'avantage, de manipuler, d'interroger, de casser un individu – tout cela, l'essence même d'un « bon flic » travaillait contre toute possibilité d'intimité avec un autre être. Il s'était demandé plus d'une fois si une relation normale était possible quand tous les actes de sa vie – acheter le journal, faire l'amour avec une femme, etc. – n'étaient que des étapes dans la vaste enquête qui circonvenait sa propre existence. Il n'avait jamais pu échapper à son travail. Sauf ce soir, assis dans ce restaurant, avec Caroline. Là, il ressentait autre chose.

De l'attirance? Elle était très attirante, bien sûr, mais il sentait quelque chose de plus. Son affection aveuglait son instinct. Ce n'était plus simplement une belle femme, il éprouvait de la tendresse pour elle. Et comme il savait qu'il était impossible qu'elle ressente le même sentiment pour lui, il se promit de faire attention. Il ne voulait pas morfler.

Ils traînèrent devant leurs tasses de thé, parlant à

bâtons rompus. Il avait du mal à réaliser qu'ils ne s'étaient rencontrés que la veille. Les miettes de leurs *fortune cookies* et les porte-bonheur trouvés dedans jonchaient la nappe. Finalement, ils se levèrent. Janek paya, et ils sortirent marcher dans les rues grouillantes, regardant la vitrine des épiceries, respirant des parfums acides, levant le nez vers le linge pendu aux escaliers d'incendie, écoutant des airs étranges fredonnés par de vieilles Chinoises aux cheveux coupés droit.

Quand ils traversèrent Canal Street, ils passèrent dans un autre monde. Ils avaient passé la ligne de démarcation et étaient entrés dans Little Italy. Ils dépassèrent sa voiture et il l'entraîna vers un café qu'il aimait, juste en face d'un restaurant de poisson sicilien où des gangsters de la mafia venaient traîner et, de temps en temps, se faire descendre.

Ils avaient bu beaucoup de thé. Maintenant ils sirotaient un café italien. C'était plus qu'un simple changement ethnique. L'atmosphère entre eux était différente. Leur petite promenade l'avait comme ramolli. Il avait eu l'intention de l'écouter, elle, et voilà qu'il se retrouvait en train de parler à toute vitesse, de lui raconter ses aventures quand il était un jeune officier de police et qu'Al DiMona le surveillait, de parler de poursuites en voiture, de guerres de gangs et de loi du silence dans Mulberry Street. Cette loi que la police ne parvenait pas à briser. Il était là, à vider son sac devant elle, et il lut soudain de l'extase dans ses yeux.

– Emmène-moi là, Janek.

– Où?

De quoi venait-il de parler?

– La boutique. Je veux voir la boutique de ton père.

Il avait parlé de son enfance dans Lafayette Street, de la boutique de son père et de l'appartement au-dessus où sa famille avait vécu.

Ce n'était qu'à quelques blocs. Aucune raison de ne pas l'y emmener. Souvent il passait devant, parfois il déviait même de son chemin pour y passer après le travail, mais il ne l'avait jamais montrée à personne, pas même à Sarah, et il était resté marié dix-huit ans avec elle.

– Ce n'est pas grand-chose, tu sais.

Elle hocha la tête et prit son bras. Ils marchèrent, s'arrêtèrent de l'autre côté de la rue, regardèrent la vitrine à travers laquelle les passants avaient pu voir son père travailler, réparant des accordéons cassés, métier qu'il avait rapporté de Prague dans ses bagages. Maintenant c'était un magasin d'huile d'olive, et l'appartement au-dessus, au premier, semblait inhabité. C'était peut-être devenu une remise. Janek désigna la fenêtre de gauche.

– Les samedis matin je les passais là, à observer la rue. Mon père était le meilleur réparateur d'accordéons de toute la ville à l'époque, et les vieux accordéonistes des rues venaient le voir de partout, même du New Jersey. Il y avait un vieux bonhomme avec un instrument tout décrépit qui tombait en morceaux; chaque samedi je le voyais arriver, boitant dans la rue avec son petit singe accroché à l'épaule : il venait faire réparer son vieux machin. Quand je le voyais, je courais en bas et je restais à côté de mon père, attendant le moment où le vieux bonhomme poserait le singe sur l'établi et me permettrait de lui serrer la main. Je détestais ça. Sa patte était rugueuse et râpeuse. Bien sûr, j'aurais très bien pu rester en haut, mais quelque chose m'attirait. Je ressentais le besoin de cet homme. Sa réussite, tu vois, c'était d'avoir dressé l'animal à faire ce simple truc. Il pensait que ça rendait les enfants heureux. Ça lui faisait plaisir, je serrais la patte du singe en souriant.

Elle le photographiait. Il ne s'en était pas aperçu pendant qu'il parlait, mais quand il se tut et se tourna vers elle, il vit qu'elle avait l'œil vissé au viseur de son appareil. Il se sentit bien, cela lui plaisait. Le cliquetis de son appareil rythmait le retour de ses souvenirs. Il se remit à parler et, au moment où ses yeux rencontraient à nouveau l'objectif, elle le prit une fois de plus. Puis elle baissa son appareil. Elle lui dit qu'elle avait fini le rouleau.

Il se demanda ce qu'elle avait vu, ce qu'elle avait pris. Un inspecteur vieillissant en proie à ses souvenirs, ou autre chose? L'amour qu'il ressentait pour elle. Il se demanda si elle avait pris ça aussi.

– Il en sortira quelque chose? demanda-t-il. Il n'y a pas beaucoup de lumière ici, c'est plutôt sombre.

– C'est un grand-angle et j'ai un film très sensible. Il en sortira quelque chose, Janek.

Elle parlait avec une voix agréable, aussi agréable que le clic-clic-clic de son appareil. La voiture n'était pas loin. Ils s'arrêtèrent au coin de Baxter et Hester Street. Elle se tenait derrière lui. Quand il lui ouvrit, elle resta là, debout, sous le réverbère, cherchant ses yeux, et alors il l'embrassa, il sentit la chaleur de sa main quand elle se posa sur son cou pour attirer son visage à elle.

Ils roulèrent jusque dans Queens sans dire un mot. Il n'y avait que le bruit de la ville dehors, le bruit du trafic d'été, les gens : tout semblait étrangement étouffé, comme mixé avec le murmure de leurs respirations dans la voiture. Un lien se tissait entre eux. Il le sentait. Et cela élevait encore le sentiment qu'il avait eu quand ils étaient à table. Il conduisait, la ville était tranquille, plus chaleureuse, à cause de ce qu'il ressentait, assis à côté de cette femme si tranquille.

Devant son immeuble elle se tourna vers lui.

– Tu veux venir?

– Bien sûr! Tu sais que je veux venir. (Il s'arrêta.) Je ne savais pas, Caroline, je ne savais pas que ce serait comme ça.

– Je ne le savais pas non plus. Comment aurions-nous pu le savoir? C'est là le mystère, n'est-ce pas? Un doux mystère.

Il y avait comme un enchantement sur eux, un charme, et ils faisaient tous deux très attention de ne pas le briser. Ils montèrent doucement l'escalier. Il n'y eut ni paroles ni plaisanteries, ni sourires complices ni regards sous-entendus. Ils s'arrêtèrent devant la porte. Elle ouvrit et le laissa entrer. Une lumière douce tombait sur le *loft*. Avant de partir, elle avait allumé une demi-douzaine de lampions japonais, disposés un peu partout dans la pièce. Ils répandaient une lueur chaude sur toute chose, rendant l'espace encore plus tendre qu'il n'était la veille.

Elle dénoua ses sandales, ouvrit un placard et sortit une bouteille de vin. Il s'approcha derrière elle, jusqu'à quelques centimètres, et elle se retourna, lui sourit. Elle lui tendit la bouteille et un tire-bouchon, puis saisit deux verres sur une étagère.

– Musique?

Il fit oui de la tête.

Elle se dirigea vers la chaîne, choisit un disque – Miles Davis avec Coltrane, subtil et hypnotique, sans fin également.

Ils s'assirent côte à côte sur les fauteuils usés, buvant à petites gorgées et écoutant en silence. Puis elle se leva, ramassa un pouf et le plaça devant lui. Elle s'assit de manière à appuyer son dos contre ses genoux.

Il se pencha, passa ses doigts dans ses cheveux. Puis il lui massa le cou, appuyant son genou dans le creux de son dos, laissant courir ses pouces sur la ligne de ses épaules, doucement, et il lui sembla qu'elle ronronnait presque, remuant lentement la tête d'un côté et de l'autre.

Plus tard, tandis qu'ils se caressaient, couchés l'un contre l'autre dans son grand lit de cuivre, il lui sembla qu'ils avaient fait l'amour comme des êtres humains. Il s'était senti consumé de tendresse, il s'était extasié sur le lent tempo de leurs mouvements; jamais immobiles, ils avaient parcouru leurs corps sans heurts, sans rien de violent ou d'anguleux, tout en douceur, avec une paresse naturelle, une nonchalance émerveillée. Ils avaient été deux personnes qui faisaient l'amour, pas deux animaux en train de baiser, et c'est sur cette pensée qu'il s'endormit.

Il se réveilla plusieurs fois dans la nuit, étonné de se trouver là, dormant dans son *loft*, avec son corps jeune et doux et nu à ses côtés, écoutant sa respiration, sentant la chaleur de son dos contre ses paumes. Jamais de sa vie cela n'avait été comme ça pour lui. Cela faisait très très longtemps qu'il n'avait pas fait l'amour avec tendresse, qu'il n'avait pas éprouvé un tel amour pour une femme, tenu dans ses bras une femme si jeune et si belle, dormi près d'une femme si extraordinaire. Et il était stupéfait que cela se soit produit. On aurait dit un rêve jusque-là impossible, quelque chose qu'il avait toujours souhaité, qui allait marquer un tournant dans sa vie, un tournant crucial. Tout était étrange : la façon dont ils s'étaient rencontrés et dont ils étaient tombés amoureux, sans aucune espèce de cour ni de rituel, sauf lorsqu'elle l'avait photographié et qu'elle avait pris sa main dans la rue. L'inspecteur en lui venait de fondre et il redevenait un homme. C'était une renaissance et cela lui semblait capital : sa vie devrait être différente désormais.

Soudain il eut peur – lui, Janek, qui n'avait peur de rien. Peut-être faisait-elle ça à chaque fois, pensa-t-il. Peut-être s'était-elle fichue de lui à propos d'Al. Peut-être aimait-elle les vieux, les flics ravagés. C'était peut-être son truc : les menottes, l'autorité et le P. 38. A moins qu'elle ne soit une de ces femmes nouvelle manière, capables de baiser n'importe quand, comme un homme. C'était pour elle une nuit parmi tant d'autres qui ne signifiaient rien de particulier. Si c'était vrai, il savait qu'il se sentirait affreusement mal, plus seul qu'il ne l'avait jamais été.

Il replongea dans le sommeil. Le matin, quand il s'éveilla il la chercha de la main. Elle n'était plus là. Il paniqua presque, jusqu'à ce qu'il l'entende bouger quelque part dans le *loft*. Il sentit l'odeur du café et l'entendit revenir vers le lit, s'asseoir près de lui avec un plateau.

– Hé, Janek...

Elle buvait à petites gorgées dans une chope. Elle dit son nom doucement, sensuellement, comme si elle en aimait la sonorité, pas de la manière sèche dont les gens l'appelaient dans les commissariats ou dans la rue. Il bougea pour s'asseoir près d'elle, enroulé dans les draps. Elle caressa sa joue où sa barbe piquait déjà, lui donna un baiser léger comme une plume, puis se tourna vers le plateau. Il prit la deuxième chope et la leva. Ils se portèrent un toast. Il était six heures trente du matin et il n'arrivait toujours pas à croire que tout cela s'était produit, continuait à exister, là, maintenant.

Interviews

Dix heures au Market Motel : le père d'Amanda Ireland descendit à la réception pour rencontrer Janek et Stanger. C'était un homme dans la cinquantaine, yeux bleu clair, visage marqué. Une mèche de cheveux blancs tombait sur son front et il avait l'allure d'un homme à qui on vient d'ôter irrémédiablement quelque chose d'une valeur inestimable.

Mme Ireland, leur dit-il, était trop mal pour parler avec eux, mais si Janek l'exigeait, elle descendrait. Il y avait trois fauteuils et une table basse en verre dans un coin. Ils s'assirent. Ireland fumait comme un sapeur. Ses dents étaient jaunes et des taches brunes marquaient son pouce et son index droits.

– Cela avait toujours angoissé ma femme qu'elle vive ici. Si elle lisait un truc dans le journal à propos d'un meurtre ou d'un viol, elle me disait : « Appelons Mandy ce soir, elle a peur d'admettre qu'elle a peur. Il faut qu'elle sache qu'elle peut quitter cette ville dès qu'elle en a envie et revenir vivre ici avec nous. » Alors on l'appelait, et elle ne comprenait pas de quoi nous parlions. Elle ne prêtait aucune attention aux faits divers. Elle aimait New York et ne se sentait aucunement menacée ici. Elle aimait son travail à Weston, adorait aller au théâtre et aux concerts de musique de chambre. Elle aimait ça et elle n'arrêtait pas d'en parler. Elle disait qu'elle se nourrissait de l'énergie de New York.

– Qu'entendait-elle par « énergie »? demanda Janek.

– Eh bien, les gens, je pense. La foule. Ces choses différentes qui se passent toutes en même temps. Ce train d'enfer. La façon dont les gens parlent et marchent. Je ne crois pas qu'elle parlait des bars ou des boîtes de nuit. Elle restait chez elle presque tous les soirs, sauf quand elle se rendait à un concert ou dînait chez un ami.

– Les gens avec qui nous avons parlé ne mentionnent aucun flirt.

– C'est vrai. Elle menait une vie tranquille. Quand elle était à l'université, elle a eu quelques boy-friends, et quand elle est allée en France finir ses études, elle avait rencontré un garçon, à Grenoble, ils sont restés fiancés quelque temps, puis ils ont rompu. Nous n'avons jamais su qui d'elle ou de lui avait pris la décision. Elle ne voulait pas en parler, mais nous avions l'impression qu'elle souffrait. Le mariage ne l'intéressait pas, elle ne voulait pas fonder une famille ni rien de tout ça. Nous avons une autre fille qui vit à Hawaii, elle a quatre enfants. Mandy ne voulait pas de ce genre de vie. Elle aimait être seule.

– Excusez-moi de vous dire cela, monsieur Ireland, mais il me paraît peu plausible que votre fille ne soit jamais sortie avec personne.

– Plausible ou pas, je crois que c'était comme ça. Ce n'était peut-être qu'une phase de sa vie, une étape. Elle était très adulte. Elle avait choisi sa vie. Elle se fichait de savoir ce que pensaient les autres.

– Parlait-elle de ses amis?

– Très peu, dit M. Ireland en hochant la tête. Parfois, de ses collègues à l'école. Elle devait penser que cela nous intéressait puisque sa mère et moi sommes tous deux professeurs. En fait, je crois qu'elle était très heureuse ainsi. Nous n'avons jamais été indiscrets car il y avait des choses dont elle semblait ne pas vouloir parler.

– Du genre?

– Sa vie amoureuse. Sa vie sociale. Des choses comme ça.

– Mais vous venez de nous dire que vous pensiez qu'elle n'avait pas de vie amoureuse.

– C'est ce que nous pensions, mais comment en être sûrs? Nous prenions ce qu'elle nous disait pour argent comptant. Elle n'a jamais essayé de nous tromper, mais si ma femme ou moi poussions trop loin les questions, elle se contentait de rire en haussant les épaules. « Allons, maman! Laisse tomber, papa! » disait-elle, et on arrêtait parce qu'il était clair qu'elle n'avait pas envie d'en parler. C'était son privilège, et nous respections ses sentiments bien sûr.

– Et ce professeur de dessin?

– Gary Pierson? Elle nous en avait parlé, oui. Ils sortaient ensemble de temps en temps. Ils étaient devenus très amis. Elle nous avait dit qu'il était homosexuel.

– L'avez-vous rencontré?

– Oui, hier. Pour la première fois. A Weston, dans le bureau de la principale. On nous a dit que c'était lui qui l'avait trouvée morte et qu'il voulait nous rencontrer si nous venions. C'est un jeune homme très bien. J'ai eu l'impression qu'il était très touché. Il a pris ma femme dans ses bras et il pleurait. Je suis heureux que Mandy ait eu un ami tel que lui. Il était sincèrement affecté.

– Et les autres gens de Weston?

– Ils ont été très gentils, mais franchement je pense qu'ils sont beaucoup plus inquiets pour la réputation de l'école et la recherche d'un nouveau professeur de français à la rentrée. Ils vont faire une cérémonie pour

Mandy et ils nous ont demandé d'y assister. Je ne crois pas que nous le ferons. Ma femme veut rentrer à Buffalo cet après-midi et c'est ce que nous allons faire. Gary nettoiera l'appartement quand vous l'autoriserez à le faire. Nous ferons venir le corps et nous l'enterrerons chez nous.

Il s'interrompit, sourit, puis son rictus se fit amer.

– Mandy était une fille un peu démodée, pas très à la page et je crois que ce qui lui est arrivé arrive à ce genre de fille de nos jours. Les journaux parlent de bonne société, la traitent de « débutante ». Ça ne tient pas debout. Il se trouve qu'elle enseignait dans une école où la haute société envoie ses enfants et où quelques étudiantes deviennent des « débutantes », alors, lorsqu'elle est morte, tout d'un coup, c'est devenu : crime dans la haute société de l'East Side. Une débutante tuée dans son lit. Rien n'a suivi, aucune révélation sensationnelle. Les faiseurs d'informations ont décidé qu'elle n'avait aucun intérêt et ils ont laissé tomber l'histoire. En ce qui concerne cette ville de New York, l'affaire est classée. Dans un mois le propriétaire repeindra l'appartement, doublera le loyer et il n'y aura plus aucune trace de son passage ici. La ville absorbera sa mort comme elle absorbe toute chose, et nous resterons là-bas, chez nous, avec notre chagrin et notre douleur.

Janek croisa son regard. Ireland était en colère et il extériorisait cette colère comme il pouvait. Il était devenu amer, en quelques jours. Ses amis s'en rendraient compte et diraient que la mort de sa fille l'avait marqué. Ils parleraient de l'amertume de M. Ireland, des soupirs désespérés de sa femme et chuchoteraient discrètement entre eux au sujet de la tragédie.

– Nous prenons ce cas très au sérieux, monsieur Ireland. Nous n'allons pas l'oublier, même si les journaux l'oublient. Nous sommes cinq inspecteurs sur cette affaire et nous travaillons dur. Nous continuerons à travailler jusqu'à ce que nous trouvions l'assassin, jusqu'à ce qu'il soit arrêté.

– Et après? Il pleure, gémit, finit dans un hôpital psychiatrique, marchande avec l'accusation, prend six ou huit ans à Attica? Nous savons ce qui se passe et je vais vous dire une chose : pour moi ça ne fait aucune différence. J'ai décidé de ne pas intervenir dans votre enquête. Je ne veux rien savoir. Quel qu'en soit le résultat, cela ne me satisfera jamais. Je ne voudrais pas paraître désagréable, mais je ne crois pas avoir à ajouter autre chose. Elle était venue vivre ici par choix, elle a vécu sa vie, elle s'est fait assassiner. Certains réussissent ici, d'autres échouent, certains trouvent l'amour et le bonheur, d'autres se font tuer. Mandy n'a pas eu de chance. Sa vie est finie et nous devrons vivre avec cette idée. J'apprécie vos efforts mais ils ne me concernent pas. Tout ce qui me préoccupe, c'est de savoir comment je vais parvenir à empêcher ma femme de devenir folle et comment je vais l'aider à guérir de cette horrible blessure.

Pendant l'entretien, Stanger n'avait pas dit un mot. Lorsqu'ils quittèrent le motel il demeura silencieux. M. Ireland était hors de cette affaire maintenant, mais il serait difficile d'oublier ce qu'il avait dit. Quoi qu'on puisse dire sur la justice et sur le devoir de chacun d'épauler la loi, les policiers étaient essentiellement motivés par le besoin de redresser les torts infligés à une victime, et M. Ireland venait d'annuler ce besoin, purement et simplement.

Dans la rue, Janek pensait aux différentes façons qu'ont les humains d'exprimer leur ressentiment : colère, cynisme, amertume, larmes, dépression nerveuse ou juste un gros nœud serré à l'intérieur, comme il l'avait senti lui-même, le dimanche, en voyant ce qu'Al avait fait.

– Vous avez dépassé la voiture, lieutenant.

Janek se retourna. Stanger attendait. Janek hocha la tête, revint sur ses pas et monta dans la voiture.

– On devrait interroger à nouveau le concierge.

– C'est fait. Il est *clean*. Ni sa femme ni ses enfants n'ont accès aux clés. Il fait très attention. Quand il n'a pas son trousseau à la ceinture il l'accroche dans un placard. Il travaille dans ce pâté de maisons depuis quinze ans. Tout le monde jure de son honnêteté. Il a même un oncle dans la police. Je continue à dire que notre mec est entré par la fenêtre. Ça se tient puisque les clés d'Ireland ont disparu.

– OK, alors explique-moi pourquoi le gars s'embêterait à faire ça? Grimper un escalier d'incendie, ouvrir la fenêtre, attendre dans la douche, poignarder une femme et lui couper la tête. Pour l'amour du ciel, Stanger, explique-moi pourquoi un mec ferait ça et ne prendrait rien, ne la violerait même pas d'une manière ou d'une autre! Explique-moi.

Stanger avait mis le contact. Il fit ronronner le moteur.

– Il a pris quelque chose, lieutenant. Il a pris sa tête. Il s'est servi de sa tête. C'est un vol important. Beaucoup plus important qu'un viol.

Janek le regarda et se sentit honteux de son énervement. Soudain Stanger lui semblait moins médiocre.

– Très bien! Allons-y! Disons qu'il l'a traquée, comme tu dis. Disons qu'elle correspondait à un certain type, le type institutrice, vierge, une jolie jeune femme propre et solitaire avec un joli petit chien propre; et il décide qu'il veut sa tête. Est-ce qu'il l'a juste choisie par hasard, est-ce qu'il l'a remarquée dans la rue, ou bien la connaissait-il avant d'une manière ou d'une autre?

– Vous voulez parler à Pierson aujourd'hui?

– Tu parles!

– C'est un type bien. Un type très doux.

– Tu m'as déjà dit ça hier.

– Je ne le vois pas faisant un truc pareil. Vous allez être dur avec lui?

– Non, pas dur, Stanger. Mais je vais le stresser un peu.

Stanger acquiesça.

– Autre chose, Stanger. Si Amanda connaissait le tueur et l'a laissé entrer, ça n'a aucun sens de s'être caché dans la douche.

– C'est comme je vous dis, lieutenant – il est entré par la fenêtre.

Janek appela Caroline d'une cabine devant le commissariat. Elle n'était pas là. Le répondeur était branché : « Ici Caroline Wallace. Je suis sortie. Veuillez laisser votre nom et votre numéro et je vous rappellerai. » Sa voix sur la bande était claire et professionnelle. « C'est Janek, dit-il après le bip, je pense à toi. Je t'appellerai plus tard. J'espère que tu es libre ce soir. »

Après avoir raccroché il se sentit insatisfait. Pourquoi ne pas lui avoir dit qu'il était fou d'elle, qu'elle était ce qu'il lui était arrivé de plus beau depuis des années? Il remit une pièce et raconta ça à la machine. Il se sentit mieux. Peut-être, songea-t-il, serait-elle son ange gardien contre les démons de la nuit.

Aaron appelait les salles d'interrogatoire des chiottes. « Emmenons-le aux chiottes », avait-il coutume de dire quand il jugeait qu'un peu de stress semblait nécessaire. Les deux compartiments de la brigade spéciale au deuxième étage de la 6ᵉ circonscription étaient petits, sales et couverts de panneaux isolants. Les meubles étaient réduits à leur plus simple expression – deux chaises solides et une petite table de bois. Le parfum était « Commissariat » multiplié par quatre. Des lampes de cent watts, grillagées, brûlaient au plafond. De l'intérieur, les fentes garnies de miroirs sans tain avaient l'air de glaces embuées.

Janek et Aaron passèrent une bonne heure dans le

couloir, regardant Howell cuisiner le maquereau de Brenda. Il s'appelait Prudencio Bitong et, contrairement à ce qu'on avait cru, il n'était pas chinois. C'était un Philippin au teint sombre, avec un visage vaguement oriental, des yeux et des cheveux noirs, coiffés en arrière à la gomina. Lui et Howell jouaient un beau duo. Howell en inquisiteur brutal, Bitong en anguille détenue. Howell voulait des informations. Bitong voulait sauver sa peau. Le dialogue était cru et prévisible. Janek souriait en écoutant. Aaron roulait des yeux et secouait la tête de temps en temps.

– T'as les clés de chez Brenda?

– J'ai pas de clés, dit Bitong en sortant son trousseau. Allez-y, monsieur, vérifiez.

Howell ignora le trousseau.

– T'as balancé ses clés quand t'es sorti de là-bas. T'as eu les foies : t'as appelé le 911 et tu les as balancées, hein?

Bitong secoua la tête.

– Tu veux entendre une bande avec ta voix? Tu sais ce que c'est qu'une empreinte vocale?

Une pause.

– OK. D'accord, je la connaissais.

– T'as appelé le 911, hein?

– Et alors j'ai appelé le 911. Quelle affaire!

– Après l'avoir butée? Hein?

Bitong secoua furieusement la tête.

– Je l'aimais c'te môme. J'aurais fait n'importe quoi pour elle. Pourquoi je lui aurais fait du mal?

– Elle trichait sur le fric.

– Non, pas du tout.

– Tu voulais lui filer une leçon.

– Elle avait pas besoin de leçon.

– Tu l'as un peu bousculée et puis elle s'est blessée et t'as eu peur. T'as vérifié, elle était morte et tu t'es barré. C'est pas comme ça que ça s'est passé?

– Non. Je suis entré et je l'ai trouvée. J'ai vu le sang.

Je me suis même pas approché pour regarder de plus près.

– T'as pas regardé?

Bitong remua la tête. Une de ses mèches bien lisses tomba sur son front.

– T'as vu quelque chose de bizarre. C'était quoi?

Aaron donna un coup de coude à Janek. Quand Janek le regarda il abaissa son poing fermé, pouce tendu vers le bas.

– Ça n'avait pas l'air d'être elle.

– Ça avait l'air d'être qui alors? T'essaies de me dire que c'était quelqu'un d'autre?

– Ça lui ressemblait pas. On aurait dit une nana morte dans le lit de Brenda.

– Donc tu l'as regardée de près!

– J'ai regardé pour voir si c'était elle.

Janek donna un coup de coude à Aaron et releva le pouce. Aaron fit un geste signifiant fifty-fifty.

– C'était elle?

– Ça lui ressemblait pas.

– Merde, Prudencio, on l'a identifiée. On a ses empreintes. On sait bien qui on a collé à la morgue, merde! T'essaies de nous dire que c'était quelqu'un d'autre?

Bitong était perdu.

– Ça lui ressemblait pas. C'est tout. C'était pas son visage.

– Alors qui était mort dans ce putain de lit?

– Je comprends rien à ce qui se passe.

Bitong sourit comme un renard. Janek secoua la tête.

– Laisse-le-moi, Janek, chuchota Aaron. Howell n'est pas mauvais mais il ne l'emmène nulle part.

Janek acquiesça. Aaron sourit. Il entra dans la petite pièce, prit la chaise de Howell, la tourna et s'assit à l'envers, les bras appuyés sur le dossier.

Observer Aaron derrière Howell c'était comme voir

le maître après l'élève. La destination était tout – les meilleurs interrogateurs savaient où ils devaient arriver. Aaron le savait et il savait aussi trouver une faille, la creuser, en faire le tour, fouiller dedans jusqu'à ce que ça fasse très mal. A sa première question Bitong fut effrayé.

– T'as un avocat, Prudencio?

– Pour quoi faire, un avocat?

– T'as un avocat?

– Non.

– Peut-être qu'on peut t'en trouver un. Je crois que tu vas en avoir besoin.

– Bordel, pourquoi un avocat?

– T'es dans la merde, Prudencio. C'est un homicide.

– C'était ma nana.

– Tu crois qu'un client l'a fait?

– Je crois, ouais. Mais elle était très prudente. Je lui avais appris. Elle ne laissait entrer personne.

– Comment elle se débrouillait alors?

– Elle leur disait d'appeler du coin de la rue. Elle pouvait voir la cabine téléphonique de sa fenêtre. Si elle n'aimait pas la gueule du mec, elle lui disait qu'elle était malade. Elle ne lui donnait pas l'adresse.

– Et si elle aimait le genre du type?

– Elle descendait à sa rencontre. Des fois elle faisait le tour du bloc avec eux. Elle était très prudente. Je lui avais dit de faire très attention, parce qu'elle était toute seule.

– Et si elle connaissait le gars?

– S'il était déjà venu elle lui disait de monter directement.

– Comment elle pouvait être sûre?

– Je comprends pas ce que vous dites.

– Comment savait-elle qu'il était déjà venu?

– Quand il appelait du coin elle regardait par la

fenêtre pour voir si elle reconnaissait son visage. Sinon, si c'était un homme d'affaires de province par exemple et si elle avait oublié sa figure, elle descendait le voir de plus près. C'était la règle. Elle faisait toujours comme ça.

– Il n'y a jamais eu d'exceptions? Jamais?

Bitong secoua négativement la tête.

– Tu es le seul à avoir les clés?

– Que nous deux.

– Tu déboulais là-bas quand ça te faisait envie?

– On avait un signal. Elle laissait le rideau à moitié ouvert.

– Le rideau était à moitié ouvert lundi matin ?

– Non.

– Alors pourquoi es-tu monté?

– J'avais pas eu de nouvelles d'elle. Elle répondait pas au téléphone. Je voulais savoir ce qui se passait.

– Et après?

– J'ai sonné. Pas de réponse. Alors je suis entré. J'ai jeté un œil et je suis reparti en courant.

– Et t'as fermé la porte à clé derrière toi?

– Ouais.

– Pourquoi?

– Je l'ai fermée – c'est tout. Je sais pas pourquoi.

– Et t'as appelé le 911?

– Ouais.

– De la cabine du coin?

– Ouais.

– Pourquoi tu n'as pas utilisé son téléphone?

– Je voulais sortir de là.

– Tu n'as rien pris?

– Non.

– T'as juste regardé, tu t'es tiré et t'as fermé la porte à clé?

– C'est ça.

– T'as pris l'ascenseur?

– Non. L'escalier.

– Et t'as appelé le 911 de la cabine du coin?
– Je vous l'ai dit.
– Ils coupent la tête des gens souvent aux Philippines, hein, Prudencio?
– De quoi vous parlez, merde?
– Je dis que si une fille s'est mal conduite et que son mac est vraiment furax, il lui coupe la tête. C'est la tradition, non?
– Jamais entendu parler de ça.
– T'es un mac philippin et t'as jamais entendu parler de ça? Tu me prends pour un imbécile, Prudencio. Si moi j'en ai entendu parler, t'en as forcément entendu parler aussi. Tu ferais pareil, non, si t'étais en rogne?
– J'étais pas en rogne. Qu'est-ce qu'est arrivé à sa tête?
– A toi de me le dire.
– J'en sais rien. On aurait dit quelqu'un d'autre. Vous me dites que c'était pas sa tête?
– A ton avis?
– J'y ai pas pensé sur le moment.
– Parce qu'elle avait l'air différente?
– Je flippais!
– Tu te défonces?
– Des fois.
– Mais tu ne flippais pas assez pour ne pas nettoyer ses affaires?
– J'ai pas touché à ses affaires!
– Alors où est le fric?
– J'en sais rien.
– Tu l'as pris. Tu as vu qu'elle était morte, tu as nettoyé son sac, tu as fermé la porte à clé et tu es descendu appeler le 911. Très cool, très très cool.
– J'ai rien pris.
– Où est-ce qu'elle le planquait?
– Dans le placard. Dans une poche de manteau.
– Quel manteau?

– Un long manteau gris qu'elle avait. Y'a une fermeture Eclair dans la doublure. Elle gardait son fric dedans.

– Et tu crois qu'il y est toujours?

– J'en sais rien.

– T'as intérêt à ce qu'il y soit encore, Prudencio. L'inspecteur Howell va t'emmener là-bas maintenant et t'as intérêt à ce qu'il trouve ce fric là où il est censé être, parce que s'il n'y est pas, t'es grillé, Prudencio. Tu comprends? Si le fric n'y est pas tu vas vraiment avoir besoin d'un très bon avocat.

Le mac opina du bonnet. Janek haussa les épaules et quitta le couloir d'observation. Il pensait que Bitong disait la vérité. C'était un amateur, un petit mac de deuxième zone, vénal, visqueux et trouillard, pas le genre à couper une paire de têtes et à les interchanger pour essayer de les réaccorder.

Stanger fit entrer Gary Pierson à quatre heures; il était de taille moyenne, mince, vingt-six ans environ. Un visage amical, un sourire plaisant, des cheveux châtains bouclés. Il portait des vêtements de prix, très mode, ses chaussures étincelaient comme des miroirs et son pantalon était impeccablement repassé. Méticuleusement net, un peu rigide dans son attitude. Janek regarda et écouta tandis que Stanger le cuisinait : lieu de naissance, position à Weston, comment il avait passé la première moitié de l'été à peindre des aquarelles sur les plages de Nantucket où il avait loué une petite villa.

Comment avait-il rencontré Amanda Ireland? Ils avaient débuté ensemble à Weston, trois ans avant cet automne, et ils étaient d'emblée devenus amis. Elle avait passé une semaine avec lui à Nantucket en juillet – des journées idylliques passées à lire et à peindre sur la plage, potins et conversations intimes le soir. Pendant la période scolaire ils déjeunaient ensemble presque tous les jours, passaient souvent leurs soirées de week-end au cinéma, au théâtre ou au musée d'Art moderne.

Quand Janek sentit qu'il avait bien cerné le personnage il pénétra dans la pièce et fit signe à Stanger de sortir. Il regarda Gary très durement. Le jeune homme évita son regard. Il était nerveux, mais il n'avait pas l'habitude de passer ses journées dans une salle d'interrogatoire sans fenêtres, où l'air ne sentait pas vraiment bon, avec un inspecteur gris comme la pierre qui le fixait droit dans les yeux.

– Comment décrirais-tu votre relation?

– Avec Mandy? Nous étions très intimes.

– Amants?

Gary sourit.

– Je suis homo, lieutenant. Je l'ai dit à l'inspecteur Stanger.

– Nous apprécions ton honnêteté.

– Je ne m'en cache pas.

– C'est très bien. Maintenant parle-moi de votre relation. Tu avais déjà dormi avec elle, oui ou non?

Il secoua la tête.

– On s'endormait parfois en discutant, oui. Nous étions plutôt des confidents.

– Vous échangiez des confidences?

– Oui. Elle savait tout sur moi et je savais tout sur elle.

– Tout quoi?

– Qu'est-ce que vous voulez dire?

– Qu'est-ce que tu savais sur elle?

– Je vous l'ai dit – tout.

Il s'interrompit.

– Peut-être que je parlais de moi, la plupart du temps. Je sais que j'aime bien parler de mes problèmes. Elle aimait bien écouter.

– Alors c'était une de ces relations de confidences à sens unique?

Cela faisait mal à Janek d'être sarcastique, mais il ne connaissait pas d'autre moyen.

– Elle savait tout sur ma vie, mes amants, mes problèmes. Tout.

– Et qu'est-ce que tu savais d'elle?

– Je savais qui elle était.

– Qu'est-ce que c'est censé signifier, ça?

– Ses valeurs, ses sentiments. C'était une fille merveilleuse. Droite, sensible. Imaginative, intelligente. Je crois que Mandy Ireland était la personne la plus compatissante que j'aie connue.

– Est-ce qu'elle était lesbienne, Gary?

– Absolument pas!

– Pas la peine de lever les boucliers. Si elle l'était j'ai besoin de le savoir.

– Elle n'était pas lesbienne.

– Et elle n'avait pas d'histoires?

– Non.

– Alors quelle espèce de vie sexuelle avait-elle?

– C'est une question stupide.

– Je ne crois pas. Nous enquêtons sur un homicide.

– Je veux dire, quelle importance? Quelle différence ça fait? Elle est morte maintenant. Elle ne parlait jamais de ça.

– Elle ne te faisait peut-être pas confiance?

– Je crois que si. Je crois surtout qu'il n'y avait pas tellement matière à discussion.

– Comment ça?

– Je crois qu'elle était seule.

– Elle était jolie, pourtant.

– Très.

– Jeune et seule. J'y crois pas. Ça ne tient pas debout. Elle vivait à Manhattan, rencontrait des gens dans son travail, des gens qui devaient être attirés par elle, assez pour lui demander de sortir avec elle. Tu me dis qu'elle n'avait pas de vie sexuelle. Je dirais que c'est peu probable. Quelqu'un est venu chez elle et l'a plantée partout, dans les seins. C'était quand même une façon de se la faire, non? Une forme de viol plutôt malade. Maintenant ça, c'est une vie sexuelle, ou une mort sexuelle, si tu préfères. D'après mon expérience un genre de rapports sexuels.

Pierson commençait à transpirer.

– Ça te secoue, hein?

– Oui, ça me secoue.

– Qui l'a fait, Gary? T'as pas une vague idée?

– J'y ai pensé, naturellement. Je l'ai dit à l'inspecteur Stanger. Elle ne sortait pas, presque jamais. Et elle ne laissait personne entrer chez elle sauf si elle attendait quelqu'un. Elle avait une chaîne et un verrou, et elle s'en servait. Elle n'avait pas de petit ami. Je ne vois pas qui aurait pu lui vouloir du mal. Elle n'avait pas un ennemi au monde.

– Bizarre la façon dont tu as réagi quand tu l'as trouvée.

– Ça m'a rendu malade. C'était horrible à voir.

– Tu n'as jamais rien vu d'horrible avant?

– Pas aussi monstrueux que ça.

– Tu vis dans le Village. Tu vas dans des bars. Tu vas jamais dans les bars « cuir »?

– C'est pas mon truc.

Tu y as été, hein?

– Deux ou trois fois peut-être.

– Très bien. Et ça, ça ne te rend pas malade? Allons, Gary, tout ce truc sado-maso étalé au grand jour...

– Si, ça me rend malade. C'est pour ça que je n'y vais pas.

– Tu t'es détourné quand tu l'as vue.

– Tout le monde aurait fait la même chose.

– T'as rien remarqué de bizarre, Gary?

– Quoi?

– Quelque chose d'étrange?

– Qu'est-ce qu'il y avait d'étrange?

– Un drôle de truc. Quelque chose qui avait à voir avec son aspect.

– Il y avait du sang.

– Quoi d'autre?

– C'était affreux, horrible. Ça m'a retourné l'estomac.

– Tu portes des lunettes?

Il fit non de la tête.

– Tu es un artiste. Un professeur de dessin. Tu es un visuel. Tu n'as rien remarqué de bizarre quand tu as regardé là-dedans, c'est peut-être ça qui t'a rendu malade?

– Je ne sais pas de quoi vous parlez!

– Alors laisse-moi te le mettre noir sur blanc. Tu n'as pas remarqué qu'elle avait été décapitée? Que quelqu'un avait coupé sa tête?

Gary Pierson fixa Janek droit dans les yeux, cherchant s'il disait la vérité et quand il vit que c'était vrai, il commença à tousser. Il détourna la tête et Janek vit les tendons de son cou se mettre à trembler, sa gorge se contracter et quelque chose de pas net apparut au bord de ses lèvres. Regardant Gary Pierson essayer de se contrôler, Janek ne se sentit pas fier de la façon dont il avait relaté la macabre nouvelle. C'était un vieux truc d'interrogatoire et, en général, ça marchait. Il se leva, fit le tour du jeune homme et lui posa une main sur l'épaule pour le calmer.

– Du calme, fiston. C'était une très mauvaise scène. Elle a été attaquée à travers le rideau de sa douche. Le tueur l'attendait là. Elle est entrée pour se laver les dents. On pense qu'elle venait de remonter après avoir sorti son chien. Juste comme elle commençait à se brosser les dents le type a commencé à frapper. Il l'a tuée du premier coup, mais il a continué à frapper, et après il a pris autre chose, une épée sans doute, et il lui a coupé la tête.

Gary recommença à tousser spasmodiquement. Janek était presque convaincu. Il savait qu'il existait des assassins qui étaient d'excellents acteurs et aussi des gens au cœur froid qui prétendaient être des psychopathes geignards ne sentant absolument rien mais capables de simuler, pensant que c'était ce que tout le monde aurait fait dans le même cas. Mais Gary Pierson n'entrait pas dans cette catégorie, il n'y avait rien de simulé dans ses convulsions et sa transpiration. Janek pouvait sentir ses épaules trembler. Il le croyait. Il n'avait jamais vraiment pensé qu'il était l'assassin, mais il avait eu besoin de s'en assurer.

Il tapota la tête du jeune homme et quitta la pièce. Aaron l'attendait dehors.

– Belle performance, Janek. Tu l'as vraiment emmené aux chiottes.

– Ouais, et je ne me sens vraiment pas *bien* d'avoir fait ça, tu vois!

– Du calme. Tu étais obligé. Il n'y a pas d'autre moyen.

Quand Janek revint avec Stanger, Gary tremblait encore sur sa chaise.

– Ecoute, Gary, il faut qu'on trouve ce type. Ça ne suffit pas de dire qu'elle se contentait de passer ses soirées seule chez elle. Il faut que tu plonges dans ta mémoire et que tu te souviennes de tout ce qu'elle t'a raconté. Si quelqu'un la suivait, par exemple, ou bien si elle avait reçu des coups de téléphone bizarres, genre respiration lourde ou types qui raccrochent tout de suite en pleine nuit. Si elle avait peur de quelque chose, ou si elle avait un comportement bizarre certains jours particuliers, ou bien si tout d'un coup elle avait l'air nerveuse pour une raison qui t'échappait. Il faut que tu penses à tout ça et que tu dises tout ce que tu sais à l'inspecteur Stanger, et après, si tu te souviens de quelque chose il faudra que tu l'appelles pour le lui dire. Compris?

Gary acquiesça. Il dit qu'il ferait de son mieux. Janek dit à Stanger de passer une heure avec lui, en examinant les quatre semaines précédentes. Noms. Rendez-vous. Habitudes. Violon d'Ingres. Docteur. Dentiste. Vétérinaire. Si elle avait réellement une vie réglée comme un coucou suisse, prenait le bus tous les jours, promenait son chien aux mêmes heures, alors elle n'avait pas dû être dure à traquer. Janek voulait son emploi du temps, heure par heure, minute par minute s'ils pouvaient. Il voulait savoir tout ce qu'il y avait à savoir sur Amanda Ireland. Gary Pierson serait le collaborateur de Stanger. Ensemble ils allaient écrire l'histoire de sa vie.

Howell attendait dans le bureau. Il avait Prudencio Bitong avec lui et aussi les affaires personnelles de Brenda. Un rouleau de billets usés, seize cents dollars, un petit sac d'herbe de qualité moyenne et une enveloppe de papier glacé pleine de cocaïne, environ pour cinq cents dollars. Et il y avait une clé aussi, une clé de coffre, et Howell irait à la banque le lendemain matin et se ferait ouvrir le coffre. Et peut-être alors M. Bitong aurait-il la surprise de voir que Brenda Thatcher lui avait caché de petites choses.

Chantage

Janek eut la sensation qu'ils se fondaient l'un dans l'autre lorsqu'il arriva chez elle ce soir-là. Caroline le prit dans ses bras, l'entraîna vers son lit sans un mot et ils firent l'amour magiquement, pensa-t-il, comme s'ils étaient faits l'un pour l'autre et comme s'ils se connaissaient depuis des mois.

Il n'y avait aucun artifice dans son amour, aucun truc, aucun geste joué qu'elle aurait pu apprendre de quelqu'un d'autre. Elle était simplement elle-même, sans affectation ni illusion et c'était plus qu'il n'avait jamais espéré. Son corps jeune et mince était habité d'un irrésistible désir. Ses seins fermes se pressaient contre sa poitrine. Son dos était souple et droit. Sa bouche était avide. Elle caressait son dos et plongeait ses doigts dans ses cheveux.

Il embrassa sa gorge, ses yeux, laissa courir ses mains sur ses hanches perlées de sueur et s'émerveilla de la ligne pure de ses jambes. Elle lui chatouillait les mollets de ses orteils. Il était subjugué par les tremblements de son désir.

Il avait l'impression qu'elle était une sorcière, qu'elle le tenait dans l'enchantement de ses bras. Ils glissaient, se rejoignaient, s'éloignaient, puis se retrouvaient encore. Leurs corps suivaient un rythme lent et doux, une danse lente et enivrante. Pas de chuchotements frénétiques ou de questions banales. Pas besoin de demander, car ils savaient. Chacun de leurs gestes était nouveau et ancien; une connaissance instinctive leur disait comment se satisfaire.

Plus tard, allongés côte à côte ils se regardèrent et sourirent.

Elle servit un dîner tout simple – salade, steak, *cheesecake* italien – et, en mangeant, ils se contemplaient avec délices. Parlant de tout et de rien, il s'aperçut qu'il ignorait presque tout d'elle. Sa famille, son éducation, les hommes qu'elle avait rencontrés et aimés – toutes choses normales et nécessaires à une femme de son âge. Mais tout semblait soudain sans objet face à ce qu'il avait découvert : sa vision du monde à travers ses photos, l'odeur et le goût de son corps, le savoir charnel qu'il possédait. C'était un tel soulagement de ne pas avoir à s'occuper du reste, de se laisser aller à ses sensations, d'oublier sa mentalité de flic. Il se demanda pourquoi il n'avait pas appris à séparer sa vie de son travail plus tôt. Jusqu'ici, son seul refuge avait été de réparer de vieux accordéons et d'en jouer, seul. Il était émerveillé d'avoir rencontré cette femme passionnée qui lui faisait oublier l'aspect sordide de son travail.

– Tu as parlé à Mme DiMona?

Il leva les yeux, étonné d'entendre sa voix.

– Lou? Non, pas encore. Je pensais y aller dimanche.

– Qu'est-ce que tu vas lui dire?

– J'en sais rien. Je n'ai rien décidé encore. Je ne vais pas lui raconter comment tu as rencontré Al et les après-midi qu'il passait ici. Il lui avait dit qu'il travaillait sur une vieille affaire. C'est ce qu'elle veut bien croire.

– Tu pourrais t'en tenir à ça.

– Je pourrais, oui, bien que j'aie horreur de mentir.

– Tu pourrais adoucir un peu les choses. Les tourner autrement.

Il comprenait ce que Caroline suggérait : raconter à Lou qu'Al était sur une affaire, mais que cela n'avait aucune signification, qu'il cherchait seulement à tuer le temps.

– L'ennui c'est que je ne sais pas ce qu'il lui a dit. Quand elle m'a parlé, elle avait l'air convaincu. Une idée comme ça, qu'il était sur un coup, qu'il avait découvert un truc affreux, insupportable – ça explique son suicide et elle s'accroche désespérément à cette idée. Pour elle c'est inacceptable de penser qu'elle a vécu toutes ces années avec lui et que soudain, un dimanche, il se soit tué sans laisser un mot d'explication. Ça veut dire qu'elle ne signifiait pas grand-chose pour lui, qu'il se foutait même de lui expliquer quoi que ce soit. C'est plutôt dur à avaler. Tandis que s'il était sur une affaire, tu vois...

– Oui. Elle peut se fixer sur ça.

– Et être pardonnée!

– L'absolution – mon Dieu!

– Oui, l'absolution. Les flics sont dans l'absolution. Et dans la rédemption aussi. Crime et châtiment...

– Pour eux-mêmes, la punition? Pas pour le criminel?

– Tu as tout compris, oui. Pour eux-mêmes.

Elle secoua la tête, presque avec fureur, comme si elle essayait de chasser cette pensée. Il ne devait pas oublier, songea-t-il, qu'elle était elle-même fille de flic. Elle connaissait les étranges tourments qui rongeaient leur âme.

– Et toi, demanda-t-il, qu'est-ce que tu as fait aujourd'hui?

– J'ai pensé à toi, répondit-elle, et à ce que tu avais dit sur mon répondeur.

Il avait oublié. Il s'était passé tant de choses cet après-midi.

– Ça allait? Tu ne t'es pas sentie embarrassée?

– Non. (Elle le regarda dans les yeux.) J'ai adoré ça.

Elle fit une petite grimace.

Pendant qu'il l'aidait à ranger les assiettes, elle lui raconta son après-midi. Elle était allée au Yankee Stadium, s'était assise dans les tribunes, puis avait parcouru le terrain en prenant des photos.

– Tu ne prenais pas les joueurs?

– J'en ai déjà plein. Aujourd'hui je m'en suis prise aux fans, aux sauvages, tu sais, ceux qui sont tordus par la tension, prêts à bondir de leur siège quand ils pensent qu'ils ont vu une faute ou qu'on juge mal leur joueur favori.

– L'agression.

Elle hocha la tête.

– En rentrant j'ai eu une nouvelle idée de livre. Le titre serait *Le Monde de Janek.* J'ai l'idée. Je te suivrais pendant des mois, peut-être un an, en photographiant le monde dans lequel tu te débats et tes réactions – l'aspect sordide de la ville, vu à travers tes yeux.

– Ça ferait un livre pas joli joli, dit-il en grattant la poêle.

Il fut tenté de lui raconter l'histoire de l'échange de têtes, le *switch*; de lui expliquer comment ces filles avaient été utilisées par l'horrible esprit maniaque et sans pitié qui les avait manipulées. Il hésita : il ne voulait pas entacher leur relation des passions sordides qui animaient cette histoire. De toute façon, il savait qu'il ne pourrait pas le lui raconter d'une manière cohérente. Il ne savait pas très bien lui-même où il en était. Peut-être, quand il en saurait davantage, pourrait-il lui dire quelques mots. Elle voudrait l'entendre parce qu'elle s'intéressait à tout ce qui était source d'angoisse pour lui et il voudrait le raconter car cela l'aiderait à comprendre. Mais pas maintenant. Il attendrait et, avec un peu d'espoir, il aurait bientôt l'histoire complète. Et s'il avait l'histoire complète, cela signifierait qu'elle était terminée; il serait alors sur une autre affaire, peut-être aussi horrible ou encore plus horrible.

Ils écoutèrent Coltrane et s'allongèrent nus sur le lit. Puis ils firent l'amour et, plus tard, leurs corps épuisés, ils s'adossèrent aux oreillers. Soudain – il ignorait pourquoi – il se sentit submergé par une vague de tristesse.

– Eh, Caroline...

Il n'osa pas la regarder en face.

– Pourquoi moi? Pourquoi ce vieux flic avec des valises sous les yeux? Tu ne serais pas mieux avec un type plus jeune, de ton âge ou à peu près? Un de ces types au sourire étincelant, avec des cheveux noirs lustrés, un bronzage permanent, des lunettes de soleil, une Porsche, un blouson de daim à mille dollars et une montre en or au poignet. Tu vois ce que je veux dire... Mon Dieu, pourquoi est-ce que je te demande ça?

– Janek, Janek...

Elle posa ses mains sur sa poitrine, juste au-dessus du cœur; il pouvait le sentir battre à l'intérieur, contre ses paumes. Elle entortilla ses doigts dans les poils grisonnants qui parsemaient sa poitrine luisante de sueur.

– Janek... Janek...

Elle répéta son nom comme si elle en aimait la sonorité.

Il la regarda. Elle avait appuyé sa tête contre lui, sa joue sur son ventre et elle le regardait, la main sur son cœur, les yeux grands ouverts, sérieux.

– Pourquoi? Pourquoi moi? D'entre tous ces types, pourquoi moi?

Il avait d'abord essayé de poser sa question avec humour mais, maintenant, il sentait une note aiguë, une note d'apitoiement sur soi-même qui lui faisait honte.

– Ah! t'es vraiment un super-flic? Tellement super en tout, malin, rusé, perspicace... Mais tu ne sais rien de toi-même, hein? Ni des femmes, d'ailleurs. A distance, tu arrives à te faire une idée mais tu deviens aveugle quand elles sont trop près.

– Peut-être...

– Bien sûr. Et tu te sens mal, hein? Tu n'arrives pas à y croire, hein? Cette fabuleuse poupée – qu'est-ce qu'elle peut bien te trouver? Merde! Monsieur La Cinquantaine soi-même! Monsieur Le-Monde-est-passé-à-côté-de-moi! C'est une sacrée nana, hein? Et chacun sait ce qui les intéresse. Des taureaux fringants dans des bagnoles de sport. Des muscles, du fric, des fringues et de la rigolade! N'oublions pas la rigolade, Janek. Je veux dire que c'est vraiment tout ce qui compte. Eh bien, non, monsieur Janek n'est pas drôle du tout. Tu es tellement maladroit au lit! Tu t'y prends mal. Tu fais l'amour comme un vieux singe sénile!

Il riait et elle éclata de rire aussi. Pendant sa tirade elle s'était redressée et lui pinçait la joue. Elle se penchait sur lui, le caressant du bout des doigts et le taquinant de ses lèvres. Il eut envie d'elle. Alors elle sauta du lit en riant, saisit son Leica, alluma des spots qu'elle braqua sur le lit et se mit à le prendre, allongé, nu, les mains croisées sous la nuque, en pleine érection.

– Mais qu'est-ce que tu fais?

– J'emmagasine la preuve!

– Tu veux me faire chanter?

– Oui. J'aurai la preuve que ce vieux chien battu de flic arrive encore à bander, et même plutôt bien. Ça risque de ruiner ta carrière, hein? De détruire l'image de toi-même, cette image si triste, si marquée par la vie, et pour achever la caricature, impuissant.

Elle prit une autre photo, puis posa son appareil, vint près de lui sur le lit et prit sa main. Puis elle se jeta sur lui, le serra très fort et, à cet instant, il se sentit comme si jamais personne ne l'avait autant aimé.

Intersection

Janek attendait le *beat,* le rythme. Il savait que tôt ou tard il apparaîtrait – ce rythme qui marquerait le tempo de l'enquête. Qui lui dirait combien de temps elle durerait et mesurerait la difficulté du travail. Il y avait des affaires merveilleuses, des affaires rapides où les informations affluaient et où un inspecteur pouvait prendre les commandes de ce flot. « L'échange de têtes » (officiellement l'affaire Ireland/Beard) n'appartenait pas à cette catégorie.

Le téléphone sonna. On était samedi matin. Janek jeta un coup d'œil à sa montre. Neuf heures. Sal décrocha.

– C'est Aaron, dit-il.

Janek pressa un bouton et prit la communication. Il avait l'impression qu'Aaron ne viendrait pas et appelait pour se donner une excuse.

– Tu sais ces carnets d'adresses...

– Les agendas des deux filles?

– Ouais. Je les ai emportés à la maison hier soir. J'ai trouvé quelque chose.

– Superbe! Et où es-tu?

Il entendait un bruit étrange à l'arrière-plan, un mélange de musique et d'ordres.

– Je suis au point d'intersection, Frank. Il y a peut-être quelque chose ici.

Sal scrutait son visage, excité, les sens en alerte. Trois jours et demi avaient passé, et rien! Rien que des théories. L'affaire allait peut-être enfin se préciser.

– Tu vas m'expliquer?

– Laisse-moi deux minutes, bon Dieu! C'est distrayant ici. Tu ne devinerais jamais où je suis.

Il avait trouvé le même numéro dans les deux carnets d'adresses, mais répertorié sous des noms différents. « Hazel Carter » dans l'agenda d'Amanda et « X » dans celui de Brenda Beard.

– « X »? Qu'est-ce que c'est que ce « X »?

– Ça m'a excité aussi. Tu sais, comme « Monsieur X » ou le mystère X, mais ça n'a rien à voir. C'est « X » pour « exercice ». Hazel Carter est le nom d'unc fcmme qui dirige un de ces centres où vont les femmes pour rester en forme. C'est ici que je suis maintenant. Je crois que tu devrais me rejoindre. C'est un endroit très particulier. Il y a beaucoup de jolies filles en tenue légère, une vague odeur de sueur mais rien d'agressif. N'amène pas Sal, ça lui tournerait la tête, il est trop jeune.

Janek s'y rendit donc seul. Le gymnase était dans la 86e Rue, près de la Deuxième Avenue, à quelques pas de chez Amanda. Au rez-de-chaussée se trouvait un restaurant indien, et deux grands immeubles de brique blanche le surplombaient de chaque côté. Des portiers en livrée rouge. Les deux bâtiments jumeaux s'appelaient « Versailles » et « Fontainebleau ». Marbre et grandeur dans les halls d'entrée, appartements bas de plafond prétentieux et loyers élevés, songea Janek. Des studios à mille dollars par mois.

Le petit immeuble commercial qui abritait le centre Vitaform de Hazel Carter était écrasé entre ces deux monolithes blancs. On aurait dit l'histoire d'un propriétaire qui avait tenté de lutter contre les promoteurs. Les promoteurs avaient fini par lui dire merde et avaient érigé leurs tours de chaque côté. Maintenant les locataires pouvaient se regarder par leurs fenêtres au-dessus d'un gouffre de dix mètres de large. Le petit bâtiment n'avait plus droit à l'air libre, impossible de construire une tour, la surface au sol était trop étriquée.

Aaron l'attendait en haut de l'escalier. Janek, en montant, pouvait entendre de la musique. Aaron remuait la tête en rythme. Il y avait un panneau « Réservé aux femmes » collé sur la porte.

– Ça n'a rien à voir avec ta gymnastique matinale, Frank, mais comme nous représentons la police municipale de New York, elles font une exception pour nous laisser entrer.

Il ouvrit la porte. Janek pénétra dans l'espace qui servait de réception. Aaron avait eu raison de ne pas laisser venir Sal. Ce « léger parfum de transpiration » rappela Caroline à Janek, propre, doux et fort, si tôt le matin...

La fille derrière le bureau était rousse, frisée et très jeune. Elle portait un bas de survêtement ivoire et un tee-shirt blanc.

Aaron fit les présentations. La réceptionniste se nommait Cynthia Tuttle.

– J'ai dit à Miss Carter que vous veniez, dit-elle. Elle a un cours.

– Pas de problème, dit Aaron. Vous tenez un registre de toutes les femmes qui viennent?

– Bien sûr. Nous recevons sur rendez-vous. On ne ramasse pas nos clientes dans la rue. Les cours de Miss Carter sont très demandés. Nous avons ici quelques-uns des *top-models* de New York. (Elle mentionna quelques noms, Candy quelque chose, Cheryl truc et Bunny machin. Ces noms n'avaient aucune signification pour Janek, mais il hocha la tête. Cet endroit ne devait pas être si sélect, puisqu'ils recevaient aussi des prostituées comme Brenda Beard.)

Aaron le guida jusqu'à la salle d'exercices. Ils s'arrêtèrent à quelques mètres de la porte ouverte. La pièce avait la largeur du bâtiment. La lumière se déversait par les fenêtres ouvrant sur la 86e Rue. Les murs blancs étincelaient. Des miroirs et une grande barre de bois au fond. De la musique sortait d'une chaîne stéréo et une douzaine de filles en tenue de danse moderne bougeaient en une cadence parfaite, suivant les ordres de leur professeur vêtue de collants blancs et d'un tee-shirt noir sans manches avec le nom « Hazel Carter » imprimé sur la poitrine.

En regardant ces jeunes femmes se pencher, bouger, sauter comme des diables à ressort, puis s'étirer, Janek resta pétrifié. De jeunes corps cherchant la perfection dans une immense pièce éblouissante : il ne détournait pas les yeux. Il put voir que c'était un cours difficile. Il fallait être jeune et très souple pour garder le niveau. Et toutes ces filles travaillaient réellement. Leurs tenues étaient trempées. Une heure comme ça trois fois par semaine et elles devaient atteindre une forme exceptionnelle.

Aaron bavardait avec Miss Tuttle.

– Il faut être mannequin pour entrer?

– Si vous voulez vraiment travailler, Miss Carter est ravie de vous avoir. Elle se fiche de savoir qui vous êtes, du moment que vous vous accrochez. Tout le monde est traité de la même manière. Mannequin, aristocrate ou secrétaire. Tout le monde porte le même uniforme aussi : nous fournissons tout, sauf les chaussures.

La musique cessa. La classe commença à se disperser. Quelques filles se laissèrent tomber sur des matelas. Hazel Carter s'approcha des deux hommes, très droite. C'était une grande femme mince, en sueur, d'environ quarante-cinq ans et les cheveux grisonnants coupés court.

Cynthia les présenta.

– En quoi puis-je vous aider, lieutenant?

Aaron sortit les photos des victimes, non pas les photos prises sur les lieux mais des clichés trouvés dans les appartements des deux filles assassinées. Il lui montra celle d'Amanda en premier.

– C'est Mandy Ireland, dit Cynthia. Du moins je crois. (Hazel Carter mit une main à sa gorge.) Cette pauvre fille qui a été tuée. Mon Dieu!

– Elle venait ici régulièrement?

– Au moins une fois par semaine.

Cynthia parcourait déjà les pages du registre de rendez-vous.

– Quelle horreur! Et ça s'est passé à quelques blocs d'ici. (Hazel Carter secoua la tête.) Les vendredis après-midi, dit Cynthia. Elle avait un rendez-vous régulier pour notre classe de quatre heures. Voyons, je la trouve en avril, mars, février mais pas en janvier. Je pense qu'elle a commencé cet hiver, mais je peux vérifier les livres de l'an dernier pour m'en assurer.

– Vous vous souvenez d'elle? demanda Janek.

Hazel Carter acquiesça.

– Pour moi il n'y a que deux sortes de filles, les frivoles et les sérieuses. Je dis aux frivoles de ne pas se fatiguer à revenir. Mandy était sérieuse. Elle ne se contentait pas d'exécuter les mouvements. Elle n'essayait pas seulement de garder la ligne. Elle voulait atteindre le fond de ses possibilités en augmentant ses efforts. C'est tout à fait le genre de choses que je recherche et c'est ce que j'attends de mes élèves. Je suis un professeur très exigeant, lieutenant. Je demande beaucoup. Tout ce qui est en dessous de ce que je demande ne m'intéresse pas et quand je ne suis pas satisfaite, je me fais clairement comprendre.

Certaines des filles qui assistaient au cours précédent

commençaient à partir. Janek en remarqua une qui portait un de ces grands porte-documents de cuir noir, le genre de truc que trimbalent les mannequins. Les filles qui passaient respiraient la santé. Miss Carter s'interrompit pour les féliciter et elle tapota la joue du mannequin. Janek eut une intuition soudaine sur Hazel Carter. Il chuchota à Aaron :

– Montre-lui Brenda dès qu'elle se retourne.

– Et elle? demanda Aaron en tendant la seconde photo.

Hazel Carter examina la photo. Janek l'observait avec attention, mais elle ne bougea pas les mains.

– Je ne sais pas. Son visage a quelque chose de familier. Mais elle ne devait pas venir régulièrement, c'est certain. Je ne vois pas de qui il s'agit, Cynthia?

Cynthia Tuttle hocha la tête.

– Oui, elle est venue, mais pas régulièrement. Je ne me souviens pas de son nom.

– Soit Beard, soit Thatcher. Prénom Brenda, dit Aaron.

Cynthia vérifia son registre.

– Oui, nous avons eu une Brenda Beard. Mais très irrégulièrement. A midi le 3 juillet. A deux heures le 14 mai.

Elle trouva d'autres rendez-vous, un total de six. Brenda avait toujours payé en liquide. Amanda n'avait jamais été dans les mêmes tranches horaires qu'elle, mais les vies des deux jeunes femmes s'étaient croisées, plus ou moins.

Intersection ou coïncidence? Les existences de milliers de gens s'entrecroisaient tous les jours dans Manhattan. Devant le Vitaform de Hazel Carter Janek s'arrêta, puis entraîna Aaron de l'autre côté de la rue. Ils restèrent là un moment, observant l'entrée. Les filles du cours précédent finissaient de s'en aller tandis que de nouvelles commençaient à arriver pour la prochaine classe.

– Regarde le portier, à gauche, dit Aaron. Ça l'intéresse. Il profite de la parade.

– Il n'a pas l'air à sa place dans ce costume ridicule.

– Pour un type qui aime les jolies filles c'est un métier en or. Il voit tout ce qui entre et tout ce qui sort, toute la journée, six jours par semaine.

Oui, cela aurait pu être le portier, ou quelqu'un qui vivait près de cette salle de sport, qui avait vu Amanda et Brenda entrer ou sortir et qui avait décidé de les suivre, l'une après l'autre.

– C'est un drôle d'endroit, non, Frank? Ce petit bâtiment coincé entre ces deux tours. Des mannequins qui entrent et qui sortent, visibles par une centaine de locataires et autant de domestiques. Et les Indiens, en bas, qui travaillent dans le restaurant, et ceux qui traînent comme nous dans la rue, et ceux qui vivent derrière. Je me demande pourquoi ils ont mis des noms français sur ces deux tours et habillé les portiers en domestiques anglais.

Janek sourit. Seul un inspecteur pouvait se poser de telles questions.

– Ton impression sur Hazel Carter?

– J'ai vu le mouvement de sa main vers sa gorge, si c'est ce à quoi tu fais allusion. Elle n'a pas réagi de la même manière la deuxième fois.

– Beaucoup de gens ont cette réaction. C'est un geste tout à fait ordinaire quand on est choqué. En soi il ne signifie pas grand-chose, mais j'ai vu deux ou trois autres choses.

– Par exemple que Hazel est probablement lesbienne?

– Oui. J'en suis certain. Mais il y a plus intéressant : cette discipline de fer. Elle a beaucoup insisté sur son intransigeance. Elle dirige ses cours comme un sous-officier de la Navy. Il n'y a que des filles, un endroit parfait pour qui aime les jolies femmes. Et puis, la relation avec Cynthia, du genre maîtresse/esclave.

– Ouais. Je l'ai senti aussi.

– Alors mets tout ensemble.

– C'est le seul endroit où nous savons que les victimes ont pu se croiser.

– Et le genre lesbienne colle avec des éléments de l'enquête : absence de sperme dans leur corps, dit Janek en fixant Aaron. Disons que les deux filles ne se connaissaient pas mais elles allaient dans le même gymnase. On va au gymnase et qu'est-ce qu'on trouve? Une lesbienne dure et branchée discipline. Question : Hazel Carter est-elle capable d'avoir perpétré l'échange de têtes? Elle a la force physique nécessaire, mais a-t-elle l'esprit assez tordu?

– Tu veux que je pousse sur elle?

– Oui, et parle à nouveau avec Cynthia Tuttle. Tu peux essayer de la choper un soir chez elle, ce serait mieux. Elle n'a pas bronché pour Brenda, mais elle a trouvé son nom un peu vite dans le registre. Comme pour Hazel je ne vois qu'un point en sa faveur. Elle n'a pas porté ses mains à sa gorge quand tu as montré la photo de Brenda, ce qui suggère qu'elle ignorait que Brenda avait été assassinée : nous ne le lui avons pas dit et il n'y avait rien dans le journal. D'un autre côté ce pourrait être une dame super-cool. Tu pourrais l'aborder carrément en lui demandant où elle était samedi dernier en soirée.

Il avait organisé une réunion à midi au commissariat, avant la séparation du week-end. Tout le monde était épuisé. Sal n'avait rien trouvé. Chauffeurs de taxis, conducteurs de bus, portiers, flics des patrouilles – le tueur n'avait attiré l'attention de personne pendant ses allées et venues. Les dossiers de Stanger et Howell sur leurs victimes respectives s'épaississaient mais Amanda avait toujours l'air de la parfaite petite demoiselle et Brenda d'une habile professionnelle. Des amis avaient donné quelques détails qui s'ajoutaient aux portraits. Il y avait encore beaucoup à faire, beaucoup d'entretiens et de questions à poser, mais rien de nouveau n'apparaissait.

Janek analysa la connexion Hazel Carter, puis la possibilité que les deux filles aient été suivies.

– Nous avons donc deux jeunes femmes très attirantes qui font de la gym au même endroit. Supposons que notre assassin traîne par là-bas. Il voit Brenda et la suit. Puis il voit Amanda et il la suit aussi. Pourquoi ces deux-là plutôt que deux autres? Peut-être en a-t-il suivi d'autres avant de les choisir elles. Bon, disons qu'il les a choisies là et qu'il les a suivies jusque chez elles. Une fois qu'il a leur adresse, il les suit pour avoir une idée de leur style de vie. Puis lui vient cette obsession d'échanger leurs têtes. Il ne veut pas les tuer pour les violer. Il veut juste corriger ce problème de leurs têtes. Il *faut* qu'il fasse l'échange, il ne peut trouver la paix tant que cette histoire n'est pas réglée, tant qu'il n'a pas remis les têtes à ce qu'il considère comme leur vraie place. Son obsession se précise, jour après jour. Il *faut* qu'il arrange ce problème de têtes. Il met au point un plan, très méticuleusement, choisit l'heure exacte puis plonge et passe à l'acte. Ce doit être un acte désespéré. Il faut qu'il se sente complètement contraint. Il met les têtes comme il veut et il est tout ragaillardi – cette chose qui l'ennuyait est enfin réglée. Il lit les journaux. Rien. Son acte si brillant n'est pas reconnu. Alors, à quoi pense-t-il? Peut-être pense-t-il qu'on cache le second crime? Peut-être est-il frustré ou bien il s'en fout? J'essaie d'attirer votre attention sur le motif. Il n'y a aucun autre motif, aucun mobile pour tuer ces deux femmes, sauf pour échanger leurs têtes. Elles n'étaient pas ses ennemies. Il ne les a pas violées, n'a pas pris d'argent. Il n'avait aucune relation particulière avec aucune d'entre elles, et pas de vieille vengeance à régler. Il avait juste ce problème avec leurs têtes. Maintenant, où est-ce que ça nous mène, en supposant que j'aie raison? Pas très loin, parce que cela ne nous donne que le mobile qui anime notre assassin. Le motif est en lui. Il n'y aucun fait extérieur qui nous amène à lui. C'est un crime de psychotique à cent pour cent. Aaron a vérifié s'il y avait déjà eu quelque part un crime similaire et apparemment cela ne s'est jamais produit, nulle part. Beaucoup de décapitations, de membres coupés. Mais c'est le premier échange dont nous ayons entendu parler, et ça fait déjà une semaine.

Ils connaissaient toutes les cotes. Il y avait des flics qui les enseignaient à l'académie. Soixante-douze heures après un homicide, sans une piste, vous marchiez à dix contre un. Une semaine et toujours pas de piste : là ça descendait vraiment très bas.

– Il va peut-être récidiver, dit Sal. Ça nous donnerait une nouvelle piste.

– On pourrait surveiller le gymnase, voir si quelqu'un traîne par là, suggéra Stanger.

– C'est une possibilité. Il faudrait que je demande des hommes supplémentaires à Hart.

– Il va peut-être se rendre, dit Howell.

– Je prie pour ça depuis qu'on m'a confié l'affaire.

– Aucun moyen de l'appâter? demanda Aaron.

– J'y ai pensé. Je ne vois pas.

– Tu pourrais inventer une histoire. Aiguillonner sa fierté.

– Ouais, rendre tout ça public, l'échange, faire de la publicité, pour le pousser à écrire une lettre. On aurait son écriture et ses postillons à analyser, ainsi que deux mille lettres. Et, si les journaux se débrouillaient bien, on aurait aussi très vite des imitateurs, d'autres échanges de têtes perpétrés par des jobards dans d'autres coins de la ville – c'est le genre de phénomène qui se nourrit de lui-même.

Il secoua la tête.

– Pas de signature par les armes. Pas de témoins oculaires. Pas de lien, à part le gymnase. La seule chose qu'on possède, c'est un message très particulier. Ce que je veux savoir c'est ce que l'assassin essaie de dire... J'y pense, j'y repense et je ne trouve rien si ce n'est cette notion qu'il voulait mettre la tête de la prostituée sur le corps de la vierge-professeur et vice versa. La pute et la madone. Echangez-les. OK. C'est un concept, mais la boucle est bouclée. Cela ne nous sort pas de sa cervelle, cela ne nous amène pas à un individu. Ça ne nous mène nulle part. Sauf à tourner en rond.

Il les regarda tous.

– La seule chose que je vois c'est qu'il faut continuer à parler, agrandir le cercle sans arrêt. Vous prenez une femme qui se sent suivie; elle s'en rend peut-être compte, ou bien elle se sent seulement bizarre. Peut-être Amanda ou Brenda ont-elles dit à quelqu'un qu'elles avaient peur. Pour l'instant, la personne interrogée ne s'en souvient pas. Elle en a peut-être parlé à quelqu'un d'autre. Il faut continuer à chercher. J'ai peut-être oublié quelque chose. Si quelqu'un a une idée c'est le moment ou jamais de la sortir.

Stanger suggéra qu'ils cherchent davantage dans la direction du chien d'Amanda. Elle le promenait régulièrement. Des gens l'avaient peut-être remarquée et remarqué quelqu'un qui la suivait.

– Bien sûr. Une possibilité. Vas-y, Stanger – vérifie.

Howell voulait fouiller du côté des prostituées. Elles aiment parler de leurs clients, dit-il. L'une d'elles a peut-être eu un client « branché tête », un type qui aurait pu dire qu'il aurait bien vu la tête d'une telle sur le corps d'une telle, etc.

– Bien sûr. Essaie. Tu aimes les filles. Vas-y, Howell. Fouille.

Quand la réunion s'acheva, Janek prit Sal à part et lui demanda s'il avait un rendez-vous. Sal dit que oui, mais qu'il pouvait l'annuler. Ils décidèrent de se retrouver le soir même à huit heures, dans un bar des quartiers chics.

Tempête

Une lumière dure, une lumière dure et brûlante d'après-midi d'été passait à travers les fentes des stores vénitiens et tombait dans le *loft* comme des barreaux noirs et blancs, couvrant leurs corps de rayures tandis qu'ils faisaient l'amour, changeant en autant de perles les gouttes de sueur sur leurs corps.

Le ventilateur tournait, vacillant légèrement sur son socle, au-dessus d'eux. Les murs, hauts et blancs, devenaient le support éclatant des photos de Caroline. Les barres du lit de cuivre luisaient, chaudes au toucher sous les doigts de Janek. Caroline avait penché le grand miroir placé au-dessus de son boudoir pour qu'ils puissent s'y voir de profil. De temps en temps, tandis qu'ils se caressaient ou s'embrassaient, Janek contemplait leur reflet. Les jeux de lumière, les rayures créées par le store semblaient les attacher l'un à l'autre comme des liens d'ombre.

Un claquement quelque part dans l'immeuble, comme si le peintre d'en face avait laissé tomber sa palette. Un chat crachait dans l'escalier. Dans un autre *loft* une chaîne stéréo hurla. Les vibrations les atteignirent à travers les coussins. La sueur coulait sur leurs deux corps. Les perles se changeaient en ruisselets. Janek jeta un coup d'œil dans le miroir. La chevelure de Caroline balayait l'air de droite à gauche tandis qu'elle remuait sur lui. Elle avait les yeux fermés, sa bouche était entrouverte comme si elle buvait l'air humide. Elle dut sentir qu'il la regardait, car elle ouvrit les yeux. Il vit qu'elle examinait ses chevilles qui encerclaient ses jambes, ses pouces reposés sous ses seins et ses doigts pressant doucement ses hanches.

Dehors une motocyclette toussa. L'air était d'une moiteur tropicale. Des gouttes glissaient entre ses seins, tombaient sur son estomac à lui. Elle se laissa descendre puis remonter, cherchant un plaisir lent et exquis.

Les rayures qui les couvraient disparurent subitement. Brillantes un instant auparavant, elles disparurent car le ciel avait viré au noir. Maintenant ils étaient presque invisibles dans le miroir et le *loft* semblait obscur. Janek ne comprenait pas. Y avait-il une éclipse solaire dont il n'avait pas entendu parler? Un éclair. Il souleva les reins, se poussa en elle pendant que l'éclair éclatait comme un flash sur leurs corps, découpé par le store. Un coup de tonnerre – elle grogna et remua. Et, tandis que la tempête d'été commençait à faire rage, elle s'allongea sur le lit. Ils s'enlacèrent, se recouvrirent en écoutant la pluie qui foucttait les vitres. Ils éclatèrent de rire.

La pluie frappait les fenêtres du *loft.* Janek entendait le bruit des trombes d'eau sur le toit des voitures, dehors. Une guêpe bourdonnait quelque part dans la pièce. Un parfum ténu de feuillage humide et de sexe. En s'embrassant et en riant ils se séparèrent. Ils s'allongèrent sur le dos, leur poitrine mouillée tournée vers le ventilateur. Il passa un bras autour d'elle, la serra contre lui. Un peu plus tard le soleil réapparut et les rayures retraversèrent le *loft,* les peignant de noir-blanc, noir-blanc, noir-blanc.

– Qu'est-ce qui t'a décidé à devenir flic?

Il la regarda. Elle avait les yeux perdus dans le mouvement tournant du ventilateur.

– Tu veux dire : qu'est-ce que fait un brave gars comme moi dans un racket merdique comme ça?

– Oh, Janek...

Elle se tourna vers lui et sourit.

– C'est une question difficile.

Elle attendait sa réponse.

– Eh bien, quelle qu'en soit la raison, elle n'a rien à voir avec ce qui m'a fait rester flic. Demande à un vieux prêtre pourquoi il est devenu curé, ou à une pute pourquoi elle a commencé à se vendre. Ils s'en souviennent difficilement. Ça c'est trouvé comme ça. Jadis ils étaient différents. Moi aussi. Je pensais qu'être flic était quelque chose que j'aimerais parce que c'était excitant, payé raisonnablement et assez honorable. Tu sais – un flic défend la Justice contre le Mal. Il protège et il maintient l'ordre. Si tu deviens flic tu seras peut-être un peu mieux que les autres gens. On pourra compter sur toi. Tu seras le type qu'on appelle quand on a un problème.

– Tu ne crois plus à ça?

Il secoua la tête.

– Ça fait trop longtemps que je roule ma bosse. De toute façon ça n'a pas grand-chose à voir avec ce que je fais. Je suis devenu inspecteur, et un inspecteur est différent d'un flic. Nous enquêtons. Nous fouillons dans la vie des gens. Quand on est bon, on résout des affaires. C'est ça que j'aime : prendre une affaire, aller jusqu'au fond, clore l'affaire et penser à une autre. J'aime les aveux aussi, j'aime regarder et écouter les gens se livrer, me dire ce qu'ils ont fait. Je peux sentir alors leur besoin de moi, je me sens utile. Et puis il y a cette infinie fascination pour ce que j'ai toujours cherché.

– Et qu'est-ce que c'est?

– L'ombre. Le côté obscur. L'endroit où se cache

toute la douleur, tout le mal. L'ombre est là, tapie au fond de chacun de nous, parfois grisâtre ou translucide, d'autres fois profonde et noire. Elle m'attire. Elle m'emplit de pitié, de pitié pour nous tous, qui l'avons tous en nous, pour moi-même aussi peut-être, surtout pour moi-même. Ma femme se moquait de moi quand je parlais de ça. « Elle n'est pas trop lourde à porter cette pitié pour toi-même, Frank? » Mais elle se trompait. Elle n'est pas trop lourde. J'aime cette sensation. Je crois que c'est ce que j'aime le plus dans mon existence.

Il cessa de parler et, un peu plus tard, alors qu'il avait presque oublié ce qu'il venait de dire, il entendit Caroline murmurer :

– C'est ce que j'aime le plus en toi, moi aussi.

Reconstitution

Il retrouva Sal dans un bar appelé Aspen. L'obscurité s'étendait sur la ville et les rues étaient encore luisantes de l'averse de l'après-midi. Aspen sentait le MacDonald mais des chopes de cuivre étaient suspendues aux murs, les serveuses parlaient comme si elles sortaient toutes de Finch, et les hamburgers à six dollars étaient accompagnés de choux de Bruxelles à la place des frites.

Ils ne parlaient pas beaucoup. Janek était encore le *gourou* de Sal Marchetti et, en regardant son cadet, il faisait le vœu que Sal ne soit jamais réveillé par un coup de fil, un dimanche matin, lui annonçant que son vieux mentor venait de manger son P.38.

Sal consulta sa montre.

– Dans dix minutes elle commence à promener son chien.

– OK. On y va.

Janek laissa de l'argent sur la table et ils sortirent sur Madison Avenue, complètement déserte en ce week-end étoilé. Dans d'autres quartiers, plus pauvres, la chaleur de l'été poussait les gens dehors, dans les rues, mais dans l'Upper East Side, à partir du 1er mai, les rues étaient presque désertes les week-ends, tout le monde était à la mer ou à la campagne et les vieux immeubles étaient clos comme autant de coffres-forts silencieux.

Ils prirent la voiture de Janek, roulèrent vers Lexington Avenue, trouvèrent une place entre la 80ᵉ et la 81ᵉ. Il y avait cinq ou six autres places libres dans ce bloc. Inutile d'utiliser les parcmètres – il faisait nuit.

– Disons qu'il se gare ici, attend de la voir descendre la 80ᵉ avec son chien. Il attend jusqu'à ce qu'elle dépasse sa voiture, et là il sait qu'il a à peu près vingt minutes pour entrer.

Ils sortirent de la voiture, marchèrent jusqu'à son immeuble. Ils ne passèrent que devant un seul grand immeuble. Le concierge ne se retourna pas.

– C'était le week-end dernier, dit Sal. Il n'a rien vu. Il ne me reconnaît même pas maintenant. C'est tranquille par ici, hein, Frank?

– Samedi soir, c'était le moment idéal pour le faire.

Sal lui lança un bref coup d'œil. Ils continuèrent à marcher.

A côté de l'immeuble d'Amanda, un étroit passage muni d'une grille fermée. Derrière la grille, une rangée de poubelles. Il fallut onze secondes à Janek pour ouvrir la grille. Une minute plus tard ils avaient escaladé un muret et se trouvaient dans le jardin derrière l'immeuble, à côté de l'escalier d'incendie.

– J'aime pas ça, Sal. Il y a trop de fenêtres dans le grand building du coin, là. Il suffit d'une seule personne qui mette son nez à la fenêtre. Et, en escaladant l'escalier d'incendie, il faut qu'il passe devant trois appartements, tout près des fenêtres. C'est trop risqué. Il n'a pas fait comme ça. Voyons s'il aurait pu descendre du toit.

Ils reprirent le petit passage en sens inverse, puis revinrent sur le devant de l'immeuble. Six secondes pour en ouvrir la porte. Ils montèrent l'escalier, les marches couvertes d'un épais tapis. Deux appartements par étage, huit portes à passer. Au dernier étage Sal déverrouilla la porte de secours et ils se retrouvèrent sur le toit.

C'était un toit typique de ce genre d'immeuble, au sol asphalté parsemé de cheminées et de conduits de ventilation. L'asphalte était encore humide. Il y avait une brise légère. Janek soufflait, fatigué par leur montée. Sa chemise lui collait dans le dos.

Sal trouva l'échelle, scellée dans le béton. Elle descendait directement sur l'escalier d'incendie au dos de l'immeuble, juste au-dessus du balcon de fer ouvrant derrière les fenêtres d'Amanda. Ainsi c'était facile, incroyablement facile : ouvrir la porte de l'immeuble à l'aide d'une carte de crédit, grimper sur le toit, puis se laisser descendre jusqu'à la fenêtre du studio.

– Quel enculé, ce Stanger, chuchota Sal.

Janek fut obligé d'en convenir. Dans une affaire de vol classique, le premier boulot consistait à se figurer comment le criminel était entré. Or ceci était un double homicide. Stanger était inexcusable. Il n'avait même pas vérifié les toits. Maintenant ils refaisaient eux-mêmes son travail, avec des lampes de poche. Ils ne trouvèrent rien, si ce n'est quelques vieux mégots désintégrés par la pluie.

– Si c'était une procédure policière classique, dit Sal, nous devrions trouver un sandwich aux œufs à moitié mangé planqué dans un coin. Nous suivrions sa trace jusqu'à un marchand ambulant de la Troisième Avenue parce qu'il n'y a que là qu'ils coupent leurs haricots selon un angle de trente-deux degrés. On interrogerait le marchand. Personne ne se souviendrait de rien – ils vendent beaucoup de sandwiches aux œufs, tu sais. Mais une vieille Chinoise sortirait de l'arrière-boutique. Elle se souviendrait. Quand le type avait payé son sandwich, elle avait vu le sabre jap accroché sous son manteau par un sparadrap...

Ils avaient descendu l'échelle et se trouvaient perchés sur le balcon grillagé de l'escalier d'incendie.

– ... et c'était bizarre parce que personne ne porte un manteau en plein mois d'août...

Sal ouvrit délicatement la fenêtre.

– La vieille mamma chinoise se souviendrait blablabla... que le manteau avait des épaulettes inhabituelles. On l'emmènerait en ville et on lui ferait voir notre catalogue d'épaulettes. Elle se pencherait dessus. Nous, on transpirerait toute la sueur de notre corps. Finalement elle s'arrêterait. C'est celui-là, elle dirait...

Ils entrèrent dans l'appartement d'Amanda. Janek referma la fenêtre et ils laissèrent leurs yeux s'accoutumer à l'obscurité du studio. Sal interrompit sa splendide saga. Une semaine auparavant, jour pour jour, un tueur était entré par le même chemin et s'était tenu là où ils se tenaient.

Ils ne dirent pas un mot tandis que Sal accrochait le rideau de douche que Janek avait acheté en chemin l'après-midi. Sal sortit de la salle de bains et Janek y entra, monta dans la douche et referma le rideau avec précaution.

Il pouvait entendre Sal ouvrir la porte de l'appartement, puis sortir dans le hall. Seul, debout dans la douche, il se sentait bizarre. Il ne savait pas combien de temps il allait pouvoir supporter de rester là, mais lorsqu'il entendit les verrous se rouvrir il se figea derrière le rideau, écarta les jambes puis bloqua ses pieds sur le carrelage. Quand les lumières s'allumèrent dans le studio il leva son poing au-dessus de sa tête et essaya de contrôler sa respiration.

– Et le chien? demanda Sal.

– Elle le lâche en entrant, dit Janek, qui détestait avoir à parler.

Sa voix résonnait dans la douche.

– Pourquoi le chien ne se précipite-t-il pas immédiatement dans la salle de bains? Il t'a senti.

– Il a soif. Il revient de promenade. Il fonce vers sa gamelle dans la cuisine.

– Tu n'as pas de chien, hein, Frank?

Sal avait raison. Il avait commis une erreur. L'odeur de plastique neuf du rideau de la douche le prenait à la gorge. Il avait envie de tousser.

Silence. Puis de la musique. Sal venait d'allumer la radio. Il entra dans la salle de bains, avec sa démarche d'homme. Amanda s'y serait glissée plus tranquillement. Sal alluma la lumière.

– Je ne peux absolument pas te voir, dit-il.

Janek ne disait mot. Il pouvait voir la silhouette de Sal et, pendant deux secondes, lorsqu'il essaya d'imaginer que c'était Amanda, il sentit son cœur battre la chamade et une boule sèche se former dans sa gorge. Sal s'approcha du lavabo, tourna le robinet, se pencha légèrement comme s'il se brossait les dents. Il n'était qu'à quelques centimètres, son image était nette à travers le rideau.

– Tu sais, c'est étrange de rentrer et de trouver le rideau fermé. Après une douche, en général, on le laisse ouvert pour que le carrelage sèche.

– Ou bien on le laisse fermé pour sécher le rideau. C'était son habitude. Il l'a vu et en a tiré profit.

Janek retint son souffle puis plongea. Son poing atterrit fermement, le rideau de plastique pressé contre le dos de Sal Marchetti.

Ils ne se fatiguèrent pas à jouer le reste de la scène, par terre, avec le rideau entre eux. Mais Janek imagina les coups de poignard dans la poitrine d'Amanda, le chien qui hurlait, il allait dans le studio et lui filait un coup de pied pour le faire taire, il l'assommait, puis il revenait et traînait la fille jusqu'au lit. Facile de couper la tête, de lui prendre ses clés dans son sac, de refermer la fenêtre, d'éteindre la radio et les lumières, et de sortir. Aucun bruit dans le hall. Personne dans les escaliers. Ils sortirent du building et redescendirent la 81e. Lorsqu'ils atteignirent la voiture ils avaient le souffle court.

– C'est de la folie, dit Janek. Mais c'est d'une simplicité évidente. Je crois qu'il a emporté la tête avec lui. La manière élégante de faire ça, c'est de ne traverser la ville que deux fois.

– Et le chien? Je ne suis toujours pas satisfait. Il y a un truc qui ne va pas avec ce chien.

– Oui. On aurait dû l'autopsier. Il est incinéré à l'heure qu'il est. Une analyse de sa gamelle? Il aurait pu mettre un somnifère dans l'eau, se débarrasser du chien comme ça. Mais je ne crois pas. Il a pris un risque et tout s'est passé comme il l'avait prévu.

– Il aurait pu croiser quelqu'un dans l'escalier.

– On n'a croisé personne. D'ailleurs, il est très mal éclairé.

Ils roulèrent dans la 79e et prirent la transversale dans Central Park, tournèrent à gauche dans Central Park West, descendirent jusqu'à la 71e Rue et tournèrent à droite.

– C'est drôle, dit Sal, je n'avais jamais envisagé une voiture particulière. Je pensais qu'il aurait eu trop de mal à se garer. Mais ici aussi ce ne sont pas les places qui manquent.

Janek remarqua une Buick qui se dégageait pour partir, lutta à l'influence contre une Mazda et lui prit la place. Ils étaient à un demi-bloc de chez Brenda Beard.

– Il laisse la tête d'Amanda dans le coffre, se rend à la cabine habituelle au coin, là. Elle passe sa tête à la fenêtre. Il lui fait signe de la main et elle le reconnaît. Elle le connaissait. Elle ne l'aurait pas laissé entrer si tard, sinon.

Ils marchèrent de la cabine jusqu'à l'immeuble.

– Il sonne. Elle lui ouvre. Il prend l'ascenseur. Se

fiche d'être vu ou pas. Des gens entrent et sortent tout le temps d'ici. Chez elle, c'est le défilé. Tout le monde s'en fout.

Après avoir joué leur scène dans l'appartement, Janek regarda le lit.

– Il a dû utiliser une sorte de drap de plastique. Et puis il l'a emporté avec lui. Maintenant ça commence à devenir mignon. Il prend la tête de Brenda, la descend, la met dans le coffre de sa voiture, remonte la tête d'Amanda et essaie de la revisser sur le corps de la prostituée. Quand tout est comme il le désire, il redescend, reprend sa voiture, retourne dans la 81ᵉ. Il porte le sac avec la tête de Brenda dedans, entre avec les clés d'Amanda. Il arrange les choses là-bas aussi et retourne à sa voiture. Une bonne nuit de boulot. Terminé.

Ils refirent le trajet sans un mot. Ils n'avaient pas à rejouer tous les actes, mais Janek y tenait au cas où quelque chose se produirait qui leur donnerait une nouvelle idée. Il ne se passa rien. Ils firent comme il avait dû faire. Une demi-heure plus tard ils avaient fini. L'ensemble, du début à la fin, leur avait pris une heure et demie.

– C'est impossible, dit Sal.

Ils étaient assis dans la voiture.

– C'est tellement possible que ça te tue, hein?

– Ce mec a vraiment du cran, Frank. C'est le mec le plus cool de la ville.

Janek acquiesça.

– Regardons ce que nous avons. D'abord, un petit problème avec le chien. Ensuite, je ne peux pas prouver que Brenda le connaissait, mais je parierais mon insigne. Troisièmement, deux trajets au lieu de trois. Et maintenant qu'on sait qu'il est facile de se garer je pense qu'on peut envisager qu'il a dû utiliser sa voiture. Mais ça nous laisse un autre truc.

– Quoi?

– Qu'il se soit caché dans la douche.

– Qu'est-ce qui ne va pas? Tu disais qu'elle avait l'habitude de laisser le rideau fermé.

– Mais je n'aime pas ça. Ce n'est pas le rideau, c'est le coup de la douche. Je me sentais bizarre là-dedans. C'est trop littéraire. C'est trop comme dans *Psychose*.

– C'est ce que je n'arrête pas de te dire, Frank. Tout ce truc ressemble trop à un scénario de film. De toute façon dans *Psychose,* c'est la fille qui est dans la douche derrière le rideau et c'est le tueur qui la surprend là-dedans.

– Ouais, mais c'est la même idée. C'est peut-être là que c'est intéressant. C'est une sorte d'inversion. Délibérée. Forcée. Je ne me sentais pas bien là-dedans. Tout ce truc est trop commode.

– Alors où est-ce que tu te cacherais?

– Pas derrière la porte. Avant de bouger, il faudrait que je sois certain qu'elle est entrée et ne peut plus sortir.

– Alors la salle de bains est le meilleur endroit, Frank. A moins que tu ne préfères te cacher dans le placard.

– J'imagine que tu as raison.

Janek se tut.

– OK. On rentre.

Après avoir déposé Sal il roula sans but dans les rues. Il n'avait pas prévu de retourner chez Caroline mais de dormir chez lui et de passer la voir le dimanche après-midi. Quand il arriva chez lui il se sentait fatigué, mais eut du mal à s'endormir. Dure soirée. Il y avait toujours une certaine excitation après une reconstitution. Il ne savait pas bien si cela provenait de la difficulté de la chose ou d'un aspect plus profond, le plaisir vicieux de jouer à l'assassin, essayer d'imaginer les émotions du rituel, sentir l'émergence de la puissance qu'un tueur devait ressentir en jouant le drame de son crime. Il avait déjà ressenti ça lors d'autres reconstitutions. Cela l'effrayait. C'était comme pénétrer au royaume de la folie. Mais le pire était sans doute qu'il avait d'abord ressenti de la répulsion à l'idée de faire tout ça, et que cette répulsion n'était pas dénuée de plaisir.

Les fringues d'Al

Dix heures dimanche matin. Janek se réveilla d'un seul coup. C'était le premier anniversaire, une semaine avait passé depuis qu'Al avait appuyé sur la gâchette. Louella lui avait téléphoné ce dimanche-là à dix heures cinq. Elle l'avait réveillé, et, quand il s'était rendu compte de ce qu'elle disait, il avait serré les poings et frappé, frappé sur son lit.

Il se rasa, prit une douche, s'habilla et descendit dans un bar de Broadway. Il se glissa sur un tabouret au comptoir, commanda un café et un gâteau et se demanda comment il allait bien pouvoir se débrouiller aujourd'hui avec Lou.

Il se le demandait encore en roulant vers Queens. Il allait lui mentir et il n'allait pas aimer ça du tout. Elle le regarderait avec ses grands yeux désespérés et elle le croirait car il n'y avait aucune raison qu'elle ne le crût pas. Il se sentait déjà mal à l'aise, il commençait à se détester, à détester Al aussi, pour avoir appuyé sur cette détente et créé cette situation à laquelle il ne voulait pas faire face.

Stupide. Comment pourrait-il détester Al? Sans Al il n'aurait jamais rencontré Caroline. Al était parti maintenant et lui était vivant. Il n'avait plus qu'à se débrouiller avec Lou du mieux qu'il pourrait.

La maison des DiMona était dans une rue à l'écart dans Corona, et cette rue le rendait triste à chaque fois qu'il y passait; une rue résidentielle faite de maisons pour les jeunes-qui-débutent-dans-la-vie, habitées par des gens d'âge plus que mûr. Tu avais déjà pensé à ça, Frank? Ça peut aider de savoir que quand on y commence dans la vie on peut aussi bien y finir.

C'était une étroite maison de bois, comme ses voisines, avec un porche en brique rajouté sur l'arrière. Une grande antenne de télé, un pauvre barbecue et quelques fauteuils de jardin en bois rouge. Les lattes extérieures de la maison commençaient à s'écailler. Al avait dit qu'il les repeindrait lui-même cet automne, quand les jours seraient plus frais et qu'il n'aurait pas la tête qui tourne en haut de l'échelle.

La table de bridge où il s'était peu à peu décomposé avant de tirer avait disparu, rangée quelque part. Lou le fit entrer dans le salon. Al l'avait toujours détesté. Des tapis cramoisis. Du velours doré sur le canapé. Des franges dorées sur les coussins. Une table basse faite d'un coffre ancien laqué. Ils se posèrent sur le divan avec un espace vide entre eux, se faisant face mais les jambes bien droites.

– Dolly est encore là? demanda Janek.

– Elle est retournée à Pontiac.

– Et son déménagement à Houston?

– Elle attendra un peu.

– Ecoute, Lou, je sais que c'est une question stupide parce que cela ne fait qu'une semaine. Mais est-ce que les choses vont un peu mieux?

– Ils ont des psychologues-conseils au centre de la Police, dit-elle en hochant la tête. Ils m'ont aidée à m'occuper de tous les papiers et il y a un groupe de thérapie auquel je peux me joindre si je veux.

– Tu vas y aller?

– J'en sais rien. Ils ont des groupes pour les femmes divorcées aussi. Sarah avait pensé y aller quand vous

vous êtes séparés. Ils connaissent tous les problèmes et ils ont l'infrastructure pour aider les laissées-pour-compte comme Sarah et moi. Mon Dieu, je suis désolée, Frank. C'est parti tout seul et pas comme je l'aurais voulu.

Il ne répondit pas. Elle détourna les yeux.

– Sarah m'a appelée quand elle a su, dit-elle. Elle m'a parlé de toi aussi. Je ne lui ai pas dit grand-chose. Je crois qu'elle aimerait encore que tu reviennes. Je déteste penser que tu pourrais faire la même chose qu'Al. Ils disent que quand on vit seul, c'est encore pire.

Il l'interrompit.

– Je sais que tu me veux du bien mais laisse tomber. Je n'ai pas l'intention de retourner vivre avec Sarah. Si je le faisais, tu peux être certaine que là, je me flinguerais.

– Elle dit que tu ne l'appelles plus jamais.

– C'est vrai. Quand j'appelais, tout ce qu'elle trouvait à faire c'est se plaindre de la maison. La machine à laver la vaisselle était en panne. Qu'est-ce qu'elle devait faire? Les chiottes étaient bouchées. Qui devait-elle appeler pour les faire réparer? La voiture ne démarrait pas. Le four ne chauffait pas assez. L'eau n'était pas claire. Une fuite au plafond. Je lui disais : C'est ta maison. A toi de te débrouiller. Tu touches un bon bout de mon salaire, tu as ton boulot de bibliothécaire, une jolie maison tandis que je vis dans un sous-sol et que je roule avec une Volvo tout juste bonne pour la casse. Alors démerde-toi avec tes problèmes ménagers! Je lui disais ça et elle ne m'appelait plus. Ça fait bientôt deux ans.

Lou hocha la tête. Elle avait essayé, elle avait dit ce qu'elle avait promis à Sarah de lui dire et maintenant il savait que c'était son tour de tenir sa promesse, son tour de mentir.

– J'ai un peu regardé, après ce que tu m'avais dit.

– Il était sur quelque chose, Frank. Tu as trouvé sur quoi?

– Je ne crois pas qu'il était réellement sur une affaire précise, répondit Janek après un silence. Il ne faisait pas grand-chose de plus que repenser à de vieux trucs, peut-être revenir sur les lieux d'anciens crimes, des choses comme ça. Officiellement, il n'avait pas le droit de poursuivre une enquête, tu sais. Il avait une sacrée expérience et c'était comme un vieux cheval de course. Il aimait sortir et trotter un peu, transpirer, tu vois? C'est dur de s'arrêter d'un seul coup. Alors il continuait à faire comme s'il bossait toujours. Mais il n'y avait pas d'enquête précise. A moins qu'il ne t'ait parlé de quelque chose.

– Il disait qu'il était sur une affaire.

Elle avait parlé d'une manière abrupte pour lui signaler qu'il allait avoir du mal à la faire changer d'avis.

– Il y a toujours de vieilles affaires, Lou. Tu le sais. Toujours une qu'on n'a pas résolue. Je me souviens de ce que disait Al : l'affaire Untel c'est comme cette nana au collège, on la voulait mais on ne pouvait jamais l'avoir. On pouvait se faire d'autres filles, et puis on les oubliait. Mais celle qu'on ne pouvait jamais se faire, celle-là, on s'en souvenait toute sa vie.

Elle sourit.

– C'est bien Al, tout à fait lui. Pourtant il sortait tard ces derniers temps.

– Il allait voir de vieux potes après leur boulot. Ils buvaient un ou deux verres et ils causaient. Il aimait ça. Il n'avait pas envie de rester toutes ses journées à la maison. Tu le sais. C'était un type actif. J'aurais bien aimé qu'il se trouve d'autres hobbies que les bateaux modèle réduit ou les flûtes en roseau.

– Il n'aimait pas ça. Il détestait ça.

– Pourquoi est-ce qu'il le faisait alors? Et pourquoi

dépenser autant d'argent en outils de précision? Il doit y en avoir pour mille dollars au grenier.

– Mon Dieu, j'aimerais bien savoir pourquoi. C'était comme s'il pensait : bon, maintenant je suis à la retraite, il faut que je me trouve un hobby. Et puis il sortait acheter tout ce matériel sans même se demander s'il aimait ça.

– OK, Lou, supposons qu'il ait été sur une affaire. Disons même qu'il y travaillait sérieusement, sans autorisation, tu comprends. Alors, est-ce que tu crois qu'il se serait flingué? Tu sais bien que non. Il détestait laisser les choses inachevées. C'est pour ça que je dis qu'il était en roue libre.

Pendant un moment elle étudia les motifs du tapis, puis elle leva les yeux à nouveau et hocha la tête. Elle le croyait. Il savait qu'elle le croirait. Ce n'était pas un mensonge trop moche, rien de tordu, rien qui puisse lui faire du mal, mais cela le rendait mal à l'aise et puis, comme si elle avait pu lire ses pensées, elle lui posa soudain une question qui le fit se retourner vers elle.

– Et toi, Frank? Tu as quelqu'un dans ta vie?

– Est-ce que Sarah t'a demandé de me poser cette question?

– Bien sûr que non, Frank...

Il l'étudia. Il pouvait voir qu'elle mentait et il était content car cela faisait passer son propre mensonge un peu plus facilement.

– Il n'y avait eu personne depuis longtemps, dit-il. Je ne suis pas un dragueur – tu le sais. Mais récemment j'ai rencontré quelqu'un et, eh bien, c'est quelqu'un que j'aime beaucoup. Elle me rend heureux. Je serais même tout à fait heureux si je n'étais pas coincé dans une affaire dégueulasse.

Elle lui demanda s'il voulait une autre tasse de café. Il regarda sa montre et refusa. Elle l'emmena jusqu'au grenier, là où Al gardait ses outils et ses maquettes inachevées, son petit frigidaire plein de boîtes de bière et un téléviseur portable. Elle avait rassemblé toutes les affaires d'Al, tout ce qu'elle avait pu trouver dans les tiroirs, dans les placards et elle avait tout bien rangé en piles impeccables sur le divan, sur les fauteuils et sur l'établi aussi.

– J'ai appelé l'Armée du Salut. Ils viennent demain. Il y a quelque chose que tu veux prendre? Sers-toi...

Janek regarda les vêtements. Il ne voulait rien. Il secoua la tête.

– Pas à ma taille, dit-il.

Tout à coup elle se jeta dans ses bras et il la serra contre lui, caressa ses cheveux et lui tapota l'épaule. Il lui dit qu'elle pouvait l'appeler quand elle voulait, qu'il serait toujours là pour elle, qu'il viendrait si elle avait besoin de quoi que ce soit.

– Je le sais, Frank. Nous t'aimions tous deux beaucoup. J'espère que tu seras heureux avec ta nouvelle amie.

Elle le raccompagna jusqu'à sa voiture.

Janek amoureux

Un mot était glissé dans la porte de Caroline : elle était au tennis. Plutôt que d'attendre il décida d'aller la regarder jouer. Il roula doucement, examinant le quartier – immeubles industriels, entrepôts, garages, un *Delikatessen*, un marchand de moquette discount et une laverie automatique.

Il se gara devant le club, entra, erra un moment à l'intérieur et la trouva finalement jouant un double mixte sur un des courts extérieurs. Elle lui fit signe de la main quand elle le vit. Le soleil de ce dimanche était brûlant. Il trouva une vieille chaise en fer, la tira près du filet et se posa dessus.

Elle portait une petite robe de tennis qui exposait son dos au soleil. Elle ne jouait pas un tennis très féminin, au contraire, elle avançait avec force sur ses coups. Il aimait la façon dont elle bougeait, économe dans ses mouvements, directe. Elle jouait franc, comme elle faisait l'amour. On entendait les coups résonner quand elle frappait la balle.

Son partenaire était un jeune homme aux bras musclés avec un regard d'athlète un peu vide. Leurs adversaires étaient un barbu exubérant avec un torse puissant et une fille souple comme une liane qui assurait un service féroce. Janek n'était pas un expert en tennis, mais il voyait que les deux femmes étaient supérieures à leurs partenaires masculins. C'était un match sérieux – rushes vers le filet, sauts pour smasher, balles de fond de court rasantes. Un jeu compétitif dur, pas du tennis du dimanche. Il se sentit envieux, souhaitant pouvoir faire partie de leur jeu.

Après le match les joueurs se serrèrent la main au filet puis Caroline les présenta à Janek. Ils se rendirent tous à la terrasse du club, prirent une table et commandèrent des Coca et des bières. Ils discutèrent d'un tournoi à venir cet automne, causèrent raquettes et cordes, parlèrent d'un jeune pro qui essayait de draguer la fille de quelqu'un. Il les écoutait et se sentait à part, habillé différemment, frais surtout, alors qu'ils transpiraient, échauffés par leur jeu.

Caroline devait sentir son isolement. Elle se tournait souvent vers lui et lui souriait. Lorsqu'elle mentionna qu'il était inspecteur un léger vent d'excitation passa sur leur table. Le barbu, un cardiologue, annonça que Janek était le premier flic qu'il rencontrait.

– J'en ai connu un, une fois, dit la grande fille. Un type vraiment bien. Il était venu m'interroger quand j'avais été attaquée dans la rue.

– Et ils ont eu le type? demanda le partenaire de Caroline.

Comme la fille secouait la tête négativement, Janek ajouta :

– On les attrape rarement.

Plus tard il se demanda pourquoi il avait dit ça. Il avait dû paraître sur la défensive d'une manière qu'il n'avait pas vraiment souhaitée. Après ces répliques la conversation retomba. Un par un les joueurs rejoignirent les vestiaires. Janek se retrouva seul.

Quand Caroline revint il avait fini une deuxième bière. Elle avait les cheveux mouillés par sa douche.

– Désolée pour ces gens. Ils n'ont aucune importance. Ce ne sont que des rencontres de tennis.

Elle sourit.

– Ils sont sympathiques. Inutile de les excuser.

– Ils sont d'un ennui. Et tu as raison – je ne les excuserai pas.

Elle scruta son regard.

– Quelque chose qui ne va pas? Ça s'est mal passé ce matin avec Mme D.?

Il fit non de la tête.

– Tout s'est passé comme je l'avais prévu.

– Mais quelque chose t'ennuie. Je le vois bien.

Il hocha la tête.

– Tu veux en parler?

– Ce n'est pas la plus jolie histoire du monde, tu sais.

– Pourquoi tu ne me la racontes pas?

Il vit qu'elle était sérieuse, qu'elle attendait qu'il parle. Pendant un moment il hésita. Il avait décidé de ne pas l'ennuyer avec son affaire. Mais cette affaire faisait partie de sa vie, elle le rongeait, et voilà qu'elle lui demandait de la partager avec elle.

– OK, dit-il, mais tu m'arrêtes quand tu en as assez.

Puis il lui raconta la saga de « l'échange de têtes ».

Elle écoutait bien. Il n'arrivait pas à imaginer Sarah l'écoutant avec autant d'attention, ni même Lou DiMona, ou aucune des femmes d'inspecteurs qu'il connaissait. Ces types de femmes coupaient court à la conversation ou devenaient fragiles quand on en arrivait à parler travail, comme si l'essence du travail d'un flic était si atroce qu'il valait mieux l'ignorer. Mais Caroline était différente; elle avait photographié une guerre, avait été intime avec la violence, la cruauté et la mort.

– ... Il faut que je pousse un peu plus du côté de cette prof de gym, dit-il, mais je doute qu'il y ait quoi que ce soit de réel dans cette théorie. La nuit dernière, derrière le rideau de la douche, j'avais la sensation que certaines choses m'échappaient, des choses que j'avais vues, que je savais mais que je ne comprenais pas, que mon esprit n'avait pas encore enregistrées. J'y ai repensé ce matin et tout à l'heure, quand tu te changeais. Je reviens sans arrêt à ces photos.

Il lui jeta un coup d'œil.

– Elles sont horribles. Vraiment.

– J'ai vu pas mal de choses horribles. Tu veux que je les regarde?

– Tu ferais ça?

Elle était merveilleuse. Par quelque procédé qui tenait du miracle, elle pouvait lire dans ses pensées!

– Bien sûr. Mais je ne suis pas détective, ni inspecteur.

– Heureusement... J'aimerais juste que tu les regardes en tant que photographe professionnelle et que tu me dises ce que tu vois.

Elle se leva.

– OK... Allons-y.

– Retourner à Manhattan maintenant?

– Pourquoi attendre? Tu veux que je les regarde. Emmène-moi, Janek. Je suis prête à travailler.

En roulant il lui en dit davantage.

– Je savais, dit-il, dès qu'on m'a donné cette affaire, que ce ne serait pas mon genre d'enquête. Je suis bon quand je peux voir les choses à travers l'œil de quelqu'un d'autre, mais ce truc est si loin de tout ce que je peux comprendre que j'ai su immédiatement que j'allais y laisser des plumes. Je suis obligé d'entrer dans une zone où je n'ai jamais mis les pieds.

Devant le commissariat il remarqua qu'elle avait les yeux brillants. Elle reniflait l'atmosphère d'un air entendu tandis qu'ils montaient les escaliers.

– Parfait, dit-elle. C'est l'odeur, oui, dit-elle en souriant. L'odeur des flics et des criminels.

Quand ils atteignirent le bureau de leur brigade

spéciale, il lui montra le mur où Aaron avait exposé les photos prises sur les lieux des crimes. Puis il se retira, s'assit dans son fauteuil, attendant d'entendre ce qu'elle dirait.

Elle se tenait devant chaque photo, la regardait, puis passait à la suivante. La pièce était silencieuse. Il pouvait sentir sa concentration, l'intensité de son regard, même s'il ne voyait pas ses yeux. La regardant, de dos, il se sentait ému par son attitude, sa posture, la façon fière dont elle se tenait devant chaque horrible photo.

Il se passa dix minutes avant qu'elle ne parle, un long morceau de temps, assez pour construire des montagnes de tension. Lorsqu'elle parla finalement, elle ne se retourna pas mais resta face au mur.

– Les photos sont un peu primitives, mais ce sont des images puissantes. Style raccourci. C'est toute la rage d'aujourd'hui. Certains jeunes photographes sérieux essaient d'imiter ça. Tu sais – ils shootent dans la rue comme des paparazzi, avec le flash des lampes, ils capturent la surface dure des événements. Colle ces photos sur les murs d'une galerie dans le vent et certains critiques appellent ça de l'art. « Aussi sensationnel, puissant et pur que le travail maladroit d'un photographe de médecine légale... » Mais nous ne sommes pas dans une galerie. Ces photos ont vraiment été prises par un photographe de la police. Pourtant il y a quelque chose comme de la conscience, du calcul, dedans. Un travail d'artiste, un travail spécial. Et de la puissance.

Elle s'interrompit, scruta les photos épinglées au mur comme si elle cherchait le sens de ce qu'elle disait.

– Aucune tentative d'enjoliver. Ce n'est pas l'Ecole allemande de la Cruauté artistique. Pas de mannequins posant comme si elles étaient mortes. Ces femmes sont bien mortes. Mais il y a quelque chose qui se passe.

(Elle s'interrompit à nouveau.) C'est peut-être la tension, la tension entre le manque d'art du travail du photographe et la façon artistique dont tout a été arrangé. Je ne sais pas. Il me semble que la matière du sujet, les filles, leurs têtes, les lits, le sang – que tout ceci a été arrangé pour obtenir l'effet maximum.

Elle se tourna vers lui avec une expression interrogative.

– Ça ne veut pas dire grand-chose, hein?

– On verra si ça veut dire quelque chose, répondit Janek. Qu'est-ce que tu veux dire par « arrangé »?

– Comme si ç'avait été mis en scène.

– Tu penses que celui qui a fait ça a tout arrangé de manière à obtenir le maximum d'effet quand on photographierait les scènes?

– Je sais que ça paraît dingue...

– Montre-moi.

Elle se tourna à nouveau vers le mur.

– Les têtes, bien sûr, les visages et tout ça. Mais j'irai plus loin. Les plis des draps. Ils ne sont pas dus au hasard. Trop parfaits, trop précis On passe des heures à préparer des clichés comme ça, réarrangeant le lit, créant des ombres sur les oreillers, des heures à repeigner les cheveux, à les faire onduler comme ils sont là. C'est comme si les tuer et échanger les têtes n'était pas assez. Comme s'il avait joué avec après, tout arrangé pour son plaisir. Tu sais, le plaisir des yeux.

Elle cessa à nouveau de parler, mais il n'enchaîna pas. Il sentait qu'elle avait encore à dire.

– Il y a autre chose. Je ne sais pas comment m'expliquer. Mais... il me semble qu'il y a comme de l'amour dans ces photos. Pas de l'amour envers les victimes, non, ce n'est pas ce que je veux dire. Mais il me semble, d'une manière ou d'une autre, qu'après, après leur avoir fait cette horreur il les a manipulées... avec amour.

Elle se retourna vers Janek, perplexe.

Ils roulèrent en silence, direction les quartiers chics. Il trouva une place de parking près de son immeuble puis l'emmena faire un tour dans Central Park. Le soleil, bas dans le ciel, prêt à disparaître derrière les appartements de Central Park West, dispensait une lumière douce sur les pelouses et allongeait l'ombre des ormes.

Il passa son bras autour de sa taille. Ils marchaient dans un petit sentier. Il y avait un parfum de feuillage bientôt fané, l'odeur douce de l'herbe à la fin de l'été. Pour Janek, le parc, si durement piétiné en juillet et août, se transformait soudain. Ce living-room de la ville, foulé aux pieds pendant des mois, devenait un jardin des délices. Chaque arbre semblait gravé à l'eau-forte, isolé des autres. Chaque feuille, chaque buisson s'affirmait comme unique. Même les réverbères déglingués par les vandales et les bancs défoncés paraissaient gracieux. Janek était emporté par un sens de la beauté, la parfaite symétrie de la nature, de leur place, à Caroline et lui, dans l'ensemble du décor. Il était empli d'un bonheur moelleux.

Il la regarda. Il voyait que ses pensées étaient ailleurs. La sentant nerveuse il lui demanda gentiment ce qui n'allait pas.

– Je me demandais juste – est-ce que je vais finir comme ça?

Elle le regarda très vite puis braqua à nouveau son regard devant.

– Comme quoi?

– Comme ces filles. Celles de ton affaire.

Il serra son bras autour d'elle.

– Comment peux-tu penser une chose pareille?

Elle secoua la tête.

– Rien qu'en voyant ces photos, en voyant de quoi ces filles avaient l'air. Agression, violence – mes sujets peut-être, parce qu'ils m'effraient et que je travaille dessus pour me confronter à ma propre peur. Je me suis demandé pourquoi l'agressivité m'intriguait. Je crois que j'ai toujours eu l'impression que je finirais victime de la violence, ensanglantée, brisée, peut-être même découpée. J'ai une sorte de fantasme récurrent où je suis coincée dans une voiture accidentée, avec plein de gens morts de peur autour qui regardent par les fenêtres et d'autres qui essaient de me sortir des tôles déchirées; et ma vie s'enfuit dans un flot de sang. Je regarde autour de moi et je me rends compte, presque par hasard, qu'il me manque une jambe. Mon Dieu, je me dis, on dirait que j'ai perdu ma jambe, et puis je ferme les yeux et je meurs.

Elle le prit dans ses bras, posa sa main contre sa poitrine pour qu'il puisse sentir son cœur sous sa paume. Il l'entoura, caressa ses cheveux et lui murmura qu'il la protégerait contre tout ce qui lui faisait peur.

– Nous vivons tous sous la menace de la violence, lui dit-il. C'est ça, vivre dans une ville – avoir sans arrêt la peur en arrière-fond. On se protège en imaginant le pire, les choses les plus affreuses, une façon magique de parer au pire, un talisman contre notre frayeur.

C'était la première visite qu'elle faisait à son appartement. Son visage était ravi tandis qu'il déverrouillait la grille, l'emmenait dans le petit tunnel sous l'escalier, ouvrait la porte et la précédait à l'intérieur. Elle regarda partout, lentement, curieusement, examinant chaque détail de son mobilier. Il la regarda bouger, légère comme une plume, effleurant son frigidaire, son fauteuil, son bureau, son lit et l'établi couvert d'entrailles d'accordéons et des outils spéciaux de son père.

Elle ramassa un petit bandonéon, l'ouvrit, toucha plusieurs notes. Le son était gracieux comme le couac de quinze canards. Ils rirent.

– Joue pour moi, Janek, demanda-t-elle. S'il te plaît, joue pour moi.

Il hésita. Il avait rarement le temps de jouer. Ces derniers temps, les rares fois où il touchait les instruments c'était surtout pour s'assurer qu'ils fonctionnaient encore. Les vieux accordéons hongrois ou autrichiens de son père n'étaient plus que des reliques sentimentales. Mais si elle lui demandait de jouer pour elle, il savait qu'il ne pouvait refuser.

Il se dirigea vers un placard et en sortit son meilleur accordéon, un modèle datant de la crise de 1929 fabriqué chez Damian. Elle s'assit sur son lit, les coudes sur les genoux pendant qu'il mettait le harnais et tournait le tabouret d'établi pour lui faire face.

Il fit quelques gammes pour se réchauffer les doigts, puis joua de petites mélodies qui pleurnichaient dans les soufflets. Il passa à des airs de carnaval, des airs mélancoliques et lorsqu'il se sentit plus souple et vit qu'elle le regardait attentivement, il joua Scarlatti, Rimski-Korsakov, Khatchatourian, jouant de plus en plus fort, de mieux en mieux, jouant jusqu'à ce que la lumière disparaisse de la fenêtre et que la pièce tombe dans l'obscurité. Elle alluma la lampe près du lit et il continua à jouer, toute la musique qu'il connaissait. Il jouait son amour pour elle, comme un troubadour courtisant une princesse, et elle était assise, captive, emprisonnée par sa musique, les yeux rivés à son visage. Ils étaient comme immergés l'un dans l'autre, enveloppés par la musique.

Profondeurs sans limites

Ils dormirent tard le lundi matin, s'éveillèrent langoureusement comme après l'amour en vacances et, pendant qu'ils buvaient leur café, Janek se souvint soudain qu'il était sur une enquête. Il s'agita, se rasa trop vite, se coupa sous la mâchoire. Il appliqua un bout de taffetas sur la plaie mais n'arriva pas à arrêter le sang. Caroline inspecta la blessure, la nettoya puis pressa dessus comme une sorcière jusqu'à ce que, miraculeusement, elle se referme.

Quand il fut habillé elle lui tendit son P. 38 et lui jeta un regard perçant pendant qu'il attachait son holster.

– Il paraît qu'on peut en apprendre beaucoup d'un flic rien qu'à la façon dont il tient son arme, dit-elle. Mais je crois que c'est la manière dont il la met et l'enlève qui en dit le plus. J'aime te regarder faire. Le matin, quand tu mets ton arme tu montres ta compétence et ton pouvoir. Le soir quand tu l'enlèves et que tu la poses doucement sur la table de nuit tu montres que tu es vulnérable et que tu n'as pas à prouver que tu ne l'es pas.

En l'accompagnant à Long Island City il pensa à ce qu'elle lui avait dit. C'était fantastique de voir comme elle l'observait, comme elle lisait les moindres détails de son existence.

En revenant vers Manhattan, juste après le Queensboro Bridge, il fut coincé dans un embouteillage : des gens fulminaient, klaxonnaient, pendant qu'un gros flic essayait désespérément de défaire le nœud de voitures. Il regarda deux types dans la voiture à côté et essaya d'imaginer que leurs têtes étaient échangées. Il recommença le même jeu avec deux femmes dans la voiture de l'autre côté. Il passait rapidement de l'une à l'autre, échangeant leurs têtes. Il mit la tête du flic sur le corps d'une des femmes, puis il échangea les têtes des gens dans la voiture devant lui. *Switch...* Plus il essayait, plus cela devenait facile. Aller retour, une tête ici, l'autre là, *switch, switch*, celle-ci à la place de celle-là, *switch*, un étrange exercice, troublant. Il se demanda ce que cela pouvait faire de se balader en ville pendant des mois en s'exerçant à faire ça. *Switch, switch, switch...* ça devait s'emparer du cerveau, rendre dingue, devenir complètement obsédant, songea-t-il. Commencer à penser comme ça pouvait mener très loin, dans une drôle de région mentale.

Il était presque dix heures quand il atteignit le commissariat, très en retard pour un chef de brigade spéciale commençant sa seconde semaine sur un double homicide prioritaire. Il monta les marches quatre à quatre, entendant les ennuis avant même d'atteindre la porte.

Sal et Stanger se tenaient chacun à un bout de la pièce, gesticulant, en proie à une violente colère tandis que des gobelets de café refroidissaient sur leurs bureaux. Une engueulade grandeur nature : Sal passait un savon à Stanger pour ne pas avoir vérifié le toit de chez Amanda et Stanger se défendait du mieux qu'il pouvait.

– Quelle sorte de détective tu es? Qu'est-ce que c'est que cette enquête à la con?

– Va te faire foutre, Marchetti – tu me cherches depuis le début. T'es si brillant, hein, alors qu'est-ce que t'as ramené depuis le début? Rien, un zéro, de la merde!

Janek leur dit de la fermer. Silence. Airs menaçants. Puis manœuvres d'approche prudentes.

– Ce café c'est de la merde, renifla Sal.

Stanger rit. Il annonça qu'il allait s'occuper des promenades d'Amanda avec son chien si le lieutenant voulait bien et que le dossier du profil de sa victime attendait sur le bureau du lieutenant.

Janek feuilleta le cahier.

– On dirait que tu t'en es pas mal tiré, dit-il.

Une fois Stanger parti, il parla sans lever les yeux.

– Tu crois que ça aide vraiment de lui écraser son ego, Sal?

Sal s'excusa.

– C'est en y repensant hier que ça a monté. Suppose qu'il y ait eu quelque chose sur le toit. C'est parti, maintenant, balayé ou nettoyé par la pluie. Il dit qu'il a demandé au concierge, mais comment peut-on savoir, nous? Est-ce qu'on peut lui faire confiance ou est-ce qu'il faut tout revérifier derrière lui?

Sal s'en alla. Il avait rendez-vous avec un substitut du procureur à propos d'une autre affaire. Une fois seul, Janek s'approcha du mur et se tint à nouveau devant les photos. Caroline avait dit que c'était une mise en scène. En les réexaminant à froid il voyait ce qu'elle voulait dire.

Le téléphone sonna. C'était Sweeney. Hart voulait le voir à deux heures. Le dos au mur. « Arrangé les choses pour son plaisir visuel », voilà ce que Caroline avait dit. Et le Dr Yoshiro avait parlé d'un homme qui avait tenté de créer de nouveaux êtres humains. Donc quelqu'un avec des dons artistiques, créatif, un tueur créatif. Quelqu'un capable de changer un double meurtre en art.

Aaron entra.

– Raie Hazel Carter, Frank. Mais tu avais raison quant à sa vie sociale. Elle et la petite Miss Tuttle vivent toutes les deux dans un duplex près de Gracie Square. Malheureusement il se trouve qu'elles étaient ensemble chez une amie à la campagne ce week-end-là. Ce qui nous laisse tout de même encore le gymnase comme point de départ possible.

– Eh bien, je ne la raierai pas tout de suite, pas avant que tu vérifies leur alibi. Parle à cette amie. Regarde-la bien, sois sûr qu'elle dit la vérité.

Puis il parla à Aaron de l'analyse des photos qu'avait faite Caroline et leur reconstitution du samedi soir avec Sal.

– On dirait que vous avez marché un peu vite, dit Aaron. Vous avez fait tout le truc en une heure et demie, mais elle dit qu'il aurait pu mettre une heure chaque fois pour arranger son décor comme il voulait. Tu sais, ça a quelque chose de très relax. Un type sûr de lui, confiant.

– Superbement planifié, tout ça.

– Peut-être, oui. Parfaitement organisé.

– Il savait ce qu'il allait faire avant de commencer. Mais tu crois que tous ces coups de couteau étaient « relax »?

– C'est ça qui ne colle pas, cette violence d'abord, et puis après, ce boulot précis et méticuleux avec les têtes.

– Deux signatures. Deux armes. Et pourquoi pas deux personnes? Ou une personne avec une double personnalité? Mon amie photographe disait qu'elle sentait qu'il avait manipulé les victimes « amoureusement ».

– Sûr! Il les tue violemment et puis il les arrange avec amour. Une fois qu'elles ne bougent plus tu peux faire ce que tu veux avec. Tu peux les modeler selon ton désir.

– Mais elles sont encore chaudes et sanglantes. Il faut être un monstre pour pouvoir jouer avec et rester de marbre.

– Bon sang, Frank, on a affaire à un monstre.

– Un monstre artiste.

– Ouais, une sorte d'artiste monstrueux.

Dans le métro qui l'emmenait en ville, Janek joua à *switcher* les têtes des autres passagers. Ecrasés les uns contre les autres sur les banquettes, leurs têtes à peu près au même niveau, c'était encore plus facile que dans la voiture. Deux étudiantes côte à côte. Bang! *Switch!* Et retour... S'il clignait des yeux assez vite il pouvait le faire presque instantanément. Le processus lui rappelait les dessinateurs de la police qui créaient des portraits-robots sur les écrans d'ordinateur. Une manière de créer des personnes ou de les redessiner. Artistes de la police. Quelqu'un de doué pour les arts. Un peintre, un sculpteur ou un photographe. Après les moments d'horreur l'assassin était calme, relaxé... Mais il y avait encore quelque chose qui rongeait Janek. Oublie ça. Laisse mijoter. Ce qu'il devait faire, il le savait, c'était improviser une théorie qu'il pourrait utiliser pour éblouir Hart.

Il échangea encore quelques têtes en traversant Police Plaza et d'autres encore dans l'ascenseur qui le menait chez Hart. Il *switcha* une paire de secrétaires qui déambulaient devant lui dans le couloir, mais il savait que la différence entre l'imaginer et le faire était aussi grande qu'entre fantasmer de leur faire l'amour et les violer dans un parking désert.

– Vous avez fait regarder votre moteur, lieutenant? demanda le sergent Sweeney derrière son bureau maniaquement rangé.

– Quoi?

– Votre voiture. Vous vous souvenez? J'ai conduit votre voiture.

– Ouais, dit Janek. Tu m'avais parlé d'un garage, non?

Sweeney sortit une carte d'un tiroir, écrivit « vingt pour cent de remise » dessus et la tamponna avec un tampon de la police de New York, puis mit ses initiales sur le dos de la carte. Janek n'aimait pas Sweeney et pendant un moment il songea à déchirer la carte en deux et à jeter les morceaux sur le bureau. Mais il y eut une sonnerie, Sweeney décrocha son téléphone, écouta en hochant la tête et, avec ce ton spécial aux intimes des instances supérieures, chuchota :

– Le C.D. va vous recevoir, lieutenant.

Et il raya d'un impeccable trait rouge le nom de Janek sur sa liste de rendez-vous.

Hart était très pâle. Comme beaucoup de chefs il passait le plus clair de son temps à l'intérieur. Janek reconnaissait la pâleur colorée de gris par les néons. Et, comme toujours, il était frappé par les yeux de Hart, des yeux brillants comme de petites étoiles froides, sans vie.

– Alors, comment ça va, Frank? Tout va bien? Mme DiMona se remet?

– Je suis allé la voir hier. Elle va aussi bien qu'on pourrait l'espérer.

– Bon. (Hart avait l'air content.) Vaut mieux garder un œil dessus, dit-il. J'ai trouvé qu'elle avait l'air plutôt abattue. Aucun indice de ce qui pouvait traverser la tête de DiMona ces dernières semaines?

Janek fit non de la tête.

– L'épuisement, je crois. Le coup de la retraite. Il y a eu une commission d'étude il y a quelques années. On voulait connaître les signes avant-coureurs pour pouvoir mettre les femmes en alerte. Si sa femme l'avait su elle aurait pu s'éviter un tas d'ennuis...

Soudain Hart braqua son regard sur Janek.

– Comment va l'affaire Ireland/Beard?

Janek haussa les épaules.
– Rien de clair.
– Ça viendra, ça viendra. Tu dois bien avoir une théorie. Je sais que tu ne restes pas les bras croisés.
– Ça oui, j'ai des théories.
– Du genre?
– On s'est fait une reconstitution samedi soir. J'ai été frappé par l'excitation que cela a dû procurer au type.
– Un vrai thriller, ouais. T'as creusé du côté vaudou? Je pensais au vaudou l'autre jour.
– Ça ne colle pas.
– Essaie d'en parler à certains de nos inspecteurs noirs. Ils ont l'habitude de ça. Une mine à exploiter. Et le sexe?
– Pas de sperme.
– Et alors, il portait une capote!
– Pour moi, ça ne sent pas le sexe.
– Alors qu'est-ce que ça sent? demanda Hart qui devenait irritable.
Janek répondit doucement :
– Je dirais une sorte d'excitation très spéciale.
– Tu n'arrêtes pas de parler d'excitation. Tu veux dire l'échange?
– Tout le rituel. L'échange en soi en est une partie, oui, répondit Janek.
Hart se gratta la joue. Janek pouvait entendre ses ongles sur sa barbe.
– Désolé, Frank, je ne te suis pas. Qu'est-ce que tu essaies de dire?
Janek se leva, ôta une poussière qu'il avait dans l'œil, s'approcha de la fenêtre et contempla Police Plaza, les centaines de gens qui traversaient la place, si rapidement, comme des fourmis.
– Il n'y a qu'une connexion entre les deux victimes et cette connexion ressemble à une coïncidence typiquement new-yorkaise.

– Il doit y avoir une relation.

– Bien sûr. Mais ce n'est pas comme si la prostituée prenait des cours de français le matin et que la prof de français faisait le tapin après son cours. La connexion est dans l'esprit du tueur. C'est comme tu me l'avais dit dans la voiture. Un crime psychologique. Le fantasme d'un assassin. Son pied. Son plaisir personnel.

Hart se tint la tête comme s'il venait d'être frappé d'une violente migraine. Ses petits yeux brillants étincelaient maintenant de douleur.

– Tu restes énigmatique, Frank.

Janek tourna le dos, regarda de nouveau les silhouettes qui couraient dans la rue et pratiqua un échange de têtes sur un couple.

– Quand quelqu'un est mort, dit-il, et qu'on fait quelque chose de son corps, on ne lui fait plus rien – on arrange un tableau. Comme pendant la guerre, quand l'ennemi tue un de tes bonshommes et le découpe en lanières avant de l'accrocher dans un arbre avec ses couilles dans la bouche. Ils ne lui ont rien fait de sadique puisqu'il était mort avant qu'on le mutile. Ils l'ont fait pour après, pour ceux qui vont le découvrir plus tard, et, à un niveau plus profond, ils l'ont fait pour eux-mêmes. Le but apparent est de nous démoraliser. Un tableau comme ça remplit celui qui le voit de colère et de désespoir. Ça fonctionne inconsciemment – ça brise l'esprit, ça remplace l'habileté froide qu'il faut pour combattre par une rage brûlante qui rend maladroit.

Il se tourna vers Hart. Pas mal, comme improvisation. Il se demanda si le chef était ébloui.

– Donc ça c'est le but apparent. Quel est le but réel ?

– Le bénéfice sous-jacent revient à ceux qui ont arrangé le tableau. C'était une manière de laisser s'exprimer froidement leur colère sans avoir à s'inquiéter de ce que la personne se défende, ou gémisse, ou hurle, ce qui les amènerait peut-être à la pitié ou ce qui leur ferait peur. Un type mort, ce n'est finalement qu'un tas de chair; on peut le traiter comme de la viande. Peut-être l'ont-ils tué avec rage, mais après ils peuvent le découper avec un sentiment voisin de l'amour dans le cœur.

Hart secouait lentement la tête d'avant en arrière.

– Oui, je crois que je vois ce que tu veux dire.

Janek ne comprenait pas comment une telle chose était possible puisqu'il ne le voyait pas lui-même.

– De toute façon, dit-il, voilà le fil conducteur. Celui qui a fait ça s'est procuré une intense satisfaction dont une bonne part provient de l'effet que cela aurait sur nous. Toute l'histoire des têtes est si peu plausible que je me demande si ce n'était pas là son idée. Ajouter une complication qui allait être encore plus dérangeante que les deux homicides. Une manière d'embellir son crime, de changer sa rage maniaque en une sorte d'œuvre d'art tordue.

Hart pinça les lèvres.

– C'est une théorie singulière, Frank.

– C'est une affaire singulière.

– Ce que tu me dis sonne bizarrement.

– Je sais. Les eaux profondes. Les profondeurs sans limites.

– On dirait que tu vas enfouir celle-ci dans les fichiers. Parce que si tu dis ce que je pense que tu dis, tu es en train de me dire que tu pourrais ne jamais y arriver.

Janek fit non de la tête.

– Tout ce que je dis c'est que je ne crois pas que je puisse résoudre cette affaire en fournissant une quelconque pièce à conviction irréfutable, ou plutôt, excuse l'expression, en faisant un bon vieux travail de détective.

Hart se recula sur sa chaise, dégoûté. Il n'appréciait pas la référence à ses fréquentes exhortations : « User les semelles de vos godasses. » Ou : « D'après mon expérience, c'est le travail fastidieux et routinier qui résout les affaires. » Il examina Janek d'un air sceptique.

– Alors, comment comptes-tu résoudre cette affaire?

– Grâce à mon inspiration, répondit Janek.

Hart renifla avec amusement. Ses petits yeux brillaient d'allégresse.

– Grandiose, Frank. Grandiose. Eh bien, tu n'as plus qu'à retourner en ville et attendre l'inspiration. Et si elle te frappe et que ça marche, s'il te plaît, n'oublie pas de me téléphoner.

Cet après-midi-là, au commissariat, régnait une atmosphère de carnaval : Howell avait formé un rassemblement de prostituées de l'Upper West Side. D'autres inspecteurs assignés à la 6e circonscription étaient venus pour aider à maintenir l'ordre et regarder le show : un flot ininterrompu de belles de nuit criant, bavardant, poussant des cris.

Questions très formelles : « Bon, maintenant, par rapport à vos clients, mademoiselle Fernandez... » Répliques cinglantes : « Des dingues de la tête? Des michtons branchés tête? Mais chéri, ils sont tous branchés tête! Je veux dire, la tête, c'est là que ça se passe... »

Janek appréciait le spectacle : un répit après le désert de pistes de cette affaire, et il pouvait voir que Howell se réjouissait. Howell aurait fait un parfait inspecteur dans la mondaine, songeait-il. Il tirait de la dépravation le plaisir qu'il fallait.

Tout en regardant, Janek s'entraînait à échanger les têtes. Il essaya une blonde platine avec une Noire, puis l'inverse. Mais vers sept heures les choses commencèrent à se gâter. Howell empiétait sur les heures de travail de ces dames, l'humeur virait à l'aigre et aucune des filles n'avait jamais entendu parler de

Brenda Beard. Finalement Janek les flanqua dehors. Howell pouvait en finir avec elles en bas. Quand le calme revint dans leur bureau, ils restèrent seuls, lui et Aaron. Aaron étudiait les dossiers rédigés sur les profils des victimes. Janek, sentant l'ombre d'une idée, se leva et revint se planter devant les photos des victimes.

Il regarda, fixa, scruta, observa, fit demi-tour, revint, et plissa à nouveau les yeux, le nez sur les photos. Oui, il y avait quelque chose. Il essaya à nouveau. Oui. Sentant une petite bouffée de triomphe le traverser, il appela Aaron.

– Tu te souviens comment on était là, devant, le premier jour? La façon dont on faisait les cent pas en étudiant les clichés?

– Oui, quelque chose nous chiffonnait.

– Tu te souviens de ce que tu avais dit?

– J'avais dit « trop parfait ».

Aaron s'arrêta.

– C'est ça, non?

– Tu avais aussi dit « arrangé ».

– Ouais, je me souviens. C'est un peu comme ce qu'a dit ton amie, « mise en scène ».

– Tu as dit : quelque chose qui te frappe jusqu'à ce que tu regardes trop et que tu ne le voies plus.

Aaron acquiesça. C'était exactement ce qu'il avait dit.

– OK. Je veux que tu essaies quelque chose.

Janek détacha deux des photos, une de chaque côté, deux photos des victimes prises à peu près selon le même angle directement au-dessus de leurs lits. Il les épingla à nouveau sur un panneau l'une à côté de l'autre dans un espace vide.

– Maintenant, ce que je veux que tu fasses, c'est passer du regard de l'une à l'autre en essayant d'échanger leurs têtes, de mettre la tête de l'une sur le buste de l'autre et vice versa. Il faut que tu maintiennes l'image de l'une et que tu la surimpressionnes pendant une fraction de seconde sur l'autre. Il te faudra peut-être de l'entraînement. J'ai fait ça toute la journée. Ça m'a pris un moment pour attraper le truc.

Aaron essaya. Puis il recula et cligna des yeux.

– Elles n'arrêtent pas de revenir sur leur propre buste.

– L'idée, c'est de déplacer légèrement un visage de côté. Bouge Amanda de droite à gauche. Laisse Brenda où elle est.

– OK.

– Bon, maintenant bouge Brenda.

– C'est vachement dur, Frank. Tout ce que j'obtiens, c'est une espèce de flash.

– C'est bon. Un flash, c'est le début.

– C'est bizarre – je veux dire ce que je suis en train de faire, c'est de les remettre comme elles étaient avant.

– Exact. Tu les remets en place. Alors continue encore un peu.

– Ça vient. Tu as raison. Ça devient plus facile.

– Continue.

– Qu'est-ce que je suis censé chercher?

Janek ne répondit pas.

– Holà... mais ça pourrait devenir une sale habitude, ce truc!

Janek recula. Il ne voulait pas influencer Aaron mais le laisser trouver tout seul.

– Hmm. Quelque chose qui te frappe jusqu'à ce que tu regardes trop attentivement et que tu ne le voies plus.

Silence.

– Maintenant ça devient confus.

– Comment ça?

– Je les mélange.

– Continue.

– Elles ont l'air...

– Quoi?

– Je ne sais pas – interchangeables?

Janek soupira.

– C'est ça.

Aaron ferma les yeux pour effacer les images. Il se détourna du mur.

– Tu veux dire qu'elles se raccordent vraiment très bien?

– Tu y es. Je crois que c'est ça que nous avons vu la première fois. Et cela concorde avec l'autre aspect étrange de cette affaire, quelque chose dont on n'a jamais parlé. Tu te souviens comme les gens qui avaient trouvé les victimes les premiers n'étaient pas certains de ce qu'ils avaient vu? Pierson n'avait pas remarqué que ce n'était pas Amanda. Il a jeté un coup d'œil et puis s'est détourné. Le concierge non plus n'avait rien remarqué. Quant à Bitong il pensait que quelque chose n'allait pas mais il ne savait pas quoi. Si tu y penses, c'est étrange, et il aura fallu le médecin légiste pour qu'on s'aperçoive de l'échange. Regarde leurs visages. Ils sont similaires, pas identiques comme des jumelles ou des sœurs, mais assez proches pour semer la confusion. Mêmes traits, à peu près la même forme d'yeux et de menton, même couleur de cheveux, même coupe, même âge, même taille. Si tu louches – eh bien, en un clin d'œil elles sont pareilles.

Aaron étudia les photos.

– Je crois que c'est vrai. Bizarre qu'on ne l'ait pas noté.

– Tu l'as expliqué toi-même. Si on regarde trop on ne le voit plus. Cette ressemblance est superficielle. Quand on la cherche elle disparaît. Je crois également que si on avait pu voir les corps cela aurait été plus évident que d'après photo.

Aaron grimaça.

– C'est fantastique, Frank. Tu es vraiment bon. Je suis sûr que tu as raison mais... (il regarda Janek sans changer d'expression) OK, tu tiens quelque chose. Maintenant, explique-moi ce que cela signifie.

Janek sourit, revint vers sa chaise, se posa dessus et étendit les jambes. Il attendit qu'Aaron se pose sur le coin de son bureau.

– Supposons que cette ressemblance soit la connexion que nous cherchions. C'est tout à fait différent de monter la tête d'une brune sur une blonde. Il me semble que si tu voulais que ces femmes aient l'air différent tu ne choisirais pas cette paire en particulier.

– Alors?

– Alors supposons que tu ne veuilles pas qu'elles aient l'air différent. Supposons que tu veuilles qu'elles aient l'air pareil.

– Pourquoi?

– Pour les modifier d'une certaine manière, mais garder l'illusion que tu ne l'as pas fait. Prends Amanda : si distante, si retenue, inaccessible. Colle-lui la tête d'une pute qui lui ressemble un peu et tu lui donnes la personnalité d'une prostituée. Mieux encore, colle sa tête sur le corps d'une prostituée et tu obtiens une Amanda qui ne vaut plus grand-chose.

– Et pour l'autre? Coller la tête de Brenda sur le corps d'Amanda pour la laver de toute souillure?

– Bien sûr. Mais pourquoi se fatiguer? Je parie sur Amanda. Elle est celle que tu ne peux pas atteindre, celle que tu voudrais voir changer. Elle est si classe, tu sais, si propre, le genre que tu as envie de salir. Il me semble qu'une fois ce choix établi, il devient facile de chercher une pute qui ait la même allure et, une fois que tu l'as trouvée, tu commences à préparer ton échange. Le *switch*...

– Une expédition de chasseur de têtes. J'en sais rien, Frank. Tu es dans la stratosphère. Si c'est ce que le type veut faire, pourquoi ne pas juste coller la tête d'Amanda sur le corps de la prostituée et s'arrêter là?

– Et qu'est-ce que tu fais de la tête de Brenda?

– Quelle différence ça fait? Tu la vires dans un placard. Ou sous le lit.

Janek secoua la tête. Aaron se trompait.

– Tu es consciencieux et ordonné. Tu es un artiste qui construit un puzzle. Tu es branché symétrie et design. Tu n'aimes pas les impasses, ni le travail inachevé, donc il faut que tu replaces la tête qui manque.

Aaron lui lança un regard effaré, puis annonça qu'il rentrait chez lui. Il avait participé à pas mal de *brain-stormings* déments depuis qu'il était dans la brigade, dit-il, mais celui-ci battait les records. Quand il atteignit la porte, il se retourna vers Janek.

– Ce genre de truc peut te rendre dingue, Frank. Si j'étais toi, je laisserais tomber quelque temps. Tu as une théorie, bien sûr, et pour l'instant tu as l'air d'avoir raison. Mais où ça te mène? Comment ça t'aide à retrouver le type?

Janek ne savait ni où ni comment, mais il sentait que ça l'aiderait, que s'il pouvait entrer dans la folie de ce crime, le fou qui l'avait commis apparaîtrait. Il y avait toujours une raison. Tuer par profit ou par vengeance était facile, des mobiles évidents et rigides. Mais ce crime avait été conçu dans des régions obscures et accompli dans le noir, exprès. Il contenait précision et passion. Une rage concentrée et l'amour de l'ordre. Un besoin d'embellir. Et même une étrange sorte d'amour, inclassable, insondable.

Lorsque Aaron fut parti, il resta seul dans le bureau. Oui, il pariait sur Amanda. Il songea à appeler Caroline, à lui dire ce qu'il avait découvert, puis à lui demander de venir dormir chez elle. Il regarda le téléphone. Mais il ne le décrocha pas.

Quand il quitta le commissariat il roula jusqu'en

ville et dîna dans un restaurant grec dans Howard Street, puis il s'attarda, penché au-dessus de son café, le regard perdu. Il était presque dix heures quand il en ressortit. Il regagna sa voiture, traversa Brooklyn, prit l'autoroute express vers Queens, sortit à Greenpoint Avenue puis trouva son chemin jusqu'à Corona. Il prétendait errer au hasard alors qu'il se dirigeait droit vers le bloc où Al et Lou DiMona avaient construit leur maison de bois.

Il se gara quelques maisons plus loin, de l'autre côté de la rue, coupa le contact et les phares. Presque toutes les maisons étaient encore allumées. Il pouvait apercevoir l'éclat bleuté des téléviseurs dans les salons, entendre quelques voix parlant fort, des rires d'enfants, un claquement de porte, un aboiement sous un porche.

Qu'est-ce qu'il faisait là?

Il n'avait aucun désir de rendre visite à Lou à cette heure, d'affronter à nouveau sa détresse et sa confusion. Il n'était pas venu espionner sa maison, ni imaginer qu'Al était encore vivant à l'intérieur. Il ne sentait aucun remords, il ne croyait pas qu'il avait laissé tomber Al, ni qu'il aurait dû ou pu être présent, que sa présence aurait pu sauver Al. C'était autre chose, quelque chose de troublant, quelque chose qu'il sentait mais qu'il ne parvenait pas à saisir. Il y résistait comme il avait résisté pendant des jours à voir la ressemblance entre Amanda Ireland et Brenda Beard. Ça l'intriguait mais, assis dans sa voiture, cherchant une explication, il comprit enfin la raison de sa présence en ces lieux. Il était venu prendre des mesures.

Il roula doucement, à trente à l'heure, ce qui était à peu près la vitesse d'une personne à pied multipliée par quatre, et prit la route la plus directe qu'il pût trouver vers le club de tennis de Caroline. Quand il en fut assez proche, à mi-chemin entre le club et le *loft* de

Caroline, il s'arrêta, regarda sa montre et son compteur et commença à calculer. De quelque manière qu'il le tourne, et il essaya plusieurs itinéraires, il paraissait impossible qu'un homme de soixante-six ans puisse couvrir cette distance à pied en moins d'une heure.

Et c'était juste un peu trop long pour un homme qui n'allait jamais nulle part à pied, qui détestait tellement marcher qu'il prenait sa voiture par un beau jour d'automne pour aller, trois blocs plus loin, acheter des cigarettes. Il y avait d'autres possibilités. Al avait pu s'y rendre en autobus, sauf qu'il lui aurait fallu changer trois fois; ou il aurait pu y aller en voiture, s'être garé dans le coin, puis avoir fait quelques pas, sauf qu'il n'y avait strictement rien à voir ni à faire dans le coin. Mais la chose n'était toujours pas impossible; dans la solitude de sa retraite il avait peut-être commencé à faire des balades dans des quartiers de Queens. Oh, oui, il y avait beaucoup de possibilités, une infinité de possibilités, mais la plus plausible de toutes, Janek le savait, celle qui déchirait son cœur à cet instant, c'était que la fameuse rencontre à bicyclette n'avait jamais eu lieu.

La cache

En approchant du Queensboro Bridge pour retourner à Manhattan il dépassa une file de prostituées sur Northern Boulevard, dispersées entre les portes et les vitrines des magasins fermés. Il connaissait cet endroit de nom : la Rangée des Camionneurs, et les légendes qui couraient dessus. Celle d'une fille qui louchait mais dont les yeux reprenaient leur place quand elle « travaillait », celle de la bourgeoise très classe sortie de Park Avenue et qui venait chercher fortune auprès des prostituées qui l'avaient surnommée la Comtesse, parce qu'elle avait besoin des étreintes sauvages de gros bras tatoués.

En passant devant elles, Janek se demanda si le tueur de « l'échange de têtes » avait longé cette avenue à la recherche d'un spécimen dont le visage aurait ressemblé à celui de l'inaccessible et impénétrable Amanda de ses rêves.

Une mauvaise nuit pour Janek, pleine d'impasses et d'idées qu'il aurait préféré ne pas avoir : Al et Brenda et Amanda et Caroline. Des têtes montées sur des corps qui ne leur appartenaient pas. Il se retournait sans arrêt, cherchant à faire stopper cette hémorragie d'images. Il trouva enfin le sommeil, mais, au matin, lorsqu'il s'éveilla il sentit un vent de panique suivi d'une solitude infinie et douloureuse.

Sous sa douche il entendit le téléphone. Il ferma le robinet, et resta debout, nu, à écouter la sonnerie résonner comme des gémissements. C'était Caroline, il le savait, et il savait qu'il n'était pas prêt à l'affronter. La pensée qu'il allait devoir lui présenter un visage fermé le fit frissonner, debout sur son carrelage humide.

Une fois habillé il la rappela, lui dit qu'il allait partir travailler.

– Tu as l'air, je ne sais pas, tu as l'air sous pression, dit-elle.

– Je le suis, je crois. C'est l'affaire. Je porte tout sur mon dos.

– Tu m'as manqué, hier soir. Ça m'a manqué de te regarder ôter ton flingue.

Il ne répondit pas.

– Il y a quelque chose qui ne va pas, Frank?

Il était stupéfait. C'était la première fois qu'elle l'appelait par son prénom.

– Je crois qu'il y a quelque chose qui ne va pas, dit-il. Mais je ne peux pas en parler maintenant. Je suis en retard.

– Ce soir?

– Sûr...

– J'entends quelque chose dans ta voix que je n'ai jamais entendu avant.

– Je n'ai pas bien dormi. J'essaierai de te rappeler plus tard.

Une longue pause. Il savait qu'elle luttait, qu'elle décidait si elle lui demandait d'expliquer ce qu'elle entendait dans sa voix ou non.

– Au revoir, à plus tard, dit-il.

Une autre pause, puis son propre lugubre au revoir ».

Au commissariat flottait un parfum d'affaire qui

tourne mal : les inspecteurs s'affairaient en tous sens, on sentait le manque de direction ferme, le manque de contrôle. Il n'existait aucun moyen de faire semblant. Il n'avait aucune théorie pour définir le travail. Il dit à son équipe de rester branchée, puis prit les dossiers des profils des victimes et s'isola dans une des salles d'interrogatoire, ferma la porte, s'assit sur la petite table, respira l'atmosphère avenante et se mit à lire.

Il croyait à Brenda. Il y avait là assez d'elle-même pour qu'il puisse reconstituer sa vie. Il croyait à sa lente descente d'apprentie actrice à mannequin raté jusqu'à une passe par jour avec annonce dans *Screw*. Il croyait à son alliance avec Prudencio Bitong, son amour des soupers de *soul-food* tard dans la nuit, il croyait à sa passion pour les vieux films romantiques, Tracy et Hepburn, Bogart et Bacall. Sa descente jusqu'à la dégradation des annonces spécialisées était contrebalancée par son aspiration à se tirer de là. Elle avait payé un dentiste quatre mille dollars pour redresser ses dents. Elle avait pris quelques cours chez Hazel Carter où elle espérait sans doute rencontrer quelques mannequins vedettes qui l'aideraient à revenir à ce type de carrière.

Oui, Janek croyait à Brenda. Lorsqu'il fermait les yeux il pouvait voir comment elle bougeait. Il l'imaginait sortant de son lit où ronflait un client, se faufilant jusqu'à la salle de bains pour se rincer la bouche, puis s'examinant dans le miroir au-dessus du lavabo jusqu'à ce qu'elle croise son propre regard, se fige soudain et se demande : Qu'est-ce que sera ma vie dans vingt ans?

Il évoquait les mornes après-midi pluvieux de New York où elle s'accrochait à Prudencio, écartelée sur son lit couleur chocolat, la façon dont il la caressait, dont il la consolait en lui disant comment ils seraient riches à Manille, et la façon dont elle souriait même en sachant qu'il mentait quand il disait qu'il mettait son argent à gauche pour l'emmener là-bas et lui offrir enfin la belle vie.

Janek imaginait son plaisir quand elle levait un garçon de seize ans qui venait à elle, terrifié, puis l'appelait son « petit cul en sucre » en se glissant dehors. Et le truc du dîner de la Toussaint avec le businessman chauve de Daytona qui lui payait un sandwich à la dinde après, et collait un billet de cinquante en plus dans sa main en partant. Brenda était là pour lui, vivante entre les lignes. Elle avait eu du cœur et il aurait pu l'aimer si elle avait vécu, s'ils s'étaient rencontrés.

Mais Amanda était différente. Elle n'était pas là, cette madone avec son auréole dessinée par elle-même. Elle était bien, oh, si bien. Sal l'avait dit tout de suite : « La petite demoiselle parfaite. J'y crois pas. Je ne crois pas à ça. »

Elle payait ses factures le jour où elle les recevait. Elle repassait ses chemisiers, économisait les papiers d'emballage, cousait elle-même ses robes d'après des patrons pris dans des magazines. Elle écrivait une lettre sans intérêt à ses parents tous les dimanches. Des photos des enfants de sa sœur étaient posées sur son bureau. Elle mangeait bio, était abonnée à *Audubon* et grimpait l'échelle sociale à Weston School.

Janek cherchait des indications qui fassent mentir cette image parfaite – l'étrange choix de ses amis, par exemple, des gens égoïstes auxquels il ne s'était pas attendu. Un couple de malades dans les soixante-dix ans, un écrivain féministe raté et geignard, et Gary Pierson avec ses fables narcissiques d'histoires d'amour brisées. Aucun doute. Amanda attirait ces gens, c'était quelqu'un qui écoutait avec attention. Elle devait secouer la tête avec sympathie et ponctuer quand il fallait. Mais il y avait une pointe d'affectation dans ses réponses, un air suffisant. Supérieur? Elle choisissait des gens qui s'ouvraient à elle mais à qui elle n'aurait jamais à se montrer.

Et puis il y avait le chien. Quelque chose de bizarre et de révélateur à propos du chien, comme s'il avait assumé les aspects cachés de sa personnalité à elle et les avait tournés en traits désagréables. Personne n'aimait ce chien nommé Petunia : un nom exaspérant. Une créature vicieuse, geignarde et insupportable qui tirait Amanda par sa laisse comme si les rôles étaient inversés. Ce petit chéri sautait avec hargne après les étrangers pendant qu'Amanda souriait faiblement comme si cela échappait à son contrôle. Les gens de l'immeuble racontaient qu'elle lui murmurait : « Oh, Petty, voilà le méchant monsieur de la pharmacie », ou bien : « Voilà la méchante femme qui vit à l'étage en dessous. »

Non, Amanda ne sonnait pas vrai. Il y avait plus chez elle que ce qu'avait découvert Stanger. Janek n'était pas encore prêt à affirmer qu'elle était « bidon », mais il ressentait l'absence d'une palette de sentiments qu'elle aurait dû avoir. Il en était certain. L'envie, la rage, l'état d'imperfection, la peur de la sexualité, la panique d'être sans amour, immaculée et seule. Il manquait une dimension à son caractère. Et ça pouvait faire des ravages, ça pouvait amener une personne à vouloir casser son masque de porcelaine; ça pouvait même conduire un certain type d'individu à coller sa petite tête suffisante sur le corps d'une pute.

Sal sourit, cet après-midi-là, quand Janek lui dit ce qu'il comptait faire.

– Je ne te blâme pas, puisque Stanger jurait qu'il y avait été. On a vu par la suite, hein? Mais, Frank, les équipes légales y ont passé aussi une journée entière.

Aaron le regarda avec curiosité.

– Qu'est-ce que tu espères y trouver?

– Peut-être la vraie personne.

Aaron hocha la tête et se tourna vers Sal.

– La spécialité de Frank. Déterrer la vie secrète. Mais cette fois je crois qu'il y a davantage.

– Je vais chercher son mépris, répondit Janek.

– Tu commences à la détester, hein?

– J'ai commencé par l'aimer.

– Mais ça a changé. (Puis, à Sal :) Détester la victime pour parvenir à s'identifier à l'assassin. Je l'ai déjà vu faire ça.

Sal lui offrit de retourner avec lui dans la 81e mais Janek dit qu'il voulait faire ses recherches seul. Il voulait le faire de nuit, aussi. Il sentait que c'était important. Et il s'aperçut – sans en faire mention – que s'il y allait ce soir-là, il éviterait d'affronter Caroline.

Il l'appela, lui expliqua ce qu'il avait l'intention de faire.

– Je comprends, dit-elle. Mais tu vas me manquer, autant qu'hier soir.

La veille il était passé à quelques mètres de sa porte. Pourquoi n'était-il pas monté la serrer dans ses bras?

– Tu vas me manquer aussi, dit-il. Mais c'est quelque chose que je ne peux pas remettre.

– Tu n'as pas à t'expliquer. De toute façon tu as l'air mieux. J'étais inquiète ce matin. Tu avais l'air si abrupt et, je ne sais pas, un peu triste aussi.

Quand il raccrocha il se demanda s'il devenait stupide. Il était si difficile de croire qu'elle avait menti.

Aaron vint s'asseoir avec lui pendant qu'il mangeait une pizza au Taco-Rico.

– Je suis resté éveillé la moitié de la nuit en pensant à la ressemblance. Même les noms sont similaires. Brenda, Amanda – se terminent avec les trois mêmes lettres et riment presque parfaitement.

– Je ne crois pas que ça signifie grand-chose.

– Moi non plus. C'est juste que ça m'a frappé, Frank, c'est tout. Ce qui est intéressant, c'est que j'avais tout d'abord cru que nous cherchions où leurs vies s'étaient entrecroisées. Mais, hier soir, quand tu parlais de Brenda traquée et mutilée uniquement parce que quelqu'un avait besoin de son visage – eh bien c'était différent. Ce sont des destinées entrecroisées. Et ça me file des frissons dans le dos.

L'appartement sentait le moisi. Les fenêtres étaient fermées, telles que Sal et lui les avaient laissées. Janek ne les ouvrit pas. Il ne voulait pas adoucir l'atmosphère.

Il n'alluma pas non plus les lumières, mais se posa dans le noir sur le fauteuil et laissa ses yeux s'habituer à la pénombre. Il avait déjà fait ce genre de choses de nombreuses fois mais il ne s'était jamais habitué aux sensations qui l'accompagnaient : un mélange de culpabilité, à cause de l'intrusion dans la vie privée de quelqu'un, et de plaisir à découvrir une vie cachée. Il avait ressenti la même chose chez Brenda une semaine auparavant lorsqu'il avait fouillé ses tiroirs et déplacé ses affaires. Cette expédition était différente. Il était venu ce soir chercher un moi caché, une personnalité délibérément dissimulée, peut-être en vue justement d'une telle recherche. Il savait que les gens qui se voilaient s'inquiétaient souvent de ce qui se passerait s'ils avaient un accident, si on trouvait leurs petits secrets et, dans ce cas, ils pensaient à ce que pourraient dire ceux qui les avaient trouvés.

Il y avait toujours une cache. Brenda aussi avait eu une planque : un vieux manteau aux poches pleines de défonce et de billets. Tout le monde avait une cachette où planquer ses bijoux, ses bouquins pornos, de vieilles lettres d'amour, de petites annonces classées X, un Journal que personne ne devait jamais lire. Amanda tenait un Journal, Janek en était certain : un endroit où décharger les sentiments qu'elle refoulait. Où était-il? Bien caché, il le savait, assez bien pour que même un inspecteur ne le trouve pas facilement. La pire chose qu'elle pouvait concevoir devait être de se trouver nue devant un étranger. Personne ne devait jamais pouvoir lire son Journal, même après sa mort.

Il se leva mais n'alluma pas les lumières. Il préférait utiliser sa torche électrique pour concentrer sa recherche. Il commença lentement et tranquillement, essayant les endroits évidents, sans s'attendre à y trouver quelque chose mais juste pour s'échauffer en tâtant le terrain. Il regarda derrière ses livres qui étaient rangés en piles jusqu'en haut de ses casiers, vérifia derrière les tableaux, sortit les photos de leurs cadres puis examina le dessous du bureau et l'envers des tiroirs de ses armoires où elle aurait pu coller des papiers. Il ouvrit les placards de la cuisine, plongea une fourchette dans la farine et le sucre en poudre, passa dans le dressing et examina les pochettes de ses valises. Il essaya toutes les poches de tous ses vêtements puis passa au réfrigérateur – une fois, lors d'un cambriolage, il avait trouvé un million de dollars de bons au porteur planqués dans des paquets de petits pois surgelés.

Cachette classique pour les trafiquants de stupéfiants : le fond du panier à linge sale, l'idée étant que les vêtements sales étaient trop dégoûtants pour qu'un enquêteur sain ait envie d'y fouiller. Amanda n'avait pas de panier à linge sale et toute sa lingerie était immaculée; mais sa recherche avait amené Janek dans la salle de bains, dans l'air fétide plein de l'odeur du plastique neuf du rideau de douche que Sal et lui avaient installé. Il ne put résister. Il écarta le rideau, entra dans la douche et referma. Puis il resta immobile, essayant de localiser le sentiment d'attente, lové, anticipant, se mettant dans l'état psychologique nécessaire pour frapper.

Elle ne va pas tarder et là je vais l'avoir. Ce sentiment le submergea, une haine pour Amanda, une haine irrationnelle et plus forte que tout. Il se calma et essaya de trouver sa source. *Il faut que je la connaisse pour la haïr autant. Il faut que je la connaisse bien. Mais comment?*

Il revint dans le living, se rassit dans le fauteuil. D'avoir laissé cette haine l'envahir l'avait épuisé. Il se reposa un moment puis recommença, se posant question sur question en fouillant.

A quoi ressemblaient ses soirées, toutes ces soirées qu'elle passait seule ici? Il essayait de les imaginer, remontant avec le chien qui squattait le devant de la porte de la cuisine, ses yeux stupides fixés sur Amanda, anticipant l'étrange rituel qu'il était le seul à avoir le droit d'observer. Le chien connaissait la vraie Mandy, celle que personne d'autre n'avait le droit de voir, celle qui se murmurait sauvagement des choses à elle-même et sifflait après chaque respiration, la Mandy qui bougeait, rigide et compulsive, qui commençait à trembler si un objet n'était pas à sa place. Les yeux du chien ne quittaient jamais sa maîtresse, absorbaient ses gestes pendant des heures. Petunia ne pouvait pas parler, ne pouvait rien révéler. Amanda n'avait aucun besoin de se cacher de ce témoin silencieux de son désespoir.

Où était son Journal?

Janek recommença à se déplacer, cherchant avec le faisceau de sa lampe. Il ne retournerait pas les meubles, n'arracherait pas l'intérieur du matelas, ni ne ferait le truc traditionnel de l'inspecteur – démonter tout l'appartement. Il voulait que le Journal d'Amanda s'annonce de lui-même, s'écrie : Lis-moi : connais-moi par ma douleur.

Allez, Mandy, allez, montre-moi où il est. Montre-

moi ta colère, ta rage, tous ces sentiments qui te faisaient si honte. Je te sens. Je comprends. Je peux t'aider, peut-être. Mais d'abord, chérie, tu dois me montrer qui tu es.

Elle devait écrire le soir dans son lit, songeait-il, avec seulement la lampe de chevet allumée et la radio, volume au minimum, branchée sur une émission nocturne où les gens appelaient, une sorte de musique de fond composée de la douleur des autres. Et le chien devait la regarder et elle devait appuyer le Journal sur ses cuisses et puis, plus tard, elle devait poser son stylo et éteindre la radio, et puis, juste avant d'éteindre la lampe elle devait glisser le Journal quelque part...

Montre-toi. Allez, Mandy. Où est-il? Où?

Pas sous le matelas. Trop évident – pourtant il regarda. Pas dans l'édredon; trop difficile. Pourtant il le sortit de sa housse et passa les mains dedans. Cela devait être un endroit facile à atteindre pour elle. Elle devait être fatiguée après avoir écrit et n'avait sûrement pas envie de faire une série de choses compliquées. La corbeille à papiers près du lit, si nette avec son petit sac en plastique? Voilà qui serait malin, comme la corbeille à linge proverbiale. Si quelque chose lui arrivait la corbeille serait sûrement jetée sans être examinée.

Il la retourna sur le tapis, posa sa lampe près du tas et étala le contenu. Dégoûtant – tous ces papiers tachés, ce ruban de machine à écrire usé, ces Tampax souillés, la boîte écrasée, ce sac à aspirateur plein.

Oh, Mandy, quelle chose affreuse ce tas d'ordures repoussant. Stanger n'a pas voulu y toucher, et l'équipe légale ne s'est pas fatiguée à l'examiner. Mais ce n'est pas ton genre de laisser une telle pagaille. Ça sent le fabriqué.

C'était là : une enveloppe contenant deux cents dollars en billets, un *Krugerrand* enveloppé dans un morceau de papier d'alu froissé, un paquet de lettres et un bloc sténo à spirale.

Il examina d'abord les lettres. Elles étaient écrites en français, venaient de Grenoble et dataient de plusieurs années. Ce devaient être les lettres d'amour envoyées par ce Français avec qui elle avait été fiancée, pliées et dépliées et repliées tant de fois, entachées çà et là de larmes. Janek ne comprenait pas le français mais il parvenait à imaginer l'histoire. Un vif élan d'amour et puis le reflux, lent, si lent. Des débordements de passion s'acharnent après un fatal : Je crois vraiment que nous nous sommes trompés...

Il s'installa pour lire le Journal. Il était une heure du matin quand il le termina. Tous les sentiments étaient là – tous ceux qu'il s'était attendu à trouver, la colère, le dégoût et la suffisance.

Elle n'aimait pas ses élèves, les trouvait ternes et « indisciplinés ». Ses parents étaient « fatigants » et « insipides », mais sur une autre page elle avait écrit : « Ce sont les meilleurs êtres de toute cette planète et je me déteste de les avoir autant blessés. » Elle avait des mots très secs pour Gary Pierson : « Pathétique créature déformée. » Sur un collègue qu'elle n'aimait pas à Weston : « J'aimerais lui arracher le cou, lui dévisser la tête. » Sur le vieux couple d'amis qu'elle aidait si gentiment, avec tant d'abnégation : « Parfois quand je les regarde manger j'ai envie de me lever et de leur gerber dessus. » Sur sa sœur à Hawaii : « Grosse vache reproductrice avec ses mômes qui puent l'amertume. » Tout était là, toute la méchanceté qu'elle n'avait jamais montrée, le ridicule, l'autre visage, Janus.

Mais elle réservait le pire de son mépris pour elle-même. Janek était dérangé par son intensité. Elle s'accusait de médiocrité, envisageait le suicide, puis abandonnait l'idée parce que ce ne serait qu'une

« panique à Mandy » de plus. Elle décrivait sa vie puis annotait ses descriptions d'un ou deux mots : « Peuh! » « Pouah! » « La gerbe! » Elle se jugeait : « Tout chez moi est petit. » « J'ai un petit travail. Je vis dans un petit appartement. J'ai un petit chien. Je vis une petite vie sans intérêt »... « déteste mon corps. En cours je peux sentir le feu, mais en pratiquant mes exercices ici le soir je regarde ma nudité et je me sens hideuse »... « ne peux supporter mon corps ni la façon dont travaille ma tête, accrochée à rien, tournant en rond, en rond, en rond »... « Les hommes ne m'émeuvent pas. Rien que l'idée d'être touchée par l'un d'entre eux me donne envie de vomir. » Il y en avait comme ça des pages et des pages, cruelles et sans merci, une haine de soi que Janek pouvait à peine supporter. Il avait voulu arriver à la haïr pour pouvoir imaginer ce qu'avait ressenti son assassin, mais maintenant, en lisant ces affirmations qui dénigraient sa propre personne, il se sentait si plein de pitié pour elle que des larmes lui venaient aux yeux. Il était venu là ce soir pour connaître Amanda Ireland, sa douleur et sa misère. Maintenant, enfin, elle était vivante pour lui, et puis il se souvint qu'elle était morte.

Vers la fin du Journal, sur une page datée du début août, Janek fut frappé par une ligne pathétique : « Un baiser de bonsoir. Un misérable petit baiser. Si c'était seulement de l'affection vraie. Pauvre de moi, ici, seule avec Petty, toute seule... »

Lorsqu'il eut fini de lire il éteignit, resta immobile dans le fauteuil, absorbant l'obscurité. Il s'assoupit un moment. Quand il s'éveilla sa montre indiquait trois heures quinze. Il y avait passé presque toute la nuit, avait trouvé ce qu'il était venu chercher, avait découvert Amanda Ireland, et maintenant il se demandait si cela l'avait amené un peu plus près du pourquoi de son assassinat.

Il passa dans la salle de bains pour se soulager puis entra dans la douche. Cette fois il ne tira pas le rideau, il resta simplement là à regarder le lavabo, essayant de se vider de toute sympathie, essayant à nouveau de revivre la haine de l'assassin.

Je suis là, je l'attends, je vais la poignarder pour pouvoir la découper et la reconstituer comme je le rêve. Mon plan est compliqué et dangereux. Pourquoi est-ce que je me sens si sûr de moi?

Revenu dans le salon il se sentit presque étouffer. Il marcha jusqu'à la fenêtre, l'ouvrit, se pencha et inspira une grande bouffée. Puis il remarqua quelque chose sur le tapis, dirigea sa torche sur le sol, s'agenouilla et regarda attentivement. Une légère dépression, un rectangle, environ soixante centimètres sur un mètre quatre-vingts. Il alla jusqu'à la penderie, y trouva le petit tapis d'exercice qu'il avait remarqué avant, le posa sur le rectangle. Bien sûr, il allait juste dessus.

Ainsi c'était ici devant la fenêtre ouverte, la même fenêtre qu'avait escaladée son assassin, qu'elle faisait ses exercices, nue, le soir. Ces exercices si durs, membres tendus, muscles étirés qu'elle pratiquait pour obtenir, en cours, les compliments de Hazel Carter. Les chaudes nuits d'été elle devait les faire là, avec les lumières éteintes pour que personne ne puisse la voir. Elle devait se tordre, s'étirer jusqu'à ce que son corps brûle, une sorte d'autopunition rituelle, et la lumière de la salle de bains, la lumière qu'elle laissait allumée pour éclairer vaguement le fond de la pièce devait border les courbes de son corps et souligner ses formes nues dans le noir.

Janek se tint un moment devant la fenêtre. Dehors, il faisait noir. L'air tiède de septembre était humide et épais. Soudain il frissonna et recula. Il y avait quelque chose, là, dehors, quelque chose qui l'avait fait se sentir exposé. Puis, comme il battait en retraite dans la chambre, beaucoup de pensées disparates qui avaient bouillonné en lui pendant une semaine se rassemblèrent en une sorte de motif, de dessin, comme de la limaille de fer jetée sur une feuille de papier s'organise subitement lorsqu'on en approche un gros aimant sous le papier.

Instantané

Il resta dans l'appartement, somnolant dans le fauteuil. Puis, aux premières lueurs de l'aube, il s'arracha du fauteuil et revint devant la fenêtre, regarda dehors. Au bout d'un moment il ramassa sa lampe et le contenu de la cache d'Amanda Ireland, quitta l'appartement, ferma soigneusement la porte et roula jusqu'au commissariat.

Ils commencèrent à arriver un peu avant huit heures, Sal Marchetti d'abord, puis Stanger et Howell. Ils entrèrent d'un pas nonchalant avec leurs gobelets de café, leurs journaux du matin et leurs croissants, observèrent Janek, pas rasé, se balançant sur sa chaise mains croisées derrière la nuque, dirent bonjour, puis échangèrent des regards, essayant de déterminer son humeur.

Aaron Rosenthal apparut à huit heures quinze.

– Bon Dieu, Frank, t'as pas dormi de la nuit. T'as vraiment l'air à la masse.

Janek sourit.

– Tu veux du café?

Janek secoua la tête.

– Est-ce qu'on lui lit ses droits d'abord ou bien est-ce qu'on le fait passer aux aveux tout de suite? demanda Sal. A moins qu'il ne veuille se confesser.

– Laisse-le profiter de son triomphe, dit Aaron. Pour l'instant on ne s'est pas beaucoup amusés sur cette affaire.

Stanger et Howell, qui n'étaient pas encore admis dans le cercle des intimes, essayaient de forcer un sourire comme s'ils en étaient. Aaron sortit sa calotte de sa poche, l'épousseta et la posa délicatement sur sa tête. Sal ouvrit son *Wall Street Journal* et examina les cours de ses valeurs de bio-engineering.

– C'est drôle...

Ils se tournèrent tous instantanément vers Janek.

– Lundi, quand Hart me mettait les poucettes je lui ai dit que nous n'arriverions à rien dans cette affaire en suivant les bonnes vieilles méthodes. Je l'avais dit pour l'emmerder et il l'était. Mais maintenant on dirait que je me trompais.

Il se tourna vers Stanger.

– Je sais que tu as parlé avec les gens de son immeuble, mais ceux d'en face?

– Quoi? grogna Sal.

– J'ai pris une liste des gens de l'immeuble d'en face. Puis j'ai parlé aux concierges et aux portiers dans les autres immeubles. Je leur ai demandé d'interroger leurs locataires dès qu'ils le pourraient. Et j'ai rédigé des notes que j'ai agrafées un peu partout.

– Laveries automatiques et halls d'entrée, c'est ça?

– Oui, lieutenant, c'est là que je les ai mises.

Janek hocha la tête.

– C'était à moi de décider si tu devais pousser plus loin ton enquête.

Stanger, soulagé, but une grande gorgée de café. Janek se tut pendant que les autres approchaient leurs chaises de son bureau.

– Voilà comment ça se passe, dit-il. Je veux tuer Amanda et faire un petit numéro avec sa tête. Mis à part trouver Brenda, ce qui est une autre histoire, il y a certaines choses que j'ai besoin de savoir. D'abord, j'ai besoin de la connaître assez pour pouvoir la tuer, ce qui veut dire que je l'ai choisie sans qu'elle le remarque et que j'ai un moyen de l'observer sans être vu. Ensuite, j'ai besoin de savoir où elle habite, comment est disposé son appartement, qu'il y a une échelle qui descend du toit sur son balcon, et qu'elle ne ferme pas sa fenêtre. Troisièmement, j'ai besoin de savoir que lorsqu'elle promène son chien le soir elle reste assez longtemps dehors pour que je puisse entrer et me cacher, et que, quand elle revient elle lâche le chien et va dans la salle de bains, pour se laver les dents. Maintenant, à moins de partager son appartement avec elle, la seule manière dont je puisse savoir tout ça c'est d'habiter dans un immeuble en face de son appartement qui dispose d'une bonne vue sur sa fenêtre et sa vie.

» Ce matin, debout à sa fenêtre, j'ai compté toutes les fenêtres que je pouvais voir. Je peux me tromper de quelques-unes – il va falloir faire un plan détaillé – mais mon calcul me donnait soixante-quatorze fenêtres, ce qui englobe celles de l'immeuble de grès en face, les deux maisons de chaque côté de lui, le dos de l'immeuble du coin de Park Avenue, et les étages élevés du grand building qui fait l'entrée de la 80e Rue. Soixante-quatorze fenêtres peuvent se réduire à trente cinq appartements. En prenant une moyenne d'un peu plus de deux adultes par appartement nous parlons maintenant de quatre-vingts tueurs possibles, quatre-vingts voyeurs.

Aaron secoua la tête.

– J'aime ça, Frank. Maintenant, bien sûr, on va tous les vérifier.

– Un par un, méthodiquement, comme Hart aime. Deux équipes : toi et Stanger, Sal et Howell. Trois listes : les gens qui étaient chez eux ce soir-là; les gens qui disent qu'ils étaient dehors mais ne peuvent pas le prouver; les gens qui étaient dehors et peuvent le prouver. N'y allez pas comme si vous étiez après des suspects. Vous êtes juste en train de vérifier si quelqu'un n'aurait rien vu. Pas trop de foin sur les alibis. Laissez-les venir. Surtout ne pas souligner que vous pensez qu'il s'agit de quelqu'un ayant vue sur son appartement. Mais vérifiez la vue discrètement. De longues interviews patientes, comme si vous aviez tout votre temps. Noms, âges, situations de famille, professions et impressions personnelles suffiront pour les premières visites. Passez autant de temps avec les mômes et les vieilles dames qu'avec les gros mâles, type chasseur de têtes. Traînez dans le coin. Absorbez les rumeurs. Découvrez les peintres, écrivains, sculpteurs et photographes. Le sale voyeur du 7B. Le vieux de soixante-dix balais qui louche sur les filles dans l'ascenseur. Habituez-vous aux gens et soyez certains qu'ils se sont habitués à vous. Soyez prévenants. Tenez les portes ouvertes et aidez à porter les paquets. Caricaturez-vous pour que chacun d'entre vous soit bien défini. Howell le Brave. Stanger le Faucon. Marchetti le Confesseur. Rosenthal le Sage. Surtout soyez complètement méthodiques, jusqu'à l'épuisement. Oubliez des choses, revenez et revérifiez, puis re-revenez et vérifiez à nouveau. Tôt ou tard des noms vont émerger, la liste va se raccourcir, les suspects vont apparaître. Si nous avons de la chance ils peuvent émerger très vite, mais je ne compte pas trop dessus. J'ai la sensation que ça peut prendre un bon moment.

Enfin une théorie, un concept qui réduisait leur champ, un territoire limité par l'idée de Janek. Peu importe s'il se trompait – c'était une stratégie et elle avait un sens. Plus d'errance. Plus de pseudo-discussions sur le pourquoi d'un échange de têtes.

– Concentrez-vous sur un des homicides. Collez à Amanda. Oubliez Brenda et l'échange pour l'instant.

Stanger et Howell rayonnaient. C'était le genre d'enquête, d'investigation qu'ils comprenaient.

Janek se leva. Il était temps de rentrer et de se reposer un peu.

– Terrible, Frank, dit Sal en lui tapant dans le dos.

Aaron ôta cérémonieusement sa calotte et l'escorta jusqu'à la porte.

– Tu es bon, Frank. Mais on le savait déjà. Je me sens mieux.

Ils s'arrêtèrent en haut des escaliers.

– Tu n'as pas dit si tu avais trouvé sa planque.

Janek sortit les billets et le *Krugerrand.* Il les tendit à Aaron pour qu'il les envoie à ses parents à Buffalo.

– C'est tout?

– Pas grand-chose d'autre. L'idée d'un voyeur m'a frappé quand je me suis rendu compte qu'elle pratiquait ses exercices nue la nuit.

– Je me demande comment tu pouvais le savoir, dit Aaron en souriant. Il y avait plus, n'est-ce pas? Tu étais parti chercher du mépris là-bas.

– Je l'ai trouvé.

– Et tu as travaillé dessus.

Il acquiesça.

– Oui, je voulais la dégrader, l'abaisser. Je le voulais – réellement. Et puis, à chaque fois que j'allais me mettre dans la douche je me sentais extrêmement sûr de moi. Comme un accomplissement, tu sais. Très fort et plein de puissance. Je savais qu'il m'avait fallu l'étudier longtemps pour acquérir ce genre de sentiment.

– Tu crois qu'il a travaillé longtemps?

– Positif. Pour être si confiant il avait dû entrer chez elle plusieurs fois. Mais tu as remarqué qu'il ne s'est pas fatigué à renverser les meubles. C'est comme s'il voulait nous montrer la précision et la confiance qu'il avait acquises. Et autre chose encore : si je ne m'abuse il y a de grandes chances qu'il m'ait vu avec Sal samedi dernier. Et peut-être aussi hier soir. J'ai eu cette impression. Il doit avoir vu ma lampe se trimbaler dans le noir et la lumière de la salle de bains s'allumer et s'éteindre.

– Alors, dès qu'il va comprendre qu'on travaille sur son immeuble il saura qu'on a compris.

Janek hocha à nouveau la tête.

– Quelque chose à creuser, mais j'ai la sensation qu'il est si sûr de lui qu'il se fout de savoir si on a compris ou non.

Il rentra chez lui, se rasa, prit une douche et essaya de dormir pour s'apercevoir qu'il n'y parviendrait pas. La gaieté qu'il avait éprouvée devant la fenêtre d'Amanda était supplantée par des pensées conflictuelles à propos de Caroline. C'était toujours comme ça : il vivait un moment d'illumination, et puis un autre problème apparaissait et brouillait sa vue. Etre inspecteur, il le savait, consistait à être embrouillé dans une enquête sans fin. Les affaires flottaient de concert. Il en résolvait certaines et en rangeait d'autres dans les classeurs. Mais la grande affaire, la somme de toutes les autres, était le système de la passion humaine, et celle-ci n'était jamais résolue.

Elle lui manquait – son corps, ses cheveux, ses yeux... Il aurait voulu la serrer dans ses bras et sentir ses mains sur son corps, et ses lèvres. Mais, plus que tout, c'est sa foi en elle qui lui manquait. Il avait longtemps cherché une femme sans artifices ni trucages, pensé qu'il l'avait trouvée et, maintenant, il ne savait plus.

Il l'appela mais tomba sur son répondeur. Elle était sortie prendre des photos quelque part en ville. Il avait une clé de son *loft*. Il aurait pu aller l'attendre là-bas. Mais il avait peur, s'il faisait ça, de n'être pas capable de résister à fouiller ses affaires.

Il passa sa fin de matinée à marcher dans l'Upper West Side, observant les boutiques prétentieuses sur Columbus et Amsterdam Avenue qui présageaient, il l'avait vu, une renaissance de la vente au détail. Il vit des meubles en vinyle repoussants vantés par de jeunes vendeurs qui arboraient des coupes punks et portaient des ceintures en lézard avec des boucles ouvragées.

Fatigué de ces étalages de mode, il acheta deux rouleaux de printemps à un vendeur ambulant et erra dans Central Park. Il trouva un banc, s'assit, arrosa ses rouleaux avec de la sauce de soja sortie d'un petit sac en plastique, mangea, puis resta là, silencieux, comme un homme entre deux âges qui a perdu son boulot.

Deux cavaliers passèrent, un couple élégant en tenue équestre, bottes luisantes. Ils se disputaient sur le prix d'un appartement en copropriété. L'homme ne cessait de répéter « six cents K (1), c'est le maximum », tandis que la femme faisait la moue et secouait négativement la tête.

Un peu plus tard un type avec un vélo à une seule roue rentra dans un autre qui faisait son jogging. Des excuses superficielles. Une épithète malheureuse. Puis la colère qui montait rapidement, l'explosion toute proche. Des gens s'arrêtèrent. Janek se tendit. Puis l'orage passa. Le cycliste s'en alla et le jogger partit en boitant, les genoux écorchés.

Sentant qu'il avait sa dose de race humaine, Janek décida d'essayer le muséum d'Histoire naturelle. Il entra et passa une heure à regarder des animaux empaillés dans des postures agressives. Il était particulièrement intrigué par les ours, si patauds et si menaçants, et il regarda les baleines avec étonnement. S'apercevant qu'il perdait sa journée, il se rendit exprès vers les hommes préhistoriques et étudia les totems des coupeurs de têtes pour se rappeler à

(1) K = mille dollars. *(N.d.T.)*

lui-même qu'il était sur une affaire. Couper les têtes pouvait être une forme d'art, il le voyait, une façon concrète de régler culpabilité et violence. Mais, même en pensant à ça, son appréhension allait grandissant, appréhension de la soirée. Il essayait de trouver un moyen d'aborder Caroline.

Plus tard dans l'après-midi, il l'appela d'une cabine. Ils décidèrent qu'il apporterait à manger et qu'elle ouvrirait une de ses meilleures bouteilles.

Il atteignit le pont en pleine heure de pointe : petits bonds en avant, puis grands coups de freins. Le trafic ne rampait pas comme un serpent, il procédait par sauts. Une semaine depuis leur dîner à Chinatown, une semaine depuis qu'ils avaient fait l'amour pour la première fois. Quand il arriva devant son immeuble il n'avait toujours pas idée de ce qu'il allait dire.

Elle l'embrassa quand il passa le pas de la porte.

– Oh, Janek... murmura-t-elle amoureusement.

Puis elle l'aida à installer le repas.

– Merveilleux, dit-elle. Et il y en a à profusion...

Ce qui était exact : il avait dépensé presque cinquante dollars en jambon italien importé, en saumon fumé écossais, en salade de homard et en pain noir russe. Ils regardèrent ce festin tous les deux et elle mit ses bras autour de sa taille.

– Espèce de vieux détective dingue, dit-elle en le serrant très fort.

Il ouvrit le vin; ils burent et grignotèrent. Elle lui raconta qu'elle avait passé sa journée à photographier des gens de la voirie qui jetaient sauvagement les ordures dans des camions-bennes et il lui dit ce qu'il avait finalement vu dans les photos de l'affaire de « l'échange de têtes ».

– Des têtes interchangeables – pourquoi ne l'avais-je pas vu?

– Parce que tu regardais trop attentivement. Le truc était de juste y jeter un coup d'œil et de loucher.

En parlant il la surveillait, il cherchait les fausses notes mais n'en trouvait pas. Elle avait l'air si vrai qu'il se sentait déloyal de chercher des signes de malaise ou d'inauthenticité.

Après s'être gavés en dévorant à peine la moitié de la nourriture, il décida qu'il était l'heure de jouer son coup. Depuis qu'ils s'étaient rencontrés il y avait un sujet avec lequel elle jouait mais sur lequel elle ne s'était jamais réellement ouverte. Il commencerait avec ça et verrait où cela les menait. Il attendit que la conversation tombe, puis, attirant son regard, il se mit à parler.

– Quel genre de type est ton père?

Elle le regarda curieusement.

– Pourquoi tu me demandes ça?

– Tu l'as mentionné une ou deux fois. Je sais que c'est important pour toi d'être fille de flic. Mais tu ne m'as jamais rien dit de lui. Même pas s'il est toujours actif.

– Il ne l'est plus, dit-elle.

Soudain elle paraissait tendue.

– Alors que fait-il, maintenant?

– Il ne fait rien. Il est mort.

– Je suis désolé, Caroline. Tu ne me l'as jamais dit. (Ce qui était étrange, songea-t-il.) Quand est-il mort?

– Au début de l'été.

– Comment est-ce arrivé?

– Quelle différence ça peut faire? demanda-t-elle en claquant des doigts.

Elle rencontra ses yeux et baissa le regard.

– Il a été tué.

– Tué?

– « Liquidé », voilà l'expression qu'ils ont utilisée. Ecoute, je ne sais pas pourquoi tu as commencé à parler de ça, mais j'ai comme l'impression que ce n'est pas par hasard. Si c'est vrai, d'accord, mais admets-le au moins, et dis-moi ce que tu veux savoir.

– On parle, c'est tout, dit doucement Janek. C'est toi que je veux connaître.

Il se tut une seconde, puis enchaîna :

– Si tu préfères ne pas...

– Non, non, dit-elle. Je crois que j'ai vraiment évité ce sujet. (Elle parut se détendre.) C'est une chose si affreuse, une histoire si lamentable. Et il n'y a pas grand-chose à raconter. Papa a été flic pendant quelques années quand j'étais petite. Puis il a quitté la police. Il a commencé à vouloir faire des affaires, ça a mal tourné et, à cette époque, il a quitté ma mère et a déménagé. Pendant un temps il a tenu un bar et puis il l'a perdu. C'était un personnage marginal. Un buveur, un joueur, ce genre de type. Il venait me voir, pas très souvent, et je ne peux pas me souvenir d'une seule fois où il ne puait pas le whisky. Il appelait pour Noël et pour mon anniversaire. Quand mon livre sur le Viêtnam est sorti il m'a demandé quelques exemplaires pour les offrir à ses amis. A la fin il s'est trouvé embarqué avec des malfrats – endetté vis-à-vis d'eux, je crois. L'histoire qu'on m'a racontée c'est qu'il n'avait pas pu payer et qu'il avait affaire à des gens importants. Ils ont fait un exemple : ils l'ont tué façon « milieu ». Une balle dans la nuque, puis son cadavre a été tassé dans le coffre d'une voiture volée.

– Où ça s'est passé?

– Dans le New Jersey. On m'a dit qu'il avait été tué dans les Meadowlands. La voiture avait été abandonnée dans une rue à Hoboken, je crois.

– C'est tout?

– Ça ne te suffit pas?

Il y avait une touche de colère dans sa voix maintenant. Janek écarta les bras. Il pouvait sentir son angoisse. Il voulait la consoler mais il était certain que les choses ne s'arrêtaient pas là.

– Puisque je suis inspecteur et que ton père a été tué, il y a une chance que je puisse en savoir plus sur cette histoire, si ça t'intéresse.

Elle se détourna.

– Qu'est-ce qu'il y a?

– Je ne supporte pas d'en parler. Je ne peux pas.

– Est-ce que tu en avais parlé à quelqu'un d'autre? (Elle ne répondit pas, et alors, soudain, il comprit.) Tu en avais parlé à Al, n'est-ce pas?

Elle se retourna vers lui.

– Tu le savais? (Il fit non de la tête.) Mais...

– Comment l'as-tu rencontré? demanda Janek.

Il la regardait avec attention. Il la vit commencer à parler : elle allait répéter la même histoire. Lorsqu'elle s'arrêta, il sut qu'elle n'avait pas l'habitude de mentir. Il se sentit soulagé, puis il sentit son amour pour elle et se dit qu'il était temps d'éclaircir l'atmosphère.

– Tu es tombée de vélo juste au moment où Al passait par là. Désolé, Caroline, je ne peux pas avaler ça. Al ne marchait jamais, surtout dans des quartiers qu'il ne connaissait pas. (Elle se détourna à nouveau de lui, comme si elle avait honte d'avoir été percée à jour.) Ecoute, j'ai tout d'abord cru à ton histoire. Je pensais qu'elle était un peu bancale, mais j'y ai cru. Je t'aimais. Je n'avais aucune raison de ne pas te croire. Et en plus, ce jour-là on venait de me coller une très sale affaire, alors mon esprit n'était peut-être pas aussi aiguisé qu'il aurait dû l'être. Mais ça m'ennuyait. Il y avait quelque chose qui clochait. Je n'y avais plus pensé jusqu'à l'autre nuit. Maintenant je crois qu'il est important qu'on éclaircisse tout ça. Pas parce que la manière dont tu as rencontré Al a une importance primordiale, mais parce qu'il est très important que nous soyons sincères l'un avec l'autre, sinon nous n'irons pas loin.

– Je vois, dit-elle. Tu as raison, bien sûr. Ce n'est pas comme ça que je l'ai rencontré, bien que je sois effectivement tombée de vélo et qu'un type qui passait par là m'ait aidée et ramenée à la maison. Je l'ai remercié et je ne l'ai jamais revu. J'ai glissé cette histoire-là dans l'autre. Sans succès, apparemment.

– Pourquoi inventer cette histoire?

– Parce que je ne voulais pas avoir à raconter tout ça.

– Quoi, tout ça?

Elle marqua une pause, comme si elle était en train de décider si elle devait répondre ou non. Lorsque, en fin de compte, elle releva les yeux vers lui, il sut qu'elle allait dire la vérité.

– Un jour Al m'a appelée, sans me connaître, en juin. Il s'est présenté et m'a demandé s'il pouvait passer et me parler un moment. Bien sûr, j'ai dit. Pourquoi pas? Donc il est venu et il a été très direct quant à ses raisons. Il m'a dit qu'il était inspecteur à la retraite et que papa et lui avaient été de très bons copains des années auparavant. Il n'avait pas revu papa depuis longtemps, mais il était sûr que sa mort cachait quelque chose – non, il ne m'a dit ça que plus tard. Il avait juste dit qu'il voulait découvrir qui avait tué mon père et pourquoi. Il m'a posé plein de questions, et, très vite, il s'est aperçu que je ne savais rien. Et puis tout s'est passé comme je te l'ai dit. Il a commencé à venir passer des après-midi ici. On est devenus amis. On s'aimait bien. Le seul mensonge c'était la manière dont nous nous sommes rencontrés : l'accident.

Elle s'arrêta comme si elle attendait sa question suivante, puis se souvint qu'il lui avait déjà demandé pourquoi elle avait menti.

– Je ne te connaissais pas, Janek. Tu es venu vers moi au cimetière et puis tu as appelé ce soir-là et tu as dit que tu voulais me poser quelques questions. Je ne savais pas ce que tu cherchais. Je pensais que c'était à propos de papa et ça me rendait malade. Je n'en pouvais plus de tout ça. Quand tu m'as demandé comment j'avais rencontré Al j'ai glissé l'histoire de l'accident de vélo dans la véritable construction de notre relation.

– Je ne vois toujours pas pourquoi.

– Je n'avais pas envie qu'un autre inspecteur vienne me parler de cette horrible affaire. Je sentais que si je t'en parlais tu voudrais prendre le relais, et ça commencerait à t'obséder comme Al, et je savais que je ne pourrais pas le supporter. Et puis il y avait autre chose...

Elle laissa ses mots en suspens quelques secondes avant de poursuivre.

– Je sentais une forte attirance pour toi. Je ne voulais pas gâcher mon sentiment ou le mélanger avec l'histoire de mon père. Qu'est-ce que ça peut faire de savoir maintenant quels gangsters l'ont abattu? Il est mort. Al s'est suicidé. Je veux dire – j'ai eu mon compte.

– La nuit suivante on est devenus amants. Pourquoi tu ne me l'as pas dit à ce moment-là?

– Quelle différence ça aurait fait?

– Je peux comprendre pourquoi tu cachais ça au début, mais après, quand on est devenus si proches, tu n'avais pas envie d'éclaircir cette histoire?

– Je viens de le faire. Tout est clair. Je crois que tu savais tout ça de toute façon.

Janek secoua la tête.

– Non, je ne savais rien de ton père ni de l'intérêt qu'Al lui portait. Je ne savais rien de tout ça jusqu'à cette minute.

– Alors tu es un inspecteur terrible. Tu m'a bluffée et je me suis mise à table. Il n'y a plus de mensonge entre nous. Je me sens mieux. Je suis contente. (Il essaya de sourire mais s'aperçut qu'il n'y arrivait pas.) Tu ne me crois toujours pas? demanda-t-elle.

– Ce n'est pas seulement cette histoire de rencontre

avec Al, dit-il. Je t'avais demandé si Al était après une affaire et tu m'as dit que non. Il se trouve qu'il l'était. Et que tu le savais.

– A ce moment-là ça n'était pas si important. Ça ressemblait plus à un excès de curiosité de sa femme. Il ne travaillait pas officiellement, donc ça ne pesait pas sur ma conscience. De toute façon, ça concernait mon père et moi, et pas Al, ni sa femme, ni même toi.

Elle quitta sa chaise, vint de son côté de la table, s'assit à côté de lui et prit son bras.

– Tu croyais que j'étais parfaite et maintenant tu es désappointé. J'ai tout confessé. On ne peut pas oublier un peu tout ça?

– Tout?

– Qu'est-ce qu'il y a encore?

– Tu as dit qu'Al pensait que la mort de ton père cachait quelque chose... et puis tu n'as pas continué.

– Merde!

– Qu'est-ce qu'il disait?

– Il avait une idée de dingue.

– Laquelle?

– Bon Dieu, j'en sais rien. C'est fini. Oublie-le. Il n'a jamais rien trouvé. C'était un vieil homme qui jouait au détective, un vieil homme obsédé, secret et rusé. J'en étais arrivée à un point où je ne pouvais plus l'entendre m'en parler. Pas de l'affaire elle-même, mais de la torture qu'elle lui infligeait. Je le lui avais dit et nous avions fait un pacte. Il n'en parlerait plus. Et il ne l'a plus fait.

– Tu veux dire qu'il n'a jamais rien trouvé de substantiel sur la mort de ton père?

– Rien. Il était rongé par la certitude que cela n'était pas arrivé comme on le disait, c'est tout.

Janek se leva.

– Où vas-tu? demanda-t-elle.

– J'en sais rien.

– Tu ne vas pas rester?

Il fit non de la tête.

– Pourquoi? Pour me punir?

– Je suis vanné.

– Moi aussi. Je vais mettre un disque. Ouvrons une autre bouteille de vin...

– J'ai joué de l'accordéon pour toi.

– Je t'ai aimé de l'avoir fait.

Il resta silencieux, son esprit bouillonnait, il avait peur, il avait trop mal.

– J'ai besoin de me calmer. C'est ma fierté qui est en jeu. Tu m'as raconté une histoire qu'aucun flic sensé n'aurait crue et je l'ai crue. Alors je me sens merdeux.

– Tu es un homme brillant.

– Et tu ne veux pas que je m'intéresse au cas de ton père.

– Non.

– Mais il le faut.

– Pourquoi?

– Parce que je sais qu'Al était sur une affaire et c'est étrange. Parce que quand un inspecteur comme Al travaille sur un cas qui le touche personnellement, il n'a aucune raison de se flinguer.

– Je ne...

– Pourquoi s'est-il tué?

– Dépression, épuisement, comme tu disais.

– Tu m'as dit que l'affaire le torturait.

– Eh bien, c'est peut-être pour ça qu'il l'a fait. Je me sens coupable. Je l'ai empêché de m'en parler. Et quand j'ai fait ça, peut-être que... Tu ne vois pas?

Janek secoua la tête. Il se tourna vers elle, prit son visage entre ses mains et caressa doucement ses joues où coulaient des larmes.

– Ce n'est pas toi, Caroline. Et ce n'était pas l'affaire non plus, ni la fatigue d'Al. C'est plutôt le genre de tourments qui l'auraient motivé à continuer, pas le genre qui l'aurait fait se sentir merdeux et bouffer son P.38.

– Qu'est-ce que tu vas faire?

– Jeter un œil sur cette histoire.

– Son suicide?

Il hocha la tête.

– Et son enquête aussi.

Elle le fixa, étonnée. Enfin, elle comprit. Il vit son expression passer de l'étonnement à la reconnaissance, puis elle s'écarta.

– Tu sais, cette conversation me fait un drôle d'effet. Tout ce qui s'est passé ici ce soir. Tu as commencé, l'air de rien, à parler de mon père. Et puis tu as embrayé sur Al. Comme si tu savais déjà tout.

– Je t'ai dit que je ne savais rien.

– Oui... Mais on aurait dit que c'était prémédité. Comme un interrogatoire. C'était un interrogatoire, n'est-ce pas?

Il fit non de la tête.

– Bien sûr que c'en était un. Je le vois maintenant. Tu savais tout. Tu n'as pas été si sincère que ça. Je ne peux pas te blâmer. J'ai menti la première. Oh, excuse-moi, c'était un déguisement de la réalité, pas un mensonge. Tu avais tous les droits pour essayer de me tirer les vers du nez. Sauf que nous sommes censés être – être quoi? amants? ou plus que ça?

Il tenta de lui prendre la main, mais elle s'esquiva, se leva d'un coup et commença à faire les cent pas dans le *loft*.

– Et merde! Je n'arrive pas à croire que tu sois venu vers moi juste pour...

Elle flanqua un grand coup de pied dans le mur. Lorsqu'elle revint vers lui, Janek vit que son pied avait laissé une trace sur la peinture.

– Non, c'est impossible. Tu ne peux pas être si faux. Oublie ce que je viens de dire. Je suis désolée. Donc OK, fouille dans cette histoire. Al était bien sur une affaire et tu lui dois de continuer l'enquête. Tu vas le faire, que je le veuille ou non.

Elle s'interrompit, se tourna vers lui et le fixa droit dans les yeux.

– Je me trompe?

Il acquiesça.

– Bien. Vas-y. Direction l'obsession.

Des larmes coulaient à nouveau au coin de ses yeux.

– Tu finiras peut-être par te flinguer, toi aussi. Ce serait bien, non? Surtout pour moi. Deux inspecteurs, plus mon père.

Elle lui tourna brusquement le dos et disparut dans sa chambre noire, le morceau de *loft* séparé du reste. Elle en sortit quelques secondes plus tard et lui tendit une photo.

– Tiens! Prends-la! Torture-toi. Tu finiras obsédé comme Al! cria-t-elle en s'essuyant les yeux. C'est lui qui m'avait donné cette photo la dernière fois qu'il est venu. C'était quatre jours avant sa mort. Je ne sais pas pourquoi il me l'a donnée. Pour moi c'est juste la photo de trois types. Mais il me l'a remise avec un certain cérémonial, comme si elle avait quelque chose de spécial. Le type au milieu, c'est mon père. Et bien sûr, à gauche c'est Al. Je ne sais pas qui est le troisième. Je dirais que cette photo a été prise par un amateur il y a environ vingt-cinq ans. C'est tout ce que je sais. C'est toi l'inspecteur. Débrouille-toi. Et maintenant j'aimerais bien que tu partes.

– Quand on se sera calmés.

– Je t'aime, dit-elle en tapant du pied, je t'aime tellement.

– Caroline...

Elle lui tourna le dos.

– Va-t'en maintenant. S'il te plaît.

– On en parlera demain.

– Sûr...

Janek était planté là, impuissant. Il voulait avancer vers elle mais il savait qu'elle se rebifferait s'il essayait. Il recula jusqu'à la porte puis s'arrêta à nouveau, attendant qu'elle se retourne. Elle ne bougea pas.

– Bonne nuit, dit-il.

Puis, très lentement, il s'en alla.

Assis dans sa voiture il regardait ses mains. Elles tremblaient et il n'arrivait pas à les en empêcher. Il savait qu'il venait de rouvrir une horrible blessure et, en même temps, il ne voyait pas comment il aurait pu l'éviter. Il resta assis un moment puis, quand son tremblement cessa, il rentra à New York.

Plus tard, chez lui, allongé sur son lit il examina l'instantané : trois hommes, trois flics en uniforme, leurs bras passés chacun sur les épaules de l'autre, souriants, lorgnant vers l'objectif.

Il retourna la photo. Il y avait un morceau de papier collé au dos, du papier poreux d'album de photos, comme si on l'avait arrachée d'un album.

Il regarda à nouveau le verso et examina les visages. Au milieu, Tommy Wallace : beau garçon, confiant, le visage d'un bluffeur, d'un vendeur. Al DiMona sur la gauche, heureux, plus heureux que Janek ne l'avait jamais vu, mais l'air vaguement inquiet aussi, comme s'il n'arrivait pas à croire à ce triple sourire. Et le troisième homme, sur la droite, celui qui portait des épaulettes de sergent, avec une expression qui semblait vouloir dire : je tiens le tigre par la queue – celui-là, c'était Hart.

Carmichael

Le vendredi après-midi, les deux équipes d'inspecteurs commencèrent leurs interviews. Ils travaillèrent sans répit tout le week-end. Le mardi soir ils avaient parlé à soixante personnes, chaque entretien soigneusement écrit et rangé. Janek n'avait qu'à regarder les dessins sur le mur du bureau où toutes les fenêtres donnant chez Amanda avaient été tracées, décider qui l'intéressait et lire son dossier dans un des quatre gros cahiers noirs à spirale où ils étaient tous et toutes répertoriés.

Mais malgré la pression du cas de « l'échange de têtes », le problème d'Al et Tommy Wallace ne cessait de remonter à la surface. Janek ne cessait de se demander si le suicide d'Al était lié à la mort de Tommy Wallace.

Caroline aussi le faisait broyer du noir. Ils s'étaient parlé au téléphone le vendredi. (Comment ça va? Bien. Et toi? Bien. Plus calme. Bon... C'est bien.) Le samedi il l'emmena dîner dans Little Italy. Ils burent, rirent mais lorsqu'il la ramena chez elle, elle ne l'invita pas à monter. Le dimanche en fin de journée elle l'appela de son club de tennis, annonçant qu'elle venait de gagner un match très dur et qu'elle avait désespérément besoin de sexe. Il fonça jusqu'à son *loft*, où elle l'accueillit en peignoir blanc avec rien dessous. Elle fit l'amour très égoïstement. Après, elle dit merci, remit son peignoir et se mit à parler de son livre. Pendant une heure.

– Un autre round? demanda-t-elle subitement.

Comme il acquiesçait, elle le tira jusqu'au lit.

– Très bien, dit-elle, après. C'est bon de tirer un coup.

Comme il la regardait, stupéfait, elle rit jaune et se détourna.

OK, songeait-il en roulant vers chez lui (elle ne lui avait pas suggéré de rester dormir), *elle est encore en colère et elle veut que je le sache. En ne parlant pas de Tommy ni d'Al nous maintenons nos positions. Bien, je ferai ce que j'ai à faire, je l'attendrai et, peut-être, tout redeviendra comme avant.*

Pourtant, il était blessé.

Le lundi, il commença à se demander si son message n'était pas plus fort. *Peut-être est-elle en train de me dire que je risque de la perdre si j'insiste pour continuer.* Mais quelle alternative avait-il? Oublier Al maintenant qu'il savait qu'il avait vraiment été accroché à une affaire? Impossible, surtout après avoir vu cet instantané qui prouvait que Hart avait menti dans la voiture, lorsqu'il avait dit ne pas connaître Al et n'être venu à l'enterrement que par souci professionnel.

Cet après-midi-là, il passa une série de coups de fil aux services de police du New Jersey. A midi, le mardi, il quitta la 6ᵉ circonscription par la sortie ouest, entra sous la marquise pleine de suie de la station PATH de Christopher Street, descendit les escaliers étroits qui menaient au quai et attendit le train Trans-Hudson.

C'était un voyage rapide dans le tube sous la rivière. Lorsqu'il en émergea il était à Hoboken, une ville ouvrière dure et honnête. Le panorama sur Manhattan était magnifique, vu du port abandonné, et les vieux hôtels pourris qui avaient servi aux marins étaient restaurés petit à petit.

Deux blocs à pied jusqu'au Clam Broth House, un restaurant qui datait du début du siècle. L'endroit était bondé et très bruyant. Des ouvriers du bâtiment mangeaient des clams. Des promoteurs dévoraient des homards. Janek parcourut les tables du regard, cherchant un inspecteur. Lorsqu'il pensa en avoir trouvé un, il s'approcha.

– Carmichael?

– Janek?

Ils se serrèrent la main et Janek prit une chaise. Suivirent plusieurs secondes de sourires silencieux : ils se jaugeaient.

Carmichael avait une vraie tête de dur burinée, la mâchoire plate comme le fond d'un sac en papier. Ses cheveux gris acier étaient coupés court, mais ses traits dénotaient une certaine sensibilité. Pendant un moment il rappela Al à Janek, la même vulnérabilité ennuyée, le même tout-ce-qu'il-faudrait-c'est-une-saloperie-de-plus-pour-que-je-rende-mon-insigne-et-que-je-prenne-ma retraite.

Carmichael fit comprendre à Janek qu'il l'invitait en lui suggérant différents plats. Ils prirent tous deux un plateau de fruits de mer et, quand les bières arrivèrent, ils burent en même temps.

– C'est pas si souvent qu'on a un de vous, les New-Yorkais, par ici, dit Carmichael. En général c'est l'inverse.

– Vous vous êtes renseigné sur mon compte?

– Je sais que vous êtes le type qui a tué Flynn, si c'est ce que vous voulez dire, répondit Carmichael.

Janek sentit son estomac se serrer. Mais, à sa plus grande surprise, Carmichael enchaîna :

– C'était il y a quinze ans. Vous avez tué votre partenaire en légitime défense. Les gens qui comptent pensaient que c'était justifié. Maintenant vous êtes lieutenant, une star des inspecteurs. Si vous aviez un peu mieux joué vos cartes vous seriez probablement chef à l'heure qu'il est. Et dans ce cas nous ne serions probablement pas en train de déjeuner tous les deux.

Les yeux de Carmichael ne cillaient pas. Il n'était pas réellement agressif et il n'avait pas l'air impressionné non plus.

– C'était pas dur à savoir, expliqua-t-il. Il y a plein de gars nés ici qui bossent au New York Police Department.

Janek sourit. Il aimait bien Carmichael.

– Le miroir. Les grandes tours d'en face qui vous font signe.

– Surtout la nuit.

– Ouais, les gamins du New Jersey qui bandent dans leur lit pour notre ville sordide.

Carmichael sourit.

– Vous n'êtes que notre arrière-cour, dit-il.

Les plateaux de fruits de mer étalaient des piles de clams, de crevettes, de crabe, une queue de homard et des frites. Ils mangèrent en silence. Puis, après la première pause-bière, Janek se mit à table.

– Déjà rencontré un type nommé Al DiMona?

– Effectivement, répondit Carmichael en mâchonnant une patte de crabe.

– Il s'est flingué il y a deux semaines.

Carmichael cessa de mâcher.

– Je vois le gars...

Janek se pencha vers lui.

– Comment voyiez-vous le gars?

Carmichael plissa les yeux.

– Un type qui pensait qu'il avait levé quelque chose. Sur ses gardes, mais nerveux. Un type plutôt sensible avec plein de rouages à l'intérieur. Le dernier que j'aurais pu supposer... Comment a-t-il fait ça, Janek?

– Il a mangé son flingue, dit Janek. (Un silence.) C'était mon *gourou*, mon *rabbin*. On était restés très proches, mais depuis qu'il était à la retraite je ne le voyais plus beaucoup. J'ai divorcé il y a deux ans; sa femme et la mienne étaient très amies... Bref, mettons les choses au clair. Je suis ici de ma propre initiative. Son suicide n'avait rien de douteux. Il n'a pas laissé de message, mais il a appuyé sur la détente et, naturellement, sa femme est dans tous ses états. Elle dit qu'il travaillait sur une affaire, probablement par ici. Je lui ai promis que je jetterais un œil. C'est pour ça que j'ai appelé.

– Wallace?

Janek acquiesça.

– Ouais, DiMona traînait par ici pour ça.

– Vous pouvez m'en parler?

– Pourquoi pas... Il est venu, il disait qu'il avait travaillé avec Wallace, qu'il l'aimait bien, qu'il voulait savoir ce qui s'était passé et qu'il n'était là ni pour me doubler ni pour m'emmerder.

– Moi non plus.

– J'apprécie. Qu'est-ce que vous voulez savoir?

– Commençons par Wallace.

Carmichael hocha la tête et soupira.

– Ça ressemblait à une exécution du milieu. Le corps abandonné dans le coffre d'une voiture volée. Une balle en pleine tête tirée à bout portant dans un autre endroit. J'ai mené l'enquête. Wallace avait de graves ennuis. Il jouait et il ne pouvait pas payer. Il avait reçu des menaces. Il l'avait dit à des gens. On dirait qu'ils ont voulu faire un exemple avec lui et qu'ils ont engagé un professionnel pour faire le boulot.

Carmichael haussa les épaules et reprit :

– Vous savez comme moi qu'on peut se crever le cul sur une affaire comme ça sans jamais arriver à rien.

Comme rien ne se passait, j'ai mis l'affaire en attente.

– Même pas de pression du côté du procureur?

Carmichael renifla.

– Tout le monde s'en tapait. Et puis votre ami est venu et m'a invité à déjeuner. Nous avons mangé à cette table, là-bas. Il m'a demandé ce qui s'était passé et je lui ai raconté ce que je viens de vous dire. Il m'a confirmé que Wallace avait été menacé mais, là, il m'a demandé jusqu'à quelle profondeur j'avais été dans ce sens. Je lui ai dit la vérité, que je n'avais pas le temps, que ce qui était arrivé était très clair, que je pouvais passer l'été dessus et gâcher mon été en vain. Alors il m'a offert son aide. Sans me bousculer. Il m'a dit qu'il avait du temps, que cette affaire l'intéressait. Il m'a même demandé la permission.

– Et vous avez dit : bien sûr, allez-y.

Les yeux de Carmichael rencontrèrent ceux de Janek.

– Le gars était plein de bonne volonté, il avait l'air à la hauteur et merde, quelle différence ça faisait? Je lui ai même donné quelques noms. Des informateurs de basse catégorie. Si j'avais eu le temps, j'aurais été les interroger moi-même. Voilà que se ramenait un inspecteur expérimenté à la retraite et qui se proposait de faire le boulot merdique à ma place. Et gratuitement en plus...

– Qu'est-ce qui s'est passé?

Carmichael sourit jaune.

– C'est là que ça a commencé à devenir intéressant. DiMona a été voir ces gars et il a dû être très sympa avec eux parce qu'ils ont accepté de farfouiller un peu partout.

Al leur a donné du fric, songea Janek, mais il ne dit rien et laissa Carmichael poursuivre.

– La rumeur n'a pas tardé à revenir. Pas de contrat pour rayer Wallace. Les gens qui donnaient ce genre d'ordres voulaient que ce soit clair et qu'il soit clair aussi qu'ils étaient emmerdés. Wallace était du menu fretin. Il leur devait dix mille dollars. Bien sûr on lui avait dit de rembourser et on avait fait quelques pressions sur lui. Mais rien de sérieux, rien comme une balle dans la tête. Parce que Wallace c'était le genre qu'on raie et qu'on oublie.

– Quelqu'un l'a tué.

– Exact. C'est pour ça que ces types étaient furax. Quelqu'un avait effacé Wallace et avait déguisé ça en boulot de professionnel. Les truands n'aimaient pas ça. Mauvaise publicité. Quand ils font un exemple ils revendiquent le truc, mais ils n'aiment pas qu'on leur colle sur le dos quelque chose qu'ils n'ont pas fait.

– Et alors?

– Votre ami était plutôt excité. Il m'a encore invité à déjeuner. Il disait que l'assassinat de Wallace cachait quelque chose. J'étais bien obligé de tomber d'accord avec lui. Et je savais ce qu'il voulait. Il a commencé par me dire que nous étions débordés par ici, qu'on avait de l'expérience, et tout ça, puisque l'enquête devait être rouverte de toute façon, est-ce qu'il pensait que mon chef apprécierait s'il se portait volontaire pour nous aider? Je lui ai dit d'oublier ça. Mon chef n'accepterait jamais qu'un flic à la retraite surexcité traverse le fleuve pour venir mettre son nez dans une affaire du New Jersey. Il a eu l'air abattu, alors je lui ai promis que j'allais travailler dur sur cette affaire et que je lui téléphonerais s'il se passait quoi que ce soit de nouveau. Franchement, je n'étais pas sincère, parce que DiMona me laissait une drôle d'impression. Il était trop empressé, on aurait dit qu'il en savait plus qu'il ne voulait bien le dire et que ce que j'avais de mieux à faire, c'était de laisser tomber. Je me disais qu'il finirait par revenir et que là, je le questionnerais en profondeur pour découvrir ce qu'il cachait.

– Donc vous ne l'avez pas appelé?

– J'avais envie de le laisser mijoter dans son jus, dit Carmichael en secouant la tête.

– Est-ce qu'il vous a appelé?

– Ouais. Deux fois. Et un jour de juillet il s'est montré. C'était une de ces journées bouillantes d'humidité. Il a dit qu'il ne faisait que passer. De la merde, oui! J'étais ennuyé. Je lui ai dit que j'étais occupé et que je ne pouvais pas lui parler. Il a eu l'air blessé. Je me suis dit qu'il reviendrait avant une semaine. Mais là, il s'est passé une chose bizarre. L'affaire a subitement évolué. Le gars à qui appartenait la bagnole où on avait trouvé Wallace est venu faire tamponner des papiers d'assurance. Il avait eu des problèmes avec sa voiture, des problèmes qu'il n'avait pas remarqués avant. Sa caisse ne marchait pas bien, elle avait des ratés, toussait, fuyait de partout, des trucs comme ça, et quand il l'avait portée à son garage, le mécano lui avait dit que son moteur était plein de merde. On savait que sa stéréo manquait mais il n'y avait pas que ça. Des pièces en bon état avaient été enlevées et remplacées par de la merde. Les pneus étaient complètement usés : ce n'étaient plus les pneus neufs qu'il avait avant. Alors, soudain, pendant que ce type me racontait tout ça, j'ai eu un flash sur l'affaire Wallace. On l'avait collé dans le coffre de cette voiture qui semblait avoir été mangée par petits bouts; ce qui suggérait que la voiture n'avait pas seulement été volée pour y ranger son cadavre. Il apparaissait qu'il était peut-être mêlé à un trafic de voitures. J'ai appelé DiMona, je lui ai dit que je tenais une piste. Il était là dans l'heure qui suivait. Je me suis assis et je l'ai regardé attentivement parce que je me demandais s'il n'était pas lui-même mêlé à la mort de Wallace. Je lui ai expliqué le coup de la voiture. Je voyais bien qu'il était très excité, mais quand je lui ai demandé ce qu'il en pensait il a haussé les épaules et s'est levé pour partir. C'est là que ça m'a emmerdé. Ecoutez, j'ai dit, vous m'avez demandé de vous occuper de cette histoire. Je vous en ai dit un paquet. Maintenant vous vous comportez comme si vous faisiez machine arrière. Qu'est-ce que c'est que ce *deal* de trou du cul? Il m'a regardé, indigné. Et puis il s'est énervé aussi. C'était lui, je l'oubliais, qui avait démonté ma théorie de l'assassinat par les gangsters locaux, théorie que j'avais été trop feignant pour vérifier moi-même. Comme je voyais qu'on n'irait nulle part je lui ai demandé de sortir. Et c'était la dernière fois que je le voyais. Il n'est plus revenu.

– Et il a appelé?

– Non.

– Alors, l'affaire, elle en est où?

– Au point mort. Ce n'est pas un règlement de comptes pour dette de jeu. C'est peut-être une histoire de bagnoles volées. Il m'arrive d'y penser. C'est là, dans un coin de ma tête. Mais cela ne fait pas partie de la liste des affaires non résolues les plus urgentes. Sauf que maintenant que vous me dites que DiMona a mangé son P. 38... (Carmichael marqua une pause.) Ecoutez, Janek, d'abord ce flic à la retraite vient me poser des questions sur une affaire nulle. Maintenant vous me dites que vous pensez que c'est en relation avec son suicide. Pour tout vous dire, j'en ai assez d'être tenu à l'écart comme ça. Est-ce qu'il se passe quelque chose que je devrais savoir?

Janek pouvait voir dans les yeux de Carmichael qu'il était blessé, et qu'il se demandait si on allait le traiter comme Al l'avait traité.

– Je ne sais pas ce qui se passe, dit Janek. Mais je crois que vous avez raison, Al savait quelque chose et il n'a pas joué franc jeu avec vous.

– Alors qu'est-ce qu'on fait?

– Si je découvre ce qu'il savait je vous le dirai. Et c'est une promesse.

Suspects

Mercredi matin, Aaron dégagea sa première liste :

– Ça fait une dizaine à voir. Un avocat chic qui était seul ce soir-là : sa famille était à la campagne. Un vieux débris qui refuse qu'on l'interroge : Sal dit qu'il dégage de très mauvaises vibrations. Un courtier en Bourse dont le portier affirme qu'il reçoit très souvent des call-girls le soir. Deux types concernés par les têtes : un coiffeur et un caricaturiste. Un conseiller en problèmes sexuels. Un metteur en scène de série B. Un photographe de mode hyper-mode. Un type de trente-cinq ans un peu attardé qui vit avec ses parents : oui, je sais, Frank, mais tout le monde dit qu'il est bizarre et inquiétant. Et un domestique, un cuistot japonais qui travaille pour un Suédois, un ponte des Nations unies : les gens de l'immeuble disent qu'il est branché arts martiaux, alors on a pensé à ce que Yoshiro disait, tu sais, à propos des sabres.

– Pas de femmes?

Aaron fit non.

– Bon, voyons qui vous pouvez blanchir d'ici demain soir. Concentrez-vous sur les plus faciles. J'ai mes doutes quant au type retardé. Celui qui a fait ça était peut-être dingue, mais certainement pas attardé mental.

Il emmena Caroline dîner à Chinatown, dans le même restaurant que la première fois, le restaurant magique de leur rencontre. Il ne l'avait pas vue depuis le dimanche. Une semaine depuis leur querelle, déjà. Il voulait lui montrer qu'elle comptait pour lui et qu'il avait hâte de faire la paix.

Dans la voiture elle commença à parler de son livre, continuant ce qu'elle avait commencé à raconter le dimanche soir. Elle dit qu'elle hésitait à demander à un auteur de s'en mêler. Elle pesait le pour et le contre...

– Peut-être une féministe sérieuse mais, dans ce cas, mes sentiments à propos de l'agressivité mâle pourraient se perdre dans ses tirades. Le texte risquerait de dominer. Un collaborateur peut être dangereux. Cela deviendrait le livre de qui? L'autre possibilité consiste à me servir de citations.

– Pourquoi ne pas laisser tes photos parler d'elles-mêmes?

– Tu ne m'écoutes pas, Frank? dit-elle d'un ton irrité. Je suis angoissée par le fait qu'elles ne sont peut-être pas assez éloquentes et que ce livre pourrait être plutôt masturbatoire.

– De quoi parles-tu?

– Tu sais, comme si j'étais une de ces femmes photographes que ça branche de saisir les hommes agressifs.

Elle poursuivit mais il ne l'écoutait que d'une oreille. Il était blessé par son : Tu ne m'écoutes pas, Frank? Il se demanda si elle était authentiquement concernée, si elle luttait vraiment pour son livre ou si elle ne lui envoyait pas le même message que celui qu'elle émettait depuis une semaine. S'il ne capitulait pas, s'il ne laissait pas tomber Al et son père, il ne devait s'attendre à rien d'autre que cette relation sans pitié, au lieu de l'amour et de l'attention qu'elle lui avait offerts auparavant.

Au restaurant il lui dit qu'il avait été à Hoboken.

– Très bien, mais je ne veux pas en entendre parler, OK?

– Tu parles de ce qui t'occupe la tête et je n'ai pas le droit d'en faire autant.

– Si, tu peux. Sauf de ça. Ça, tu te le gardes pour toi. (Elle fit une petite grimace.) Alors, où en est ton affaire?

Elle avait délimité une portion de territoire interdit. Il pouvait y entrer s'il voulait, mais seul. Il oublia sa question d'un haussement d'épaules et fit glisser la conversation à nouveau sur son livre, la pressant de ne pas s'inquiéter de ce que les gens pourraient penser car ses photos étaient assez éloquentes. Elle hocha la tête, parut touchée, le remercia et lui dit qu'elle appréciait son aide. Mais, à la fin du repas, elle se plaignit d'un mal de tête aigu et insista pour prendre un taxi seule.

– Je ne sais pas ce que j'ai, dit-elle en l'embrassant sur la joue. De toute façon, je veux que tu viennes dîner samedi soir. Bonne nuit, Frank, ajouta-t-elle gentiment en montant dans son taxi.

C'étaient les mots les plus gentils depuis qu'il était venu la chercher chez elle ce soir-là.

Une fois rentré chez lui il défit son holster, enleva son pantalon qu'il plia soigneusement, prit un accordéon, s'assit sur son lit le dos au mur et joua.

Pas de la musique, certainement pas de la musique. Des gémissements et des grognements, des lamentations qui emplirent tout son appartement en sous-sol. Et quand il écrasait les notes il avait l'impression que c'était son cœur qui se déchirait.

Le jeudi en fin d'après-midi, Aaron était prêt. A six heures il posa une feuille sur le bureau de Janek.

– Ma liste réduite, annonça-t-il.

Janek prit la feuille. Six noms suivis chacun d'un numéro désignant l'appartement sur le grand plan dessiné qui dominait le mur du bureau.

– Qui préfères-tu? demanda Janek.

– Peut-être que je les aime tous, dit Aaron. Tu veux vraiment savoir?

Janek fit oui de la tête.

Aaron fit sa présentation de mémoire, debout devant le dessin. Il avait éliminé l'attardé mental, l'avocat, le courtier et le cuisinier. Il s'était révélé que l'avocat n'était pas seul chez lui le soir du crime : il était avec sa secrétaire, il avait une histoire avec elle, ce qu'il n'avait pas dit d'entrée parce qu'il avait peur que cela revienne aux oreilles de sa femme. Le courtier avait nié catégoriquement avoir jamais passé ses nuits avec des call-girls : il se contentait de draguer de très jolies femmes. Le portier qui l'avait accusé s'était rétracté et Aaron l'avait engueulé personnellement. Le cuisinier avait été éliminé après renseignements pris chez son employeur : il travaillait pour cette famille suédoise depuis trente ans, il était chinois, pas japonais, et ne pratiquait pas d'art martial mais une sorte de gymnastique orientale non violente.

Ce qui laissait six hommes sur la liste d'Aaron : six hommes de vingt-six à soixante ans. Les six admettaient qu'ils étaient chez eux la nuit du crime. Au moins deux étaient des suspects évidents. Les quatre autres devaient être envisagés, pour une raison ou une autre.

– D'abord on a ce thérapeute, Raymond Evans, psychologue diplômé. Dès qu'il a su qu'on était des flics il nous a annoncé qu'on l'avait coffré une fois pour exhibitionnisme. Aucune tentative de dissimulation. Il nous a sorti ça tout de suite. C'est arrivé il y a dix-huit ans. Il traînait autour d'un camp de jeunes filles dans les Adirondacks et il s'est exhibé deux ou trois fois. Pas de poursuites s'il consentait à entrer en thérapie. Il l'a fait, avec succès, c'est ce qu'il dit, et maintenant c'est un sexologue patenté et qu'on s'arrache. Je l'aime bien et je lui ai fait confiance mais, à cause de cette arrestation, il faut y regarder à deux fois. Ensuite nous avons ce Michael Hopkins que les gens de l'immeuble d'Amanda appellent le voyeur. Deux ou trois affirment l'avoir vu avec des jumelles. Quand j'ai insisté il a commencé à se tortiller drôlement. Il a dit qu'il ne possédait pas de jumelles et puis il a admis que si. Il dit qu'il regarde les oiseaux, qu'il n'est pas un voyeur, et demande qui essaie de le faire passer pour un pervers. Mon sentiment est que c'est un rat pas net du tout; il a très bien pu espionner Amanda et il sait qu'il risque gros à l'admettre. Bon, maintenant, ce qui est intéressant chez Hopkins c'est qu'il est coiffeur styliste. Il a une petite boutique très à la mode au premier étage sur Madison Avenue.

– Hmm. *Shampoo...*

– Oui. Tu te souviens : J'ai une tête qui attend. Ou : Voilà une autre tête. Les clientes sont des « têtes » pour les coiffeurs. Ce qui peut vouloir ou non dire quelque chose.

Le troisième nom était sur la liste parce que le type avait refusé de parler. C'était l'homme de soixante ans, Spalding, considéré comme un dingo dans son immeuble. Il avait claqué la porte au nez de Sal Marchetti. Plus tard, il avait raccroché au nez d'Aaron. Il disait qu'il leur fallait un mandat pour l'interroger, qu'il ferait venir son avocat et qu'il les attaquerait.

– Un mauvais, dit Aaron. Bon pour l'asile. Jamais de visites, toujours en train de se plaindre au personnel de l'immeuble. Pendant des années les copropriétaires ont cherché un moyen de se débarrasser de lui, mais ils ont peur parce qu'il est riche et obsédé par la justice.

Les trois derniers suspects étaient des artistes, choisis parce que Janek voulait que tous les artistes soient examinés avec attention. Il y avait le metteur en scène, acclamé par la critique mais sans succès commercial. Le photographe de mode en pleine réussite qui vivait et travaillait dans un duplex formé par les deux derniers étages de la maison, juste en face de chez Amanda; et un célèbre caricaturiste politique qui, lui aussi, travaillait chez lui, dans son grenier, en haut du grand immeuble, au coin de la 80e et de Park Avenue.

– Tu vas sûrement trouver que le caricaturiste est intéressant. C'est le genre chasseur de têtes à la machette. Il dessine de petits animaux rigolos et leur colle une grosse caricature à la place de la tête. Les sujets de dérision habituels : le maire, le gouverneur, le président.

– Et le photographe?

– Je le garde pour la fin.

– Tu aimes le metteur en scène.

– Bon Dieu, Frank, comment tu fais pour deviner?

– Tu mets toujours ton favori en avant-dernier!

Aaron éclata de rire.

– Bon sang! Pas étonnant que je perde toujours au poker. OK, oui, je l'aime bien, et pour différentes raisons. D'abord, ses films : des bains de sang et de sexe. Et puis la façon dont il réagit. Je l'ai interrogé moi-même. Il est très cool, ça on ne s'y attendrait pas, et il est fasciné par le meurtre d'Amanda Ireland. Il était tout content de me dire qu'il la voyait faire ses exercices de gym. Il m'a même emmené devant la bonne fenêtre pour me montrer la vue. Il m'a posé plein de questions et quand je lui ai demandé pourquoi ça l'intéressait autant il m'a sorti, direct, que ça ferait un très bon début pour un film.

– Il a l'air plutôt franc.

– Un peu trop. Et il y a autre chose. Lui aussi a fait

le rapprochement avec la scène de la douche dans *Psychose*. Comme toi.

Janek haussa les épaules.

– Tu crois que c'est bon? demanda Aaron.

– Pas plus lui que les autres. Parle-moi du photographe.

– Il me paraît mûr. Fait des photos avec des mannequins qui se font attaquer, avec des dobermans qui vont leur mordre les mollets, ce genre de trucs. Il vit dans ce qu'ils appellent le style « avant-garde ». Orgies, herbe, cocaïne...

Janek hocha la tête d'un air entendu.

– Dans le doute, faut se rabattre sur l'évidence... Un photographe mondain branché sur les partouzes, ça, c'est le client évident, mais j'aime bien ta liste. On va tous les mettre sur la sellette. Que Howell se charge du thérapeute. Il n'a qu'à l'accrocher en se basant sur cette vieille arrestation. Sal se prend Mister *Shampoo*. Oublions le vieux satyre pour l'instant. Stanger s'occupe du caricaturiste. Tu aimes le metteur en scène, il est pour toi. Comment s'appelle le photographe?

– Jack Ellis.

– Je le prends.

Aaron soupira.

– Dans le doute, faut se rabattre sur l'évidence. Mon vieux Frank, je crois que ça fait trop longtemps qu'on bosse ensemble.

Courants croisés

Janek les laissa libres; chacun pourrait cuisiner son suspect comme il l'entendait. Ainsi, leurs stratégies divergentes les révéleraient en tant qu'inspecteurs et en tant qu'hommes.

Howell était perturbé par le Dr Raymond Evans, déconcerté par l'absence d'une surface solide où frapper. Accoutumé comme il l'était aux prostituées fragiles et aux maquereaux de petite envergure, sa tactique de gros bras se révéla inopérante. En fin de compte le thérapeute ne lui refusa rien, si ce n'est son regard, rabaissé par la honte.

Howell le fit venir pour un interrogatoire. Juste avant le moment crucial de son entretien, il invita Janek à observer la scène à travers les glaces sans tain. Il voulait lui montrer la façon dont le client supportait la pression :

– Donc tu l'avais vue?

– Bien sûr.

– Combien de fois?

– Je dirai une bonne douzaine.

– Elle te branchait?

– Pas le moins du monde.

– Et pourquoi ça?

– C'est de me montrer qui me branche, pas de regarder.

– Et qu'est-ce que tu as ressenti?

– De la pitié. Je me suis dit qu'elle devait avoir besoin d'aide...

– Devait?

– ... Je n'étais pas certain de ses motifs. Est-ce qu'elle s'était montrée accidentellement? Est-ce qu'elle savait qu'on pouvait la voir? Est-ce qu'elle s'en fichait? Je l'ai observée suffisamment de fois pour être certain qu'elle ne faisait pas semblant. Et puis j'ai arrêté. Ça ne servait à rien... Ce n'était pas un cas désespéré... Pas besoin d'intervention divine...

Janek sut alors que Raymond Evans n'avait pas tué Mandy Ireland puis, une fois seul, échangé sa tête contre celle de Brenda Beard. Evans était un homme compatissant qui soulageait ses souffrances personnelles en soignant les autres. Howell finirait peut-être par s'en apercevoir, songea-t-il, bien que l'inspecteur poursuivît son interrogatoire pendant une heure encore.

Sal Marchetti choisit de jouer les salauds : le mensonge de Michael Hopkins à Aaron au sujet des jumelles était une insulte qui réclamait vengeance. Sal refit le tour des locataires de l'immeuble d'Amanda. Est-ce que le coiffeur d'en face regardait dans les appartements ou bien observait-il vraiment les oiseaux?

– Les oiseaux? s'exclama la dame aux cheveux grisonnants qui vivait dans l'appartement situé immédiatement sous celui d'Amanda. Il faudrait qu'il grimpe sur sa fenêtre pour voir assez haut...

Est-ce qu'elle était prête à déposer une plainte pour voyeurisme?

– Mais très certainement! Il faudrait l'enfermer, ce type!

Armé de cinq plaintes, Sal affronta le voyeur le vendredi en fin de journée dans son salon de coiffure. Hopkins, qui se préparait à partir dans sa maison de campagne, était très irrité par cette intrusion.

– J'ai dit à l'autre inspecteur...

– C'est gentil, chez vous. Combien de têtes par jour?

– Je m'occupe personnellement de huit ou neuf clientes. Mais je ne vois vraiment pas ce que cela...

– Huit têtes, hein?

– Je supervise dix-huit ou vingt clients de plus...

– Ça fait un sacré paquet de têtes.

– Qu'est-ce que vous essayez de...

– Vous n'en rêvez pas la nuit?

– Quoi?

– Toutes ces têtes. Vous ne les échangez pas, les têtes?

– Ecoutez, jeune homme, je ne vois vraiment pas où vous...

– Vous êtes un pervers, Hopkins. Cinq personnes de l'immeuble en face de chez vous l'affirment. Elles veulent vous faire arrêter. Je vais vous arranger pour qu'elles n'aient plus qu'à vous cueillir. Et, là, Hopkins, vous serez baisé.

Ce qui se trouva, à peu de chose près, être exactement ce que désirait Hopkins, du moins Sal l'interpréta-t-il ainsi lorsqu'il rapporta sa confession à Janek ce soir-là.

– Il admet qu'il est un mateur, Frank. Il avoue que ça l'excite. Il adore regarder avec ses vieilles jumelles. Bien sûr qu'il a vu Amanda. Très souvent. Mais ce qu'il y a de dingue, c'est qu'il ne pouvait pas la supporter. Il détestait ça quand elle faisait ses exercices, parce que, tiens-toi bien, elle interférait dans son panorama! Je sais, ça a l'air dément, mais je suis allé voir chez lui et c'est vrai. Et voilà l'astuce. Ce type, cet Ellis sur qui tu travailles, qui fait des orgies le soir – eh bien, tout ce qui se passe chez lui se reflète dans les fenêtres de l'immeuble de Mandy quand les lumières sont éteintes à l'intérieur. En d'autres termes, si tu vivais, comme Hopkins, dans l'immeuble jouxtant celui d'Ellis tu pourrais parfois voir ce qui se passe chez Ellis en regardant les reflets sur les fenêtres d'en face. Parce que Ellis ne ferme pas ses volets et n'éteint pas ses lumières. Hopkins reste assis chez lui et, le soir tard, parfois, il regarde ces charmantes scènes. Quand j'étais chez lui je n'ai pas vu grand-chose. Juste quelques personnes assises qui buvaient un coup. Mais j'ai pigé. Les fenêtres de chez Mandy font miroir. Donc Hopkins regarde ces saloperies d'orgies, Frank. Pour lui, Mandy était une nuisance. Elle était pile en travers de son chemin.

Il y avait autre chose. Sal avait balancé le mot « tête » environ quarante-neuf fois avant que Hopkins ne relève.

– Je lui ai demandé si ce n'était pas comme ça que les coiffeurs appelaient leurs clients. Pas moi, il a dit. Pour moi ce sont des trous. Tu vois, Frank, voilà où on en est. Comme disait Aaron – ce type est vraiment un sale monstre.

– C'est pas possible, lieutenant. C'est un mec vraiment gentil. Il y a cinq enfants de moins de dix ans qui crapahutent partout chez lui, plus deux clébards et quatre chats. Sans parler du fait qu'il n'aurait pas pu le faire physiquement. Il a une maladie, une dégénérescence des tissus musculaires.

Stanger avait passé tout son jeudi après-midi avec le caricaturiste Nicholas Karpewicz, connu sous le nom de Karp, le regardant dessiner, parlant avec lui, l'écoutant répondre au téléphone, observant ses rapports avec sa femme et ses enfants. Mais, une fois Karp éliminé, Stanger s'était intéressé à autre chose.

– La pièce où il travaille a une immense verrière.

C'est lui qui jouit de la position stratégique dans tout le quartier. De là-haut on peut tout voir. Alors j'ai commencé à lui poser des questions sur les gens. Ce couple avec qui j'avais parlé. Le célibataire. Le vieux débris dans son jardin d'hiver. Et il savait immédiatement de qui je parlais. Il a commencé à faire de petits croquis, juste deux ou trois traits et c'étaient exactement eux, les visages, les expressions. C'est son truc. Les traits. Les têtes. Après, il dessine les corps pour faire son gag. C'est peut-être parce qu'il est un peu handicapé qu'il a acquis cette façon de dégonfler les gens en collant leurs têtes sur des animaux, une mule ou une oie... Bref, je lui ai parlé de nos quatre suspects. D'abord Ellis. Puis Lane, le metteur en scène. Puis Hopkins, qu'il n'avait jamais vu. Puis Evans. Puis le vieux satyre, Spalding. Je lui ai demandé quel genre de corps il leur mettrait. Et, d'entrée, il me met Spalding sur un corps de tortue.

Stanger posa les dessins de Karp sur le bureau de Janek. La grosse tête de Spalding sortait effectivement d'une carapace de tortue, une excellente caricature d'un reclus méchant, effrayé et engoncé dans son armure.

Le visage du Dr Evans, où dominaient des yeux à la Droopy, tristes et profonds, était monté sur un saint-bernard miniature et mité. Les yeux perçants de Peter Lane, le metteur en scène, étaient implantés sur un hibou en train de couver en silence. Et Jack Ellis, le photographe de mode orgiaque, était déguisé en babouin opportuniste.

– A la fin, dit Stanger, je lui ai demandé de me dessiner sa vision d'Amanda. Au début il n'a pas voulu. Et puis, je ne sais pas pourquoi, il a pris son stylo et il a commencé. Et ça donne quelque chose de très différent du reste.

Stanger sortit le dessin.

Cela fit frissonner Janek. C'était un dessin très

travaillé qui n'avait aucun rapport avec les croquis vite faits précédents. La fille émergeait d'un fond noir, tel un spectre, son corps rigide, tendu, son visage comme un masque, sans expression, où perçait pourtant un soupçon de tendresse.

Aaron jouait serré. Quand Janek lui demanda comment ça se passait avec Peter Lane il sourit, puis remua la tête de droite à gauche.

– Faut reconnaître ça à Stanger, dit Janek. Il est pas si mauvais que ça.

– Sal pense toujours que c'est un enculé.

– Sûrement. Mais peut-être moins pâlichon qu'on le croyait.

– C'est ton bonhomme ou le mien, dit Aaron. Comment ça se passe avec Ellis?

Janek haussa les épaules.

– C'est peut-être aucun d'entre eux, Aaron. Peut-être que ma théorie des fenêtres est complètement merdeuse.

Jack Ellis était le coupable le plus probable dans cette affaire de « l'échange de têtes ». Il vivait juste en face de chez Amanda, avec une vue parfaite dans son appartement. Il se laissait aller de défonces en partouzes. C'était un photographe de mode habitué à manipuler des mannequins. De surcroît, ses photos étaient cruelles, et ce, de notoriété publique.

Au moment où Janek posa les yeux sur lui il se rendit compte qu'il l'avait déjà vu. Récemment. Mais il ne parvenait pas à se rappeler où.

– Pour l'instant nous savons au moins où nous en sommes, dit Janek, vous êtes suspecté dans l'affaire Ireland. Je vais vous poser des questions. Si vous voulez, vous pouvez appeler votre avocat.

Le grand photographe décadent se changea soudain en un petit chiot innocent. Janek avait rarement vu quelqu'un tomber le masque aussi vite. Ellis refusa d'appeler son avocat. Il n'avait rien à cacher, dit-il. De plus Janek devait savoir avant toute chose qu'il s'évanouissait régulièrement à la vue du sang et qu'il détestait la violence, quelle qu'elle soit.

Pendant qu'ils parlaient, Janek observait attentivement son regard. Il avait de petits yeux méchants, acérés et mesquins comme ceux d'un médiocre requin de l'immobilier. Et soudain Janek se souvint où il avait vu ces yeux : une image qui flottait dans les pages d'un livre.

Caroline avait photographié Ellis pour son livre *Célébrités* dans la même posture diminuée que tous les autres sujets, au moment où la fameuse personnalité révélait inconsciemment « la ruine imminente de son image publique ».

– Que saviez-vous de cette fille?

– Rien, je le jure.

– Vous n'avez jamais regardé par la fenêtre pour la voir?

– Je ne regarde pas dehors. Ce sont les gens qui me regardent.

– Vous l'avez remarqué?

– Bon Dieu, oui! Ils appellent même pour se plaindre. Achetez au moins des rideaux, ils disent.

Ellis rit et secoua la tête.

– Alors pourquoi vous n'achetez pas des rideaux?

– J'aime pas les rideaux.

– Et vous vous foutez de ce que pensent les gens?

– S'ils n'aiment pas ce qu'ils voient, ils n'ont qu'à pas regarder.

– Vous aimez vous afficher, hein, Jack?

Grosse grimace satisfaite.

– Bien sûr, répondit Ellis en soupirant. Comprenez-moi, lieutenant, c'est des relations publiques, c'est le show-bizz qui fait travailler cette ville. Je paie un agent mille dollars par mois pour préserver une certaine image.

– Laquelle?

– Celle du photographe sinistre. Le type qui fait des photos de ses mannequins attaqués par des chiens. Je ne prends pas de cocaïne. Je n'aime pas ça. Je n'achète pas de rideaux parce que je fais mon petit spectacle. Ça ajoute à mon image quand les voisins commencent à cancaner. Ils disent que je ruine le voisinage. Que je fais des partouzes. Génial!

Il baissa les yeux, puis croisa le regard de Janek.

– Ça ne me fait pas de mal non plus ce meurtre, juste dans l'immeuble en face.

Ainsi, pensa Janek, c'était un homme qui voulait impressionner les autres. La personnalité publique d'Ellis correspondait bien au crime, mais Karp, le caricaturiste, avait vu au travers. Et Caroline aussi. En se souvenant du portrait qu'elle avait fait, Janek se rendit compte combien il était juste. Bien plus que si elle avait seulement surpris Ellis à l'improviste, car son portrait exposait clairement le contraste entre sa recherche désespérée de la célébrité et la nullité de ses efforts.

Tommy

Le samedi soir, Caroline lui servit un festin somptueux fait de coquelets farcis, de salade d'endives et de *cheesecake* italien, le tout accompagné d'une bouteille d'Amarone millésimée. Elle paraissait détendue et Janek comprit qu'avec ce dîner elle désirait se sentir à nouveau proche de lui.

Après le dîner il sortit de ses rayonnages une copie de *Célébrités*, l'ouvrit sur le portrait d'Ellis et lui demanda comment s'était passée la séance de photos avec lui.

– Comme avec la plupart d'entre eux, répondit-elle. Il voulait vraiment être dans le livre.

– Tu crois qu'il serait capable de couper deux têtes de femme?

– C'est une question terrible. (Elle se mit à réfléchir, puis ajouta :) Pour tout dire, je ne crois pas qu'il soit même capable de couper un steak.

– Tu l'as bien cerné?

– Je crois, dit-elle en souriant. C'était le but de mes séances de portraits. Les cerner avec mon objectif. Qu'ils me montrent le meilleur de leur travail. Et puis les saisir juste au moment où ils se rendaient compte que ça ne marchait pas sur moi.

Janek hocha la tête d'un air amusé.

– C'est donc comme ça que tu as procédé?

– C'est ça, oui. Hé, tu es ici en tant qu'inspecteur, amant ou quoi?

Ensuite il y eut quelque chose dans la manière dont elle se comporta au lit avec lui qui le déconcerta, quelque chose de dur, une attitude qui annula la douceur qu'il avait ressentie pendant le dîner. C'était la même avarice qu'il avait perçue lorsqu'elle l'avait appelé du club de tennis pour lui annoncer crûment son désir : un style dur, troublant, presque violent, différent de la langueur sensuelle et généreuse avec laquelle ils faisaient l'amour avant leur querelle.

Après, songeant à ce changement tandis qu'elle était accrochée à lui, sa peau brûlante collée contre son dos, il décida qu'il ne pouvait pas garder ses sentiments pour lui seul.

– Avant, on faisait l'amour, dit-il tristement, maintenant on dirait qu'on...

– Quoi?

– On dirait qu'on baise.

Elle s'arracha brusquement à lui, le regarda, les yeux écarquillés d'étonnement. Blessée. Elle se leva, prit son peignoir, le mit et serra la ceinture.

– Ouais, dit-elle en choisissant ses mots. Tu as raison.

Puis elle ajouta, après un court silence :

– Tu t'attendais à quoi?

– S'il te plaît, Caroline, ne te fais pas plus dure que tu n'es.

– Quand tu utilises des mots comme « baiser », je suis désolée mais ça me donne envie d'être dure.

– Le week-end dernier tu avais employé l'expression « tirer un coup », non?

– C'était peut-être comme ça que je me sentais.

Il se leva et commença à se rhabiller.

– Tu rentres chez toi? demanda-t-elle.

– Je me prépare pour la bataille. Tu veux me voir attacher mon holster?

– Va te faire foutre, Janek!

Il se tourna vers elle.

– J'aime la colère directe. C'est mieux que quand tu te venges sur moi au lit.

Elle se mit à crier.

– Tu n'es pas satisfait, peut-être?

– Arrête. La question n'est pas là.

– C'est quoi la question? Je crois que j'ai perdu le fil!

– Au lieu de nous punir l'un l'autre pourquoi ne pas essayer de parler?

– J'aimerais que ce soit possible. Mais tu es tellement... (elle secoua la tête) tellement borné.

– Moi?

– Toi. Avec ton solennel devoir envers les morts.

Il était habillé et, debout devant elle, il fixait ses yeux maussades.

– Et ton devoir à toi? demanda-t-il. Tu n'as pas un devoir envers toi-même?

– Qu'est-ce que ça veut dire, ça?

– Que tu ne pourras pas te débarrasser de cette petite affaire qu'est le meurtre de ton père en balançant des phrases comme : Ça me rend malade, je ne peux pas affronter ça, et autres fadaises égoïstes. Tu te mets au large et tu affirmes que ça te fait déplaner, et maintenant tu te sens merdeuse parce que je ne te suis pas sur ce chemin. Mardi soir j'ai commencé à te raconter quelque chose mais tu ne m'as pas laissé finir. Je suis allé à Hoboken et j'ai parlé à un inspecteur, celui qui travaille sur l'affaire de ton père. Il se trouve qu'on va d'impasse en impasse. Il se trouve qu'Al était vraiment sur une piste. C'est important d'affronter les choses, même si ça fait mal. Je ne vois pas pourquoi tu ne comprends pas ça, si on considère le genre de travail que tu fais.

– Qu'est-ce que mon travail vient faire là-dedans?

– Tous les jours tu pars dans les rues avec ton appareil et tu chasses l'agressivité. OK, en voilà de l'agressivité, de la vraie, tu la vois et tu t'enfuis. (Il marqua un temps d'arrêt, puis reprit :) C'est peut-être parce que tu ne peux pas t'offrir le luxe de la regarder à travers un objectif.

Elle le regarda durement.

– C'est vraiment odieux, Janek. Vraiment. Et supposons que tu aies raison. Supposons que je prenne de la distance. Et alors? Je t'ai dit que l'agression me fait peur. Et c'est pour ça que je travaille sur le sujet. Je te l'ai dit.

L'observant avec attention il perçut un frémissement dans son regard et il eut soudain une idée : il y avait une relation entre sa peur et sa fascination pour l'agressivité mâle et sa résistance à aborder la mort de son père.

– Comment était-il?

– Qui?

Il adoucit sa voix.

– Pourquoi est-ce si difficile pour toi de parler de ton père?

– Je croyais l'avoir fait.

Janek fit non de la tête.

– Tu as dit que c'était un raté, qu'il t'appelait pour ton anniversaire, qu'il buvait, que tu sentais l'alcool dans son haleine. Ce n'est pas assez. Ce type était ton père. Tu dois bien avoir plus à dire de lui, quand même.

– Tu joues qui, là? Mon analyste?

Il ignora le sarcasme.

– Tu as des griefs contre lui, mais il faut que tu saches que tout raté qu'il était selon toi, il ne méritait pas d'être assassiné.

Elle le regarda, ébahie, puis des larmes se mirent à couler sur ses joues. Elle ne les essuya pas. Il mit son bras autour d'elle, sortit un mouchoir et lui caressa tendrement les joues.

– Parle-moi, la pressa-t-il.

– C'est difficile.

Elle sanglotait maintenant.

– Tu te sentiras mieux.

– Je ne sais pas par où commencer.

– Commence n'importe où. Laisse tout sortir.

Son angoisse déteignait sur lui. Il alla jusqu'à la cuisine pour lui faire un café et lui laisser le temps de se remettre.

– Je suis désolée, dit-elle. Je me suis comportée comme une vraie dégueulasse.

– Tu as déclenché la douleur. Il n'y a rien de mal à ça.

Lorsqu'il revint vers elle, elle prit la tasse de café avec reconnaissance puis s'installa à nouveau sur le lit. Il la regardait, sentait qu'elle était prête, attendant patiemment qu'elle commence.

– Il était vraiment beau garçon. Le type très beau, tu vois.

– Ça se voyait sur l'instantané.

– Quand il était jeune, je veux dire. Après, il n'était plus si beau. Mais toujours charmant. C'était un charmeur. Il pouvait séduire n'importe qui, sans problème.

Elle s'interrompit, but une gorgée de café et reprit :

– C'était un salaud aussi. Un caractère terrifiant. Ça ressortait quand il était ivre. Toute sa colère remontait et là, il devenait dangereux. Il menaçait les autres : un de ces jours je vais craquer. Je vais aller au boulot, je vais sortir mon vieux P. 38 et je vais tous les buter. Je n'ai jamais su de qui il parlait. Des autres officiers. Des gangsters ou de n'importe quel emmerdeur.

Elle s'arrêta de nouveau.

– Il nous battait, Frank. Ma mère, ma sœur et moi.

Je ne crie pas aux femmes battues. Il ne nous cassait pas la figure, mais quand il était furieux il nous filait des claques. Une seule grande claque en pleine figure. Et puis il avait des remords, immédiatement, et il promettait qu'il ne le ferait plus. Mais il nous prévenait : ne me poussez pas. Poussez un peu trop fort et je ne suis plus responsable. Je ne sais pas de quoi je suis capable si on me pousse à bout. Il savait être gentil, ajouta-t-elle en souriant. Je me souviens de moments superbes. On jouait à cache-cache avec lui entre les draps qui pendaient dans la lingerie ou dans l'arrière-cour. Il m'accompagnait à l'école en uniforme, il prenait ma main quand on traversait la rue. Il y a eu une époque, je me souviens, où il avait l'air d'avoir de l'argent. Et puis, après, il était sans un. Quand il avait du fric il avait loué une grande maison sur la plage tout un été. Le premier jour il m'avait emmenée dans l'eau et il m'avait aidée à sauter les vagues. J'avais pleuré et il disait : Tout va bien, aie confiance, je suis là, je ne te lâcherai pas. Mais je n'avais pas confiance en lui, je ne pouvais jamais être sûre, je ne savais jamais quand il allait éclater de colère. Dès qu'il commençait à boire je savais qu'on allait avoir des ennuis. D'autres fois il buvait et il devenait gentil, geignard. (Elle secoua la tête.) Je ne savais jamais. Il disait : Aie confiance, mais on ne pouvait jamais compter sur lui. C'était ça le problème.

– C'est quoi ton meilleur souvenir de lui?

Elle rit.

– Un jour, j'étais toute petite, c'était l'hiver et il faisait vraiment froid : je revenais de l'école et mes doigts de pieds étaient tellement gelés que je ne les sentais plus. Il m'a soulevée et transportée dans ma chambre, allongée sur le lit; il a ôté mes chaussettes et m'a massé les pieds jusqu'à ce que mes orteils soient chauds.

– Et le pire?

Son regard se perdit dans la pièce.

– Le voir frapper ma mère, l'entendre crier, pleurer, puis la colère sur son visage quand il partait, le bruit de la porte d'entrée qui claquait et la voiture dehors qui s'en allait. Et puis ses jurons des heures plus tard quand il rentrait de ses tournées dans les bars. Il avait peur de dormir, il avait peur de ce qu'il pouvait faire.

– Un violent. La pire sorte de flic.

– Mais il arrivait à se contrôler.

– Bien sûr. C'est pour ça qu'il était devenu flic. Un flic transporte avec lui un sacré poids de menace. Mais il est discipliné. Il y a toutes ces lois, tous ces règlements. J'ai connu beaucoup d'hommes comme ton père.

– Je l'aimais. Même ces dernières années. Il m'avait déçue, je détestais la façon dont il vivait, mais je l'aimais quand même. Il me souriait, et quand il souriait, ça allumait son regard, son visage s'éclairait. Et puis, je me fichais qu'il soit un perdant et un ivrogne. Il était presque...

– Presque quoi?

– Irrésistible.

– Donc, ça t'a fait quelque chose quand il a été tué.

Oui, dit-elle en hochant la tête. J'ai pleuré.

– Et tu étais soulagée aussi.

– Oui. Parce qu'il ne me décevrait plus jamais.

Janek recula sur son siège et la regarda.

– Quand as-tu commencé *Agression*?

– Oh, certains de ces clichés sont assez vieux. (Elle désigna les murs.) J'ai fait ce joueur d'échecs il y a cinq ans.

– Quand as-tu décidé de faire ce livre?

– C'était une idée parmi quatre ou cinq autres.

Janek sourit.

– Tu ne réponds pas à ma question.

– OK. C'était un jour, en juillet.
– Et tu ne crois pas qu'il y a une relation?
– Bien sûr qu'il y en a une.
– Cette idée que tu as sur les hommes et la violence, la manière dont ça t'attire et te fait peur, tu dois savoir que ça vient de ton expérience avec ton père, parce que tu ne pouvais jamais savoir s'il allait t'aimer et réchauffer tes doigts de pieds ou se retourner contre toi et te donner une claque.

Elle remua doucement la tête puis le regarda par en dessous.

– Tu es vraiment un flic différent.
– De quelle espèce?

Elle réfléchit un instant avant de répondre.

– Tu es le genre de flic que j'aurais voulu qu'il soit. Eh, viens par ici. (Il vint s'installer près d'elle sur le lit.) Tu n'es pas une tête brûlée, ni un fanfaron. Tu n'es pas du tout comme lui. Tu sais comment il attachait son holster? Comme s'il était en colère. Et il portait son revolver à la maison. Il ne le sortait jamais quand il était saoul, mais il était là, tout le temps, attaché à sa taille, comme une menace. Il aurait pu le sortir n'importe quand et tous nous tuer avec son horrible rage.

Janek fit de son mieux pour la consoler, la prit dans ses bras et la berça doucement, embrassant légèrement ses cheveux, tendrement.

Lou

Il se gara devant la maison. C'était le troisième dimanche matin qu'il venait là. Peut-être était-ce un sursis dans l'assemblage du puzzle de « l'échange de têtes », mais Janek avait l'impression qu'il était sur le point de compliquer son existence.

L'air était immobile. Il s'approcha de la porte, sonna, entendit quatre notes s'envoler mais aucun bruit de pas. Il fit le tour de la maison. La Honda bleue était au garage. Il marcha jusqu'à la porte de derrière et regarda dans la cuisine. Il vit une bouteille de vodka à moitié vide sur la table.

Il sonna. Pas de petites notes, cette fois – juste une sonnerie aigre et retentissante. L'accueil gracieux et chaleureux était réservé à l'entrée principale. L'arrière était réservé au service et à l'abandon.

Il allait repartir lorsqu'elle parut dans la cuisine. Elle portait une robe de chambre rose pastel, ses cheveux étaient en bataille et tout chez elle reflétait la panique, la panique d'une femme qui se déchirait, morceau par morceau.

– Frank!

Il la vit mimer son nom. Elle ouvrit la porte et s'efforça de sourire.

– Désolé, Lou, j'aurais dû appeler.

– Pourquoi tu passes par-derrière?

– Je t'ai réveillée?

– Ta venue est une sacrée surprise, dit-elle en espaçant ses mots.

Elle lui versa une tasse de café, lui demanda s'il désirait autre chose et lorsqu'il refusa, elle le fit passer au salon où ils s'assirent côte à côte, sur le divan.

– Je voudrais te montrer quelque chose, dit-il en sortant l'instantané d'Al, Tommy Wallace et Hart. Tu as déjà vu cette photo?

Elle hocha la tête.

– Arrachée d'un des albums d'Al, non?

Elle refit le même geste.

– Ça t'ennuierait de me sortir cet album, Lou?

Elle contemplait le tapis.

– Qu'est-ce qu'il y a?

– Où as-tu eu ça, Frank?

– On y viendra. Pourquoi tu ne vas pas d'abord me chercher cet album?

Il l'observa tandis qu'elle montait les escaliers d'un air solennel. Lorsqu'elle revint elle portait l'album à deux mains. Il n'aimait pas sa façon de marcher, comme si elle était en transe. Elle lui tendit l'album, se rassit puis posa ses mains bien à plat sur ses genoux.

Pendant qu'il tournait les pages elle continua à contempler le tapis, jusqu'à ce qu'il trouve l'endroit d'où la photo avait été arrachée. Les taches de colle correspondaient à celles qui demeuraient derrière le cliché.

– Tu savais qu'elle manquait?

Elle battait un rythme imaginaire du bout du pied.

– Pourquoi es-tu si nerveuse, Lou?

– Je ne suis pas nerveuse. Tu veux des toasts?

Elle se leva brusquement et fila dans la cuisine. Il la suivit et la trouva en train de batailler pour glisser deux tranches de pain dans le toaster. Puis elle ouvrit le frigo, sortit le beurre et la confiture, claqua la porte puis l'ouvrit à nouveau pour en sortir un carton de jus d'orange qu'elle secoua vigoureusement avant de le remettre.

Elle prit un plateau, posa une assiette et des couverts dessus, lui versa une deuxième tasse de café d'une main tremblante et, bien qu'il ait bu le premier noir, retourna vers le frigo pour prendre un pot de crème. Elle ajouta un sucrier qu'elle prit sur la table de la cuisine, près de la porte.

Il la regardait en silence. Ça n'allait pas être facile. Elle avait l'air d'une poupée mécanique aux ressorts cassés. Leurs yeux se rencontrèrent, elle détourna son regard puis ils sentirent tous deux l'odeur des toasts brûlés. Elle bondit jusqu'à la table, appuya sur le bouton pour éjecter les toasts et parvint à extraire le pain brûlé à l'aide d'une fourchette. Elle fixa les morceaux calcinés un moment, les jeta dans l'évier puis courut prendre deux nouvelles tranches, les fourra dans le toaster, appuya à nouveau sur le bouton et punit la machine d'une claque.

– Oublie ces satanés toasts, Lou. Tu ne m'auras pas avec ça. Je vais prendre du jus d'orange et un café et puis nous allons nous asseoir. Il y a plein de choses dont nous devons parler.

Elle tenta de le ramener au salon, mais il voulait être assis en face d'elle cette fois, pas côte à côte. Il manœuvra pour qu'elle passe à la salle à manger et, lorsqu'ils furent enfin installés à table, elle le regarda droit dans les yeux pour la première fois depuis qu'il était entré. Il put voir qu'elle avait peur.

– Que représente cette photo?

– C'est juste Al et Tommy Wallace et Dale Hart.

– Je sais qui est dessus. Ce n'est pas ce que je te demande. Je veux savoir ce qu'elle représente.

– Où l'as-tu eue, Frank?

– C'est moi qui pose les questions, Lou. Tu m'as demandé, comme une faveur personnelle, de découvrir si Al était sur une affaire. OK, je l'ai fait, et maintenant que j'ai trouvé quelque chose tu te comportes comme si tu étais très embêtée de me l'avoir demandé. Il faut arrêter le blabla, Lou. Tu as quelque chose à dire. Sors-le.

Elle lui jeta un coup d'œil puis baissa la tête. Un rai de lumière tomba sur son visage. Son nez faisait un triangle d'ombre sur sa joue. Janek crut voir monter des larmes dans ses yeux. Il attendit en silence. Elle le regarda à nouveau. Puis elle commença à déballer son histoire.

En l'écoutant, et bien qu'il ait déjà entendu de nombreuses confessions durant sa carrière, il s'aperçut qu'il n'avait jamais réagi ainsi. Les choses que Lou disait n'étaient pas extraordinaires mais il se sentait envahi d'une curiosité comme jamais.

– ... c'étaient de grands amis, tous les trois. Al, Tommy et Dale. Ils étaient copains, pourtant Dale était sergent et Al avait dix ans de plus que les deux autres. On se voyait très souvent, tous, tous les six : moi, les deux autres femmes et les trois hommes. Ils avaient tous été équipiers à un moment ou un autre, Al et Dale, puis Tommy et Dale, et enfin Tommy et Al. On s'est payé du bon temps tous ensemble jusqu'à ce que les choses se gâtent, à cause de ce qu'ils avaient trouvé... Je me souviens de ce jour-là. C'était il y a plus de vingt-cinq ans mais je m'en souviendrai jusqu'à ma mort. Pas seulement à cause de ce qui s'est passé ce jour-là mais surtout à cause de la manière dont les choses ont changé du jour au lendemain. Al et moi n'en savions rien alors mais, pour nous, c'était un jour terrible... C'est tombé juste entre Noël et le Jour de l'An. Un jour très froid : un de ces jours où les joues vous piquent et où les doigts gèlent même dans les gants. Al m'a appelée d'une cabine. Je pouvais entendre les cris de joie des deux autres. Ils étaient dans un bar, en train d'arroser ça. On a trouvé, chérie, disait Al. On est dans le trèfle maintenant! Je me souviens que j'ai souri parce que j'avais donné à Al un trèfle à quatre feuilles moulé dans un petit bloc de plastique transparent pour lui porter chance au boulot, pour qu'il ne se fasse pas tuer, etc. C'était le genre d'histoire qui n'arrive qu'aux jeunes flics. Une cachette qu'ils avaient découverte, dans un garage derrière une maison abandonnée. Il y avait eu des carreaux cassés dans le quartier, du vandalisme de mômes, et c'était juste un appel de routine qui les avait amenés dans la maison derrière. Il y avait un grillage entre les deux arrière-cours, un grillage à moitié défoncé. Je ne me souviens plus pourquoi ils l'ont franchi. Peut-être croyaient-ils que les mômes avaient leur club de gang par là. Bref, ils sont entrés dans l'arrière-cour et, à travers des fentes dans la porte, ils ont vu la voiture. C'était une Chevrolet 1940, verte, décapotable, toute propre, posée sur quatre parpaings... C'est Tommy qui a voulu entrer et regarder la voiture de plus près. Il avait toujours aimé les voitures et il voulait admirer celle-ci. Alors ils ont ouvert la porte, ils sont entrés et Tommy a sauté au volant. Il a commencé à jouer avec et c'est là que la clé est tombée sur ses genoux. C'était comme un miracle, ils ont dit après, cette clé qui tombe toute seule de là où elle avait été cachée, dans les pare-soleil au-dessus de sa tête. Voyant qu'elle ne correspondait pas au contact, Al a essayé le coffre. Le coffre s'est ouvert et là, il y avait deux boîtes en carton attachées par des ficelles. Et, bien évidemment, ils étaient de plus en plus curieux, ils en ont ouvert une pour regarder à l'intérieur, et quand ils ont vu l'argent, ils se sont regardés : là, ils ont su qu'ils avaient gagné le gros lot... Des billets, de vieilles coupures, attachés en liasses, mille dollars par liasse. Abandonnés là depuis des années peut-être, et ils l'avaient trouvé, plus d'argent qu'ils avaient jamais rêvé en avoir. Ils savaient que cet argent était illégal et que s'ils le prenaient, ils ne feraient pas grand-chose de mal parce qu'ils le prendraient à un autre voleur... Je ne sais pas lequel des deux a eu l'idée d'appeler Dale. Je crois que c'est Al. Ils avaient besoin de quelqu'un de plus haut placé qu'eux pour les appuyer, les couvrir. Dale était un ami et, de plus, un petit malin... Comment ils ont fini par se débrouiller? Tommy a appelé d'une cabine comme une pipelette du quartier pour dire qu'il avait vu deux hommes qui sortaient deux cartons de ce garage. Eux deux étaient stationnés en face de la maison; ils sont entrés après avoir dit par la radio qu'ils allaient voir. Plus tard ils ont signalé un vol. En d'autres termes, ils ont rapporté le vol qu'ils venaient de commettre et ils ont mené l'enquête eux-mêmes.

Janek imagina les petits yeux de glace de Hart quand il avait pensé à ce plan infâme.

– Il y avait combien?

– Cent vingt mille dollars. Plus tard ils ont vérifié. La maison appartenait à un type qui purgeait dix ans pour racket. C'était sa planque. Ça les faisait rigoler de penser à la tête du gars quand il allait sortir et qu'il ne trouverait plus rien après en avoir rêvé pendant des années dans sa cellule, s'en servant pour supporter les longs hivers rigoureux d'Ossining. C'était un coup parfait, disait Dale : de petites coupures usagées, sans marque, numéros non relevés, gagnées illégitimement, une occasion comme on n'en voit qu'une dans sa vie. Ils ont divisé la somme en trois parts égales. Pendant quelques semaines, ils ont marché tous les trois à dix centimètres au-dessus du sol.

Tout en écoutant, Janek sentait croître l'anxiété : Al ne lui avait jamais appris cette manière d'être un flic. Lou s'était tue. Janek entendait une télé hurler dans le pavillon voisin. Une sorte de causerie matinale et culturelle : un hôte onctueux, un public traversé de petits rires et une invitée vantant son livre *Comment se sentir mieux, Montrez vos sentiments, Soyez indulgent envers vous-même, Soyez proche du numéro Un.* Pendant un instant Janek s'imagina Al assis devant sa table de bridge dans le hall, le revolver dans la bouche, et il eut mal de savoir que c'étaient peut-être là les derniers sons humains qu'Al avait perçus avant de mourir.

Lou le fixait, attendant qu'il parle. Elle avait l'air effrayé.

– Et alors, que s'est-il passé? demanda-t-il. Tu disais que les choses avaient changé.

Elle hocha la tête.

– Pas au début. Je pense qu'au début ça les a rapprochés. Ils en parlaient beaucoup et ils avaient fait un pacte. Ils ne devaient pas faire étalage de leur argent. Et quoi qu'il arrive ils ne devaient jamais révéler où ils l'avaient eu. Mais ce n'était pas tout. Si l'un d'eux avait un jour des ennuis, les deux autres seraient là pour l'aider.

– Et c'est à cette époque que la photo a été prise?

– Cette semaine-là, oui, répondit Lou.

– Et après ça?

– Ils ont commencé à se laisser aller. On aurait dit qu'ils ne pouvaient pas rester amis.

– Pourquoi?

– Leurs personnalités. Ils étaient tellement différents, même s'ils ne le savaient pas à ce moment-là. Mais c'est avec l'argent que les différences ont commencé à s'accuser. Et les soupçons sont apparus, chacun d'eux croyait que l'autre savait quelque chose qu'il pourrait utiliser contre lui un jour... Tu te souviens comme Al était anxieux? Eh bien, son angoisse permanente date de cette époque. Il se réveillait en pleine nuit. Et si quelqu'un découvre l'affaire?... Je suis cuit... On a toujours le butin, évidemment... Tu pourras t'en tirer... Ça valait la peine... On ne ramasse pas un tel magot tous les jours de sa vie... C'est même plutôt rare... C'était comme ça qu'il était. Il me racontait souvent comment il s'angoissait sur une affaire pendant un mois, et puis toi tu arrivais et, d'un seul coup, tu dénouais l'affaire. Il disait toujours que tu étais l'inspecteur-né, Frank. Il disait que ce qui était difficile pour lui te paraissait simple. Bref, c'est comme ça qu'il a utilisé cet argent, comme si c'était un problème dont il fallait s'inquiéter. Il avait peur de l'investir, il avait peur que quelqu'un pose des questions si on s'en servait pour le plaisir. Alors il le gardait en liquide dans une cachette à la cave. Et la cachette est vide, maintenant, il n'en reste rien.

– Qu'est-ce que vous en avez fait?

– On l'a dépensé. Une machine à laver la vaisselle par-ci, un séchoir à linge par-là. Le porche devant. Le barbecue. Les traites de la Dodge et puis celles de la Mustang. Un peu pour la Honda aussi.

– Ça ne fait pas quarante mille dollars.

– Quatre ans dans le Michigan pour Dolly. Elle est allée là-bas, elle a eu son diplôme d'histoire de l'art, elle s'est mariée, elle a eu trois enfants et aujourd'hui elle veut divorcer, vivre à Houston, tout recommencer. Tu sais, Frank, je crois que cet argent ne nous a rien apporté d'heureux, sauf peut-être cette croisière de quinze jours dans les Caraïbes, il y a quelques années. Mais, même là, on n'a pas eu de chance. On avait le mal de mer et il a plu tout le temps... Pour Dale, ça a été très différent – il savait quoi faire. (Elle sourit, comme pour elle-même.) Les gens disent qu'il peut habiter Park Avenue parce qu'il a épousé une femme riche. C'est faux. Karen Hart n'a jamais eu un sou et elle n'a jamais hérité de personne. Dale avait pris sa part et l'avait investie. Il avait pris un plan d'épargne-logement au nom de Karen. Il avait investi avec son flair habituel, planifiant à long terme, comme toujours. C'est pour ça qu'il arrive toujours avec une longueur d'avance. Il est parvenu à être commissaire en roulant les chefs, en s'arrangeant pour qu'on lui soit redevable de quelque chose. Il a toujours voulu arriver en haut.

– Et Tommy?

– C'était le rigolo qui flambe tout, dit-elle en souriant. On le prévenait, tous. Ne frime pas trop. Il promettait qu'il ferait attention mais c'était impossible pour lui. Il dépensait son argent n'importe comment. Tu sais : tournée générale, des filles, le jeu, des paris stupides quand il était saoul. Il avait gaspillé la moitié de sa part en moins d'un an, et puis ça a commencé à l'inquiéter et il a investi l'autre moitié dans un bar-restaurant. Ça a foiré, comme tout ce qu'il entreprenait – ses affaires, son mariage et, si on considère ce qui s'est passé, sa vie... En fin de compte il a démissionné de la police, abandonné sa famille et s'est installé à Newark, où il est devenu vendeur. A la fin, il n'avait plus rien. Il en avait parlé à Al une fois et ce qu'il disait était assez touchant : On a utilisé notre argent en fonction de ce qu'on est. J'ai toujours été un paumé, j'ai gâché ma part. Tommy Wallace n'expliquait rien, ne se plaignait pas, il était comme ça, même s'il était stupide ou complètement ivre, il avait toujours ce sourire, ce sourire qui faisait qu'on l'aimait. On l'avait toujours aimé.

Janek comprenait pourquoi ils n'avaient pas pu rester amis. Leur coup les avait liés mais avait enclenché en même temps le mécanisme qui devait les séparer. Ce n'était pas une chute mais un lent déclin. L'argent restait entre eux comme une gêne, les faisant s'éviter les uns les autres jusqu'à ce qu'il réapparaisse pour les hanter, des années plus tard.

– C'est au printemps dernier que Tommy a soudain réapparu, dit-elle. Il n'a pas appelé. Il est venu et il a sonné. On était en train de regarder la télé, moi en haut et Al en bas. J'ai ouvert et j'ai reconnu Tommy.

Ça faisait au moins dix ans que je ne l'avais pas vu. Il était plutôt amoché mais il avait toujours ce sourire. Al est monté et on a causé un peu tous les trois. Puis Tommy a dit qu'il fallait qu'il parle à Al seul à seul et ils sont descendus dans l'atelier... Il a dit à Al qu'il avait des ennuis. Il devait dix mille dollars, il ne pouvait pas les trouver et on l'avait menacé de lui briser les jambes et les bras. Il a demandé un prêt à Al et Al n'a pas hésité. Il a poussé son établi, sorti sa cachette et en a extrait tout le liquide qui lui restait, environ treize cents dollars... Tommy était très reconnaissant mais il disait que ce n'était pas assez. Les gens à qui il avait affaire voulaient dix mille. Ils ont discuté un moment et Al a appelé Dale chez lui. Il faut que tu saches que c'était la première fois qu'ils évoquaient cet argent depuis des années. La première fois qu'ils se reparlaient, même. Al n'avait même pas eu droit à l'entretien qu'on est supposé avoir lorsqu'on prend sa retraite. Bref, il a raconté l'histoire de Tommy à Dale, puis il le lui a passé et est remonté pour attendre. Un moment plus tard Tommy est monté, il était très amer : Il a refusé, l'enculé, il a dit... Mais ça n'avait pas été aussi simple. Je crois qu'ils s'étaient disputés. Tommy l'avait menacé et ça avait tourné à l'engueulade. Il avait menacé Dale d'aller tout raconter au procureur. Dale avait rigolé en disant que, depuis le temps, il y avait prescription. Tommy lui avait quand même dit de bien réfléchir, parce que prescription ou pas, une histoire comme ça pouvait lui coûter son job... Le lendemain matin, de bonne heure, Dale est venu ici. C'était sa première visite depuis vingt-quatre ans. Il a essayé de persuader Al qu'ils ne pouvaient pas lui prêter cet argent parce que c'était la porte ouverte au chantage et que ça serait sans fin : Il nous tiendra. Il n'a rien à perdre alors que je suis commissaire et que tu touches ta pension. Je sais comment les tribunaux traitent ce genre d'affaire. Ils donnent l'immunité au type le plus faible pour pouvoir descendre les deux autres... Al disait qu'il ne voyait pas les choses de cette façon : il pensait que Tommy ne les balancerait pas, qu'il les menaçait parce qu'il était aux abois mais que s'ils lui prêtaient cet argent, ils auraient rempli leur promesse et qu'ils n'auraient plus jamais à l'aider... A la fin, Dale est tombé d'accord avec lui. Il a donné neuf mille dollars en liquide à Al. Al a ajouté mille dollars de sa poche, puis il a appelé Tommy pour qu'il vienne les chercher. Tommy en a été très reconnaissant. Il lui a confirmé que sa menace n'était pas sérieuse : Dale est une merde, il disait, je n'hésiterais pas à le balancer, mais je sais que si je le faisais je vous ferais du mal, à toi et à Lou, et ça, c'est quelque chose que je ne ferai jamais... Et voilà, c'était fini, du moins le pensait-on. Et puis, environ trois semaines plus tard, Al a appris que Tommy avait été tué, qu'on avait trouvé son cadavre dans le coffre d'une voiture volée, quelque part dans le New Jersey... Quand Al a appelé Dale pour lui raconter, Dale s'est comporté comme s'il s'en foutait : Il a eu ce qu'il méritait. Il a pris notre argent et il l'a dépensé pour lui. On peut oublier nos prêts et être reconnaissants, Tommy ne viendra plus nous taper... Al a dit à Dale qu'il était un salopard de dire des choses pareilles. Dale s'est marré et a dit qu'il avait du boulot, qu'il n'avait pas de temps à perdre à parler de Tommy Wallace... Al a cru que les choses s'étaient passées ainsi. Il l'a cru pendant un jour ou deux. Et puis il a commencé à s'inquiéter. Il s'inquiétait toujours de tout. Il a commencé à se réveiller en pleine nuit et, au bout d'une semaine, il ne pouvait plus dormir... Alors il est allé dans le New Jersey et a contacté l'inspecteur chargé de l'affaire. Ils ont passé une sorte d'accord car Al s'est mis à enquêter. C'est à ce moment-là qu'il a commencé à revivre, Frank. Je ne l'avais pas vu comme ça depuis qu'il avait pris sa retraite. Cette affaire était devenue vitale. Il y pensait sans arrêt. Et plus il y pensait, plus il était convaincu que l'exécution par quelqu'un du milieu était bidon, et que Dale Hart avait fait tuer Tommy.

– C'était une théorie ou il avait des preuves?

Elle haussa les épaules.

– Il gardait tout pour lui. Il était comme ça, tu sais, un détective renfermé. Mais il me disait que c'était la plus grosse affaire de sa vie, que l'argent qu'ils avaient trouvé était peut-être une grosse prise, mais que s'il pouvait prouver que Dale avait fait assassiner Tommy, ce serait une bien plus grosse prise... Et c'était très important pour lui, Frank, parce que quand il avait pris sa retraite, il avait eu l'impression que toute sa vie avait été un échec. Il avait toujours voulu être un grand flic, résoudre une grande affaire et devenir une légende mais il n'avait jamais eu de chance, sauf le jour du garage. Une fois à la retraite, et grâce à cet argent, il avait soudain une nouvelle chance inouïe... Mais il savait qu'il était coincé. S'il arrivait à mettre le meurtre de Tommy sur le dos de Dale, c'était énorme, mais s'il le faisait, il se ruinait en même temps, parce qu'il avait empoché un tiers de cet argent, qu'il avait prêté mille dollars à Tommy et que cela faisait de lui un suspect... Je lui avais demandé comment une telle chose était possible. Il m'avait répondu que si Dale se sentait poussé à bout, il pouvait aller très loin, jusqu'à faire croire que c'était nous qui avions fait assassiner Tommy : On avait tous les deux un mobile, et beaucoup à perdre si Tommy parlait. Quand j'ai compris ça, je lui ai demandé d'oublier tout. Dale était trop dangereux. Si Al se dressait contre lui, il perdait tout : sa pension, sa maison, peut-être même nos vies. Si Dale était capable de faire tuer Tommy, pourquoi hésiterait-il avec nous?... Mais Al était déterminé. Il s'était mis dans la tête qu'il le devait à Tommy, et il voulait rattraper ce qu'ils avaient fait tous les trois. Ça l'obsédait de plus en plus, jusqu'à ce qu'il arrête de m'en parler, parce qu'il ne supportait plus mes supplications... Je ne sais pas ce qu'il avait les dernières semaines, sauf qu'en août il avait dû prendre une décision. Il était plus calme et souvent parti. Je ne sais pas où il allait. Je lui avais demandé d'aller voir le psy de la police ou, au moins, d'aller te parler. Il ne voulait pas. Je crois qu'il avait honte. Mais il devenait de plus en plus calme. Il ne dormait pas beaucoup et il passait le plus clair de son temps à son atelier... Il a passé tout son samedi soir en bas; quand il est remonté dans la cuisine, il avait vraiment une sale tête. Un peu plus tard – il devait être huit heures du matin – je l'ai entendu qui criait au téléphone. J'étais en haut des escaliers. J'écoutais. Je savais qu'il parlait à Dale. Il le menaçait, il lui disait qu'il savait qu'il avait ordonné l'assassinat de Tommy. Il gueulait tout un tas de choses très dures et puis, soudain, il s'est arrêté, ce qui m'a fait penser que Dale lui avait raccroché au nez. Al est revenu dans la cuisine. J'ai vu quelque chose de sauvage dans son regard. J'ai commencé à le supplier de laisser tomber. Il ne répondait pas, il m'a regardée avec des yeux de fou, c'est tout... Il est redescendu et il a brûlé des papiers. J'ai trouvé les cendres mais aucune note sur cette affaire. Et puis il est sorti un instant, il s'est planté sur la pelouse, à regarder la rue. Ensuite il est revenu et il a dit qu'il se sentait mieux. Il a installé la table de jeu dans le hall et a commencé à sculpter cette flûte. Environ une heure plus tard j'ai entendu la détonation.

Elle s'enfonça dans son fauteuil, épuisée. Elle avait parlé sans interruption pendant une heure. Dès qu'elle avait cessé, elle s'était mise à fixer la table comme si elle ne pouvait pas soutenir le regard de Janek.

– Pourquoi ne m'avoir rien dit avant? demanda-t-il. Pourquoi tout ce blabla sur Al qui était sur une affaire, et est-ce que je ne pourrais pas découvrir de quoi il s'agissait?...

– Je suis désolée, Frank. Tu as raison d'être en colère. Mais je ne voulais pas ternir l'image d'Al. J'avais peur que tu ne l'aimes plus si je te racontais toute l'histoire.

– Alors pourquoi m'avoir demandé de chercher? Si je découvrais le fin mot de l'histoire, est-ce que mes sentiments auraient été différents?

– C'était stupide. Je sais. Mais j'avais une idée...

– Laquelle?

Elle le regarda : un regard douloureux.

– L'idée que tu reprendrais peut-être l'affaire et que tu ferais plonger Hart comme Al avait voulu le faire.

– Si c'était ça que tu voulais, tu aurais dû...

– Je sais. Je pensais que si j'attirais ton attention tu allais peut-être découvrir tout tout seul. Mais quand tu es venu, il y a quinze jours, et que tu m'as dit qu'il n'y avait rien, j'ai décidé de ne rien dire. (Elle soupira.) Tommy était mort, Al était mort et quoi que Dale ait fait, cela n'avait plus d'importance.

– Mais j'ai découvert quelque chose.

– Oui, dit-elle. Où as-tu eu cette photo?

– Al l'avait donnée à la fille de Tommy Wallace.

– Oh, je vois. Oui, je l'ai aperçue à l'enterrement. (Elle eut soudain l'air perplexe.) Mais comment es-tu arrivé jusqu'à elle?

Il ignora sa question. Elle exigeait une réponse compliquée et il n'avait pas envie de discuter de sa relation avec Caroline. Mais il fut frappé par le fait qu'Al avait donné la photo à Caroline avec le même espoir ambivalent qui avait conduit Lou à lui dire que son mari était sur une affaire, puis à lui demander de découvrir de quoi il s'agissait.

Il réfléchit. Al avait dû ruminer son suicide pendant des semaines. Il avait certainement préparé des documents qui impliquaient Hart. Mais, au dernier moment, il avait craqué, à cause de quelque chose que

Hart lui avait dit au téléphone. Donc il avait brûlé ses papiers, ses preuves et ses notes, préférant un suicide inexplicable à un acte de lâcheté face à ce qui devait amener la ruine sur lui-même tout en résolvant l'affaire.

Mais pourtant il avait donné cette photo à Caroline, espérant qu'elle poursuivrait. Les enjeux contre cette possibilité étaient astronomiques étant donné qu'elle avait déjà refusé de le laisser s'épancher à ce sujet. Mais astronomiques ou pas, Al avait gagné ce dernier pari. Janek était au courant grâce à la photo, il avait réussi à faire parler Caroline, Carmichael et Lou, et maintenant, il était en possession d'une série de faits qu'il pouvait approfondir d'une manière impossible pour Al.

– Oh, Frank... (Lou sanglotait.) Je vois que tout était entièrement de ma faute. Je n'avais pas compris. Il voulait tellement être un grand flic, résoudre une grande affaire et abattre Dale. Je ne l'ai pas laissé faire. Je l'ai supplié de laisser tomber. J'avais peur qu'on perde cette pension stupide. Je lui ai ôté toute chance de... de rédemption, je crois.

Ou au moins d'absolution, songea Janek. Il se tourna vers elle et secoua la tête.

– Ce n'était pas toi. Il était piégé dans les deux sens. Plus il enquêtait, plus il accumulait de preuves, plus il s'impliquait lui-même. A la fin il s'est coincé tout seul. Et là, il ne restait plus d'issue.

Les larmes de Lou coulaient à flots. Janek l'attira contre lui, caressa ses cheveux gris et la laissa sangloter. Il voulait la réconforter mais il ne savait que faire. Soudain, les mots lui vinrent en regardant les broderies dorées sur les coussins, la moquette dorée sur le parquet, les ornements, les apparences qui l'avaient toujours fait se sentir mal à l'aise. C'était le masque qu'Al et Lou avaient utilisé pour cacher la vertu ambiguë de leurs existences.

– Vous deux... Vous étiez si bien. Je vous enviais. Je vous ai toujours enviés. Vous aviez beaucoup plus que Sarah et moi. J'y pensais chaque fois que je voyais votre fille, que je voyais combien nous étions stériles, et tout ce qui nous manquait...

– Toute la douleur...

– Bien sûr... Mais n'oublie pas les bons moments. Vous viviez, Lou. Tous les deux. Sarah et moi nous cohabitions seulement. Quelle terrible manière de gaspiller les années.

Il savait qu'il tombait dans la sentimentalité larmoyante mais il s'en moquait. Il faisait du mieux qu'il pouvait. Et lorsqu'elle commença à argumenter, à nier que Sarah et lui avaient eu une vie lamentable, il acquiesça, bien qu'il ne fût pas du tout d'accord. L'important, c'était qu'elle cesse de se sentir coupable pour Al. S'il parvenait à l'aider à surmonter ça, il savait que cela l'aiderait, lui, à se sentir moins coupable.

La culpabilité : voilà le moteur de l'affaire d'Al, sa dernière affaire. Une lutte pour rester incorruptible. Un instant de faiblesse payé en années de honte. Puis un espoir de rédemption et la prise de conscience qu'il n'y avait pas de rédemption. Et la certitude que, d'une certaine manière, lui, Al DiMona, était aussi responsable de la mort de Tommy Wallace.

Regardant la table, la photo des trois flics aux étranges sourires, Janek comprit le problème qui déformait le sourire d'Al. Dès ce moment, il avait su que viendrait un jour... songea Janek. Et en pensant à ça, il serra Lou plus fort contre lui.

Le flou s'atténue

Le lundi matin tôt Aaron appela :

– Je suis au musée d'Art moderne. Je vérifie des trucs. Je serai là vers onze heures.

Aaron tenait quelque chose. Janek le sentait. C'était le seul d'eux cinq à avoir une idée. Il dit à Stanger de revérifier Spalding. (S'il te baratine dis-lui qu'il est suspecté de meurtre et que je veux le voir ici avec son avocat.) Il envoya Howell et Sal interroger des amis et des associés d'Ellis. (Je crois que c'est un bidon, mais faut en être certains. Jouez avec eux comme si nous pensions qu'il est un sadique assassin et voyons ce que ça déclenche.) Puis, quand le bureau fut vide, il se carra dans son fauteuil et attendit. Il songeait à Al et aux yeux de Hart, à leur froideur, au fait qu'il avait toujours imaginé Hart capable de tuer.

Quand Aaron arriva il était prêt à convaincre. Il prit les dessins de Karp, les portraits de Lane et Ellis, et les colla au mur.

– Toi et Karp voyez Ellis de la même façon, dit Aaron, un singe, une patte tendue vers les bananes et l'autre se frappant la poitrine. Suppose maintenant que Karp ait également raison en ce qui concerne mon bonhomme, Lane. Comment le représente-t-il? Comme une chouette, un oiseau de nuit qui guette sa proie dans l'obscurité. Ouais, je sais, Karp est un caricaturiste. Il a peut-être des idées au-dessus de la moyenne, mais qu'est-ce que ça a à voir avec l'affaire? Rien, si ce n'est que quand j'ai vu son dessin je me suis dit, *ouah,* c'est ça, c'est exactement comme ça que je vois le type.

– Tu lui as parlé de nouveau?

– Non.

– Et pourquoi pas?

– La première fois a suffi.

– Alors qu'est-ce que tu as fait?

– Je l'ai vérifié.

– Et?

– Eh bien, pour tout te dire, Frank, il fait des films sur des types qui tuent des prostituées et ridiculisent les flics.

Janek attendit et, comme Aaron n'ajoutait rien, il soupira. Ce n'était pas tout, bien sûr.

– Allez, dit-il, j'ai déjà entendu ça, mais à propos du photographe...

– C'est différent.

– J'espère, dit Janek.

Ils déjeunèrent au Taco-Rico puis roulèrent jusqu'à un cinéma d'art et d'essai près de l'université de Columbia. Aaron avait insisté pour que Janek vienne. Il disait que ce qu'il avait entrevu ce week-end était trop subtil pour être expliqué. Janek avait répondu que si c'était aussi subtil ça n'allait probablement pas éclairer énormément l'affaire. Aaron avait répondu qu'on verrait car il avait une curieuse impression et de toute façon les autres suspects étaient plus ou moins blanchis. Qu'est-ce que Janek avait à perdre?

Ainsi Janek se fit-il traîner là-bas, râlant pendant tout le trajet. Il savait que ce n'était pas une bombe qu'Aaron cachait et qu'il ne saurait ce que c'était qu'une fois qu'il en serait passé par où Aaron désirait.

Les titres s'étalaient au-dessus de l'entrée : *Double programme : Les Cheveux sur la tête* et *Mezzaluna.*

– Deux? Bon Dieu, tu ne m'avais pas dit qu'il y avait deux films!

– Si tu veux on n'en verra qu'un.

Le cinéma ressemblait à une vieille caverne, presque vide en cet après-midi de semaine. Un poivrot barbu étalé sur trois sièges dans un coin ronflait et hoquetait. Un petit groupe de jeunes faisaient circuler un joint au premier rang. L'endroit sentait le pop-corn rance et la vieille fumée d'herbe. Le placeur, vieux et décrépit, portait un uniforme usé et une perruque grise mal assortie à ses cheveux.

– C'est pas une salle d'exclusivité, dit Janek, et les films n'ont pas l'air d'être des super-succès.

– Quelques critiques adorent son boulot, mais il n'est vraiment pas commercial. N'empêche qu'il a son petit culte, son public de fanatiques.

Les Cheveux sur la tête racontait l'histoire d'un tueur nommé Seymour Trent qui, après avoir poignardé ses victimes, toutes des prostituées, leur donnait amoureusement un bain avant de leur faire une permanente. Il était poursuivi par un méchant flic porcin nommé Templeton qui se bourrait la gueule quand il ne fonçait pas comme un dément dans sa bagnole de patrouille à travers les rues d'une petite ville californienne imaginaire. La ville baignait dans une aura de corruption : flics stupides, hippies hostiles, marchands narquois, mères maquerelles édentées et sans cœur. A la fin, flic et assassin participaient à une poursuite extravagante dans un parc d'attractions abandonné. Trent s'échappait des montagnes russes en sautant dans une rivière glauque. Templeton buvait une gorgée de whisky en contemplant l'eau boueuse avec des yeux de dément frustré.

Un très petit budget, un film très cru, probablement une première œuvre, pensa Janek, employant des acteurs non professionnels jouant des personnages impossibles dans une histoire qui ne tenait pas. Mais il y voyait aussi une certaine dose d'énergie, une atmosphère de menace : la manière dont le couteau du tueur brillait dans l'obscurité. Et un style indéniable dans la photographie.

Il y avait un bref entracte entre les deux films. Quand les lumières revinrent la salle résonnait de quelques toux.

Aaron se pencha et chuchota à l'oreille de Janek :

– T'as remarqué que le flic ne le prend pas à la fin?

Mezzaluna était plus fort que le précédent, bien qu'assez semblable dans la forme. Le meurtrier, Targov, qui travaillait aux abattoirs, tuait ses victimes, encore des prostituées, avec une mezzaluna, cet ustensile italien à émincer les légumes en forme de croissant de lune.

Quand Targov frappait, la scène de meurtre passait en fondu enchaîné sur un flash-back de son enfance : Targov, enfant, regardait sa mère roulant sa mezzaluna d'un bord à l'autre de sa planche à découper en souriant d'un sourire curieux, comme si elle détenait un secret savoir.

L'inspecteur s'appelait Masterson et l'histoire se passait à Chicago. Masterson avait l'esprit lourd, marchait de cette démarche ralentie des flics des rues, mâchait ses mots et se balançait comme un ours quand il était immobile.

Il y avait une lutte mentale entre l'assassin et le flic. On avait l'impression que Masterson savait que Targov était son homme mais qu'il ne pouvait pas l'arrêter pour une raison qu'on ignorait. Après de nombreuses complications Masterson coinçait Targov dans une usine de viande conditionnée où il le poursuivait dans un labyrinthe de carcasses suspendues, lui tirait dessus, puis le perdait dans l'obscurité.

Et quand Masterson s'en allait, haussant les épaules, la caméra s'avançait dans le noir. Lorsque l'inspecteur ouvrait la porte de l'entrepôt un rai de lumière entrait et faisait étinceler la mezzaluna dans un flash d'argent final.

Janek avait presque la nausée. L'histoire était irréelle, l'intrigue absurde, la fin pénible. Pourtant, il sentait que Lane avait un certain talent. Malgré l'aspect brouillon de son travail, il suscitait une certaine vision, quelque chose de froid et de misérable qui se fixait dans l'esprit de Janek.

– Tu vois, dit Aaron une fois dans la rue, il fait des films sur des meurtriers enthousiastes qui se servent de couteaux pointus pour découper des putes.

– Et quoi d'autre?

– Il a le même style arrangé, manipulé, que ton amie photographe a repéré sur nos clichés. Le même aspect étudié, artificiel.

Ils montèrent en voiture. Aaron ne disait rien; il observait Janek qui contemplait le pare-brise, les mains derrière la nuque.

– Tu as raison, dit Janek. Il travaille dur pour rendre les meurtres ravissants. Ils sont vraiment exquis, si on arrive à les supporter. Mais il y a plus encore. Les histoires. C'est ça que tu voulais que je voie.

Il se tourna vers Aaron qui acquiesça.

– La même étrange logique, hein? Comme dans notre affaire. Toutes ces allées et venues très élaborées. Un plan parfaitement exécuté, avec une sorte de signature artistique à la fin au lieu du sang et de la pagaille qu'on aurait dû trouver.

Ils continuèrent à en parler. Aaron dit qu'il trouvait les films assez niais.

– Ses flics sont de vulgaires tarés, hein? Templeton et Masterson. Mais les assassins, Targov et Trent, eux, ils sont brillants. Tu te souviens de ce que tu avais dit le premier jour : je suis super-tueur et je vous défie, vous les flics, de résoudre cette affaire.

– Je déblatérais.

– Peut-être. Mais ces films m'envoient le même message. Ils me font une sale impression, comme si, pour Lane, les meurtres n'avaient aucune importance, comme si tout ce qui compte c'était la lutte entre l'assassin et le flic.

– Qu'est-ce que tu faisais au musée d'Art moderne?

– J'étais à la bibliothèque. Ils ont toute une collection de vieux magazines universitaires de cinéma.

Aaron tendit une feuille à Janek. Il avait souligné plusieurs passages dans un article intitulé : *La Rage de Peter Lane* :

... Et lorsque sur la bande son nous entendons une chorale entamer une messe, le crime dégradant est soudain transporté dans une cathédrale. Le diabolique devient sacré. L'acte interdit de meurtre érotique devient un acte artistique de sacrifice rituel...

... L'inspecteur : il est inévitable et à peu près semblable dans tous les films de Lane – un clown, un homme à dresser, à briser, humilié lorsqu'il échoue à résoudre son enquête. L'assassin se rit de lui, le rend fou et quand, tel un taureau, le flic charge, l'assassin s'écarte brusquement et le flic tombe, ridicule, le regard perdu dans le vide...

En redescendant au centre ville, il sentait le regard d'Aaron.

– Pourquoi tu n'es pas plus excité, Frank? D'habitude quand un suspect commence à t'intéresser tu es plus branché.

– Qui a dit qu'il m'intéressait? soupira Janek.

– Qu'est-ce qu'il y a? Tu l'as vu. Les scènes de crime dans ses films ressemblent aux nôtres et ses films racontent exactement le même genre d'homicides déments.

– C'est trop banal.

– OK, fit Aaron en arrêtant subitement la voiture qu'il gara le long du trottoir. J'ai creusé la vie de ce type. Il a donné plein d'interviews. Il y a une chose qu'il répète sans arrêt, c'est qu'il aimerait qu'un de ses films inspire un meurtre réel. Il aimerait faire un tel film.

– Ça c'est grandiose. Il essaie d'avoir l'air macabre. Tous les types qui font des films d'horreur disent le même truc.

– Mais suppose que ce soit différent de ce qu'il dit. Suppose que ce qu'il voudrait vraiment faire soit un film sur un meurtre qu'il aurait d'abord commis lui-même.

La vie imite l'art, l'art imite la vie : Janek trouvait ça un peu rebattu, mais il ne pouvait s'empêcher de trouver Lane intéressant.

Spalding était blanchi : pour une raison quelconque, le vieil homme s'était amouraché de Stanger, l'avait invité dans son appartement et lui avait confié sa théorie. Selon lui, la véritable cible dans l'affaire Ireland n'avait pas été Amanda, mais son chien.

Si on leur disait : Ellis est capable de meurtre... ses amis restaient incrédules. Ses photos de mode sado-maso? Pour faire parler de lui. Des orgies? Parfois ses invités se laissaient aller et se déshabillaient un peu, oui. Un sadique assassin? Vous plaisantez? Jack est un toutou. Bien sûr, il en rajoute mais enfin...

Le Dr Raymond Evans, Michael Hopkins et Nicholas Karpewicz étaient *clean* eux aussi. Et Hazel Carter avec : son alibi tenait. Les livres de Cynthia Tuttle avaient appris à Janek qu'à une occasion, Brenda avait assisté à un cours juste avant l'heure de Mandy. Janek était intrigué. Les deux filles s'étaient coiffées l'une près de l'autre, s'étaient vues, avaient peut-être même parlé ensemble au vestiaire. Il imaginait l'une s'habillant pendant que l'autre passait ses collants, les mannequins et les danseuses cancanaient tout autour. Rien de tout ça n'avait à voir avec l'affaire, il le savait, mais il était hanté par la possibilité qu'elles se soient rencontrées.

Cela leur laissait le metteur en scène – si sa théorie des fenêtres tenait debout. Janek contemplait le dessin de Karp qui représentait Lane en hibou. Il le déplaça sur le panneau pour mettre ses yeux dans l'alignement des photos du lieu des crimes.

Le mardi matin il convoqua son équipe.

– On va examiner ce type de très près. Sal, il ne te connaît pas, donc tu vas t'y attacher. Discrètement. Pas de pression. Si tu le perds tu le reprends plus tard, d'accord? Howell et Stanger : trouvez des photos. Il y en a plein dans les magazines de cinéma. Et vous allez voir les prostituées et vous leur montrez son portrait. Est-ce qu'elles ont vu ce type? Est-ce un de leurs clients? Aaron, tu coordonnes le tout et tu m'ouvres un dossier complet. Sources habituelles, Département de la Défense, FBI, etc. Je veux savoir qui il est.

– C'est pas vrai, grogna Aaron, un autre bouquin à écrire!

– Je veux le connaître avant de l'interroger. Tu crois qu'il aime jouer à des jeux. Très bien. Nous sommes stupides, comme les singes de ses films. Nous sommes tellement stupides qu'on ne sait même pas qu'on est dans un jeu. Voilà la stratégie : nous le regardons attentivement mais sans approche directe. Quand, et si nous trouvons quelque chose, du genre expéditions mémorables avant de mettre la main sur le sosie d'Amanda, je l'attaque. Mais quand je le ferai je ne veux pas être un flic stupide.

Jeudi matin, Aaron accueillit Frank :

– Je ne sais pas, Frank... Est-ce qu'on en fait trop?

Janek jeta un regard circulaire sur leur bureau. L'endroit sentait le café et la cigarette.

– Où sont les autres?

– Sal est assis dans une voiture devant l'immeuble de Lane. Stanger et Howell vont venir plus tard. Les filles ne se mettent pas au boulot avant l'après-midi. Le matin, tout le monde roupille.

– Et alors, quel est le problème? demanda Janek.

Il était déjà fatigué. Il avait passé la nuit à penser à Hart. Sa haine le surprenait. Elle allait au-delà de tout ce qu'il avait ressenti depuis des années.

– Le problème, Frank, c'est Lane. Il est en tête de liste par défaut. On est cinq après lui et maintenant on travaille tous à plein temps dessus.

– Je croyais que tu l'aimais?

– C'est vrai. Mais... (Aaron haussa les épaules) est-ce que le jeu en vaut la chandelle?

Janek s'assit. Son cerveau tourbillonnait. Il y avait Tommy Wallace et Hart, et « l'échange de têtes » et Lane.

– C'est moi qui mène le jeu, Aaron. Je me base sur mon impression. Il est peut-être suspect par défaut, mais quand j'étais chez Amanda, à sa fenêtre, j'ai ressenti quelque chose. Ça m'a fait frissonner. Il y avait quelqu'un dehors, quelqu'un qui pouvait voir à l'intérieur. Lane colle très bien. Pour l'instant on s'en tient à ça. Bon, rien d'autre?

– Si. Sal a des problèmes. Ce n'est pas un boulot pour un type seul. Même une filature normale nécessite au moins trois gars et avec cinq, c'est encore mieux. Mais Lane n'est pas un type normal. Il n'a pas d'horaires réguliers. Il ne va pas travailler quelque part tous les jours, il se lève tard, et puis il reste dehors toute la nuit. L'autre matin Sal l'a loupé. Le portier a dit qu'il était sorti à l'aube. Il traîne pas mal, aussi. Genre il va prendre une série de métros, jusqu'en bas de la 4e Rue, changer pour aller à Brooklyn, puis revenir et remonter en haut de la ville. Ou bien il va jusqu'à l'hôtel de ville, puis traverse le pont de Brooklyn à pied. Sal l'a perdu plusieurs fois. Il n'a aucun moyen de le filer efficacement.

– Peut-être que Lane se doute qu'il est suivi.

– Ouais, c'est possible.

– Sal a parlé au portier?...

– Les concierges savent qu'on surveille le quartier. Mais Sal n'a pas dit qu'il en avait après Lane.

– Pourtant...

– Oui. Il pourrait le savoir.

– Donc, vous voulez deux types en plus?

– Ça aiderait.

Janek secoua la tête.

– Hart ne me les donnera pas.

Aaron hocha la tête et retourna à ses coups de fil. Janek l'observa un instant, l'écoutant travailler. Aaron était bon, il savait être efficace avec un téléphone. Janek aurait aimé pouvoir lui dire pourquoi il ne voulait rien demander à Hart.

Lane n'avait pas de voiture. Ce qui laissait la possibilité qu'il en ait loué une ou qu'il ait utilisé une voiture volée cette nuit-là. Ce qui impliquait de vérifier toutes les agences de location de la ville et les fiches de plaintes pour vol de voiture remontant à au moins trois jours avant le double homicide. Ce qui ne prouverait rien, Janek et Aaron le savaient parfaitement, puisque Lane pouvait avoir loué une voiture à Philadelphie ou à Baltimore, ou n'importe où dans un rayon de plusieurs centaines de kilomètres, ou utilisé de faux papiers pour en louer une, ou en avoir volé une dans le nord de l'Etat ou n'importe où, ou en posséder une enregistrée sous un faux nom, ou avoir utilisé un taxi dont le chauffeur n'avait pas répondu à leurs appels d'informations, ou pris un bus et personne ne se souvenait de lui parce qu'il avait transporté les têtes dans un sac de sport, ou il avait marché à travers Central Park en les portant dans un sac à dos : une petite promenade nocturne excentrique. Ce qui signifiait que toutes leurs vérifications auprès des agences de location de voitures étaient à peu près inutiles. Ce qui ne voulait pas dire qu'il ne fallait pas les faire. Ce qu'ils faisaient. Avec le résultat escompté. Ce qui ne signifiait toujours rien.

Comme le dit Aaron alors qu'ils partageaient ce qui ressemblait à la énième partie d'un flot ininterrompu de pizzas au Taco-Rico :

– Eh bien, au moins on sait une chose. Il a un permis de conduire. Donc on peut raisonnablement en déduire qu'il sait conduire.

Chaque fin de journée Janek roulait jusque chez lui, ramassait son courrier, prenait une douche, changeait de chemise puis roulait jusqu'à Long Island City, vers le *loft* de Caroline.

Il faisait toujours le même trajet et, il le décida, il y passait ses meilleurs moments de réflexion. Il avait peu à peu constitué un petit rituel. Dès qu'il quittait la rampe d'accès et débouchait sur le Queensboro Bridge il regardait Manhattan dans son rétroviseur. L'obscurité tombait plus tôt. Le panorama crépusculaire qu'il avait admiré la première fois qu'il s'était rendu chez elle – les lueurs derrière les buildings, la ville lumineuse découpée en masses puissantes sur le ciel coloré – était maintenant remplacé par le spectacle des gratte-ciel illuminés montant la garde devant un ciel noir et impénétrable.

Cette vue l'émouvait chaque fois et lui inspirait toutes sortes d'idées. Lorsqu'il arrivait elle était là, elle l'attendait. Le *loft* résonnait des accords doux d'un disque de jazz, dans une lumière tamisée, et il la prenait dans ses bras et respirait le parfum de son corps et de ses cheveux, et puis ils buvaient du vin et faisaient l'amour sur son grand lit de cuivre sous le ventilateur qui tournait doucement. Parfois il sentait moins de colère en lui et d'autres fois il sentait une tension qu'il ne pouvait ni déjouer ni même définir.

Janek lisait les notes d'Aaron sur Lane :
... Ne participe pas aux débats télévisés. Donne de très rares interviews. Cache son passé en inventant des histoires contradictoires. A affirmé dans des occasions diverses qu'il avait été élevé : dans le Midwest, dans une réserve indienne, dans une communauté en Californie, que son père (nommé Jack Lane, Joe Lane, Harold Lane, etc.) était barbier (cf. Les Cheveux sur la tête*), vétérinaire, officier de police (!), gardien de prison et, alternativement, le sujet affirme ne pas connaître les noms de ses parents puisqu'il était orphelin et a été élevé dans des institutions religieuses... Le sujet n'a jamais fait mention de sa mère ni de frères et sœurs... Le sujet affirme avoir été à Princeton mais son nom n'apparaît sur aucun registre. Il affirme avoir étudié le cinéma en Allemagne et avoir travaillé comme assistant de Schoendorfer, un metteur en scène qui vit à Munich, à vérifier...*

Aaron se débrouilla pour apprendre que ni le Département de la Défense, ni les services de lutte contre les stupéfiants, ni le FBI ne connaissaient Peter Lane : un exploit qu'il accomplit au téléphone en sondant son réseau d'amis des différents services du maintien de l'ordre. Des ascenseurs furent renvoyés et de nouvelles dettes contractées, mais les réponses aux questions primordiales (nom des parents, date et lieu de naissance) lui échappaient. Il aurait pu les obtenir s'il avait pu regarder la demande de passeport de Lane, mais ceci était protégé par la Loi sur l'intégrité des personnes de 1974. Lane n'avait pas été condamné et il n'était pas encore inculpé. Donc, malgré sa brillante technique au téléphone, ses sourires et ses mots doux,

Aaron Rosenthal, à sa très grande surprise, ne parvenait pas à passer ce simple obstacle.

Un soir sur le pont Janek songea à appeler Carmichael. Puis il pensa : *Non, pas encore.*

Il était inquiet. Parfois il confondait ses affaires. Sa tête plongeait dans le passé et dans le futur comme lorsqu'il s'était exercé à *switcher* les têtes des gens de la rue.

Chaque affaire, il le savait, avait sa solution. « L'échange de têtes » avait une solution et Wallace/DiMona en avait une aussi. Le tout était de trouver, de chercher à l'intérieur de l'affaire, dans les personnages, dans les forces et les faiblesses des acteurs.

Il pensa : Il doit y avoir un moyen de coincer Hart, pas en le combattant sur son terrain, mais en l'amenant sur le mien.

Aaron rassemblait son matériel sur Peter Lane dans un cahier à spirale qui allait s'épaississant, enfermé dans le tiroir central de son bureau avec une calotte supplémentaire :

Le sujet a eu différentes amies mais aucune liaison durable et intime. Plusieurs informatrices parlent ouvertement du détachement du sujet pendant l'acte et de sa très rapide perte d'intérêt après coup, ce qu'elles décrivent comme le sexe « technique » ou « fonctionnel »... Le sujet n'a pas d'amis hommes proches...

La réputation du sujet parmi les techniciens : homme d'affaires infatigable. Parmi les comédiens : exploiteur, brillant, sans scrupules. Considéré par ceux qui ont financé ses productions comme extrêmement inconstant : amical et séduisant lors des tractations pré-production mais indifférent et intouchable une fois les films achevés et distribués...

En de nombreuses occasions le sujet a exprimé l'idée

suivante : l'ultime film de terreur devrait être assez puissant pour inspirer un meurtre réel.
Le psychanalyste et critique de cinéma, le Dr David Lee, écrit : (le sujet) tourne des films motivés par des obsessions dérivées de conflits psychologiques profondément enfouis dans le passé : une rage matricide surpuissante dans laquelle toutes les femmes sont identifiées à des prostituées, et un conflit non résolu avec l'autorité paternelle symboliquement représentée par la police.

– Des conflits psychologiques profondément enfouis? (Aaron avait la main crispée sur le téléphone.) Qu'est-ce que vous entendez par là?

– Avant de répondre j'aimerais savoir...

– Ecoutez, docteur Lee, cria Aaron en faisant un clin d'œil à Janek, cet homme a affirmé qu'il aimerait que ses films inspirent des homicides!

– Mais enfin, vous comprenez, il a dû dire ça dans un certain sens...

– Dans quel sens?

– Eh bien, vous savez que quand *Voyage au bout de l'enfer* est sorti des gens se sont blessés en jouant à la roulette russe.

– Je l'ignorais.

– C'est vrai. Je crois qu'il y a même eu deux morts.

– Vous êtes en train de me dire que...

– Et il y a l'affaire de M. Hinckley et de *Taxi Driver.*

– Ça, on connaît.

– Eh bien, voilà, c'était ça qu'il voulait dire.

Aaron loucha sur le téléphone.

– C'est un certain esprit de compétition avec les autres metteurs en scène, poursuivit le Dr Lee. Et je ne crois pas que vous, les forces de l'ordre, vous deviez prendre ça dans un sens littéral. Surtout si on considère ce qu'on entend au sujet des conditions de la sécurité des citoyens à New York. Je ne veux pas avoir l'air de vous apprendre votre métier, sergent, mais vraiment, je trouve cette conversation...

Une fois délivré des politesses d'usage Aaron raccrocha et se tourna vers Janek en secouant doucement la tête.

– Je ne m'en sors pas si bien avec les pontes, on dirait.

– Ta question était bonne.

– J'ai oublié ma question.

– Sur les conflits psychologiques enfouis...

– Oui. Mais il masque tout, il a tout enfoui, Frank. C'est vrai quoi, j'en ai rien à faire des conflits. Bordel, *qui c'est* ce type?

Aaron était heureux.

– On est payé des clous et ces types sont fabuleux.

Il parlait de Stanger et Howell qui, contre toute attente, s'étaient révélés être une fantastique équipe d'interviewers de prostituées. Ils étaient assis dans le bureau et prenaient un air suffisant tandis qu'Aaron lisait leur rapport à voix haute.

– Selon notre informatrice, le sujet n'a rien fait de pervers. L'informatrice décrit le sujet comme un parfait gentleman. Le sujet n'a pas eu d'exigence particulière si ce n'est de lui demander d'accomplir une fellation tandis qu'elle était à genoux devant le sujet. Après quoi, toujours selon l'informatrice, le sujet a ajouté un modeste pourboire au tarif normal de l'informatrice.

Le langage de Stanger et Howell était grotesque, mais Janek y voyait autre chose : la découverte d'une prostituée qui avait reconnu Lane d'après photo était la première ombre de preuve pour soutenir sa théorie de l'échange.

– Il faut féliciter ces gars, Frank.

– Je les adore, fit Janek. Allez, les gars, continuez. Trouvez-m'en davantage.

Sal avait des valises sous les yeux. Il était sept heures du matin. Janek l'avait rejoint dans l'appartement d'Amanda. Sal s'y était installé en se fondant sur le fait que si Lane avait épié Mandy par la fenêtre de sa chambre, il pouvait espionner Lane à travers les mêmes vitres.

L'air de la pièce sentait le renfermé. Il y avait des tasses de café sales dans l'évier et des paquets de chips vides sur la table. Un gros cendrier de verre débordait de mégots. La pièce puait le flic fatigué.

– Faut faire gaffe, Frank. Si on bouge trop il sait qu'on est là. Ne jamais allumer les lumières. Juste rester assis dans le fauteuil et regarder. J'arrive à me déplacer les yeux fermés maintenant. Je connais chaque centimètre carré de cet endroit, y compris la salle de bains. J'adore cette salle de bains, Frank. Je veux dire, elle ne me fait plus dresser les cheveux sur la tête. Bien sûr je ne ferme pas le rideau de la douche comme elle le faisait. En fait je l'ai carrément viré. Je veux dire, qui en a besoin maintenant? Je prends mes douches chez moi.

Sal leva les sourcils d'une certaine manière pour faire comprendre à Janek qu'il parlait de tout autre chose que d'hygiène personnelle.

– Quel est ton sentiment?

– J'ai fait un rapport sur...

– Sal, fit Janek en posant les mains sur les épaules du jeune homme, je sais ce qu'il y a dans ton rapport. Quel est ton sentiment sur ce type?

– Il sait que je suis après lui, murmura doucement Sal.

– Qu'est-ce qui te fait penser ça? Il se retourne beaucoup?

– Non, ce n'est pas ça. C'est difficile à expliquer... Il

bouge. Il se déplace comme s'il était conscient de ma présence. Mais il ne se retourne jamais. Jamais. Et ça me file des frissons, Frank. Il se contrôle, tu sais. C'est incroyable, une telle maîtrise de soi. Et puis, l'autre nuit, il a fait un truc et j'aurais pu jurer...

– Qu'est-ce qu'il a fait?

– Eh bien, j'étais là, je le surveillais. Il était impossible qu'il m'ait vu. La fenêtre était fermée. Bon Dieu, il faisait tellement chaud que j'avais un putain de mal à respirer. Et je ne bougeais pas, comme un bloc de marbre, Frank. Merde, je te jure que j'étais immobile dans ce fauteuil comme une pierre. Les lumières de sa chambre étaient allumées. Il les laisse souvent allumées très longtemps. Parfois, il me faut des heures avant de le voir entrer, mais les lumières sont toujours allumées. Bref, il entre, et là il n'avait pas l'air de se contrôler, il commence à se déshabiller. Il enlève sa chemise. Il aime les chemisettes de trous du cul avec le crocodile sur le sein gauche. Bon, il est torse nu. Il vient jusqu'à la fenêtre et je me dis, ça y est, il va faire quelque chose pour changer, il va faire quelque chose. Donc je suis là, en alerte et immobile. Je regarde. Et je vois qu'il fait ces espèces de respirations profondes, tu sais. Il inspire, il expire, il contracte ses abdominaux, tout le trip. Il n'est pas très costaud, il ne fait pas de gonflette, mais il est fort. OK, et après il se contracte et tient la pose, les yeux rivés sur la fenêtre ici. J'avais vraiment la sensation qu'il regardait dedans. Je savais qu'il ne pouvait pas me voir, mais on aurait dit qu'il le pouvait. Et là, il expire tout son souffle, se relaxe, tu vois, et alors il – tu ne vas pas me croire, Frank. Le type m'envoie un baiser.

– Un baiser! Montre-moi comment.

Sal le lui montra : il plaça ses mains sur ses hanches, serra les lèvres et embrassa l'air en projetant en avant le bas du visage.

– C'était hostile?

– Non. Je l'ai fait hostile? Je ne l'ai pas fait exprès. Non, ce n'était pas du tout hostile. C'était presque comme si, tu vois, comme s'il me souhaitait bonne nuit. Dors bien. Fais de beaux rêves. Va te faire foutre. Comme ça.

Comme ça. Ce baiser ennuyait Janek. Comme quoi? Il se posait des questions.

– Viens, on descend boire un café.

– Il est là maintenant. Il dort. Je ne veux pas le perdre.

– Tu as besoin d'un break, dit Janek. Viens.

– Mais...

– Sal, écoute-moi. Je me fous de ta filature. Tu es bizarre. Tu as besoin de sortir.

Ils allèrent à l'Aspen, ce café avec des pots de cuivre et des serveuses parlant pointu, où ils s'étaient rencontrés la nuit où ils avaient fait la reconstitution. Janek encourageait Sal à parler, à parler base-ball, hockey sur glace, Bourse, tout ce qui l'intéressait. Plusieurs fois il remarqua les coups d'œil nerveux que jetait le jeune homme à sa montre.

– Je crois que je vais te faire faire autre chose, dit Janek. Qu'est-ce que tu en penses?

– Sans mentir, Frank, ces deux semaines n'ont pas été les plus belles de ma vie.

– Tu as été très consciencieux.

– J'essaie de faire mon boulot.

– Ce n'est pas facile. Je sais.

– J'ai fait plein de filatures.

– Tout seul c'est différent.

– Ouais, vraiment.

– Donc, ça n'a pas marché. On dirait qu'il t'a repéré. Et ce n'est pas de ta faute. Donc on abandonne la surveillance pour l'instant.

– Qu'est-ce que tu vas me faire faire?

– Tu as des idées?

Sal sourit.

– Il y a bien quelque chose mais je sais que tu ne voudras...

– Quoi?

– Laisse-moi le mettre sur écoute.

Janek l'étudia. Sal avait une mine de conspirateur épuisé.

– Pas question, dit Janek gentiment. S'il a commis des meurtres, il l'a fait tout seul, donc il n'en parlera à personne. Aucun juge ne nous accorderait une écoute, et une écoute illégale pourrait se retourner contre nous, plus tard.

– Pourtant...

– Oublie ça. C'est le meilleur moyen de saborder l'affaire.

Sal baissa les yeux.

– Je sais. Je suis désolé. C'est juste que...

– Je vais te dire, dit Janek. Tu veux faire quelque chose de pas ordinaire, j'ai ce qu'il te faut, un boulot dans le plus grand secret.

– Une enquête? demanda Sal en le regardant.

Janek hocha la tête.

– Si tu acceptes, cela doit rester entre nous. Personne d'autre ne doit savoir, même pas Aaron.

– Un boulot pour mon *gourou.* Tu sais bien que je le ferai, Frank.

– N'importe quoi, hein, pour ne plus t'occuper de Lane? Je t'enlève de cette enquête, de toute façon. Cette autre enquête est en option. Et pas de questions. Voilà le marché.

Sal acquiesça.

– Que veux-tu que je fasse?

– Un rapport complet sur les finances du chef Hart. Tous ses avoirs, ses biens immobiliers, ses comptes en banque, ses actions, ses tractations. Le plus loin en arrière que tu pourras remonter.

– Le chef Hart?

Le visage de Sal s'était figé.

– Et sa femme, Karen. Surtout elle. Parce que je crois que tu trouveras que presque tout ce qu'ils ont est à son nom à elle.

Sal aimait l'idée, Janek le voyait. Elle faisait appel au même aspect de sa personnalité qui lui avait donné envie de mettre Lane sur écoute.

– Et comment on cache ça à Aaron?

– Tu continues à remplir des rapports sur Lane. Tu connais la chanson, donc tu fais un petit mélange, tu continues à raconter les mêmes trucs.

– Et le résultat est le même, fit Sal avec une grimace.

Janek opina du chef et, pendant un moment, il se demanda s'il ne commettait pas une erreur. Il était sur une affaire majeure, il avait peu de ressources et il mettait Sal sur autre chose. Sal ne risquait rien. Janek le couvrirait, absorberait le blâme, admettrait qu'il avait donné un ordre illégal à son subordonné et en supporterait les conséquences, la perte de son travail et, probablement, de sa pension, si on en arrivait là. Il hésitait. Puis il se dit qu'il n'avait pas le choix. Il sourit. Cette fois il partageait avec Sal son petit air de conspirateur.

C'est en arrivant devant chez Caroline qu'il se souvint du baiser. Quand il entra dans le *loft* il alla droit à la salle de bains, se planta devant le miroir, pinça ses lèvres et s'envoya un petit baiser suivant la description de Sal.

– Bonne nuit. Dors bien. Fais de beaux rêves. Va te faire foutre.

Caroline était devant ses fourneaux quand il sortit. Ils se sourirent et il appela le commissariat. Howell répondit. Au moins il y en avait un qui travaillait tard.

– Dans mon bureau. Le tiroir tout en bas à gauche.

Le Journal de Mandy. Deux pages marquées avec un trombone vers la fin.

Tandis qu'il attendait que Howell lui trouve les pages en question il envoya quelques petits baisers à Caroline.

– C'est bizarre la façon dont tu fais ça.

– Comment ça bizarre?

– Je ne sais pas. Méchant, mesquin, je crois.

Howell trouva le passage. Janek l'écouta lire : « Un petit baiser de bonsoir. Un misérable petit baiser. Si seulement c'était de l'affection vraie. Pauvre de moi, toute seule ici avec Petty... »

Il reposa le combiné.

– Eh!

Elle se tourna vers lui. Il lui envoya trois autres baisers.

– Mais qu'est-ce que tu fais?

– De misérables petits baisers.

– Méchants, dit-elle.

– De misérables petits baisers méchants.

– Oui.

– Genre : Va te faire foutre, hein?

– Exact.

Il la remercia et appela Aaron.

– ... Je suis là, Frank, tranquillement en train de dîner avec mes quatre merveilleuses petites filles et mon adorable femme et tu m'appelles pour un baiser!

– C'est ça, Aaron. Un misérable petit baiser genre va te faire foutre.

– T'es malade ou quoi?

– Je ne crois pas, répondit Janek.

– C'est lui, disait Janek. Ça ne peut être que lui.

Ils étaient au lit. Le ventilateur jouait les moulins au-dessus de leurs têtes.

– Qu'est-ce que tu vas faire?

– Le voir, dit-il. Je crois que c'est le moment.

– Comment tu vas procéder?

– Oh... je vais improviser.

Elle lui prit le visage entre ses mains et tourna sa tête vers elle pour pouvoir voir ses yeux.

– De la merde! dit-elle. Tu as un plan...

Il acquiesça.

– Je vais le gifler un peu. Tu sais, comme font les flics...

– Janek! s'écria-t-elle en lui tapant sur le bras.

– OK, je vais le secouer un peu, mentalement bien sûr, dans différentes zones. A mon avis il va jouer les innocents, il va essayer de m'enfoncer, de me rendre dingue, essayer que je me ligote tout seul dans mes arguments. Et puis, ça dépendra comment je me sentirai, il se peut que je lui en colle une quand même. Juste pour voir comment il se la prend, pour voir si on peut le briser ou pas.

– Et si tu ne peux pas le briser? demanda-t-elle en frissonnant.

– Alors je saurai à qui j'ai affaire. Et il saura que je sais que c'est lui.

Conversation criminelle

Ce sont ses yeux, pensa Janek. Des yeux vides, brillants et durs comme des pierres grises mouillées. Des yeux qui ne bougeaient pas, étrangement fixes. Des yeux que rien ne semblait affecter.

Ils étaient assis face à face sur deux grands divans de cuir noir, une vaste table basse en verre entre eux. Rien sur la table. Rien sur les murs. L'appartement froid, rigoureux, les parquets peints à la laque blanche, le jeune homme assis, silencieux, observant, évaluant, attendant que Janek commence.

Janek s'était penché sur des photos de lui avant leur rendez-vous. Peter ne ressemblait pas à la sorte d'homme à faire les films qu'il faisait. Il n'en avait pas l'apparence sombre, ni le sourcil tourmenté. Il avait plutôt un visage régulier, inexpressif, les cheveux châtain clair, coupés court, comme un étudiant, les traits vides, l'air absent, comme une sentinelle. Comme une sentinelle des Marines, pensa Janek, en service, sur ses gardes.

– L'inspecteur Rosenthal m'a dit que vous vous intéressiez au meurtre de Miss Ireland...

Pas de réaction, pas d'anxiété, juste ce vide dans le regard.

– L'enquête piétine. Je me suis dit que j'allais passer vous voir pour avoir vos impressions.

Peter sourit, comme pour dire : Vas-y, ramasse mes impressions. Ses photos ne rendaient pas justice à ses yeux, se dit Janek. Ni à son immobilité. Ce type restait assis là, ne bougeait pas d'un millimètre.

– Vous avez une théorie?

Peter leva les yeux au ciel. Une théorie? Est-ce que Janek était sérieux?

– J'ai dit à Rosenthal que j'avais vu cette fille. Il aurait été difficile de ne pas la voir.

Janek se pencha en avant.

– Dites-moi, fit-il, qu'est-ce que vous avez vu?

Peter regardait droit devant lui. Il se mit à parler.

– Elle faisait des exercices de musculation, le cul à l'air, vers onze heures, tous les soirs. Je me demandais ce qu'elle avait derrière la tête. Si elle en voulait ou quoi.

– Si elle en voulait de quoi? demanda Janek.

Il changea de position. Lane l'avait fait asseoir de manière qu'un rai de lumière du soleil de cette fin d'après-midi le frappe directement dans les yeux.

– C'est ça que je me demandais. De quoi? Voilà, oui, c'est exactement ce que je me demandais.

– Ce n'est pas ce que je voulais dire, fit Janek en secouant la tête.

– Qu'est-ce que vous vouliez dire?

– Qu'est-ce que vous croyez qu'elle cherchait?

– Oh, je vois. Eh bien, c'est ce que je me demandais.

Il parlait d'un ton monocorde et laconique, agaçant. Puis il se recula dans son divan. Il sortit un sourire très cool, le genre de sourire qui signifiait exactement : Pousse et je ne te concéderai rien. Appuie et tu vas t'apercevoir que je suis fait de pierre.

Le rai de lumière tombait entre eux maintenant, coupant la pièce en deux comme une épée. Contemplant son suspect à travers le rideau de poussière illuminée, Janek était encore une fois frappé par le calme de Peter. Pas de trémoussements, pas d'énergie nerveuse, juste une tranquillité inappropriée. Janek avait déjà vu ce genre de calme chez certains vétérans du Viêt-nam. Un calme qui hurlait. Un silence rugissant. Il était là, dans les yeux de Peter.

– Elle te fascinait?

– Elle m'intéressait. Je pensais que ça pourrait faire une scène. Cette fille provocante, qui s'offrait. Mais elle se retenait aussi. Elle ne remuait pas ses seins par exemple.

– A quoi ressemblait-elle?

Lane réfléchit.

– Difficile à dire.

– Elle s'exerçait pour son cours de gym.

– Elle aurait dû tirer les rideaux.

– Supposons qu'elle l'ait fait. Tu crois qu'elle serait encore en vie?

Peter ignora sa question.

– Il y avait des reflets. Des choses qui se passaient. C'était intéressant la façon dont elle bougeait, et puis elle allait éteindre les lampes et la scène changeait; soudain, on voyait ce qui se passait de l'autre côté.

Maintenant Peter parlait comme un metteur en scène expliquant une scène, mais son animation sonnait faux à l'oreille de Janek – comme s'il feignait des émotions qu'il ne ressentait pas mais qu'il savait qu'il devait montrer.

– ... comme une surimpression, poursuivit Lane en clignant des yeux comme s'il se remémorait la scène. Des connexions, des oppositions. Une grande idée visuelle. J'avais mis cette idée de côté et puis quand j'ai lu qu'elle avait été tuée, j'y ai repensé...

Il baissa les yeux, marqua une pause comme s'il se demandait s'il devait continuer. *Il veut me baiser mentalement,* songea Janek.

– Ça pouvait faire une scène d'ouverture géniale. Je le savais. Mais je savais qu'il fallait autre chose, quelqu'un d'autre. Un homme qui regardait. Un voyeur. Un type comme moi. Un type qui vivait de l'autre côté de la cour. Vous avez vu *Fenêtre sur cour*? C'est l'histoire d'un photographe joué par James Stewart, et sa jambe...

– Je l'ai vu.

– ... est dans le plâtre. C'est du cinéma pur, ça. Enfermez-vous et regardez ce que vous pourrez faire. Vous êtes dans une seule pièce ici, avec votre caméra. Il faut raconter toute l'histoire uniquement vue d'ici. Faut jouer le jeu. On ne peut pas montrer quoi que ce soit que le type ne peut pas voir. On ne peut pas mettre la caméra dans l'appartement de la fille. C'est la règle du jeu.

– La règle de quel jeu?

– Par rapport aux spectateurs. C'est ça la difficulté et l'intérêt... Est-ce que vous pouvez raconter votre histoire de ce point de vue? Est-ce que le type qui regarde l'appartement de la fille peut préparer son crime uniquement d'après ce qu'il voit?

– Préparer son crime? Je croyais que James Stewart le démasquait?

Peter haussa les épaules.

– Eh bien, voilà la différence.

Puis il s'arrêta brusquement, aussi soudainement qu'il avait commencé et regarda Janek, attendant qu'il saisisse le fil. Et, tandis qu'il laissait le silence s'étendre entre eux, Janek fut frappé de l'habileté avec laquelle il avait inversé la situation, ce n'était plus un détective qui venait sonder un suspect mais le suspect qui signalait au policier qu'il s'en moquait complètement.

– Eh bien, fit Janek après un long silence, supposons que tu rajoutes un flic dans cette histoire.

Peter le fixa.

– Avec un suspect, un metteur en scène dans les films duquel il aurait remarqué des éléments similaires au crime en question.

Peter hocha la tête.

– Et maintenant supposons que ce flic décide d'essayer de coincer son suspect en retournant le scénario.

– Comment ça?

– En le faisant se transformer d'une manière radicalement différente de celle dont il se dégage des films du suspect.

Peter l'étudiait.

– C'est un flic plutôt exceptionnel dont vous parlez.

– Eh bien?

Peter plissa les yeux.

– Ça demanderait des complications. Des dimensions psychologiques. Le flic qui a peur de l'échec, peur de passer pour un imbécile. Et de la violence physique – quelque chose qui pourrait lui arriver ou arriver à quelqu'un qu'il aime beaucoup. (Lane marqua un temps d'arrêt, puis reprit :) Et encore, le drame réel serait toujours la lutte entre ces deux personnages. Pas la victoire de l'un ou de l'autre, qui n'aurait pas grande importance. Mais la lutte, la confrontation. L'assassin défiant le flic. Le flic comme un volcan, le tueur froid comme la glace...

C'était de sa chambre qu'on avait la meilleure vue sur l'appartement d'Amanda. Lane la fit visiter à Janek en dernier. Ils contemplèrent sa fenêtre tous deux en silence. Elle était bien à trente mètres, mais elle avait l'air plus proche dans l'obscurité qui descendait.

Si Janek avait eu le moindre doute sur sa théorie du voyeur, c'était fini maintenant. Amanda avait été si proche, si clairement visible, et son escalier d'incendie qui était là, juste devant, ne demandant qu'à être escaladé.

Ce fut Peter qui reprit la parole le premier.

– Qu'est-ce que vous pensez qu'il s'est passé, là?

Janek se tourna vers lui. Peter examinait son visage.

– Je vais te dire, fit Janek. Je crois que le tueur voulait assassiner une pute.

– Elle ne me faisait pas cet effet-là.

– Oui, elle n'était pas comme ça, et son assassin le savait. Donc il a fallu qu'il y travaille.

– S'il voulait une pute pourquoi la choisir elle?

– Tu as mis le doigt dessus. C'est le point crucial de l'affaire. (Le regard de Peter était fixé sur ses yeux.) Son script exigeait une pute mais, quels que soient ses efforts, il n'arrivait pas à changer Amanda en prostituée. C'est la règle, tu te souviens? Essayer de filmer un film entier à partir d'une seule fenêtre...

Janek se retourna vers l'immeuble de Mandy. Il parlait doucement : une rhapsodie qui voulait retenir l'attention de Peter.

– Je l'imagine observant sa fenêtre, nuit après nuit, debout chez lui comme nous maintenant, devant ta fenêtre, espionnant, étudiant la fille, laissant monter sa haine pour elle qui refuse de jouer son rôle. Des jours passent. Des semaines. Sa rage augmente. Il veut la dégrader, la salir, la faire ramper. Et puis, tout d'un coup, il a une idée, un flash. Aussi satisfaisant que brutal. Une manière de retourner le dilemme de la victime qu'il a choisie et qui refuse son rôle. Si Amanda ne veut pas être une prostituée il va la changer en pute. Il trouvera une vraie prostituée qui lui ressemble, les tuera toutes les deux et échangera leurs têtes. De cette manière, d'un seul coup, il doublera l'amplitude de son crime. Il créera deux mortes, deux salopes mutilées au lieu d'une, et transformera son acte en un mystère qui va défier la police et la mettre sur le flanc.

Il se tourna vers Peter avant d'achever sa phrase. La curiosité avait disparu. Le visage de Peter était à nouveau d'une fixité de marbre.

– Alors?

– C'est une histoire incroyable.

– Tu n'y crois pas.

– Vous avez assez d'éléments, la deuxième fille est superflue.

– Qu'est-ce qui ne va pas avec celle-là?

– C'est trop. C'est grandiose.

– Ça c'est drôle, fit Janek. J'ai vu deux de tes films. Comparés à eux je dirais que mon histoire est plutôt solide.

Lane le regarda.

– Qu'est-ce que vous en avez pensé?

– De quoi?

– Mes films?

– Oh... (*Enfin un défaut dans l'armure.*) Je les ai trouvés troublants à la vérité.

– Ils sont faits pour ça.

– Oui. Mais je ne parle pas de ta façon de penser.

– Vous parlez de quoi, alors?

– Oh, je ne sais pas...

Il faisait des efforts pour garder un ton doux et sans rancœur...

– J'ai eu la sensation que, malgré tout le sang et les coups qu'il y avait dedans, à la fin, ils manquaient de vrai sang.

Il attendit un moment une réponse de Lane, mais les yeux du metteur en scène restèrent sans expression.

– Tes personnages sont en carton, Peter. Ils n'existent pas. Et presque toutes tes idées visuelles sont empruntées à Hitchcock. Je sais que certains critiques disent que tu as une vision puissante sur les choses, mais franchement je ne les crois pas. Tu vois, quand j'ai vu tes trucs tout ce que j'ai ressenti c'est que l'auteur devait être un pauvre petit mec blessé. Un type qui hait les flics avec un peu de fric pour exprimer une petite colère assez pathétique.

C'était une énorme insulte. En la lâchant Janek étudia attentivement le visage de Peter. Ses yeux étaient vides et son corps immobile, comme une sentinelle sur un coffre-fort.

Une accumulation de regrets

– Tu aurais aimé ça, dit Janek. De l'agression vraie. Deux boxeurs qui se jaugent et, soudain, qui commencent à frapper. Il n'a pas essayé de m'avoir aux sentiments. Il voulait me montrer son jeu de jambes dès le premier round.

Il regardait le plafond, le ventilateur éternellement en mouvement.

– Il est fou, bien sûr. Et aussi très malin.

Ils étaient allongés, jambes enlacées, les draps repoussés au pied du lit. Il était près de minuit, une soirée chaude, humide, le dernier sursaut d'un été étouffant suspendu au-dessus de la ville bien que le calendrier affirmât qu'il était fini.

Après avoir quitté l'appartement de Lane il avait roulé tout droit jusqu'au *loft,* saisi d'un intense besoin de sentir Caroline, de la tenir dans ses bras. Une heure passée à faire l'amour l'avait vivifié. Il connaissait l'homme qu'il devait battre. La sensation d'écœurement qui lui était venue face à la folie était remplacée par le besoin de comprendre, un besoin tout professionnel.

– Il n'a rien de sympathique, rien. Aucune passion visible, aucun tourment. La seule parcelle d'humanité qu'il m'ait montrée était une prétention incroyable quant à son travail.

– Pourquoi crois-tu qu'il a fait ça?

Janek pouvait sentir Caroline trembler.

– Je n'en sais rien. Ma théorie du metteur en scène dérangé, du génie en proie au tourment ne tient plus. Il est tellement plus froid que je ne pensais. Il est tellement plus exaspéré et maître de lui en même temps. Je ne suis même plus sûr que d'avoir transformé Amanda en prostituée ait eu de l'importance pour lui à la fin.

Elle recula pour le regarder :

– Alors pourquoi?

Il étudia le ventilateur, ses pales qui tournaient, tournaient, devenaient un disque.

– En voyant ses films j'ai eu l'impression qu'il utilise les gens comme un peintre sa peinture. Il joue avec eux, il les assemble d'une manière inhabituelle, selon un schéma correspondant à ce qu'il veut voir. Un dessein.

– Tu veux dire...

– Que peut-être il n'a pas été conduit à faire ça. Qu'il l'a tout simplement fait de son plein gré, volontairement. Si c'est vrai, les victimes importent peu, ce ne sont plus que des actrices forcées à jouer un rôle macabre.

– Il devait avoir un mobile, un motif.

– Bien sûr. Mais qui n'a rien à voir avec elles. Il pouvait être en train d'essayer d'impressionner quelqu'un. Ou juste en train de jouer à un jeu.

– Il me semble que ce genre de jeu est dangereux, dit-elle en le regardant.

Il acquiesça.

– C'est ça qu'il aimait dans ce jeu, je pense. Le danger qui rendait la chose passionnante. Maintenant qu'il m'a rencontré, il a quelqu'un contre qui jouer. Je pouvais sentir qu'il me jaugeait, qu'il essayait de décider si je faisais un challenger à sa hauteur ou si j'étais une proie trop facile.

Elle dessinait les lignes de son visage avec son index, explorait les rides, les plis, le caressant doucement, exprimant tout son amour du bout des doigts.

– Qu'est-ce que tu vas faire maintenant, Frank?

– Je vais le coincer.

Le lendemain matin, tandis qu'il faisait le café, la tête plus claire, ses pensées se tournèrent à nouveau vers Lou et Al. Depuis deux semaines il avait évoqué cette histoire de temps à autre avec Caroline, comme si ce qu'ils savaient était suffisant, comme si plus rien ne devait être entrepris.

– Eh, dit-il en la secouant en douceur pour la réveiller et en lui tendant une tasse de café. (Elle ouvrit les yeux.) Comment ça va?

– Très bien, dit-elle en s'étirant nonchalamment, dormir avec toi me reconstitue.

– Je l'avais remarqué. Je pensais à ma conversation avec Hart dans sa voiture.

– Quand?

– Quand on revenait du cimetière. C'est ce jour-là qu'il m'a mis sur l'affaire. C'est aussi ce jour-là qu'il a prétendu ne pas connaître Al. Un mensonge. Nous le savons aujourd'hui.

– Eh bien? fit-elle en buvant une gorgée de café.

– Quand je t'ai remarquée au cimetière je pensais que tu n'étais pas à ta place. J'ai eu cette idée que tu pouvais être la maîtresse d'Al et, comme j'avais promis à Lou de chercher ce qui occupait Al ces dernières semaines, j'ai avancé pour te parler, pour savoir ton nom quand le groupe a commencé à se disperser.

– C'est du travail de routine d'inspecteur, ça...

– Oui. Mais, juste à ce moment-là, j'ai vu Hart qui chuchotait quelque chose à l'oreille de son sergent, qui s'est dépêché de s'interposer.

– Entre toi et moi?

– Oui. Il m'a dit que Hart voulait que je rentre en voiture avec lui. C'est ce que j'ai fait et c'est à ce moment-là qu'il m'a confié « l'échange de têtes ».

– Et alors?

– Disons qu'il t'avait reconnue comme étant la fille de Tommy Wallace. Il savait aussi qu'Al avait été mon *gourou*. Al se tue et ne laisse pas de lettre. Il serait tout naturel que j'essaie de savoir pourquoi. Hart ne veut pas d'ennuis. Il est venu à l'enterrement pour m'observer. Il te voit et pire, il remarque que je te regarde. Je vais vers toi. Donc il envoie Sweeney pour m'intercepter.

– Sweeney, c'est le sergent?

– Oui. Donc maintenant je suis dans sa voiture. Il veut distraire mon attention pour de bon. Donc il me charge de cette affaire pour me ligoter, c'est le genre d'affaire qui peut détruire la cervelle d'un inspecteur. Peut-être qu'il se figure que quand j'en aurai ma claque, affaire résolue ou pas, le suicide d'Al sera de l'histoire ancienne et si rien n'apparaît de l'enquête d'Al sur la mort de ton père, cela aura plus ou moins l'air de ce que c'est, une sale farce.

– Tu ne crois pas qu'il allait te donner cette affaire quoi qu'il arrive?

– Peut-être. Il la gardait en réserve. Mais ce qui me fait penser que non, c'est la faute qu'il a commise. Ce mensonge quand il a dit ne pas connaître Al.

Elle le regardait avec une attention soutenue. Il avait la sensation qu'elle luttait pour ne pas lui dire quelque chose.

– Belle improvisation, dit-elle. Hart est si malin que ça?

– Pour devenir chef il faut être sacrément malin.

– Que comptes-tu faire?

– Je n'ai rien décidé encore. Al ne pouvait rien faire, n'est-ce pas? Sauf lancer des menaces creuses.

– Je ne comprends pas, lança-t-elle, en colère. Tu viens de me dire que Hart t'a pris pour un idiot.

– Il m'a même appelé une semaine après sous le prétexte de discuter du cas Ireland/Beard. Et la première chose qu'il a faite c'est de me demander des nouvelles de Lou.

– Tu lui as dit...

– Qu'elle s'en sortait à peu près. Quand j'y repense, je me souviens que ça lui a suffi.

– Mais c'est outrageant, fit-elle, indignée.

– Je dirais un peu moins outrageant que le reste, non?

– Tu vas en rester là?

Il la regarda.

– Je n'ai rien dit de pareil.

– Tu dois faire quelque chose!

– Bien sûr. Qu'est-ce que tu suggères?

Elle s'adossa au montant du lit, puis se leva et passa son peignoir. Elle se rendit vers la cuisine. A mi-chemin elle s'arrêta et se retourna vers lui.

– Je ne te comprends pas. Hier soir tu m'as dit que tu allais coincer Lane. Mais ce n'est qu'une affaire qu'on t'a assignée. Et ce matin tu ne dis pas que tu vas coincer Hart même s'il semble qu'il ait tué mon père et poussé ton meilleur ami au suicide!

Elle se tenait là, merveilleuse image de l'affrontement, pleine de défi, en colère, outragée.

– Première règle pour un inspecteur, dit-il aussi doucement qu'il pouvait : Ne ramenez pas les affaires à la maison.

– Bordel de merde!

Elle était furieuse. L'explosion était enfin arrivée.

– C'est peut-être la première règle pour toi, mais je ne suis pas inspecteur, Dieu merci! Je crois que je vais aller voir Hart et lui balancer l'histoire de Lou en pleine figure. Tu crois qu'il va aimer ça?

Elle tourna les talons. Il la rattrapa, se tint derrière

elle et passa ses bras autour de sa taille. Elle se débattit pour lui échapper.

– J'attendais que tu me dises ça.

Elle continuait à se tordre pour qu'il la lâche.

– De quoi tu parles?

– J'attendais que tu te mettes en colère contre moi, que tu me pousses.

Elle cessa de se débattre. Il la lâcha. Elle lui fit face.

– Tu veux dire que tout ça c'était bidon? Tu cherchais à me mettre en colère?

– Quelque chose comme ça, oui.

– Alors tu *vas* faire quelque chose? (Il acquiesça.) Tout ça c'était de la merde. Tu as pris une décision?

– Oui, dit-il. Mais je ne veux pas agir seul. Tu vas m'aider, parce que si ce n'est pas assez important pour toi, ce n'est pas important pour moi.

Plus tard, il l'accompagna jusqu'au club de tennis. Il portait ses raquettes, elle poussait son vélo.

– Al était tombé sur l'affaire de sa vie, dit-il, coincer le chef de Division pour meurtre. Mais il s'est saboté. Hart le tenait parce qu'il avait encaissé de l'argent lui aussi. C'est ça qu'ils veulent dire quand ils affirment qu'un bon inspecteur ne fait rien de personnel. Quand le type qu'on vise est si haut placé et vous tient dans le creux de sa main, il n'y a rien à faire.

– Est-ce qu'on te tient aussi? demanda-t-elle en lui jetant un coup d'œil.

– Le travail. C'est la seule chose par laquelle il me tient. Et je ne veux plus de ce travail si ça lui permet de jouer au Yo-Yo avec moi. Tu te souviens, un soir on en était arrivés au point où tu admettais que peut-être tu te protégeais de certaines choses, que tu te les cachais? Eh bien j'y ai repensé et il me semble que j'ai fait pareil.

– Tu te cachais derrière quoi?

– Derrière mon insigne, ma profession. En jouant l'inspecteur détaché. Et, tu sais, je commence à en avoir marre de me répéter que nous sommes tous des criminels au fond, et que le seul sentiment valable que je puisse ressentir c'est une immense pitié pour nous tous. Peut-être ma chère épouse avait-elle raison – c'est un poids terriblement lourd que j'ai porté pendant des années. C'est sûrement pour ça que je me sentais si fatigué, comme si chaque nouvelle affaire était un poids supplémentaire ajouté à tous les autres.

– Oh, Janek, d'où te viennent toutes ces pensées terribles?

– De Lane et Hart. Surtout de Hart. Je hais vraiment cet enfant de salaud. J'aimerais me le faire, vraiment, personnellement. Ça fait des années que je n'ai pas éprouvé un sentiment pareil.

– Mais tu te sens bizarre d'avoir de telles idées?

Elle avait raison mais il s'aperçut que c'était très difficile à expliquer. Ils marchèrent en silence jusqu'au bloc suivant.

– Peut-être que je crois que tu m'aimerais moins, dit-il finalement.

Elle eut l'air surprise.

Je ne comprends pas.

– Cet après-midi où il pleuvait...

– Quand le *loft* s'est soudain retrouvé dans le noir pendant qu'on faisait l'amour...

– Oui... C'est à ce moment que je t'ai parlé de ce poids.

– Oui...

Il la regarda puis fixa l'espace devant eux.

– Tu m'as dit que c'était ce que tu aimais le plus chez moi.

– Oui mais ça ne signifie pas...

– Je me demandais si tu ressentirais toujours la

même chose en t'apercevant que je suis plein de haine.

– Mais tu n'es pas plein de haine. Tu hais Lane et Hart.

Elle chercha son visage, puis tendit la main vers lui. Il lui donna la sienne. Elle la serra, très fort.

– N'aie pas peur, je ne vais pas ne plus t'aimer simplement parce que tu es un être humain, dit-elle en se dressant sur la pointe des pieds pour l'embrasser. C'est merveilleux, poursuivit-elle. Ça t'enrichit, même. Un homme qui lutte dans ses contradictions. Ça me ferait plutôt t'aimer davantage.

Lorsqu'ils arrivèrent au club de tennis il l'attendit sur la terrasse. Elle se rendit aux vestiaires pour se changer. Son adversaire, la grande jeune femme qu'il avait vue jouer avec elle la dernière fois, avait appelé pour dire qu'elle serait en retard.

– Tu disais que ça fait des années que tu n'as pas éprouvé un tel sentiment, dit Caroline en s'asseyant à côté de lui, toute blanche dans sa tenue de tennis. (Ils étaient seuls sur la terrasse.) Qu'est-ce qui t'a fait changer? Il y a longtemps, je veux dire?

– J'ai atteint le zéro absolu quand j'ai tué mon partenaire.

– Tu fais souvent allusion à cette histoire, mais tu n'en parles jamais vraiment.

– Parce que c'était un point crucial. Après ça, il *fallait* que je sois détaché des choses.

Il s'interrompit.

– C'était lui ou moi, Terry ou moi. Terry Flynn. Mon partenaire et mon ami. Tu comprends?... C'était un excellent inspecteur, il avait ce sixième sens qui le rendait extraordinaire. Mais il était dingue, enragé, et il détestait le système pénal, trop faible à son goût. Ce qui s'est passé c'est que nous avions été roulés par un malfrat de seconde zone, un salopard qui s'appelait Tony Scarpa, une merde, comme disait Terry. Et

Terry s'était mis dans la tête que nous allions exécuter le mec, faire la justice nous-mêmes, devenir des flics justiciers et l'effacer du décor. Je ne croyais pas qu'il parlait sérieusement. Il en parlait et puis il se marrait. Mais il était sérieux. Je m'en suis aperçu trop tard, une nuit dans un entrepôt de café de Desbrosses Street où on avait coincé Scarpa avec assez de défense pour le coffrer, tranquilles. Terry n'avait pas envie de clore l'affaire. Il était là pour faire couler le sang. Et donc, il y avait Scarpa à genoux et Terry qui lui appuyait son revolver sur la tempe, un flingue non répertorié qu'il s'était débrouillé pour trouver, et moi je lui hurlais d'arrêter avant de faire une connerie. Et puis j'ai compris qu'il n'arrêterait pas, qu'il allait buter le type et que s'il faisait ça, il ruinerait sa vie. Je savais qu'il fallait que je lui enlève son flingue. J'ai essayé. Il s'est défendu. Et puis il m'a braqué et je me suis rendu compte qu'il était dans un état second, qu'il avait perdu toute maîtrise. Il a commencé à tirer. Il fallait que je le descende. Par malheur, j'ai trop bien visé. Tony a eu Scarpa en pleine tête, mais ce salaud a survécu. Moi j'ai eu Tony dans la poitrine. Il était mort avant l'arrivée de l'ambulance... C'est drôle, pendant des années je m'étais demandé si j'aurais la trouille. Il m'a fallu très longtemps pour me rendre compte que je n'avais pas eu la trouille. C'est plus tard que je me suis comporté comme un lâche : quand quelque chose s'est refermé en moi. Cette histoire avec Terry me bouleversait, alors je me suis construit cette petite théorie de pitié-pour-nous-tous que j'ai utilisée depuis comme une excuse. Je ne voulais pas ressentir la colère, la rage, la répulsion, l'amour même. Tu vois, c'est beaucoup plus que l'addition de « l'échange de têtes » et de l'histoire d'Al qui m'a fait revenir à la surface. Je sais que j'ai commencé à laisser mes sensations renaître à l'instant où je suis tombé amoureux de toi.

Tandis qu'il parlait, elle avait commencé à le regarder. A ses yeux, il était un roi en exil à qui on rendait soudain son trône usurpé. Le simple fait de voir ce regard posé sur lui, empreint d'admiration et de respect, le remplissait de courage.

– Il faut que je te dise quelque chose, Frank, fit-elle. Je crois que toi et moi, nous nous ressemblons.

– Comment cela?

– J'aime entendre des confessions. Celles dans lesquelles je joue le rôle de l'héroïne qui vient à la rescousse.

Echec et pat

Ce n'était pas un endroit à flics. C'était un restaurant très cher dans le quartier du marché au poisson de South Street, un restaurant de fruits de mer, paradis des courtiers en Bourse, plein de types branchés liquidités et arbitrage financier. Hart y était connu. Ils furent accueillis par des « Bonjour, chef » lorsque Janek et lui y entrèrent. Le maître d'hôtel les conduisit à une table retirée.

Hart commanda une soupe de clams, des soles grillées et une bouteille de blanc.

– Un superbe vin, dit-il après l'avoir goûté.

Puis il fit signe au sommelier de verser.

En parlant, Janek regardait Hart manger sa soupe. Il avait comme un rythme dans le mouvement de sa cuiller à sa bouche. Janek essayait de ne pas se laisser distraire par ce mouvement tandis qu'il servait de guide dans le labyrinthe de « l'échange de têtes » et de Peter Lane. Il finit son histoire juste au moment où le garçon apporta le poisson.

– C'est tout? demanda Hart en commençant à préparer sa sole.

Il procédait comme un chirurgien.

– Tu as entendu ce que...

– Oui, j'ai entendu. Il vous a expédié un putain de

baiser et tout ce que vous avez, c'est une sorte de sens artistique que vous avez capté sur les photos prises sur les lieux. Et puis vous avez un tas de merdiers psychologiques qui, additionnés, arrivent exactement à zéro. Vous n'avez aucune preuve, aucune trace physique, pas de témoins et pas le moindre mobile plausible. Votre suspect est un metteur en scène célèbre. La seule connexion entre lui et une de vos victimes c'est qu'il se trouve que ses fenêtres donnent chez elle.

– On sait qu'il fréquente les prostituées.

– Que les putes aillent se faire foutre. Ce type, Lane, va chez les putes? La moitié des mecs que je connais vont chez les putes et l'autre moitié en ont épousé. Amenez ça au procureur et il va nous dégueuler dessus. Et il y a pire. Lane nous attaquera en diffamation.

Hart ôta l'arête de son poisson et la posa délicatement sur son assiette à pain.

– C'est de la merde, tout ça, Frank. Ça ne va pas. Alors, dis-moi. Qu'est-ce que tu veux?

– Des hommes en plus.

– Combien?

– Assez pour surveiller Lane à plein temps.

– Ça fait un sacré tas d'inspecteurs. Je ne sais pas. S'il est aussi malin qu'il en a l'air il ne va rien faire.

Janek ne discuta pas et n'acquiesça pas non plus. Il regardait Hart manger. Il y avait quelque chose de dégoûtant dans la façon dont il mâchait son poisson, et dans ce que son visage exprimait : il se comportait comme un homme qui tient le monde dans sa main. Janek fouilla dans sa poche et en sortit la photo qu'Al avait donnée à Caroline. Il la balança par-dessus le sel et le poivre.

– Et alors, qu'est-ce que c'est? fit Hart en y jetant un coup d'œil.

Il plissa les yeux et regarda Janek d'une manière sans équivoque. Il n'avait pas peur.

– Une autre affaire.

– On dirait trois jeunes flics qui se marrent.

Il y avait quelque chose comme un ricanement dans sa voix. Il retourna à son déjeuner.

– Trois jeunes flics, oui, sauf que deux d'entre eux sont morts.

Hart haussa les épaules.

– Tu m'avais dit que tu ne connaissais pas Al quand on revenait de l'enterrement.

– J'ai dit des conneries. Et alors? Je t'avais invité à venir pour te confier une affaire, pas pour évoquer le passé.

– Pourquoi crois-tu qu'il s'est flingué?

– J'en sais rien, fit Hart en soufflant.

– Comment ça, *rien*? Il t'a appelé ce matin-là. Qu'est-ce que tu lui as dit?

– Je n'ai rien dit. C'est lui qui parlait.

– Ecoute.

– Non, *toi,* écoute. Ce mec s'est buté. Aucun doute là-dessus. C'est lui qui l'a fait. Pas moi ni qui que ce soit d'autre. Quoi que j'aie pu lui dire, c'est lui qui a appuyé sur la détente.

Hart prit l'instantané, loucha dessus et le déposa sur la table du côté de Janek avant de le fixer droit dans les yeux.

– Tu sais que je te tiens en grande estime, Frank. Je te considère comme l'un de mes meilleurs inspecteurs. Il y a un commissariat qui va être vacant à Brooklyn. Tu n'as jamais pensé à devenir capitaine?

– Bien sûr que j'aimerais être capitaine. Mais je ne voudrais pas de la direction d'un commissariat.

– Qu'est-ce que tu voudrais?

– J'aime travailler directement sur le terrain.

– Tout le monde aime résoudre les affaires. Mais si

tu passes capitaine tu auras aussi du boulot administratif à faire.

– Alors peut-être que je ne suis pas encore prêt.

– Pas prêt à être capitaine? Et pourquoi diable?

– Je ne me vois pas en train de trier de la paperasse.

– Il y a la retraite. Tu t'en sortirais mieux si tu te retirais avec un grade plus élevé.

– La pension est importante, oui, mais je suis inspecteur. Est-ce que je peux avoir des hommes en plus, oui ou non?

Hart le scruta.

– Tu n'abandonnes jamais, hein? Tu te colles une idée dans la tête et tu t'y accroches, quoi qu'il arrive. Tu as une idée mystique du travail d'inspecteur, hein? Tu es un métaphysicien, Frank. J'ai déjà entendu ça et je n'ai aucun respect pour ça. Une carrière dans la police a un rapport avec le pouvoir. Ou on obtient plus de pouvoir ou on stagne.

Le garçon leur demanda s'ils prenaient des desserts. Janek refusa. Hart commanda une tarte au potiron.

– Ça me rappelle Halloween, dit-il. *Trick or treat?*(1)... Les potirons découpés avec les bougies dedans, et les morceaux de citrouille écrasés dans les rues. J'ai entendu parler d'une affaire où un type a glissé sur une citrouille, s'est cassé les reins, a poursuivi la ville, disant que les services de la voirie étaient responsables. C'est un juge que je connais qui s'est occupé de l'affaire. Il m'a dit qu'il avait cherché des précédents. A la base, nous avons affaire au cas-classique-de-la-peau-de-banane.

Hart riait seul.

– Bon, dit-il, tu aimes résoudre les affaires. Alors

(1) Halloween : fête américaine où les enfants déguisés en sorcières et fantômes assaillent leurs voisins et leur posent cette question : *Trick or treat*? Ce qui signifie qu'ils doivent soit leur donner des bonbons, soit s'attendre à affronter des farces. *(N.d.T.)*

reste sur celle que tu as. Vous pensez tous que Lane a fait le coup, allez-y et prouvez-le. Sinon, commencez à chercher un autre suspect.

Ils burent leur café en silence. Autant il haïssait Hart, autant Janek ne pouvait s'empêcher d'admirer son flegme. Il paraissait inébranlable et Janek songea que c'était sans doute ce qui avait découragé Al. Il n'y avait aucun moyen d'atteindre un tel homme. La seule chose intelligente qu'Al aurait pu faire aurait été de laisser tomber l'affaire. Mais il ne pouvait pas faire ça. Alors il avait bouffé son flingue.

Lorsque Hart eut payé l'addition, Janek vit ses petits yeux glacés tenter de l'évaluer une fois de plus.

– Je comprends ton problème. Tu penses que devenir capitaine serait te vendre, comme si tu étais assez important pour qu'on t'offre un pacte avec le diable et assez pur pour pouvoir le refuser. Eh bien, j'ai quelque chose à te dire. C'est de la fierté mal placée. Toi et tous les autres trous du cul qui aimez bosser sur le terrain... Où ça vous mène? A une petite bicoque puante rue Nullepart dans Queens, avec une vache en forme de femme et un barbecue le dimanche. Sers-toi de ta cervelle, Frank, et penses-y avant de refuser ce que n'importe quel inspecteur de la Division échangerait contre sa couille gauche.

Il s'arrêta, puis reprit :

– Je te donne jusqu'à la fin de l'année pour résoudre l'affaire Ireland/Beard. Après ça, le seul personnel supplémentaire que tu auras l'occasion de voir ce sera le mec que je mettrai à ta place.

Il se leva, prit son imperméable et se pencha à l'oreille de Janek.

– C'est comme je te le dis, Frank, tu crois que tu es sur une affaire. Or tout ce que tu as ce sont des photos.

Sa voix n'avait été qu'un chuchotement.

Une affaire personnelle

– Bon, dit-il, d'abord le coup du disque, ensuite le coup du courrier.

– Le coup du courrier est pire, dit-elle.

– Une chose après l'autre.

– Pour le disque, je peux me tromper.

– On verra. Raconte-moi dans l'ordre.

Très souvent ils avaient écouté ensemble un vieux disque de Stéphane Grappelli. Caroline possédait un de ces appareils stéréo danois dernier modèle, moulé dans du bois rouge et noir et muni d'un module de contrôle portatif qu'elle pouvait utiliser pour l'allumer ou l'éteindre. Quand ils décidaient d'aller se coucher elle emportait le module avec elle et le posait sur la petite table de nuit près de son lit. (Il posait son portefeuille, ses clés et son P.38 de son côté.) Ils se mettaient au lit, éteignaient les lumières et continuaient à écouter la musique. Quand ils sentaient le sommeil venir, elle pouvait éteindre la musique sans se lever.

– ... OK, le lendemain matin on n'a pas mis de musique. Tu étais pressé et j'avais rendez-vous au tennis. Tu es parti, j'ai pris mes affaires et je suis partie. Je suis sûre d'avoir fermé la porte à clé. Je suis revenue vers midi. Puis je suis ressortie deux ou trois heures en emportant mon appareil photo. Je suis revenue vers cinq heures. Je me souviens d'avoir allumé la radio pour écouter un magazine d'informations. J'ai été dans la chambre noire et quand les nouvelles ont commencé à me fatiguer, je suis sortie du labo, j'ai enclenché le bouton du phono sur le module et là, j'ai entendu ce vieux disque des *Noces de Figaro* que je n'avais pas écouté depuis des années.

Elle le regarda en secouant la tête pour exprimer tout l'insolite de l'événement.

– Et alors?

– Je suis sortie comme une folle. Le disque de Mozart était sur la platine, la pochette était là où je pose les pochettes d'habitude et le disque de Grappelli était rangé dans le rayonnage.

– Et tu es sûre que tu n'avais pas touché à la stéréo depuis la veille?

Elle hocha la tête.

– Comment cela a-t-il pu se produire?

– Soit j'ai enlevé Grappelli pour mettre Mozart, ce dont je ne me souviens absolument pas, soit quelqu'un d'autre l'a fait, ce qui est très bizarre.

– Moi?

– C'est ce que j'ai d'abord pensé.

– Pourquoi tu ne me l'as pas demandé?

– J'ai oublié.

– Cet oubli aurait tendance à démontrer que tu as oublié que tu l'avais changé toi-même.

– C'est pour ça que je n'en étais pas certaine. Jusqu'à cet après-midi, quand j'ai commencé à entrevoir ce qui se passait.

L'incident de la boîte aux lettres était différent. Elle était rentrée tôt cet après-midi-là (elle avait fait des photos d'entraînement de football dans une école de Brooklyn fréquentée uniquement par des Noirs), avait déchargé son appareil et commencé d'ouvrir son courrier.

D'abord elle avait trouvé une lettre qu'elle avait reçue une semaine plus tôt et qu'elle se rappelait avoir posée sur son bureau pour y répondre. Elle était exactement dans l'état dans lequel elle l'avait laissée, encore dans son enveloppe, ouverte. Puis elle trouva deux vieilles factures de téléphone qu'elle avait déjà payées, sorties du tiroir où elle rangeait cette sorte de courrier. Elle trouva aussi une enveloppe blanche, normale avec, à l'intérieur, soigneusement emballée dans du Scotch transparent, une lame de rasoir usagée. Elle s'était précipitée dans la salle de bains pour regarder le rasoir de Janek, puis celui qu'elle utilisait pour se raser les jambes. La lame y manquait. Elle s'était jetée sur son téléphone pour appeler Janek au commissariat, complètement paniquée.

En l'attendant, elle avait examiné son courrier récent, ses factures et autres notes. Elle n'avait rien trouvé d'autre, mais elle était certaine qu'il en manquait. La personne qui avait fait ça et qui, elle en était certaine, avait aussi changé le disque, avait fouillé son *loft* consciencieusement, puis s'était servie de choses dont elle ne pourrait pas constater immédiatement l'absence. Donc, même si elle se mettait à chercher, elle allait trembler à l'idée de l'intelligence et de la puissance de son persécuteur. Il y avait quelque chose comme l'expression du mal derrière ces actes : la capacité de la comprendre et le pouvoir d'exploiter ses peurs.

– J'ai cru que je devenais folle, dit-elle. Tu sais : des ondes de terreur et de colère mélangées. C'était comme la pire des agressions, un viol. Une pénétration contre ma volonté. Terrifiante.

Elle s'était dit que rien ne lui était arrivé, que les deux incidents n'étaient qu'une plaisanterie. Sauf qu'elle savait que ce n'en était pas une. Il y avait quelque chose d'insidieux derrière et elle avait essayé de réfléchir pour trouver de quoi il s'agissait. Son intimité, voilà ce que c'était, l'intimité de cette lame de rasoir et la menace qu'elle contenait : le côté acéré et tranchant. La menace était d'autant plus pesante que les tranchants de la lame avaient été plus soigneusement protégés par du papier collant. Comme pour dire : J'aurais pu ne pas les recouvrir. Comme pour dire : Moi, qui ai fait ça, j'aurais pu te tendre un traquenard, si j'avais voulu. Comme pour dire enfin : Il pourrait y avoir d'autres pièges, d'autres lames cachées dans tes gants ou dans tes chaussures, dans des endroits où tu ne regardes pas forcément avant d'y plonger tes mains ou tes pieds.

Elle avait tout examiné soigneusement, mais n'avait rien trouvé d'autre. Maintenant qu'il était ici avec elle, elle entreprit une autre recherche. Puisque son violeur avait choisi de démontrer son pouvoir en l'attaquant si intimement, elle croyait qu'il avait pu organiser d'autres chausse-trapes dans des endroits comme les tiroirs qui contenaient sa lingerie.

– Mais comment puis-je le savoir? demanda-t-elle en se tournant vers Janek, la voix tremblante, un soutien-gorge à la main, pathétique. Il en a peut-être pris un. Mon Dieu! Je ne sais pas combien j'en ai. Je ne les ai jamais comptés. Il en manque peut-être et je n'en sais rien!

Bouleversé par son angoisse, il la prit dans ses bras. Lorsque son tremblement cessa, il la fit asseoir puis téléphona à un serrurier qu'il connaissait et qui travaillait avec les services de police. Il demanda à l'homme de venir immédiatement avec sa meilleure serrure dernier modèle et, en l'attendant, il examina avec soin les verrous de sa porte. Avec son propre trousseau de clés il les essaya l'un après l'autre puis mit le nez dessus et regarda les cylindres. Son verrou de sécurité était le seul qui aurait pu poser un problème à un cambrioleur. Son inspection lui confirma une chose : soit le verrou avait été ouvert avec la bonne clé, soit il y avait un autre moyen de pénétrer dans son *loft*.

Il descendit dans le hall d'entrée et examina sa boîte aux lettres, un compartiment métallique pris dans une rangée de boîtes identiques. Le cadenas du postier avait l'air à peu près solide, mais la petite serrure de sa propre boîte aurait pu être ouverte par un gamin de cinq ans.

En haut, il longea les murs, examinant les fenêtres l'une après l'autre. Il les ouvrit, sortit sa tête, regarda en haut et en bas : les murs du bâtiment étaient à pic.

Il devait y avoir un escalier d'incendie puisqu'il s'agissait d'un bâtiment industriel dans lequel on entrait par un escalier assez étroit. Etrangement, il ne l'avait jamais remarqué et lorsqu'il le découvrit, il comprit pourquoi. On y avait accès par la fenêtre de sa chambre noire, qu'elle avait garnie d'un volet noir et d'un double rideau de velours noir.

Il écarta les rideaux, souleva le volet et s'aperçut que les vitres aussi avaient été peintes en noir. La fermeture ne tenait pas. Il souleva la clenche, releva la fenêtre. L'escalier d'incendie descendait sur l'arrière du bâtiment : un côté qu'il n'avait jamais vu.

Lorsqu'il sortit de la chambre noire, elle était assise sur son lit. Elle ne disait rien, se contentant de le suivre des yeux.

– La fenêtre n'était pas fermée là-dedans, dit-il. Quelqu'un d'autre a un jeu de clés? (Elle ne répondait pas.) Le responsable de l'immeuble? Des amis à toi? (Comme elle ne répondait toujours pas il lui prit le visage entre ses mains.) Ecoute, dit-il, je suis inspecteur, je t'aime et je veux t'aider.

Elle le regarda puis étendit les bras à l'horizontale devant elle : il vit qu'ils tremblaient.

Cela pouvait être Lane, il le savait, et pourquoi pas Hart, mais il ne le lui avait pas dit lorsqu'il s'était allongé à côté d'elle, les yeux fixés sur les lentes révolutions du ventilateur, sur ses coups silencieux mais inexorables. Au bout d'un moment son souffle était redevenu régulier et elle s'était endormie. Il lui avait fallu des heures pour la calmer. Maintenant, il était allongé, regardant les pales couper des tranches de lumière, et il collait tout ce qu'il savait dans le moulin de sa tête, moulinant, pulvérisant les idées, cherchant des signes et des significations dans la poussière.

C'était la même sorte d'effraction par l'issue de secours que chez Amanda, sauf que cette fois, elle avait eu lieu de jour. Une sacrée différence. Une aventure très risquée et tout aussi diabolique. Janek savait que Lane en était capable. Mais pourquoi s'emmerdait-il à faire une chose pareille? Pourquoi prendre un tel risque?

D'un autre côté, une telle effraction sentait le boulot de professionnel. Janek connaissait des types qui auraient pu le faire et Hart en connaissait aussi. Il en connaissait même sûrement plus, il avait tout un tas de flics qui lui étaient redevables de quelque chose, des types à qui il pouvait demander une faveur sans problème : n'importe quoi pour faire plaisir au chef.

Il regardait le ventilateur, furieux soudain d'avoir retiré à Sal la filature de Lane. Même si Lane avait échappé à Sal le jour de l'effraction, au moins Janek saurait que ce pourrait être lui. Et si Sal pouvait décrire tous les mouvements de Lane ce jour-là, alors Janek saurait avec certitude que c'était Hart.

Sal était occupé à éplucher les finances de Hart. Et s'il faisait une gaffe et que Hart s'en aperçoive? Est-ce que Hart trouverait la menace sérieuse? Assez sérieuse pour faire une chose pareille? Mais une politique de terreur appliquée lentement ne ressemblait pas au style de Hart. Son style était plutôt du genre balle dans la tête. Et, maintenant, il y avait trop de monde, trop de têtes : celles de Janek, de Caroline, de Lou DiMona, de Carmichael. Hart ne pouvait pas tous les exécuter.

Il sentit la sueur qui poissait sa peau. Il ôta le drap, resta nu sous la brise du ventilateur. Caroline avait raison : il y aurait d'autres pièges. Il sentit qu'il se contractait en imaginant à quoi ils pourraient ressembler. Ce devait être Lane. Maintenant l'affaire de « l'échange de têtes » devenait une affaire personnelle, comme l'affaire de Tommy et Al. Mais il n'avait aucune preuve. Il n'avait rien d'assez consistant pour convaincre qui que ce fût que Lane eût fait quoi que ce fût.

Il avait compté sans leur découverte : Nelly Delgado.

Stanger et Howell l'amenèrent tard, un jeudi après-midi. C'était une rousse, petite et mince avec des yeux brillants et vifs. Ils avaient trouvé quatre prostituées qui pouvaient identifier Lane d'après photo. Information intéressante qui n'amenait aucune conclusion mais dessinait tout de même une trame. Nelly était différente. Elle avait une véritable histoire à raconter et elle la raconta aux cinq inspecteurs au milieu de leur bureau, ses cinquante-deux kilos sertis dans un fauteuil pivotant qu'elle utilisait pour renforcer ses effets, tournant sur elle-même pour dramatiser les points importants.

Cela s'était passé cinq ans auparavant. Elle ne se souvenait pas de la date exacte, mais elle savait qu'elle ne pourrait jamais oublier l'homme en question. Il était venu la voir plusieurs fois pour des passes ordinaires. Rien de spectaculaire jusqu'au jour où il lui avait demandé si elle se prêterait à une séance un peu spéciale. Bien sûr, pourquoi pas? avait-elle dit. A cette époque elle espérait toujours devenir actrice. Ils avaient passé un contrat (cinq fois son tarif normal). Il lui avait donné des instructions précises, l'avait même fait répéter et était convenu qu'il passerait la prendre le soir suivant.

– Le rendez-vous, dit Nelly, avait lieu dans la rue. Il voulait que je joue la racoleuse. Une minuscule robe sur des sous-vêtements de satin noir, des talons très hauts et très pointus, un chewing-gum et le cul qui danse. Je devais descendre et remonter la Huitième Avenue, de la 42e Rue jusqu'à la 46e et retour. Il passerait, me suivrait, me regarderait refuser deux trois clients. Quand il s'approcherait, je lui donnerais mon prix, on s'arrangerait, il hélerait un taxi et il m'emmènerait.

Nelly se leva de son fauteuil pour leur montrer comment elle avait paradé, la démarche balancée exagérée d'une prostituée de dessins animés.

– Il avait insisté sur le fait que je devais avoir l'air vraiment zone. Trop maquillée et l'air de la parfaite arnaqueuse. Il voulait une vraie truie de Times Square.

Elle leur fit une démonstration de son pire sourire de pauvre pute.

Il avait donné des instructions précises : elle ne devait pas déguiser son mépris, elle devait feindre l'intérêt mais rendre son indifférence manifeste. Quoi qu'il se passe elle ne devait jamais avoir l'air sexuellement attirée. Toute la rencontre devait avoir un air commercial flagrant. C'était vraiment ça son truc.

Ils se rencontrèrent donc comme Lane l'avait demandé; ils avaient roulé jusque dans un quartier de Brooklyn qu'elle avait oublié et s'étaient arrêtés devant un immeuble ordinaire.

– Une sacrée trotte. Six étages. L'escalier puait l'insecticide anti-cafards. Quand on est arrivés en haut, il a ouvert la porte. On en arrivait à la partie que nous avions répétée. Quand il ouvrirait les lumières, j'étais censée regarder l'endroit comme si c'était un trou à rats. Et, dans un sens, c'en était un, mais plutôt mignon quand même. Tous ces meubles pourris arrangés comme le boudoir de quelqu'un. Une pièce féminine : de vieilles lampes, des napperons sur les bras des fauteuils. Le genre d'endroit qui vous fout mal à l'aise parce qu'il a l'air d'être fabriqué pour les visiteurs. Il me regardait pendant que je reniflais l'atmosphère. Je devais regarder tout et faire des grimaces pour montrer mon dégoût. Il s'est étalé sur le lit et a défait sa ceinture. J'ai enlevé toutes mes fringues sauf mes sous-vêtements et mes chaussures, et puis je devais marcher de long en large en lui disant combien je trouvais tout moche, les meubles et tout. Sans goût, horrible, con, quoi. Il y avait des photos encadrées qui représentaient des gens. Il y en avait un peu partout. J'étais censée les prendre, les regarder et lui dire que ça faisait vraiment petit-bourgeois, stupide et con. J'ai commencé à le faire et il ne pouvait plus arracher son regard de moi. Je le regardais de temps en temps pour voir si je faisais bien ce qu'il voulait. Il hochait la tête pour m'encourager. Plus il hochait la tête et plus je devenais dure. Par exemple, je ramassais une photo de mariage et je lui disais qu'ils avaient tous des têtes de nœuds. J'étais supposée me foutre de tout, traiter les gens de tous les noms, aller et venir dans la pièce en faisant ça... ça le branchait, je le voyais bien. C'était bizarre l'effet que ça lui faisait. De temps en temps je m'approchais du lit et je faisais un petit truc à son sexe. Mais c'était ce que je faisais aux photos qui faisait durer la scène. Il fallait que je les insulte continuellement, que je traite ces gens de merdes intégrales. En fin de compte, quand j'ai commencé à cracher dessus il a vraiment commencé à s'exciter. Il y avait la photo d'une femme, et quand j'ai dit qu'elle avait l'air d'une parfaite connasse, il s'est mis à gémir, à grogner et il a joui. C'était tout. La scène était finie. Il m'a remerciée, m'a payée et m'a même donné plus de fric pour mon taxi. Je suis partie. Je crois que ça a duré une demi-heure en tout.

Cette histoire était tellement bizarre que lorsqu'elle eut fini de la raconter, les cinq inspecteurs la regardaient, bouche bée. Consciente qu'elle les avait comme ensorcelés, elle fit tourner son fauteuil deux fois, rayonnante.

– Vous ne l'avez jamais revu? demanda Janek.

Nelly secoua la tête.

– Vous croyez que vous pourriez retrouver l'immeuble? demanda Aaron.

– Tout ce dont je me souviens c'est que c'était au dernier étage et que l'escalier puait.

– Est-ce qu'il était dur ou menaçant?

– Pas du tout. En fait, il était même plutôt doux.

– Vous êtes certaine que c'est bien le même type qui est sur la photo?

– Sur ma vie! (Elle se signa.) Jamais je n'oublierai ce visage.

Ils voulurent savoir si elle avait été assez curieuse pour regarder les noms sur les interphones en bas de l'immeuble en partant.

– C'est marrant, dit-elle, je me souviens maintenant que je l'ai fait. Il n'y avait aucun nom correspondant à son interphone. Ça m'a frappée parce que chez moi, c'est pareil, je n'ai pas mis de nom.

Ils la questionnèrent sur le début de la soirée, lui firent répéter des morceaux de son histoire. Ils lui montrèrent d'autres photos de Lane prises sous différents angles, essayant d'insinuer le doute dans son esprit. Aaron s'attachait à trouver des détails sur le quartier. Janek s'intéressait aux nuances du comportement de Lane. Est-ce qu'il lui avait dit de cracher sur les photos ou est-ce qu'elle avait décidé de faire ça toute seule? Elle renvoyait ses réponses comme des balles de tennis. Cracher, c'était son idée. Elle leur répéta son histoire du mieux qu'elle pouvait. Elle était inébranlable quant à l'identification et elle jurait qu'elle n'avait fait que ce que Lane lui avait demandé.

Ils envoyèrent quelqu'un leur chercher des pizzas et du café. Est-ce que Nelly se souvenait s'il y avait des couteaux qui traînaient? Une paire de ciseaux? Des sabres? Des appareils à trancher les légumes? Du fond de son fauteuil, elle les regardait d'un air effaré, ses cheveux rouges comme une flamme dans la grisaille de la pièce. Non, elle ne se souvenait de rien de ce genre. Et pourquoi lui posaient-ils toutes ces questions saugrenues?

Le cinéma ne passait plus les deux films de Lane, il leur fallut donc attendre le lendemain après-midi pour arranger une projection privée de *Mezzaluna.* Janek et Aaron était assis chacun d'un côté et la regardaient tandis qu'elle fixait l'écran. Ils remarquèrent qu'elle commença à se tortiller sur son siège quand survint la scène où la prostituée insultait les meubles et le décor chez la mère de Targov.

– C'est la même, chuchota Nelly, la même chambre, les mêmes meubles!

Elle fixait l'écran intensément.

– C'est dingue! C'est les mêmes photos!

Janek étudiait son visage, observait son ahurissement tandis que la scène se poursuivait sur l'écran. Il croyait à l'authenticité de son mouvement de gorge quand la prostituée se mettait à cracher sur les photos. Et quand les choses allèrent plus loin, quand Targov pressa doucement et amoureusement la lame de sa mezzaluna sur la gorge de la fille, Nelly se mit à hurler. Janek sut qu'elle n'avait jamais vu le film.

Sal avait fait de son mieux, mais c'était dur.

– Hart se couvre vraiment bien, dit-il.

Janek soupira.

– Mais je t'ai trouvé des trucs.

Janek le regarda. Sal souriait.

– Salaud.

– Merde, Frank, c'est toujours toi qui gagnes d'habitude.

Ils étaient assis dans le restaurant grec favori de Janek, dans Howard Street. Entre eux, des galettes, un plat de feuilles de vigne farcies et une bouteille de *retsina.*

– Qu'est-ce que tu as trouvé?

– Laisse-moi d'abord raconter mon histoire, au moins.

Janek s'installa. Laisser Sal raconter l'histoire faisait partie du salaire à lui payer pour son boulot.

– Je savais d'entrée qu'il n'y avait aucun moyen de fouiller les finances de Mme Hart sans magouiller un truc avec sa boîte aux lettres ou aller visiter ses tiroirs discrètement. Comme je connaissais ton opinion sur ce genre de manœuvre, plus le fait qu'il fallait creuser en douceur, j'ai réfléchi un bon moment et j'ai mis au point un plan. Un plan sexe...

– Un plan sexe! (Janek éclata de rire.) Qu'est-ce que tu voulais faire? Sauter la vieille Karen Hart?

– Mieux que ça. Sauter une certaine jeune femme qui reluque mon cul depuis des lunes.

Janek écouta, lançant des obscénités aux moments appropriés, hochant la tête avec enthousiasme tandis que Sal racontait les splendides prouesses sexuelles qui avaient affaibli la haute tenue morale de la secrétaire sexuellement affamée qui avait accès à l'ordinateur gardien des comptes et des déclarations obligatoires des chefs de division. C'était une bonne histoire, songea-t-il, pleine de drames et de situations embarrassantes pour la morale. Et cette mission avait exigé une mobilisation de toutes les ressources de Sal : la puissance de persuasion d'un inspecteur des stups aiguisée sur les indicateurs en manque, les heures passées au gymnase à maintenir son corps en forme, les années d'expérience de drague et d'exploits érotiques.

– Tu vois, c'est le genre de fille qui ne tricherait pas sur sa déclaration d'impôts, même si elle savait qu'elle s'en tirerait sans problème. Donc il a fallu que je lui présente la chose comme si, hmmm, c'était une question de moralité encore plus élevée.

La façon exacte dont il avait procédé restait obscure. Sal ne pouvait pas se rappeler les mots ou les phrases. Mais il se souvenait que la foi catholique romaine avait été évoquée (ce qui aidait puisque la fille était une Italo-Américaine) que l'IAD (initiales du terrifiant bureau des affaires internes) avait été mentionné et qu'il avait exprimé le malaise bien compréhensible d'un jeune officier obligé de travailler dans l'ombre alors qu'il était lié aux gens avec qui il partageait les dangers de son travail.

A la fin, elle avait cédé et donné à Sal le relevé dont il avait besoin pour résoudre une affaire si délicate qu'il savait à peine de quoi il s'agissait. Et, bien évidemment, il se sentait pourri en imaginant combien ce serait cruel de la mouiller dans cette affaire. Elle avait été jusqu'au bout pour lui, et il lui avait apporté une totale satisfaction sexuelle en échange. Mais tout de même, il avait perverti ses principes moraux, ce qu'aucun exploit sexuel ne vaudrait jamais.

Janek le regarda. Est-ce qu'il était sérieux?

– Tu étais aux stups, Sal. Un inspecteur passe sa vie à manipuler les gens. Tu le sais.

– D'accord. Mais, au lit?

– Au lit aussi. Dans la rue, dans une salle d'interrogatoire. On arrache ce dont on a besoin. On résout nos affaires. On enquête. Et, si tu es un être décent, tu te détestes parfois. Mais tu le fais quand même parce que c'est ton boulot.

Un peu plus de vin. Un superbe dîner grec. Beaucoup d'introspection, de bons conseils et, très vite, Sal Marchetti s'accommoda de ce qu'il avait fait. Il avait rempli sa mission et fait plaisir à son *gourou.* Quand le dessert arriva il se sentait fier.

Le relevé n'indiquait pas où Hart avait eu son argent mais il confirmait qu'il était riche. Sa femme et lui étaient propriétaires d'un appartement sur Park Avenue et de trois propriétés dans Queens. De plus, Karen Hart avait un portefeuille d'actions et autres papiers fiduciaires qui, à la fin de l'année précédente, se montait à environ 475 000 dollars.

Ainsi, Hart avait transformé quarante mille dollars en liquide en une somme globale de trois quarts de million de dollars et, pendant ces mêmes vingt-cinq ans, était passé de sergent à chef de Division. Une double progression assez stupéfiante, songea Janek. Il se demanda combien d'autres sales petites affaires Hart avait magouillées.

– Tu veux que j'approfondisse?

Janek acquiesça, sortit une carte de sa poche et la posa sur la table.

– Tu connais ça?

Sal ramassa la carte.

– C'est le garage du beau-frère de Sweeney.

– Tu sais quelque chose sur ce garage?

– J'ai entendu dire qu'ils font de bonnes ristournes à la maison.

– Rien d'autre?

– Que, des fois, c'est de l'arnaque. Que d'aller jusque chez eux ça ne vaut pas toujours le coup.

– Supposons que tu jettes un coup d'œil.

Sal sourit.

– D'abord Hart. Maintenant Sweeney. Dis donc, c'est une grosse affaire. Je sais que tu ne peux rien dire mais est-ce que tu crois qu'on gagne, des fois, contre ce genre de mecs?

– On verra. Voici ce dont j'ai besoin. D'abord, qui est le vrai propriétaire de ce garage? Ensuite, quel genre d'opérations s'y produisent? Troisièmement, qui y travaille? Et enfin, et c'est le plus important, jusqu'où ils poussent « l'arnaque »?

Le pat classique : il savait qu'il tenait le bon type mais il ne savait pas comment le faire plonger. Nelly Delgado était très bien mais son témoignage ne suffisait pas. Ils avaient tous l'air de tourner en rond comme des écureuils dans un cylindre en forme d'enquête. Stanger et Howell étaient redevenus des rois fainéants et, plusieurs fois, Janek avait surpris des regards de reproche chez Aaron. Un après-midi d'automne, alors qu'ils se préparaient à rentrer chez eux – on était déjà à la mi-octobre –, il demanda à Aaron de rester avec lui. Ils parlèrent de l'affaire pendant une bonne heure, partageant une paella dans un restaurant espagnol de Bleecker Street, puis ils retournèrent au commissariat poursuivre leur discussion.

– En résumé, dit Aaron, tout ce que Nelly nous dit c'est que Lane est un suspect très bizarre. Nous faisons dire ce que nous voulons aux photos des crimes et le mec nous fait une sale impression. Mais Hart a raison : le procureur nous enverrait nous faire foutre. On a peu de chances de tomber sur une preuve tangible, ce qui veut dire qu'il n'y a qu'un moyen de résoudre cette affaire, c'est qu'il avoue. Comme c'est un type en marbre, on a peu de chances de le voir craquer. Pour tout te dire, Frank, je me demande si on ne devrait pas commencer à envisager de classer l'affaire.

– Tu as envie de la classer?

– Non. Mais Lane ne viendra jamais se confesser. On peut continuer à le surveiller, on peut même mettre plus de pression sur lui. Mais ce qui me frappe, c'est que je suis certain que c'est le genre de type qui doit adorer être maltraité.

– Parce que ça rend son jeu d'autant plus excitant.

– Et parce que c'est un psychopathe qui ne ressent aucune culpabilité. Sans preuve, sans pression et sans culpabilité il n'a aucune raison de se mettre à table.

Janek avait pensé à tout ça et il avait aussi pensé que jamais il ne pourrait clore l'affaire.

– On connaît tous les deux ce genre d'affaires, dit Aaron. Et on sait ce qui arrive aux flics qui essaient de briser les types incassables. Ça rend dingue. Les années passent et on devient un de ces vieux flics hantés par « l'affaire » qui errent dans les couloirs. Oh, lui! Rosenthal? Il est obsédé par cette histoire depuis quinze ans!... Les gens n'aiment pas les inspecteurs comme ça. Ils changent de trottoir quand ils te voient arriver. Leur femme les quitte et leurs enfants se retournent contre eux. Le crime ne détruit plus le criminel mais le policier. Tu veux savoir ce que je pense, au fond? Il est trop tôt pour tout larguer. On a encore du chemin à faire. Mais il est temps de sortir un peu cette histoire de nos crânes. C'est juste une question de démarche mentale, sinon on va tous finir cinglés.

Il se leva, s'étira, puis se rassit, résigné.

– Sal bosse pour toi sur autre chose, hein, Frank? demanda-t-il en regardant Janek.

Puis il lui tourna le dos et un silence épais s'abattit entre les deux hommes dans ce grand bureau vide. Ils étaient tous les deux parfaitement immobiles, imperturbables, comme Lane, songea Janek.

– C'est vrai, répondit-il au bout d'un long moment.

– Eh bien...

– Ça n'a rien à voir avec Lane.

– Alors nous on se crève le cul, c'est tout, quoi?

– Lane l'avait repéré, Aaron. La filature ne servait plus à rien.

Aaron acquiesça.

– Je vois. Vous travaillez à votre compte.

– J'aimerais pouvoir t'en parler, je t'assure.

– Je comprends. Une histoire de *gourou*. Bon, dis-moi autre chose : pourquoi Hart ne nous donne pas des hommes supplémentaires?

– C'est compliqué.

– Merde, tu me connais, Frank. Je ne peux pas...

Aaron était blessé et Janek s'en voulait terriblement. Il aurait dû comprendre, il aurait dû savoir lire ces regards pleins de reproches angoissés.

– Ça a à voir avec Al, dit-il. Même Sal ne le sait pas. Il travaille à l'aveuglette pour moi.

– Bon Dieu, fit Aaron. Trois générations de *gourous*!

– Tout est lié. Une histoire entre Al et Hart. Quand je lui ai laissé comprendre que je pouvais être au courant Hart m'a proposé une place de capitaine dans un commissariat. Comme je ne mordais pas il m'a donné une date limite, la fin de l'année, et m'a envoyé me faire foutre pour les hommes en plus.

– Eh bien, on peut dire que tu t'es fait un ennemi génial. Je comprends pourquoi tu ne peux rien lui demander...

Aaron se tut un instant, puis il reprit sur un ton où perçait l'émotion :

– Je suis un bon, un solide inspecteur. J'aime même à penser parfois que je suis très fort.

– Tu l'es.

– Sûr. Possible. Mais je suis dix coudées en dessous de toi, Frank. Tu es un vrai « détective ». Tu vois plus profondément, tu sens les choses, tu as une faculté de synthèse incroyable.

Aaron se leva, marcha jusqu'au mur et regarda,

comme ils l'avaient fait tant de fois ensemble, les photos des lieux des crimes.

– C'est toi qui as compris cette affaire. Je crois que personne n'aurait pu y arriver. Bon, quelqu'un aurait peut-être eu l'idée des fenêtres. J'y serais peut-être arrivé. Mais savoir quoi chercher, faire le point de manière que je puisse choisir Lane aussi vite... Et la manière dont tu as compris la signification cachée derrière l'échange, c'était un coup de génie.

Il se retourna pour faire face à Janek.

– OK, donc on va avoir ce mec, dit-il en souriant. Bon comment allons-nous faire?

– On revient à la case départ. On réexamine les points fondamentaux.

– Ouais, fit Aaron.

Il était tard lorsqu'ils quittèrent le commissariat. Janek raccompagna Aaron en voiture. Pendant le trajet ses pensées revinrent à Hart.

– Suppose, dit-il à Aaron, que tu aies un cas similaire à celui d'Ireland/Beard mais différent sur un point crucial. Aucune possibilité d'obtenir une confession, pas de preuves matérielles, mais la certitude qu'il y avait des complices. Comment attaquerais-tu?

– C'est le B.A. BA... Localiser les complices et les retourner les uns contre les autres.

– Suppose que tu ne sois pas en position d'offrir un accord crédible?

– Je ne connais pas un seul type coincé qui ne soit pas prêt à transiger.

– Suppose que ce ne soit pas ce genre d'affaire-là.

Aaron réfléchit.

– C'est la même situation, même si tu travailles pour ton compte. Tu obtiens quelque chose sur A que tu voudras bien oublier s'il t'aide en parlant sur B. Le seul truc c'est que ce n'est pas officiel, ce qui veut dire que l'accord dépend du degré de confiance. C'est un peu comme dans ces histoires d'espionnage pendant la guerre, quand ils interrogeaient un type en le menaçant de le pousser par la porte d'un avion. S'il parle, il survit. Sinon, on le balance. C'est une forme d'approche qui ne fonctionne que si le type est convaincu que les deux solutions seront réellement accomplies. Il faut qu'il y croie. Et pour créer ce genre de conviction, il faut y croire soi-même. Une fois lancé sur cette route, il me semble qu'il n'y a plus moyen de faire marche arrière.

Quand ils arrivèrent devant chez Aaron à Brooklyn, Janek posa une main sur son bras.

– Tu crois que je plonge trop profond?

– S'attaquer à Hart, fit Aaron avec un air dubitatif. Je ne sais pas, Frank. C'est un coriace.

Cela lui revint à l'esprit quand il passa de Brooklyn dans Queens. La voix de Hart lui susurrant : Tout ce que tu as ce sont des photos, résonna dans ses oreilles. Il y eut un déclic, un *switch* entre les deux affaires. Les films de Lane : il y avait quelque chose dedans qu'il avait senti mais qu'il n'avait pas vu, quelque chose qui hantait son esprit depuis des semaines.

Etudes cinématographiques

Ils visionnèrent l'intégrale des œuvres de Peter Lane dans un vieux building de Times Square rempli d'accessoires poussiéreux, de costumes usés et de salles de répétition vides. Dans les couloirs régnait une odeur de sueur et de vieux hamburgers graisseux.

– C'est ça ou notre auditorium de la police, immaculé et inhumain, dit Aaron en faisant entrer Janek dans la salle de projection.

L'Eventreur, Magenta, Les Cheveux sur la tête, Mezzaluna, Winslow Road, Film noir : douze heures de marathon cinématographique parsemées de pauses café, d'aller et retour rapides aux toilettes, un sandwich en quinze minutes au coin de la rue.

– Allons-y, c'est l'immersion totale, annonça Janek.

Ce qui était exactement la situation.

Les films les épuisaient et fatiguaient leurs yeux. Des haches, des rasoirs, des cisailles employés à coups répétés, selon un rythme démentiel. Hurlements de douleur. Soupirs d'extase. Agonies, chasses à l'homme, assauts vicieux. Janek ne parvenait plus à réconcilier les phrases élogieuses des critiques avec les horreurs qu'ils voyaient défiler sur l'écran. Et il remarqua qu'Aaron devenait bizarre, murmurant tout seul dans son fauteuil par moments.

– Tu vois, il y a deux sortes de films de terreur. Les insanités débiles faites pour les *drive-in* genre un type chope la rage et saute sur tout le monde pour mordre les gens dans le cou, et les trucs qui ont de la classe, faits par Hitchcock, De Palma, des types comme ça. La chose à ne pas oublier c'est que Lane entre dans la deuxième catégorie. Il a ses partisans, c'est presque comme un culte. On montre ses films dans des tas de festivals.

Le film suivant s'intitulait *Winslow Road*. Le tueur entretenait un jardin derrière sa maison, dans une rue de banlieue, et là, il faisait pousser des légumes extraordinaires fertilisés par les cadavres des prostituées qu'il attirait dans sa cabane à outils pour les tuer. Il y avait une très longue séquence écœurante, se déroulant pendant un orage, où il découpait une fille à coups de sécateur avant de ranger amoureusement les morceaux dans sa fosse à compost.

– Ça y est! Tu l'entends? C'est dans la bande son! dit Aaron au beau milieu de cette séquence. Il y a des chœurs, on les entend derrière le tonnerre. Et tu sais quoi? On est dans une cathédrale, Frank!

En fin de compte, songeait Janek, tous ses films se ressemblent. C'est une série de meurtres rituels. Un jeu de chat et de souris, avec un flic stupide. Une poursuite très élaborée et un final en queue de poisson : le tueur s'en tirait et le flic restait planté là, comme un con.

Mais il y avait plus. Il sentait quelque chose de plus profond, une sorte d'histoire codée qui charpentait ses films et leur donnait du poids. D'étranges longs regards silencieux entre les assassins et les flics, des références bizarres à des événements passés et inexpliqués. C'était comme s'il existait une histoire ancienne, connue de Lane et de lui seul, comme si ses personnages partageaient les traumatismes d'un passé secret.

Janek se pencha en avant pour se concentrer. Il était

peut-être possible de pénétrer dans l'esprit de Lane. S'il se relaxait, s'il se laissait glisser dans les films, il se pourrait qu'il réussisse à saisir... cette même colère souillée, cette étrange rage immonde qu'il avait ressentie dans la douche d'Amanda, derrière le rideau, la fureur qui l'avait envahi certaines nuits lorsqu'il pensait à Hart, cette partie de lui-même qui ressemblait à un chien enragé, qui l'avait toujours effrayé et qu'il avait essayé de tuer quand il avait abattu Terry, des années auparavant...

Plus tard cette nuit-là, son esprit encore encombré d'images de meurtres, il lui vint une pensée brûlante comme un fer rouge : ces films parlaient du passé – ils n'étaient qu'un remake stylisé, protégé, masqué d'un crime ancien. Un vrai crime.

Il rampa hors du lit, se rendit dans la chambre noire de Caroline et appela Aaron au téléphone mural.

– Je ne pouvais pas dormir non plus, dit Aaron. Tu as une idée?

– Il cache quelque chose.

– Ça, on le sait.

– Tu te souviens comme tu avais du mal à connaître les éléments de base de son passé...

– Je ne les ai toujours pas.

– Il dissimule quelque chose.

– Bien sûr. Et alors? Tous les psychotiques tentent de cacher leur passé.

Un silence. Il pouvait sentir Aaron résister.

– Tu es sûr que ce n'est pas simplement du désespoir, Frank?

– Non. Je sens qu'il y a quelque chose de réel. Et que c'est le sujet de tous ses films.

– Eh bien, il faut bien qu'ils parlent de quelque chose, non?

– Exact. Alors trouvons...

– Tu parles d'une étude très approfondie de son passé ?

– Le plus profondément possible. Fouille son passé, Aaron. Il y a un crime quelque part. Un vrai. Dans ses films, il essaie de le dire mais il n'arrive pas à le sortir. Il faut qu'on trouve de quoi il s'agit. Alors, peut-être, grâce à ça, nous pourrons ouvrir sa coquille.

La chasse

Il décida de prendre le métro : ça irait plus vite qu'en voiture. Il courut jusqu'à la station de la 4e Rue Ouest et sauta dans un train F juste avant que les portes ne claquent.

– Il me suit, avait-elle dit au téléphone. Le même, tu sais, celui qui lit dans mes pensées.

Janek savait : l'homme qui avait changé le disque, celui qui avait volé la lame de rasoir, celui qui, comme elle disait, l'attaquait mentalement.

Un retard, un arrêt sur les voies. Le train stoppa dans la station de la Cinquième Avenue. Les portes restaient closes et les gens sur le quai regardaient, dégoûtés et en colère. Il savait que cette histoire de lame de rasoir n'allait pas s'arrêter là, qu'il se passerait autre chose et, comme il ne s'était rien passé, il s'était laissé aller à se sentir soulagé. Erreur. Les portes du métro s'ouvrirent d'un coup et se refermèrent tandis qu'une annonce inaudible résonnait dans les haut-parleurs. Le train bondit en avant. Qu'est-ce que ce salopard avait fait?

Elle avait meilleure allure que lui. Il était hors d'haleine d'avoir grimpé les escaliers en courant.

– C'est stupide, dit-elle. Mais j'aimerais tellement

que tu puisses le trouver, Frank. Trouve-le, et qu'il s'arrête.

Bien qu'elle fît toujours ses agrandissements elle-même, elle donnait ses négatifs à développer. Quand elle en avait accumulé environ une vingtaine, elle déposait le tout dans un labo pour les récupérer un ou deux jours plus tard.

C'était ce qu'elle avait fait ce matin-là. Et, vers midi, elle avait commencé à examiner les planches contact. Et puis elle avait trouvé une planche en trop et elle avait appelé le labo. Ils avaient vérifié. Elle avait apporté quarante et un rouleaux de film et on lui avait remis quarante et un films développés : rien de ce qu'elle avait porté ne manquait. Ce qui voulait dire qu'elle avait donné le rouleau supplémentaire elle-même. Ce qui signifiait qu'il avait été placé dans la chambre noire, dans la corbeille où elle déposait ses bobines. Ce qui prouvait que ce rouleau avait été placé là par l'intrus, sûrement en même temps qu'il avait changé le disque et volé la lame de rasoir.

Mais ce n'était pas tout.

– Qu'est-ce qu'il y a dessus? demanda-t-il.

Elle avala sa salive avec difficulté et lui tendit la planche contact.

Il l'examina avec une loupe et son cœur se mit à cogner dans sa poitrine. Trente-six photos amateur, prises au téléobjectif, certaines étaient tremblées, d'autres floues. Mais elles représentaient toutes Caroline : Caroline marchant dans la rue, à vélo, faisant ses courses, jouant au tennis, sortant de son immeuble, y revenant en fin de journée, achetant un journal, se grattant la cheville, l'œil derrière son appareil photo, vivant sa vie.

L'enculé.

– Il en pince pour moi, hein, à me suivre comme ça partout? Mais j'ai reconstitué l'emploi du temps d'après les lieux et les vêtements que je porte. Tous ces clichés ont été pris avant qu'il change le disque. Donc, tu vois, Frank, ce n'est pas si mal. Je veux dire, il n'a rien fait réellement depuis cette date. C'est un peu comme une bombe à retardement. Et il se trouve que l'explosion était pour aujourd'hui.

– Tu sais quoi? Tu es merveilleuse. Tu as toutes les raisons d'être terrifiée.

– Je le suis un petit peu, quand même. Mais je me dis que ce n'est pas si terrible, que ce n'est pas trop agressif. C'est plutôt comme ces types qui t'emmerdent par téléphone.

Janek lui prit la main.

– Tu as raison, ce genre de jeu est encore inoffensif. C'est agressif, oui, mais d'une façon insidieuse. Et, au fond, les insidieux ont plus peur que toi.

Elle sourit. A son plus grand étonnement, elle parvenait à prendre ça à la légère. Mais, pour Janek, le message était étonnamment clair : *Je traque ton amie. J'aurais pu la tuer trente-six fois.*

Aaron trouva la faille.

Grâce à un flic de ses connaissances qui avait travaillé dans le service de la circulation pour les équipes de tournage dans la rue, il trouva une script-girl allemande qui avait eu une brève liaison avec Peter Lane. Son nom était Elga Becker et leur liaison s'était déroulée à Munich. Elga disait à Aaron : J'aimerais le voir ramper sur des tessons de bouteille.

Selon elle, durant leurs ébats amoureux à Munich, il lui avait confié que Lane était le nom de jeune fille de sa mère, que son vrai nom était différent et qu'il avait été élevé à Cleveland.

Pourquoi Elga le détestait-elle autant? Il semble que lorsqu'elle était arrivée à New York et qu'elle cherchait du boulot, elle avait appelé Peter à l'aide et lui avait demandé conseil. Il l'avait écoutée puis lui avait dit qu'il ne se souvenait pas vraiment d'elle. Puis il lui avait raccroché au nez et elle n'avait plus jamais pu le joindre.

– Une sale petite garce, raconta Aaron. Elle a mauvaise haleine et elle postillonne quand elle parle. Elle dit que quand ils faisaient l'amour il se servait de son sexe « comme d'un poignard ». Puis, elle dit qu'il posait sa tête sur sa poitrine et qu'il soupirait.

– Vraiment romantique. Tu la crois?

– Bien sûr, répondit Aaron. Au moins sur cette histoire du nom.

– Eh bien, tu ferais bien d'aller à Cleveland, dit Janek.

Aaron partit l'après-midi même.

Il comptait les jours maintenant. Halloween s'était passé sans histoires, si ce n'est l'habituelle quantité de *treats* qui s'étaient révélés être des gâteaux farcis de dope, et de *tricks* qui étaient, eux, des fruits farcis aux lames de rasoir. La routine. Il méditait sur ses affaires. Caroline était-elle réellement en danger? Il n'en était pas certain, mais cette possibilité l'inquiétait. Il portait cette peur en lui nuit et jour.

Il en avait assez d'attendre des nouvelles d'Aaron et se mit à conduire, sans but précis, à travers la ville. Il retourna sur les lieux des crimes, se demanda si quelque chose d'important lui avait échappé.

Il se rendit compte qu'il devenait de plus en plus nerveux au bureau, irascible dans ses rapports avec Stanger et Howell.

– Je veux d'autres Nelly Delgado, hurlait-il. Trouvez-les, bordel! avant que cette affaire ne se change en un tas de merde!

Sal appela.

– Le garage appartient à Sweeney. Pas à son beau-frère comme il le prétend. Ils travaillent plutôt bien, ce n'est pas le meilleur garage en ville, mais tu pourrais sans problème payer plus ailleurs et être beaucoup moins bien servi. Les types qui bossent là ont l'air de mécanos compétents. Mais un pote à moi m'a dit qu'il avait repéré un ou deux malfrats.

– Quel genre de malfrats?

– C'est ce que je vais essayer de savoir. Et je vais aussi examiner une opération parallèle qui a lieu derrière le garage.

L'été indien : air chaud, ciel embrumé, jours paresseux. Les parcs étaient pleins de joggers, les musées de touristes européens. Des patineurs découpaient des figures mouvantes dans la glace du Rockefeller Center.

Chaque fois qu'il traversait le pont, Janek regardait la ville et s'étonnait de sa beauté et de sa puissance. Ensuite, il descendait la rampe dans Queens et se mettait à penser à Caroline, à l'amour qu'il ressentait pour elle, à sa vulnérabilité, à son sourire quand elle l'accueillait et au simple fait d'être, un peu plus tard, en face d'elle, elle qui allait, du fond de ses deux grands yeux bruns, effacer enfin son angoisse.

Il embrassa son cou, là où battait une veine après l'amour, là où elle pensait que sa peau était trop fine et qu'une artère était exposée au danger.

– Tu crois que c'est fini? demanda-t-elle. Toutes ces choses groupées et plus rien depuis.

– C'est possible.

Il l'embrassa à nouveau dans le cou.

– Tu sais que personne ne peut entrer dans le *loft* maintenant. C'est un vrai coffre-fort.

Elle s'était calmée et, lorsqu'elle fut endormie, il se glissa hors du lit et longea les murs, s'arrêtant devant chaque fenêtre, se penchant pour observer les rues vides en bas.

Il était deux heures du matin. Il venait d'y avoir une énorme averse. Janek quitta la voie rapide à la sortie de la 134e Rue. Comme il approchait d'un feu rouge il ferma sa porte à clé. Lorsqu'il s'arrêta un vieux Noir avec des yeux désespérés s'approcha avec une bouteille de détergent et un chiffon.

C'était plutôt inutile puisqu'il venait de pleuvoir des cordes, songea Janek. Mais le type se mit à nettoyer le pare-brise tout de même. Janek haussa les épaules et lui fit signe de venir de son côté, baissa sa fenêtre et lui tendit un dollar.

Il repéra la Chevrolet de Sal à un bloc du pont de la Troisième Avenue, la dépassa et se gara. Quelques secondes plus tard, Sal se glissait dans sa voiture.

– A l'heure, même avec la pluie. Qu'est-ce que tu veux faire? Aller voir ou en parler d'abord?

– Allons voir, dit Janek.

Ils sortirent. Janek suivit Sal en remontant la rue. Ils passèrent un réparateur de pneus fermé, une rangée de magasins de récupération, ils marchèrent à travers les débris de caoutchouc et les capots en accordéon qui encombraient une allée. La rampe du pont de la Troisième Avenue les surplombait d'une rangée de points lumineux, très hauts dans le noir. L'air était poisseux. Manhattan brillait de l'autre côté de Harlem River, le sommet de ses tours perdu dans le brouillard.

Sal le conduisit à travers un terrain vague parsemé de tessons de bouteilles et de briques écrasées, jusqu'à une porte ouvrant sur l'arrière d'un hangar abandonné.

– Reste près de moi, chuchota-t-il.

Puis il se tourna vers Janek.

– Il y a des *pushers* qui vendent leur merde par ici. A cette heure-ci, ça devrait aller, mais on ne sait jamais. Suis-moi de près. Ils mettent des pièges à loup des fois.

Janek regarda Sal forcer la porte. Un rai de lumière tomba sur son pied-de-biche et le fit briller. A l'intérieur il y avait une lueur diffuse. Toutes les fenêtres avaient été condamnées avec des feuilles d'aluminium. Sal alluma sa lampe-torche et Janek le suivit jusqu'à une volée de marches. Tout autour ce n'étaient que portes défoncées, appareils ménagers déglingués, poutres calcinées – mais les escaliers, curieusement, étaient intacts et propres comme si quelqu'un venait de les balayer.

Ils montèrent, s'arrêtant à chaque palier, aux aguets. Une fois, Janek crut entendre des rats galoper. Des gouttes tombaient encore des arbres sur le toit.

Sal ouvrit la porte qui menait au toit recouvert d'asphalte trempé. Ils avaient grimpé quatre étages et avaient une vue complète sur l'ensemble du terrain alentour. Immeubles abandonnés, ruines calcinées, et accès au toit d'un autre bâtiment que Sal, accroupi à côté de lui, lui désigna du doigt.

– C'est ça.

– Quoi?

– L'arrière-boutique, chuchota Sal. Le décor légal donne sur la rue et est ouvert toute la journée. Après, il y a l'allée, utilisée pour les livraisons. Et puis cet autre bâtiment où ils ne travaillent que la nuit.

– Il y a des types qui travaillent en ce moment?

Sal grimaça un oui.

– Comment tu as trouvé ça?

– J'ai fait faire des réparations sur ma voiture. Et puis j'ai traîné dans le quartier. Quelques *pushers* du coin m'ont reconnu. J'aurais pu faire un beau coup de filet si je n'avais pas fait un petit échange.

Sal avait bien travaillé : un inspecteur des stups qui savait secouer les *pushers* et obtenir des informations.

– Frank, tu devrais voir la parade de flics qui défilent tous les jours avec leurs caisses étrangères de luxe. Rien que des Porsche, des BMW, des Mercedes. Je me demande où ils trouvent le blé.

Ils s'approchèrent du bord du toit avec de multiples

précautions. Il y avait une échelle posée contre la rambarde. Sal la prit et la descendit sur le côté.

– Il n'y a que deux mètres.

Il tint l'échelle pour Janek. Le toit du bâtiment de derrière était glissant. Maintenant qu'il était dessus, Janek comprenait la mise en scène. Il y avait deux immeubles, celui sur lequel ils étaient et celui qui ouvrait sur la rue, dont le toit était légèrement plus bas. Il y avait un espace de six ou sept mètres entre les deux. Pour déplacer une voiture d'un garage dans l'autre, il suffisait de faire glisser deux portes coulissantes qui se faisaient face.

Sal le conduisit jusqu'à une verrière surélevée par rapport au toit. Les panneaux de verre de sécurité avaient été peints en noir de l'intérieur, mais il y avait un coin qui avait échappé aux pinceaux, un carré de cinq centimètres à peine mais assez grand pour regarder à l'intérieur. Ils se collèrent le nez à la vitre.

Il y avait de l'animation en bas : une douzaine d'hommes portant des masques de sécurité, munis de clés, de perceuses et de torches à acétylène découpaient des voitures. Les véhicules étaient placés en rangées parallèles comme des cadavres dans une morgue. Les mécaniciens jouaient le rôle de médecins légistes démembrant méthodiquement les parties vitales.

Ils rampèrent pour regagner l'échelle, remontèrent sur l'autre immeuble, puis Sal récupéra l'échelle et la reposa contre la rambarde.

– Alors, qu'est-ce que tu en penses?

– Ça mérite une descente.

– Mais tu ne vas pas en organiser une, hein, Frank?

Sal le reconduisit en bas, se servant de sa lampe pour éclairer les endroits encombrés de débris. Une fois à nouveau dehors dans la rue il s'arrêta pour allumer une cigarette.

– Pas mal, hein?

– Depuis combien de temps es-tu au courant?

– Quatre jours.

– Pourquoi tu ne m'as rien dit avant?

– Je voulais faire le lien avec Sweeney d'abord.

– Et c'est fait?

Sal sourit.

– J'ai mieux que ça, je crois. A mon avis le garage sur le devant, le garage de Sweeney donc, fait des bénéfices énormes. Sans trop de mal puisqu'ils facturent aux gens des pièces détachées qui ne leur ont pas coûté un sou. Enlève la réduction de faveur pour les flics et les bénéfices sont encore gigantesques puisque leur seule dépense, c'est la main-d'œuvre. C'est un coup classique. Les voitures volées sont apportées en camion dans l'allée et les restes sont évacués le matin à l'aube. Ils passent les bonnes pièces dans le garage du devant et je crois savoir qu'ils ont aussi tout un système pour se débarrasser du surplus. Bon, cette arrière-boutique, c'est une opération complètement séparée. Un propriétaire différent, des noms différents. C'est une compagnie qui la possède, elle-même possédée par une autre compagnie, elle-même possédée par une troisième. Il faudrait assigner tous les registres de commerce pour en être certain. Mais, et c'est là que c'est drôle, comme j'avais ce relevé des avoirs de Hart, je connaissais toutes les parts que possède sa femme dans pas mal de compagnies, et cette troisième compagnie est sur ma liste.

Sal s'amusait. Cela s'entendait au ton de sa voix. Il savait qu'il tenait quelque chose de bon.

– Tout le monde sait que Sweeney est l'homme de Hart, que si on s'attaque à Sweeney on s'attaque à Hart. Et il apparaît qu'ils sont tous deux dans cette combine avec, peut-être, Hart dans le rôle du banquier par épouse interposée. Il y a des chances qu'ils s'en tirent tous les deux si l'affaire sent le roussi. Ils ne sont stupides ni l'un ni l'autre. Ils doivent avoir une histoire toute prête. Ils affirmeraient qu'ils n'étaient pas au courant de ce qui se passait la nuit. Ils affirmeraient qu'ils n'étaient au courant de rien, qu'ils pensaient que l'arrière-boutique servait de garage. Tu vois ce que je veux dire, dans le genre : je crois que nous avons exactement la pièce qu'il vous faut dans le hangar derrière, sergent Maloney. Après tout ils ne sont que les propriétaires du bâtiment. Ils ne sont pas responsables du business illégal que des escrocs ont monté dans l'arrière-boutique. Je me demande même si aucun des deux y a déjà mis les pieds avec des témoins dans les parages. Mais, si tu veux mon avis, c'est quand même sacrément stupide d'avoir installé les deux opérations si proches l'une de l'autre.

– Non, ça lui va comme un gant, dit Janek. Hart est arrogant.

– Ouais, fit Sal, un peu étonné de l'intensité du ton de Janek. Je savais que c'était très important pour toi, Frank. Je me suis vraiment remué le cul.

– Tu as fait un boulot fantastique. Maintenant, restent les malfrats.

– Je commence demain. Je vais me garer au bout de l'allée et regarder qui entre et sort.

– Fais très attention. Je chasse du gros gibier, des types à qui Sweeney pourrait ordonner de faire de très sales trucs.

– Tu vas les faire plonger, hein?

Janek acquiesça.

– Sweeney, oui, probablement.

– Ça va pas être facile.

– T'inquiète pas, fit Janek en tapant dans le dos de Sal. Je trouverai un moyen.

Il lui disait :

– C'est toujours dur quand on prend position parce qu'il se trouve soudain des lignes qu'il faut franchir.

De l'autre côté, le territoire est dangereux. Terry voulait y aller, et une fois qu'il y était il ne pouvait plus revenir. Pendant des années ça a été une leçon pour moi. Ne traverse pas, tu pourrais te faire prendre. Mais maintenant je sais qu'il y a des moments où il faut y aller, quelle que soit la peur du non-retour. La chose qui m'effraie le plus aujourd'hui, tu sais, c'est que je puisse me retrouver un dimanche matin mon flingue dans la bouche parce qu'un jour j'aurais eu peur.

– Il retourne chez les putes, lieutenant.
– Quoi?
Stanger et Howell venaient d'entrer dans le bureau avec un regard sauvage.
– Vous ne saviez pas? demanda Stanger.
– Comment diable aurais-je pu le savoir?
– On pensait que Marchetti...
Stanger rayonnait.
– Sal n'est plus après Lane depuis des semaines. Il attaque l'affaire sous un autre angle.
– Oh! On se figurait que...
Janek comprit. Stanger pensait avoir découvert quelque chose qui pouvait enfoncer Marchetti.
– Ne restez pas plantés là, dit-il. Trouvez ce qu'il fait avec les putes, bordel!

Finalement Aaron appela de Cleveland.
– J'ai trouvé la maison. Dans le quartier ouest, une pauvre zone petite-bourgeoise en décomposition. Tout à fait ce à quoi on s'attendrait.
– On s'attendrait? Pourquoi? demanda Janek.
Il pouvait entendre Aaron essayer de contrôler son souffle, au bord de lui faire une sacrée surprise.
– Ce à quoi on s'attendrait pour un flic. Garde national de l'Ohio. Nom : Jesse Dill.
Le rythme cardiaque de Janek s'accéléra.

– Tu ne vas pas...

– C'est pas de la merde, Frank. Peut-être que tu avais raison, bordel! Peut-être que ses films sont reliés à son passé, à une partie de sa vie. Dis-moi seulement comment tu fais pour avoir de telles intuitions.

– Je ne suis qu'un inspecteur, c'est tout. Arrête la pommade. Explique.

– Donne-moi deux jours. Ça remonte à des années. La plupart des voisins ont changé. Je n'ai trouvé qu'une seule personne qui se souvient du couple. Mais il y a quelque chose, là. Je peux le sentir.

– Quel genre d'odeur?

– Une sale odeur. Une très sale odeur. Il y a un détail que tu dois connaître. C'est une maison normale, une salle de bains, format travailleur, avec un garage rajouté. Et les gens qui la possèdent maintenant n'ont pas d'enfants. Mais je vois tout d'un coup un vieux panier de basket-ball accroché au-dessus de la porte du garage, alors je leur demande pourquoi ils l'ont mis là. Ils disent que c'est pas eux, qu'il était là quand ils ont acheté la maison à ce type, Dill. Tu m'entends, Frank? Notre ami Peter – il a eu une enfance normale. Le diable, le tueur de prostituées s'entraînait au basket dans son arrière-cour. Seigneur...

Stanger et Howell firent leur rapport : quatre prostituées visitées durant les deux semaines précédentes. Séances normales. Rien d'inhabituel, sauf qu'après, Lane leur avait demandé de trouver une amie à elles qui corresponde à un certain type physique. Il leur avait même montré une photo. Il voulait une fille qui ressemble à ce portrait : un mètre soixante-dix, mince, jambes fines, traits ciselés et il insistait beaucoup sur la couleur et la qualité des cheveux et des yeux. Les yeux devaient être marron foncé et les cheveux châtain clair, assez courts sur le devant et plus longs derrière.

Les cheveux étaient très importants. Lane avait insisté sur ce fait. Ce genre de cheveux le branchaient.

– Les filles ont eu la trouille, disait Howell. Une bizarre situation. On leur montre les photos d'un type. Et le type leur montre la photo d'une fille.

Janek sentit un frisson aigu le parcourir.

– Je veux leur parler. Amenez-les-moi.

Il les interrogea, en privé, dans une des minuscules salles d'interrogatoire. Il leur montra plusieurs photos de Caroline. Deux d'entre elles restèrent vagues – Caroline aurait pu être la fille, oui. Mais les deux autres étaient certaines qu'il s'agissait bien d'elle. Lorsqu'elles furent parties, il resta un long moment assis, les coudes plantés sur la table, la tête appuyée sur ses poings serrés.

Un dimanche après-midi de novembre froid et lumineux, Janek rassembla presque tous ses vêtements et roula jusqu'à Long Island City où il les rangea dans un placard que Caroline avait vidé à cet effet.

– Eh bien, finalement on y arrive, hein? dit Caroline en le regardant, amusée.

Elle était debout dans un rayon de soleil, près d'une fenêtre.

– Je crois que nous avons ici la démonstration de « l'établissement d'une relation », comme on dit.

– L'établissement de quelque chose de plus commode, également.

– Oh, bien sûr, et tu as quand même gardé ta cave de l'autre côté du fleuve, ton refuge au cas où les choses tournent mal. Mais ils ont des cellules disponibles dans les commissariats, non? Tu sais, pour les clodos et pour les nuits où ça se gâte à la maison.

Il la regarda. Sa peau brillait et la lumière d'automne éclatait dans ses yeux.

– C'est à cause des photos, n'est-ce pas?

– Quoi?

Il arrêta de ranger ses vêtements.

Est-ce qu'elle savait? C'était impossible.

– Le type qui a pris les photos. C'est lui qui t'inquiète.

– Tu penses que c'est pour ça que j'emménage? (Elle acquiesça.) C'est en partie la raison, oui.

– Tu sais, dit-elle en se retournant, je n'ai pas cessé de penser à ce type, pourquoi il avait pris ces photos, ce qu'il essayait de faire. Et ça m'a fait penser à Lane et à ce que Hart t'avait dit au déjeuner. Tout ce que tu as ce sont des photos. Eh bien, ces photos sont amplement suffisantes.

Elle lui tourna le dos.

– Trouve ces photos, Janek. Celles qu'il a prises des filles.

– Qu'est-ce qui te rend si certaine qu'il a pris des photos? (Quand elle avait dit « Lane » son cœur avait sauté un battement.)

– Ça m'est venu ce matin, je ne sais pas pourquoi. J'ai pensé : il doit avoir des photos. C'est comme ça que son esprit fonctionne, comme le mien.

– Pourquoi? Pourquoi en aurait-il besoin?

– Je ne sais pas. Comme une sorte de preuve, je pense.

Se pouvait-il qu'elle ait raison?

– Des preuves de quoi? demanda-t-il.

Il y eut un long silence avant qu'elle ne réponde :

– Peut-être juste pour se prouver qu'il était vraiment *là*.

– Il y a eu un meurtre, Frank. Un double homicide. La mère de Peter, une femme nommée Laurie Dill, nom de jeune fille Laurie Lane, et son amant, un type nommé Norman Baxter. On les a trouvés tous les deux massacrés dans une caravane que Baxter louait dans un parking de Cleveland.

C'était le premier coup de fil d'Aaron depuis qu'il

avait retrouvé la maison. Janek pouvait sentir sa tension. Il arrivait enfin au grand jour, ce passé obscur qu'il cherchait, qu'il avait entrevu dans les films de Lane, le terrible crime du passé.

– Baxter tenait une pompe à essence en face d'un supermarché. C'était un homme à femmes, il avait cette caravane pour ses rencarts, en matinée. Bref, Laurie avait une histoire avec lui, comme avec quelques autres types d'ailleurs. Le père, ce Jesse, on dirait que c'était une merde. Le type faible, gras, pas brillant. Laurie était plus jeune que lui et elle avait le sang chaud. Elle le ridiculisait souvent devant tout le monde.

Janek les imaginait très bien. Une jeune recrue marié à une fille ambitieuse initialement attirée vers lui par le prestige de l'uniforme. Très vite elle découvre qu'il ne se hissera jamais bien haut et, pire, qu'il est nul au lit. Petit à petit, le flic se résigne à la médiocrité, ses muscles se changent en lard, ses traits se perdent dans la graisse. La femme devient méprisante tandis que le mariage tourne au train-train amer. Elle commence à regarder les hommes. Elle se pavane. Elle se construit un réseau d'amants.

– ... les meurtres étaient sanglants. Multiples coups de couteau. *Mon Dieu!* Une grosse histoire dans la région. Etant le cocu, Jesse est le suspect numéro un, mais il a un alibi en béton : il patrouillait dans l'Ohio Turnpike tout cet après-midi-là, distribuant des contredanses à droite à gauche. C'est lui qui entend l'appel sur sa radio et il fonce sur les lieux. Il flippe. Il se jette dans la caravane et commence à tout foutre en l'air. Avant qu'ils aient pu le maîtriser il a tout bousillé, y compris ce qui aurait pu être des indices importants. Et puis il devient barjo. Il commence à boire, ne s'occupe pas de son fils. Le frère de Laurie, un vétérinaire nommé Harold Lane, prend Peter chez lui. La police a beaucoup de théories sur le crime.

Peut-être est-ce une des autres femmes qui fréquentaient Baxter qui les a surpris. Peut-être un autre mari. Personne ne le sait. Affaire classée, jamais élucidée. Pendant ce temps-là Jesse abandonne la police et disparaît.

– Trouve-le.

– Quoi?

– Tu as fait un boulot génial, tu as trouvé le crime. Maintenant tu me trouves le père.

– Tu plaisantes, Frank?

– Pas du tout. Trouve le père, Aaron. Trouve-le. C'est peut-être lui la clé.

– Ouais, c'est des durs, Frank, des gars qui ont purgé pas mal d'années. Ce sont eux qui conduisent les camions qui vont et viennent. Soit ils achètent des voitures volées à des spécialistes, soit ils ont leurs propres mecs, ça je ne peux pas te le dire. Pour ça il faudrait que je me mette à suivre ces camions.

– Ne prends pas ce risque, Sal.

– OK, mais pour identifier vraiment ces salopards, je vais devoir mettre un ou deux amis au courant. Je me figure que tu ne préfères pas, du moins pas encore. Autre chose, tu m'avais demandé de vérifier les rumeurs sur les arnaques possibles du garage. J'en ai dégoté une. Un inspecteur noir nommé Beau Jones : il est dans le département depuis des années. Il a une Mercedes; il l'a apportée là une fois et on la lui a rendue avec un carburateur complètement usagé qu'ils lui ont facturé huit cents dollars. Il s'est énervé. Il est allé directement voir Sweeney, lui a dit qu'il allait porter plainte au Service des Consommateurs. Sweeney a promis qu'il allait s'en occuper et il a remis un carburateur tout neuf à Jones, gratuitement. Mais juste après, Jones a été retiré du département des homicides et muté à la sécurité des trains, à Gravesend. C'est le genre vraiment amer, maintenant, Frank. Il lui faut une heure et demie pour aller bosser tous les jours. Il passe son temps à courir après les mômes qui peignent les graffiti, mais il ne proteste pas, parce qu'il a compris le message : Ne touche pas à Sweeney et ne fais pas de menaces.

Janek et Caroline allèrent voir *Dreamgirls,* troisième rang d'orchestre, quatre-vingts dollars. Pendant l'entracte ils tombèrent sur Sarah Janek et son boy-friend. Présentations gênées. Sarah et Caroline rompirent la glace en se serrant la main.

– Superbe comédie musicale.

– Terrible, oui.

L'autre homme était le patron de Sarah, chef du département des ventes au Macy's, dans Queens. Plus vieux que Janek, peut-être cinquante-cinq ans. Caroline et lui se mirent à parler du spectacle. Sarah souriait.

– Tu as bonne mine, Frank. Je suis désolée pour Al. Je voulais t'appeler quand je l'ai su... Comment va Aaron? Et Sal?

– On travaille tous les trois sur une affaire. Ils vont très bien tous les deux.

Elle désigna son compagnon.

– Nous allons nous marier.

– C'est splendide. Félicitations.

– J'allais t'appeler. Ce n'est plus la peine, on dirait.

– Tu vas garder la maison?

– Bien sûr, répondit-elle.

Puis elle jeta un coup d'œil sur Caroline.

– Elle est jolie. J'espère que ça marchera pour toi.

Après le spectacle, Janek entraîna précipitamment Caroline hors du théâtre. En roulant vers le *loft* elle lui demanda ce qui n'allait pas.

– Rien.

– Elle t'a dit quelque chose.

– Elle va épouser ce type.
– C'est pour ça que tu es furieux?
Il ne répondit pas.
– Qu'est-ce que tu ressens?
– Différentes choses.
– Quelles sortes de différentes choses?
Il la regarda.
– Bon sang! Ça m'a pris des années pour payer cette maison. Et maintenant c'est lui qui va vivre dedans.
Elle lui rendit son regard.
– Ecoute, ce n'est plus ta maison.
– Je sais.
– Elle appartenait à un autre type. Un autre Janek. Même nom mais différent bonhomme. Cette maison appartient à ton autre vie.
Ils étaient arrêtés à un feu rouge sur Northern Boulevard. Elle se pencha vers lui et posa un baiser sur ses lèvres.

Elle sortit de la salle de bains en souriant, les cheveux encore mouillés de la douche qu'elle venait de prendre. Il adorait faire l'amour avec elle quand elle avait les cheveux mouillés, il passait ses doigts dans leur épaisseur humide, la regardant droit dans les yeux, tandis qu'elle le fixait avec un air mystérieux, et il sentait qu'elle le tenait en elle en lui souriant...
C'est juste à ce moment-là que le téléphone sonna. Janek décrocha. Il était minuit moins le quart, un samedi soir.
– Désolé de vous déranger, lieutenant.
C'était Stanger.
– Qu'est-ce qu'il y a? Vous l'avez perdu? Ne vous excusez pas.
– Non, on l'a, bien en vue, sur la 8e près de la 44e. Dans le coin où il a rencontré Nelly.
– Et qu'est-ce qu'il fait?

– C'est ça qui est drôle, lieutenant. On pense qu'il photographie des putes.

– Vous pensez.

Il regarda Caroline. Elle se mettait au lit à côté de lui.

– Bordel, quel genre de putes?

– Peut-être le même genre que celles qu'il a dit aux autres qu'il cherchait. Vous énervez pas, lieutenant. C'est difficile de voir d'ici.

Janek raccrocha sans dire au revoir.

– Qui était-ce? demanda-t-elle.

– Un inspecteur très fatigué.

– Important?

Il fit non de la tête.

Sal voulait être là pour la mise à mort. Il était inflexible.

– Je veux voir Sweeney tomber.

Quand Janek lui dit que c'était hors de question, Sal devint morose.

– Tu me dois bien ça, vu tout ce que j'ai fait.

– Ça peut ne pas marcher. C'est pour ta propre protection.

– Je peux me défendre moi-même.

– Ce n'est pas ce que je voulais dire. Le danger c'est pour ta carrière. Tu es jeune et tu as un bel avenir. C'est stupide de le risquer pour ça.

– Qu'est-ce que c'est *ça*? Je suis déjà impliqué. Vous m'insultez.

– N'essaie pas de m'avoir à l'honneur. J'ai fait un tas de choses pour Al et il m'a protégé. Très souvent, il m'a protégé contre moi-même.

– OK, donne-moi une raison valable. Juste pour me convaincre que tu as raison.

– C'est personnel. C'est tout. Il n'y a rien d'autre à dire.

– Pas grand-chose sur le papa. Mais quelques friandises concernant Peter, dit Aaron.

Janek était silencieux.

– D'abord, tu te souviens de la scène qu'il avait faite avec Nelly, eh bien, écoute ça. Liz Lane, la veuve de Harold le vétérinaire, seule survivante du couple, tu te souviens, qui avait recueilli Peter, elle jure sur la tête de feu son mari que les meubles que Peter avait utilisés dans cette scène étaient les vrais meubles du boudoir de sa mère et que les photos étaient celles de Jesse et Laura Dill. Dis donc, Frank, est-ce que c'est pas juste un peu tordu? Engager une pute pour cracher sur les photos de tes parents. Ça me rend malade. Pas toi, juste un petit peu?

Avant que Janek eût pu donner son opinion et lui dire qu'il l'avait imaginé depuis un moment déjà, Aaron était déjà passé à autre chose.

– J'ai trouvé un type, Chuck Brubeck, un ancien voisin des Dill. Le meilleur ami d'enfance de Peter. Il semblerait que notre petit Peter aimait torturer des animaux.

Il y eut d'abord l'histoire du chat, puis l'histoire des oiseaux. Le coup du chat se produisit quand les enfants avaient onze ans. L'oncle de Peter, Harold, pratiquait une hystérectomie sur une chatte, les mômes jouaient chez lui et il leur a demandé de leur tenir la bête. Pas d'anesthésiants. Chuck Brubeck a vomi, il était écœuré. Mais les yeux de Peter n'ont jamais quitté la table d'opération. Pendant des jours il n'a parlé que de ça.

– Deux ou trois semaines plus tard il a kidnappé un chat qui appartenait à un voisin, l'a emmené dans le garage et a essayé de procéder à l'opération lui-même. Il l'a réduit en charpie. Cruauté gratuite. Le chat a saigné à mort. Plus tard le père de Chuck a découvert la chose et a foutu à son fils la raclée de sa vie. Mais quand Mme Brubeck a appelé l'agent Dill, Jesse était préoccupé. Il était clair qu'il s'en foutait.

Un silence.

– Tu m'écoutes, Frank?

– J'écoute.

– Torturer des animaux : on a entendu des trucs comme ça déjà, non?

C'était vrai. Sans cesse. Dans l'enfance de chaque psychopathe.

– Et alors, l'histoire des oiseaux?

– C'est arrivé environ quatre ans plus tard, les mômes devaient avoir quinze ans. Un autre voisin, un ornithologue amateur, gardait des oiseaux dressés dans son jardin. Un aigle doré enchaîné à une branche, un corbeau en cage et un couple de hiboux. Une nuit, en hiver, Peter les a attaqués avec un râteau. Il avait demandé à Chuck de l'aider mais il avait refusé. Peter y était allé quand même. Un vrai massacre. Un gros scandale aussi. Ça avait fait la une de pas mal de journaux.

Une fois de plus, Janek reconnaissait un phénomène, les gens qui s'émouvaient davantage de la cruauté envers les animaux que lorsqu'on violentait des êtres humains.

– Le quartier était en effervescence. On parlait d'un dingue en liberté dans la région. Il y avait des traces de sang dans la neige, mais elles ne menaient nulle part. Chuck était le seul à savoir et il l'a fermée. Il dit qu'il avait peur, ce qui est compréhensible. Quand je lui ai demandé pourquoi Peter avait fait ça, il m'a dit qu'il avait posé la même question à Peter et que Peter avait juste répondu qu'il voulait voir. Voir quoi? Voir s'il se ferait prendre ou pas. Voilà ce qu'a dit Chuck.

Après avoir raccroché Janek se demanda : *Est-ce que Peter avait vraiment voulu ne pas se faire prendre?*

Maintenant qu'il faisait plus froid, elle allumait

rarement le ventilateur. Les quatre pales demeuraient silencieuses et immobiles au-dessus du lit. Souvent, lorsqu'elle s'était endormie, il restait assis sur le lit, son P.38 à côté de lui, un accordéon entre les mains, appuyant en silence sur les touches, attendant... peut-être Lane.

Il l'entendit bouger, se tourna pour la regarder, vit que ses yeux étaient ouverts et qu'elle le regardait.

– Qu'est-ce que tu fais, Frank?

– Rien, je suis juste assis là.

– Tu réfléchis?

– Ouais.

Elle sourit et referma les yeux.

Je suis son gardien. Et je dois l'empêcher de se savoir menacée. En pensant ça, il se rendit compte qu'il était enfin, vraiment, entré dans la folie de cette affaire.

Plus tard, il vit qu'elle le regardait encore.

– C'est Lane, n'est-ce pas? demanda-t-elle.

Leurs regards se rencontrèrent. Il put voir qu'elle savait, qu'elle l'avait peut-être su depuis la première intrusion.

Hart appela.

– Où vous en êtes sur l'affaire de « l'échange de têtes »?

– J'ai des « renifleurs » dehors.

– Des renifleurs? Qu'est-ce que c'est que ce bordel?

– On enquête, expliqua Janek.

– Ouais. Bon. Eh bien, vous enquêtez. Enquêtez, les gars, parce que je ne me foutais pas de votre gueule à propos de la date limite, Frank. Tu es prévenu. Le compte à rebours est commencé.

Il regardait les fenêtres de Lane depuis le fauteuil de Mandy, il vit les lampes s'allumer et s'éteindre. Une autre fois, un soir où Lane ne rentra pas, il regarda une soirée chez Ellis et il vit une fille faire un strip-tease en gigotant, ses longs cheveux noirs remuant au rythme des spectateurs qui frappaient dans leurs mains.

Aaron tenait quelque chose. Il appela pour dire qu'il quittait Cleveland pour le New Jersey.

Trouve-moi Jesse, Aaron. J'en ai besoin, maintenant.

Il racontait à Caroline.

– Il vit sur le fil du rasoir. Ses films et ses crimes viennent de la même chose. Il voit sa mère comme une pute et il la tue sans arrêt, encore et encore. Quand il le fait dans un film, il agit à peu près sainement. Quand il tue et coupe des têtes, il est monstrueux. Mais ses films sont peu profonds – il n'est jamais devenu un artiste parce qu'il n'arrivait jamais à dépasser ce problème avec sa mère. Il s'est coincé tout seul. Le vieux crime était là, toujours présent. Et il l'a commis, il ne l'a pas fantasmé comme les autres mômes. Donc, maintenant, quand il le revit, la seule chose qu'il puisse faire c'est essayer de le rendre intrigant et beau. « L'échange de têtes » est sa dernière œuvre, très compliquée, exigeant énormément de concentration, ce qui lui a épargné d'avoir à faire face à ce que c'était en réalité. Plus que tout au monde je voudrais le voir emmené.

Thanksgiving était froid. Décembre arriva avec un frisson glacé. Un après-midi, au début du mois, Janek se rendit dans son vieil appartement sur la 87e et ôta son pantalon, le plia soigneusement, sortit un vieil accordéon, s'assit sur son lit et emplit la pièce de musique.

Elle était sur la Sixième Avenue, vers la 39e Rue où elle faisait des photos lorsque soudain un éclair de douleur la traversa, droit au milieu de la gorge, une terrible douleur blanche et brûlante qui la fit hurler.

– Pendant deux secondes j'étais en état de choc, lui dit-elle. Et puis j'ai vu un môme qui s'enfuyait au coin du bloc.

Elle avait porté la main à sa gorge pour constater que la fine chaîne d'or qu'elle portait avait disparu. Le gamin la lui avait arrachée.

Janek posa ses doigts là où la chaîne avait été arrachée. Une fine ligne rouge. Un hématome.

– Je me suis dit, eh bien, chérie, ça y est, dit-elle. J'ai cru que c'était *lui,* lui qui prenait les mesures de mon cou pour (elle sourit) le démembrement.

Ils étaient allongés côte à côte sur le lit. Elle était restée pensive toute la soirée. Janek avait compris qu'il s'était produit quelque chose. Il avait attendu patiemment qu'elle finisse par le raconter.

– Et puis j'ai compris que ce n'était qu'une agression banale, juste un môme qui volait une chaîne. Et alors j'ai su que je pouvais le supporter. Je pouvais photographier l'agression et vivre avec aussi.

Elle l'embrassa.

– Tu sais, Frank, j'ai changé ces derniers mois. Je suis plus forte que je ne l'étais. Et j'en connais la raison. Tu as été si gentil avec moi et si fort. Tu étais là quand j'avais peur. Tu as emménagé ici pour me protéger, bien sûr, je le savais. Et en faisant ça et en étant qui tu es, tu m'a aidée à tout surmonter.

Elle l'embrassa encore, puis passa ses bras autour de lui et l'attira contre elle.

– Mon Dieu, que je t'aime, Frank!

Le 10 décembre, à neuf heures trente du matin, Aaron Rosenthal appela.

– Je l'ai, Frank.

Enfin! le modèle de tous les flics stupides dans tous ses films affreux.

– Il vit dans un gourbi ici, dans la partie agricole du New Jersey. Tu verrais l'endroit, tu n'y croirais pas. Il a un boulot aussi. Le boulot typique de l'ancien flic. Il est gardien de nuit dans un circuit automobile abandonné.

– A quoi il ressemble?

Janek pouvait sentir l'excitation monter dans sa poitrine.

– Il est étrange, très étrange. Je pense qu'il ne ressemble pas à ce que tu attends. D'abord il n'est plus gros du tout. Jesse est un homme très mince maintenant. Il ressemble à Abraham Lincoln jusqu'à ce qu'il ouvre la bouche. Mais alors, là, il n'y a plus personne.

Jesse

Il prit le Metroliner jusqu'à Philadelphie, où Aaron l'accueillit à la station de la 30ᵉ Rue. Puis ils roulèrent vers le sud dans la Toyota qu'Aaron avait louée depuis une semaine.

Un voyage de l'ignorance à la connaissance, songea Janek. Ou du moins l'espérait-il – impossible de savoir tant qu'il n'avait pas rencontré l'homme. Ils roulèrent en silence, passèrent le pont jusqu'à Camden, à travers un labyrinthe pétrochimique, dépassèrent des zones industrielles et, enfin, en atteignant la banlieue, ils dépassèrent des quartiers commerçants aux trois quarts déserts.

Un jour froid, une température au-dessous de zéro, avec un vent de nord-ouest qui augmentait encore le froid.

Aaron conduisait bien, son gros corps bizarrement tassé dans le siège, les mains posées, légères, sur le volant. Ils ne parlaient pas beaucoup, quelques mots raccourcis et staccato, style qu'ils avaient employé ensemble depuis des mois. Janek contemplait les champs plats couverts d'une légère carapace de neige. Les rafales gelées s'enroulaient autour des barrières et montraient la puissance du vent qui assaillait les fermes en hibernation. Il y avait des rangées de baraques abandonnées, planches pourrissantes étalées le long de la route, dortoirs de travailleurs saisonniers qui vivaient ici au moment des cueillettes, puis montaient vers le nord pour les moissons, achevant leurs voyages dans les champs de pommes de terre de Long Island. La région était déserte.

A Millville, ils traversèrent la rivière Maurice, qu'ils n'avaient pas cessé de suivre, puis prirent une route secondaire qui les mena à Port Norris, une ville posée dans une anse de la baie de la Delaware. Encore un demi-mile jusqu'à un endroit appelé Bivalve sur la carte. Aaron dit que les autochtones l'appelaient « la Shell » à cause des amas énormes de coquilles d'huîtres et de coquilles Saint-Jacques, de dix mètres de haut, caparaçonnées de glace à cette époque de l'année.

Au-delà, la vision d'une ville fantôme sortie tout droit des photos des années 30.

– Comment as-tu découvert ce trou?

C'étaient les premiers mots de Janek depuis des kilomètres.

– J'ai demandé aux alentours, répondit Aaron.

Il ne lui dirait pas. Déjà connu comme le roi des coups de téléphone, maintenant il allait devenir une légende. Il serait l'inspecteur qui avait réussi à retrouver un type porté disparu depuis dix-huit ans dans ce trou paumé, ce pays à moustiques, cette impasse du bout de nulle part, ce dépotoir à débris humains pris dans les glaces.

A travers un champ, puis sur une route défoncée qui n'avait pas été dégagée de la neige, la glace craquait sous les pneus. Aaron arrêta la Toyota. Ils étaient dans une impasse. Un sentier menait à un bouquet de pins. Aaron montra la direction. Janek acquiesça, sortit de la voiture et s'y rendit seul.

Une cabane dans une clairière : ce n'était pas ce à quoi il s'était attendu. Il avait pensé tomber sur un autre gourbi déglingué, du genre de ceux qui constellaient la plaine derrière les tas de coquillages. Cette cabane était idyllique : construite en gros rondins, bien entretenue, le tas de bois rangé sur un côté, un filet de fumée montant de la cheminée pour parfumer l'air frigorifié.

Jesse l'attendait. Aaron lui avait dit qu'un autre inspecteur allait venir de New York, aussi le vieil homme avait-il passé sa journée dans son fauteuil, près de sa cuisinière à bois, livré à ses pensées, laissant son esprit errer, attendant... il ne savait quoi.

Janek chercha sur son visage les traits de Peter, les découvrit lentement, sous une forme inattendue. Les mêmes yeux gris, durs, les mêmes lèvres et les mêmes oreilles, mais sa peau était différente, comme du cuir tendu sur ses pommettes et réchauffé par quelque chose de puissant à l'intérieur. C'était un beau visage, songea-t-il, empreint d'une grande tristesse : les marques d'un malheur passé, mais comme béatifiées, animées d'une connaissance particulière.

Plus tard, Janek devait comprendre qu'il s'était mépris sur la nature de cette lueur : le visage de Jesse brûlait d'une infinie douceur intérieure et à vif.

Il se sentait bien là, et il ne savait pourquoi. Cette cabane était différente de tous les endroits où il avait été dans sa vie. L'homme était spécial aussi. Il rappelait à Janek certains ivrognes qu'il avait vus dans le Bowery quand il était enfant, ou le vieil homme qui voulait laver son pare-brise sous la pluie la nuit où Sal et lui espionnaient le garage de Sweeney. C'était le genre de visage que Caroline aurait voulu photographier : quelque chose était cassé en lui, mais fort aussi.

Il y avait une chaise de l'autre côté de la cuisinière à bois. Jesse, il le savait, l'avait installée là pour lui. Et puis, lorsqu'ils commencèrent à parler, sur un ton étrange et lent, d'une manière intuitive qui leur vint spontanément à tous deux, il se trouva rivé à la voix de Jesse, à sa sécheresse grave parsemée d'éclats métalliques qui donnaient du tranchant à chaque phrase.

– Aaron vous a dit pourquoi je suis venu? (Le vieil homme acquiesça.) Donc vous comprenez. (Jesse fit non de la tête et sa pomme d'Adam remua comme le gosier d'un dindon.) Qu'est-ce que vous ne comprenez pas?

– Tout, dit le vieil homme.

Janek devait sans cesse penser qu'il était un inspecteur interrogeant un témoin ayant une connaissance particulière d'un suspect dans une affaire de meurtre : c'était un mauvais rôle. Il se demandait comment Jesse voyait leur rencontre : un inspecteur de la ville en chasse, face à un ancien flic démoli.

Plus ils parlaient, plus il apparaissait qu'ils pensaient tous deux que Peter était dément, diabolique.

– ... passé des années à me faire enrager. Tout essayé. Saleté après saleté. Voulait une raclée, je l'ai toujours pensé, mais c'était un guide dont il avait besoin, je le vois maintenant. Il ne l'a pas eu. On ne le lui a pas donné. Alors il a erré, ce garçon, il ne pouvait faire autrement. Et il s'est fracassé sur les rochers, vous savez, ceux qu'on avait mis là pour qu'il se brise.

C'était presque un poème, un amalgame de mots simples, de clichés et d'idées pénétrantes. Janek écoutait, ses yeux rivés à ceux de Jesse, son esprit cherchant à sonder les méandres de cette étrange poésie. Il commençait à voir l'enfance de Peter comme une gigantesque lutte : plus il allait loin, plus Jesse battait en retraite dans l'inefficacité. A cela près qu'il ne reculait pas devant son fils mais devant sa rage, devant son énorme rage à lui, devant sa fureur contre la mère du garçon, Laurie, sa femme.

– ... une pute. Elle se faisait sauter tout le temps. Et il le savait. Impossible autrement. On le savait tous les deux et on ne pouvait rien dire. Parce que c'était là, suspendu dans l'air entre nous deux, toujours. Toujours présent. Il me regardait pour savoir quoi faire et je le lui disais. Je lui montrais qu'elle ruinait ma vie. Ça se voyait sur mon visage, à mon allure, mon silence. Il le voyait et il savait. Je le lui disais. Bien qu'on n'en parlât jamais.

A la fin, quelque chose devait casser. Jesse le savait. Il savait aujourd'hui qu'il avait reporté ça sur Peter, que la tension était devenue trop grande pour le garçon, la pression trop forte. Peter ne pouvait tenir le rôle du médiateur. Il ne put qu'entrer en fureur contre sa mère pour ce qu'elle faisait subir à Jesse et mépriser Jesse qui lui permettait de le ridiculiser, Jesse le cocu, Jesse le pauvre idiot.

– ... voulait me tuer. J'en suis certain. Je l'ai vu en lui je ne sais combien de fois. Bon, d'accord, je lui disais, tue-moi, vas-y. Ça ne fera aucune différence. Je suis déjà mort à l'intérieur. Mais dès que je lui ai dit ça, avec mes yeux, vous voyez, jamais à voix haute, il s'est détourné et c'est là qu'il a pensé à la tuer, elle. C'était ce que je voulais, moi, tout au fond de moi. Ce que j'avais toujours voulu. L'utiliser, vous voyez, pour me débarrasser d'elle. Voici les récifs qu'on avait installés pour lui. Il ne pouvait pas nager pour s'en sortir. Pas avec ce qu'on avait mis entre nous et lui. Et pas avec ce qu'on avait oublié d'y mettre. Je veux dire, les vannes étaient toujours ouvertes. Il devait se noyer, ce garçon.

L'après-midi s'achevait, il commençait à faire noir. Janek pouvait à peine distinguer le vieil homme maintenant. Jesse quitta son fauteuil pour aller chercher une lanterne Coleman. Il pompa un peu de pétrole, l'alluma, puis la plaça près de la cuisinière à bois.

Il se déplaçait avec la légèreté d'un homme grand et fort, mince comme l'avait dit Aaron : la graisse accumulée dans le flic raté avait été brûlée par les années d'errance. Maintenant, enfin, il retrouvait son seul amour, l'amour de son travail. Il était gardien de nuit et il gardait un endroit où il n'y avait rien à garder. Il rit en racontant ça à Janek. La fin parfaite pour un flic brisé : voilà ce que disait son rire.

Que Jesse comprenne si bien cette conspiration familiale tenait du miracle pour Janek. Sauf qu'il avait eu dix-huit ans pour réfléchir au matricide de Peter.

– ... voulait une punition. Je le savais. Et ma façon de le punir était de toujours ignorer ce qui était, vous voyez. Et il voulait ça aussi, lui. Le pousser plus loin, jusqu'au pire. Et quand, enfin, il l'a commis, rien! Pas de punition. J'ai tout foutu en l'air pour qu'il s'en sorte indemne. C'était ma faute, voilà ce que je pensais. Je l'ai poussé à le faire. Je sais bien qu'elle aussi, mais le blâme était pour moi. Parce que c'était ce que j'avais souhaité. C'est moi qui l'ai conduit à ça, à ce que je désirais...

Il y avait de la magie, de la foi en de mystérieux pouvoirs du désir, des pensées mortelles, de la télépathie, un confluent de désirs inavoués et de toute la culpabilité qui dérivait de telles croyances. Janek reconnaissait la culpabilité, la sentait dans cette cabane éclairée par une lampe Coleman qui éclairait un seul côté du visage troublé de Jesse, laissant l'autre côté dans l'obscurité.

Il lui décrivit alors l'histoire de « l'échange de têtes », de flic à flic. Cela ne lui prit pas longtemps. L'histoire était plus simple qu'il le pensait. Ce qui le surprit. Il avait toujours cru qu'elle était d'une telle complexité que cela rendait tout résumé impossible, comme une toile d'araignée.

– Voilà le message contenu dans tout, dans le chat, les oiseaux, le meurtre de votre femme et de Baxter et des deux filles à New York. Il veut qu'on l'arrête. Il a besoin qu'on le stoppe. Et la seule manière dont je puisse le faire c'est en l'approchant d'une façon que vous n'avez jamais employée.

– Ouais, dit le vieil homme, toutes ces filles qu'il découpe dans ses films, il pense qu'il peut m'atteindre à travers elles.

Soudain Janek vit un éclair dans les yeux de Jesse, il le vit briller un instant, puis mourir. Le vieil homme haussa les épaules, un haussement d'épaules final : un signe d'impuissance totale. Aaron avait raison : il était trop loin maintenant pour se soucier de ça.

Il faisait nuit noire quand Janek revint à la voiture. Aaron avait laissé tourner le moteur pour ne pas geler. Ils commencèrent à rouler en silence, la neige était figée sur les champs comme une armure bleu nuit, un camion grondait de temps à autre, surgissant de la nuit, et fonçant vers eux, ses phares balayant la glace de reflets.

– Eh bien? fit Aaron, au bout d'un très long moment.

– Ça n'a pas marché, dit Janek.

– Qu'est-ce qui était censé marcher?

– Ma folle idée que ses films étaient une sorte de message adressé à son père. Qu'ils disaient : Allez. Coince-moi! Voilà ce que j'ai fait! Maintenant fais quelque chose! Capture-moi! Ne me laisse pas m'enfuir! Et je croyais que si je pouvais enrôler le vieil homme, je pourrais briser ses défenses. Ecoute, merde à la fin! il ne me sert à rien. Tu avais raison, il n'y a rien dans ce bout de nulle part.

Ils roulèrent encore un bon moment.

– Il est perspicace, remarque, fit Janek en regardant Aaron. Je croyais que tu m'avais dit qu'il n'avait jamais vu aucun des films de Peter.

– C'est exact, dit Aaron.

– Tu en es certain?

– C'est lui qui me l'a dit.

– Mais alors comment... (Janek se tut.) Aaron, arrête la voiture!

– Quoi?

– Arrête une minute, j'ai besoin de réfléchir.

Aaron se rangea sur le bas-côté. Un camion passa en rugissant.

S'il avait vu les films il l'aurait dit. S'il ne les a pas vus, qu'est-ce qu'il voulait dire quand il a dit : Ces filles qu'il découpe dans ses films, il pense qu'il peut m'atteindre à travers elles?

– Ecoute, il faut qu'on y retourne. Je crois que j'ai raté un truc là-bas.

Aaron acquiesça, fit faire demi-tour à la voiture. Ils foncèrent dans la nuit.

Bien qu'une heure se fût écoulée depuis son départ, Janek avait la sensation que Jesse avait à peine bougé. Il était toujours assis dans son fauteuil près de la cuisinière avec la même expression : peur et désespoir. Le vieil homme ne sembla même pas surpris du retour de son visiteur. Quand Janek entra il lui fit signe de reprendre sa chaise.

– Qu'est-ce que vous savez des films de Peter?

– Jamais vu aucun.

– Mais vous m'avez parlé des filles qu'il découpe, fit Janek incrédule, vous avez dit...

– Les filles des films, oui, en photo.

– Quelles photos?

– Celles qu'il m'envoie.

Caroline avait-elle raison?

– Il vous a envoyé des photos?

Jesse hocha la tête affirmativement.

– Où sont-elles? (Janek le regardait d'un air curieux.) Vous les avez? (Janek retenait son souffle.)

Il lui fallut encore plus d'une heure pour extraire toute l'histoire, comment durant toutes ces années Jesse avait reçu des enveloppes contenant des photos de filles assassinées. Des photos affreuses et grotesques mais où perçait tout de même un effort pour les rendre belles, même dans la mort. Jesse voyait bien qu'elles étaient truquées et il savait qu'elles venaient de Peter, mais il n'avait aucune idée de la façon dont Peter avait découvert où il vivait. C'était pour cela qu'il avait déménagé tant de fois, effaçant ses traces : pour échapper à ces enveloppes qui étaient des reproches, pour échapper aux réquisitoires de son fils.

Il pensait avoir réussi. Il était dans le New Jersey depuis deux ans et depuis deux ans, il n'avait pas reçu un lot de photos. Mais, il y a quelques mois, il avait trouvé une enveloppe dans sa boîte aux lettres avec quatre photos dedans.

Deux photos de deux filles mortes, et les deux autres montraient les deux filles chacune avec la tête de l'autre. Dément, écœurant, plus dément et plus malade que tout ce qu'il avait reçu auparavant. Elles avaient l'air réel aussi, mais Jesse savait bien que ce n'était pas possible, que Peter les avait fabriquées, que c'étaient des photos faites avec des mannequins ou des actrices, comme les autres. Il ne les avait même pas regardées avec attention. Il avait simplement jeté ces saloperies.

Sur le chemin du retour vers Philadelphie, pour la deuxième fois, cette nuit-là, Aaron tenta de consoler Janek.

– Eh bien, il y a quand même une chose, on comprend au moins le pourquoi de tout ça, le pourquoi de l'embellissement apporté aux deux scènes du crime. Mais, je vais te dire une chose, Frank, plus on s'enfonce dedans et moins je comprends cette affaire.

Ils s'arrêtèrent pour prendre de l'essence. Pendant qu'on remplissait leur réservoir Janek appela le commissariat d'une cabine. Howell répondit et il avait un rapport à faire :

– Peter a trouvé une fille, lieutenant. Elle ressemble

un peu à celle des photos qu'il a montrées à toutes les filles. Sal lui a parlé. Elle lui a dit que Peter était déjà venu trois fois et qu'il aime faire ça sur une alèse. Maintenant on pense qu'il va peut-être essayer de faire l'échange avec la fille de la photo. Mais on a un problème. On ne sait pas qui est l'autre fille.

Lorsqu'il reposa le combiné la tête lui tournait. Est-ce que Peter bluffait? Est-ce qu'il le provoquait ou essayait-il vraiment de s'attaquer à Caroline? Il faisait tout pour se calmer. Cela prit un moment. Puis il appela le *loft*. Trois sonneries avant qu'elle ne réponde.

– Ecoute, dit-il, je ne voudrais pas t'alarmer mais tu me connais, je préfère que les choses soient sûres. J'ai un revolver et une boîte de balles dans le placard, sur l'étagère du haut, à droite. Assure-toi que toutes les fenêtres sont fermées et reste chez toi jusqu'à mon retour. Quoi qu'il arrive, n'ouvre à personne. Si qui que ce soit essaie d'entrer, tire. Non, je ne crois pas qu'il va se passer quoi que ce soit mais je veux que tu fasses attention, c'est tout. Je suis en route. Je devrais être là d'ici quelques heures. Ne t'inquiète pas. Tout ira très bien.

De retour à la voiture, il ne parvint plus à se contenir. Il balança toute l'histoire à Aaron : l'histoire de Caroline, de l'intrusion, de la lame de rasoir et des photos.

– Je suppose que si j'étais un dur, je trouverais un moyen de me servir d'elle comme appât, dit-il.

– Impossible, Frank. Pas toi. Ecoute, on va prendre des gars en plus et la protéger. Pendant ce temps-là on va coffrer Lane. Il faut arrêter ce type.

Soudain, pris d'un accès de rage, Aaron frappa le volant du poing.

– Une vraie preuve! Entre les mains d'un flic. Et ce vieux débris fait ce qu'il a toujours fait. Il jette ces enculées de photos à la poubelle! Bon Dieu!

Il se passa cinq minutes avant que Janek ne réponde, parce qu'il lui fallut autant de temps pour comprendre sa propre idée. Il l'entrevit, ne fut pas certain qu'il aimait beaucoup ça, la mit de côté pour la laisser germer un moment. Et quand il la reprit, elle lui sauta aux yeux, fabuleuse, comme une fleur soudain jaillie d'une graine. Et la fleur était belle, parfaite, symétrique et si effrayante que Janek s'en écarta, affolé. Mais sa beauté l'ensorcela à nouveau et il l'examina à nouveau et, à ce moment, ses pétales s'ouvrirent. Lorsqu'il les toucha il sut qu'il avait déjà vu cette fleur quelque part, peut-être un soir, en rêve.

– Peter ne sait pas qu'il l'a fait.

– Quoi? fit Aaron en lui jetant un coup d'œil effaré.

Janek hocha doucement la tête.

– Peter ne sait pas que Jesse a jeté la preuve.

Mimodrame

Il s'annonça d'en bas. Il savait qu'elle n'était pas une cinglée de la détente mais il avait vu trop de méprises pour entrer comme un fou chez elle. Elle était tranquillement au lit, en train de regarder la télévision.

Elle le regarda par en dessous.

– Salut. Tout va bien, dit-elle, avant de ramener son regard vers l'écran. Maintenant que tu es là, je vais pouvoir redevenir toute féminine et toute nerveuse.

Il se pencha pour l'embrasser. Bogart et Bacall échangeaient des allusions sexuelles torrides. C'était *Le Grand Sommeil* et Caroline était complètement absorbée. Il remarqua qu'elle avait posé son revolver sur la table de nuit à côté de son appareil photo. Il s'assit sur le lit à côté d'elle.

– Je vais essayer de bluffer Lane.

Plusieurs secondes passèrent avant qu'elle ne se retourne pour le regarder dans les yeux.

– Bon sang, quel dialogue! fit-elle.

Puis elle se leva et éteignit la télé.

– Bogart est bien, mais tu es vraiment le meilleur, Frank.

Elle le prit dans ses bras.

– C'est un bon détective, mais le meilleur, c'est toi.

Au matin, il lui expliqua comment il espérait que le bluff allait fonctionner, le rôle que Jesse aurait à jouer et ses chances de succès.

– Je tente le coup, dit-il. Mais si je perds je ne recule pas. Je suis déjà dans l'impasse totale. Parce que sans aveux, cette affaire ne tient pas.

– Qu'est-ce qui te fait croire que ça va marcher?

– Je sens quelque chose d'explosif dans la relation père-fils, dit-il, et elle est peut-être assez explosive pour faire éclater Peter en morceaux. Il se contrôle trop pour être réellement stable. C'est ça sa faiblesse, trop de contrôle. « L'échange de têtes », c'était du travail parfait, mais il a eu le malheur de prendre ces photos. Pourquoi? Tu disais qu'il avait peut-être besoin de preuves, pour lui-même, pour se prouver qu'il l'avait réellement fait. J'ai lu cette information autrement. Pour moi c'est comme s'il avait besoin de *créer* une preuve. Il y a un côté confession, quelque chose à exploiter. Supposons que j'arrive à faire flipper Peter, à le mettre dans un état d'esprit dérangé. Là, les choses pourraient devenir vraiment intéressantes. Dans les conditions appropriées il se pourrait qu'il craque et qu'il avoue...

Un jour glacé avant Noël, un jour parfait, songeait Janek. Trop glacé et trop venteux pour que Peter ait envie de sortir, mais l'air était si clair qu'il verrait tout... s'il regardait.

La première étape était d'attirer son attention. Ils avaient conçu un plan très élaboré. Un soudain débordement d'activité, des voitures de patrouille garées devant l'immeuble, des inspecteurs allant et venant, prenant des poses énergiques, discutant d'un air affairé dans le studio d'Amanda, se conduisant comme s'ils étaient au bord d'un changement imminent.

– Je ne sais pas, Frank. L'idée est séduisante, mais je dirais qu'on joue à quatre contre un.

– Tu me connais, Aaron, je ne joue jamais les tocards.

Ils étaient debout autour du lit d'Amanda et Janek faisait comme s'il le cadrait, ses mains découpant le rectangle de photos imaginaires, puis ils faisaient semblant de comparer les angles avec de vraies photos. Il essayait de ne pas en faire trop. Peter connaissait le travail de l'acteur, il pouvait distinguer la vérité du jeu d'un comédien. Mais même si Peter pensait que c'était de la comédie Janek était certain qu'il serait tenté, ne serait-ce que par curiosité et pour le plaisir, de voir leur spectacle.

La seule chose importante était que Peter regarde.

Ils passèrent tout le début de la soirée debout, là, attendant la nuit. Quand l'obscurité tomba ils étaient complètement illuminés. Toutes les lumières du studio étaient allumées.

Sal s'approcha de la fenêtre et regarda dehors.

– Il est là, dit-il. Je le sais. Il est assis dans le noir et, du fond de son obscurité, il regarde, c'est ça qu'il aime.

– Tu es sûr ?

– Positif. C'est un hibou, Frank.

Janek hocha la tête, puis regarda sa montre.

Jesse était la marionnette. Howell, désigné comme manipulateur, l'avait fait tout beau, l'avait amené à New York, l'avait nourri et occupé. Jesse ne savait pas ce qu'il faisait ni pourquoi. Il faisait selon le désir de Janek. Si Jesse ne savait rien, il n'y avait pas de conspiration pour arrêter Peter. Si son plan fonctionnait, Janek ne voulait pas le voir mis en morceaux par la défense, au tribunal.

Le vieil homme était splendide dans son uniforme de gardien de nuit, solide quoique squelettique, puissant à un point presque effrayant. Un spectre du passé, la seule faille dans le crime sans faille de Peter, et qui débarquait sans prévenir, avec les preuves en main.

Janek le présenta à Sal puis ils le firent passer plusieurs fois devant la fenêtre. Il était très important que le vieil homme fût clairement visible. Il était possible, Janek le savait, que Peter ne le reconnaisse pas du premier coup, mais il saurait qu'il regardait un personnage important, un homme que les inspecteurs avaient attendu depuis des heures.

Janek l'emmena ensuite dans la salle de bains où il lui expliqua le crime dans tous ses détails, se demandant, en voyant le vieil homme hocher la tête, s'il comprenait comment ils se servaient de lui. Ensuite, lorsqu'il estima qu'il s'était passé assez de temps pour énerver Peter, il ramena le vieil homme dans le studio, devant le lit d'Amanda.

Puis il sortit, bien en évidence, quatre polaroïds de sa poche.

– Est-ce que ça vous dit quelque chose? demanda Janek.

Jesse les regarda très attentivement. Ostensiblement, il était là pour étudier le crime et dire s'il reconnaissait des éléments du décor des photos qu'il avait jetées.

– Elles sont comme celles que vous aviez, n'est-ce pas? fit Janek.

Jesse hocha lentement la tête comme un vieux flic mettant silencieusement en place les dernières pièces d'un puzzle.

L'idée était de faire penser à Peter que son père avait conservé les photos, bien que Janek ait décidé de ne jamais lui dire qu'il l'avait fait. Il ne fallait pas en parler. Peter devait penser que Janek tenait la preuve. Quel que soit le succès de l'interrogatoire qui prendrait place dans le futur, Janek ne devait pas pouvoir être accusé d'avoir obtenu ses aveux grâce à un mensonge.

Son dernier coup, celui, il l'espérait, qui rendrait Peter fou, était d'amener Jesse à la fenêtre, de l'ouvrir et de le placer là, regardant dans la nuit. C'était de ce déploiement, avec un peu d'espoir, que la réalisation coulerait de source. Peter pouvait choisir de ne pas croire à Jesse, ou même d'y croire et de s'en foutre. La troisième possibilité, celle sur laquelle comptait Janek, semblait parfois, quand il y pensait, complètement impossible.

Donc il plaça le vieil homme bien en vue, exactement là où Amanda avait placé jadis son tapis d'exercice et se planta derrière lui. L'air froid de la nuit baignait son visage. Ressentait-il aussi autre chose, ce même frisson qui l'avait traversé une nuit, des mois plus tôt? Il regarda, voulant pénétrer l'obscurité de la fenêtre en face, voulant que sorte le visage qui, il le savait, était tapi derrière la vitre.

Pendant un moment, il crut l'avoir vu. Un mouvement... ou quelque chose. Il scruta la fenêtre encore plus soigneusement, sentant Jesse à ses côtés, entendant la respiration du vieil homme, se demandant si elle était au même rythme que celle, inquiète, de l'autre côté de la rue. Et puis, sans qu'il sût pourquoi, il sentit que le lien était rompu, brusquement. Et, juste à ce moment, alors qu'il se demandait s'il s'imaginait des choses ou si son plan fonctionnait mal, il entendit un bruit et se retourna pour voir Stanger débouler dans la pièce comme un fou.

L'inspecteur était hors d'haleine. Il avait monté les escaliers quatre à quatre.

– C'est de ma faute, haleta-t-il, essayant de toutes ses forces de se redonner une contenance. Il est sorti comme une fusée, lieutenant, trop vite, ajouta Stanger avant de laisser retomber ses bras. Désolé, lieutenant. Il est parti...

La chambre

– Eh bien au moins, fit Sal, tu l'as mis à terre.

– Mais où est la terre? demanda Aaron.

C'était la veille de Noël. Ils étaient assis dans le bureau. Sal et Aaron avaient écumé la ville en vérifiant tous les endroits que hantait Peter. Aaron portait sa calotte. Le commissariat était envahi de chants de Noël qu'ils entendaient à travers les murs.

Le plan avec Jesse avait très bien fonctionné, mais pas comme Janek l'avait espéré. Une semaine après leur mimodrame chez Amanda, Peter n'avait toujours pas réapparu, n'était pas retourné dans son appartement. Janek y avait posté Stanger.

– Comme ce sont les vacances, il est peut-être rentré chez lui.

Aaron regarda Sal et rit.

– Ce trou dans le Jersey?

– Chez soi c'est chez soi.

– C'est pas un sentimental.

– Alors où diable se planque-t-il?

Les deux inspecteurs regardèrent Janek. Ils tournaient et retournaient le problème dans tous les sens depuis une semaine. Il semblait logique que Peter se cache. Effrayé par l'apparition de son père, il s'était figuré que le jeu était terminé et s'était enfui. Jesse était de retour dans sa cabane, avec Howell comme garde et compagnon. Peter avait su où adresser les photos, mais Janek ne pensait pas qu'il irait là-bas. Mis en face de son père il avait choisi la fuite.

– Comme ce sont les vacances, pourquoi *nous* n'allons pas chez nous?

– Ça, dit Aaron, c'est une brillante idée.

Ils descendirent ensemble. Il y avait un sapin dans l'entrée, un sapin famélique et pathétique couvert de paillettes. Un vieux sergent déguisé en Père Noël était assis, souriant sur un banc normalement réservé aux ivrognes. Des enfants d'officiers de police s'agitaient autour de lui en riant.

Il neigeait un peu quand ils sortirent. Le ciel était sombre et les gens se pressaient, les bras chargés de paquets. Les trois inspecteurs restèrent ensemble un moment, debout, là, puis se dirigèrent vers leurs voitures.

En route vers Long Island City, Janek trouva la circulation presque agréable. Les conducteurs étaient polis et le pont lui sembla magique, la neige accrochée à ses câbles comme des franges. Il écoutait Bing Crosby chanter *Noël Blanc* à la radio et il pensa à Lou DiMona et se demanda si elle était partie à Houston pour passer les vacances avec Dolly.

Il se gara devant l'immeuble de Caroline, ramassa ses cadeaux et monta les escaliers. Tout en grimpant, il se sentait comme un inspecteur fatigué, mais lorsqu'elle ouvrit la porte et qu'elle se jeta dans ses bras toute sa fatigue disparut. Ils mangèrent, burent, écoutèrent de la musique, firent l'amour, se caressèrent jusqu'à ce qu'ils s'endorment. Le matin, ils échangèrent leurs cadeaux. Il lui donna une nouvelle chaînette en or et une raquette de tennis en graphite. Elle lui fit cadeau d'un sweater gris et très doux et d'un moule à gaufres : il lui avait avoué un jour que, parfois, il avait des envies irrésistibles de gaufres chaudes.

En la regardant préparer le petit déjeuner il se demandait ce qui le rendait si heureux. Pendant des années Noël l'avait toujours rendu maussade. C'était une journée qui ne passait jamais assez vite mais, cette année – une sensation unique –, il espérait qu'il durerait éternellement.

– C'est parce que tu n'es pas seul, dit-elle. Cette année tu as un chez-toi.

– Mais je ne me sentais pas comme ça avant, quand j'avais un chez-moi, répondit-il.

– Tu n'avais pas un chez-toi, tu avais une maison.

L'après-midi ils allèrent se promener. Il ne neigeait plus, le soleil était sorti, l'air était clair et piquant. Elle avait pris son Leica. Il la regardait s'arrêter et prendre des photos. Il ne se lassait jamais de la regarder, de l'intensité qui émanait d'elle quand elle travaillait.

– C'est étrange comme ces derniers mois ont été marqués par tant de photos, dit-il. Les tiennes, puis celles du crime, et puis le vieil instantané de ton père avec Al et Hart. Et les photos qu'il a envoyées à Jesse : celles dont tu avais deviné l'existence. (Il la regarda.) Et où est-il, maintenant? Sal dit qu'il est chez lui.

– Sal a raison.

– Pas la cabane. Howell y est, de toute façon.

– Il a peut-être un autre chez-soi.

– Où?

Elle haussa les épaules.

– Tout le monde a un chez-soi.

Ils marchèrent. Un gamin fonçait sur eux avec son vélo tout neuf. Un vieil homme était planté au coin du bloc jetant des graines à une volée de pigeons. Un autre chez-soi... Et tant de photos... Janek regarda le ciel. Un avion passait, laissant une traînée de vapeur. Il s'arrêta et regarda Caroline.

– Le boudoir, dit-il.

– Quoi?

Elle s'était arrêtée aussi, elle cherchait ses yeux.

– L'endroit où il avait mis les meubles de sa mère. (Janek sentit que sa voix montait.) Les fauteuils avec les napperons sur les bras. Les tablettes avec les photos encadrées. La chambre du film. La chambre où il avait emmené la fille. (Il s'arrêta à nouveau.) La chambre.

Il était expert en cachettes secrètes. Il en avait déjà visité un grand nombre. On en a tous, racontait-il souvent, des endroits secrets comme la cachette de Mandy, des chambres dans la tête et, parfois, de vraies chambres. Il y a les endroits où on range nos démons et nos peurs, les accessoires de notre enfance, les souvenirs qui témoignent de notre vie. Aaron admirait depuis longtemps le talent de Janek pour découvrir les chambres secrètes. Il appelait ça « la spécialité de Frank. » Il adore le principe, disait Aaron.

C'était le lendemain de Noël. Dans leur bureau. Huit heures du matin. Janek avait appelé Aaron et Sal chez eux la veille :

– C'est là qu'il s'est enterré. Il ne nous reste qu'à trouver l'endroit.

Il avait ordonné à Sal de remplacer Stanger le temps que Stanger trouve Nelly Delgado et la ramène. Elle était assise avec eux, jurant qu'elle ne pourrait jamais retrouver l'endroit, reniflant à cause d'un rhume, furieuse d'avoir été tirée du lit. Janek tentait de l'amadouer. Elle arriverait certainement à se souvenir si elle essayait. Les deux autres inspecteurs étaient occupés. Sal, au téléphone, cherchait à localiser l'accessoiriste qui avait travaillé sur *Mezzaluna,* tandis qu'Aaron, muni d'un autre téléphone, parlait à la tante de Peter, à Cleveland, la suppliant de se souvenir où elle avait fait livrer les meubles quand Peter les avait demandés la première fois qu'il s'était installé à New York.

– Le type vous emmène de Times Square à Brooklyn en taxi, disait Janek. Il est obligé de prendre un pont ou un tunnel.

Nelly acquiesça.

– Il y a trois ponts. Williamsburg, Manhattan et Brooklyn.

Il la regarda.

– Ou bien il a pris un tunnel?

– Non, c'était un pont.

– Voilà, vous voyez? Ce n'est pas si difficile!

– Mais je ne sais plus lequel.

– Bien sûr. C'est pour ça que Sal va vous montrer les trois. A un moment ou à un autre ça va vous revenir. Accepteriez-vous de vous faire hypnotiser? Nous avons un hypnotiseur, ici.

Nelly le regarda, effarée.

Sur le coup de dix heures, Sal avait trouvé l'accessoiriste, le décorateur et le directeur de production. Ils ne se souvenaient pas de grand-chose sauf du fait que la scène entre Targov et la prostituée avait été tournée avec un décor que Peter avait commandé. Où avaient-ils eu les accessoires? Peter les avait choisis, dit le décorateur. Où? Il ne savait pas. L'accessoiriste se souvenait vaguement d'un camion. Un camion de livraison de décors conduit par des gens syndiqués? Non, le film avait été tourné hors syndicat. Peter avait employé des étudiants en cinéma et un camion de location. Quand la scène avait été tournée, ils avaient dû remporter les meubles.

– Jusque-là où il les garde, dit Aaron.

– A moins qu'il ait abandonné l'endroit et mis tout au garde-meuble.

Janek ne pensait pas qu'il avait fait ça.

– C'était son refuge. Il avait besoin de cette chambre. On n'abandonne pas un refuge.

– Un refuge contre quoi? demanda Sal.

– La colère. La folie. (Janek marqua une pause.)

C'est ça qui est curieux, à chaque fois. L'endroit où la rage est née finit par devenir l'endroit où la fureur se calme. Si Peter en est arrivé à assez de douleur pour recréer le boudoir de sa mère, il a conservé cette planque, et c'est là qu'il se cache.

Sal fut chargé de conduire Nelly à Brooklyn. Ils essaieraient de localiser le quartier, puis ils l'exploreraient, bloc après bloc. Elle se souvenait que l'immeuble ne faisait pas l'angle d'une rue, qu'il n'y avait pas d'ascenseur et qu'il avait six étages. Bon, admit Janek, il y avait environ cinq mille immeubles de cette sorte dans Brooklyn. On n'a plus qu'à tricoter des jambes, avait-il ajouté.

Aaron prit un vol pour Cleveland. Liz Lane n'avait pas gardé la facture du déménageur et n'avait plus l'ancienne adresse de Peter. Elle ne se souvenait même pas du nom de la compagnie de déménagement. Elle l'avait choisie dans les pages jaunes, en lisant un encadré.

Janek le conduisit à l'aéroport. Il l'encouragea pendant qu'ils attendaient l'avion.

– Commence par la faire se souvenir de l'année, puis de la saison et puis trouve un annuaire de cette année-là. Passe-le en revue avec elle. Elle peut se rappeler si l'annonce était sur la page de droite ou de gauche. Si ça ne marche pas, recense toutes les compagnies inter-Etats et procède par élimination.

Lorsqu'il revint au commissariat, il appela la commission urbaine de location. Y avait-il un moyen de localiser un appartement si on ne possédait que le nom du locataire? La réponse fut rapide.

– Désolé, lieutenant : non.

Au bout de quatre jours, Sal demanda à être relevé. Il avait attrapé le rhume de Nelly.

– C'est une brave fille, mais c'est sans espoir, Frank. Des kilomètres et des kilomètres d'immeubles. Tout finit par se ressembler.

Liz Lane passa trois jours à feuilleter une vieille édition des pages jaunes de Cleveland avant de téléphoner à Aaron dans son motel au beau milieu de la nuit. Elle pensait que le nom du déménageur venait de *la Bible ou d'un mythe, peut-être.* Aaron se rendit chez elle. Pour la dixième fois, ils passèrent en revue le Bottin. Elle avait rétréci le champ à trois compagnies : Atlas, Hercule et Samson. Le lendemain matin Aaron appela les trois et les cajola pour qu'ils examinent leurs vieilles fiches. Il leur fallut deux jours avant que l'on retrouve, chez Atlas, l'adresse du point de livraison. Aaron appela de Cleveland pour la leur donner. Janek et Sal foncèrent sur place. Il n'y avait rien : un terrain vague. Dix ans plus tôt, le bâtiment avait été démoli.

Aaron reprit l'avion pour New York.

A deux heures, l'après-midi du 31 décembre, Janek interrogea à nouveau Nelly Delgado. Il lui fit reraconter son histoire étape par étape : le trajet jusqu'à l'immeuble, les six étages à pied, le décor de l'appartement, la scène. Il cherchait quelque chose, n'importe quoi, un détail dont elle ignorait l'importance, une petite chose qui aurait échappé à sa mémoire et qui l'aiderait à trouver l'endroit. Ses impressions étaient plutôt floues. Est-ce qu'elle avait vu un téléphone? Non. Est-ce que les fenêtres donnaient sur la rue? Elle ne savait pas. Comment ça se faisait? Il avait tiré le rideau et il y avait des volets.

D'après sa description, Janek dessina un plan au sol, puis localisa les positions du lit, des fauteuils, des tablettes, du buffet.

– Comment ça s'est passé quand vous êtes arrivés?

– J'ai attendu pendant qu'il cherchait ses clés.

– Alors il a ouvert?

– Oui.

– Et après, qu'est-ce qui s'est passé?

– On est entrés.
– Vous d'abord?
– Non. Lui.
– Et après?
– Il a allumé les lumières.

Si Peter avait des lampes, il avait donc l'électricité. S'il avait l'électricité, il avait un contrat avec Con Edison. Le contrat était peut-être sous un autre nom, mais Nelly se souvenait qu'il n'y avait pas de nom sur la sonnette. Et la boîte aux lettres? Elle ne s'en souvenait pas. Mais il fallait bien que la compagnie d'électricité expédie ses factures quelque part. Janek saisit son téléphone.

A cinq heures ils écumaient les listings d'ordinateur. Janek avait donné des noms à la fille d'Edison : Peter Lane : le seul compte était celui de la 80e Rue. Peter Dill : il y en avait deux. Sal et Aaron sortirent les vérifier. Janek essayait toutes sortes de variations sur Lane et Dill et, quand il les eut épuisées, il commença à aligner les noms des personnages des tueurs dans les films de Peter. A huit heures il était certain qu'il le tenait : Targov, Ivan, 12 309 Oakland Avenue, Brooklyn, dans Greenpoint, près du parc de McCarren.

Il s'y rendit seul. Une rue ordinaire. Un quartier ouvrier ordinaire. Une confiserie polonaise au coin, un pressing, un cordonnier, un oculiste. Des cierges de Hanukkah visibles dans beaucoup d'appartements. Un sapin de Noël dans une boulangerie.

Il entra dans l'immeuble. Pas de nom sur la sonnette de l'appartement du sixième. Il sonna la concierge. La porte s'ouvrit avec un cliquetis. Une femme aux cheveux gris et aux lunettes épaisses apparut dans le hall.

– Oui?

Janek montra son insigne. Elle fronça les sourcils, puis le laissa entrer. Son haleine sentait l'ail. Non, elle ne connaissait pas le 6B. Non, elle n'avait pas de double des clés.

Janek grimpa les escaliers, se reposant sur chaque palier. L'odeur de l'insecticide à cafards, sensible dans le hall, était plus qu'envahissante lorsqu'il atteignit le sommet.

Il sortit son revolver, l'arma, le tint prêt. Il frappa. Pas de réponse. Il s'adossa au mur, tourna la poignée et poussa.

La porte s'ouvrit lentement. Au début, il crut que la pièce était vide mais, quand il avança sur le seuil, dans l'obscurité, il rencontra deux yeux gris perçants.

Confession d'une longue nuit

Il s'était rendu neuf fois dans l'appartement d'Amanda avant de la tuer. Neuf fois! Est-ce que Janek se rendait compte? Neuf! Neuf!

Pense au risque. Incroyable! Un exploit absolument impossible. Mais ces expéditions avaient été nécessaires, d'abord pour visualiser l'endroit, pour mettre au point son plan, pour répéter. Mais, et c'était l'essentiel (il doutait que Janek eût pensé à cela), impondérable, à cause du chien.

Cet horrible clebs : Petunia. C'était son principal souci. Parce que, s'il attendait Mandy derrière le rideau de la douche, le chien allait sentir sa présence, l'avertir et cela flanquerait tout par terre, elle se mettrait à crier, cela le forcerait à foncer dans le salon et à l'attaquer là. Alors il y aurait une lutte. Il aurait à la tuer sans profiter de l'avantage de la surprise. Et cela amènerait trop de variables dans son équation parfaite. Il serait forcé d'improviser. Il fallait qu'il réalise son scénario exactement comme il l'avait écrit sous peine de se mettre en danger. Pire, il risquait de détruire la parfaite symétrie de sa conception.

De toute façon...

Plus tard, quand ce fut fini, Janek devait se souvenir comme tout avait été facile, l'entrée dans la chambre obscure, Peter roulé en boule sur le divan rouge usé qui datait de la Deuxième Guerre.

– Bonjour, Peter, avait-il dit gentiment en abaissant son P. 38.

Puis il s'était assis très calmement sur un fauteuil aux bras recouverts de napperons en dentelle.

Il n'avait pas eu besoin d'encourager Peter à parler et, lorsqu'il avait commencé, Janek n'avait ressenti aucun besoin de le presser à continuer. Ils étaient restés assis en silence pendant un moment dans cette étrange pièce lugubre, éclairée seulement par une vieille lampe dont l'abat-jour portait des franges mangées aux mites. Et puis Peter s'était mis à parler et Janek avait écouté, hochant la tête, tandis que l'histoire se déversait. Peter paraissait plus petit à la fin, enfantin, privé de son aspect menaçant habituel. Pendant tout le temps, les photos de Laurie et Jesse Dill étaient restées perchées sur les tablettes : sentinelles silencieuses, témoins de l'incroyable confession de leur enfant.

Janek savait que Peter ne s'était pas confessé particulièrement à lui, mais à Jesse peut-être, ou à un père imaginaire de qui il voulait recevoir l'absolution. A la fin, Janek l'avait senti, cela n'avait plus d'importance : il était là, inspecteur-confesseur, vaisseau vide attendant d'être chargé. Dès que Peter avait avoué, en se flattant, avoir été neuf fois dans l'appartement d'Amanda, le crime avait été résolu. Les seuls éléments manquants étaient certains détails que Janek n'avait pas prévus.

La fureur et la rage, il avait pu les imaginer longtemps auparavant.

Et il avait écouté, jetant de temps en temps un coup d'œil à Peter, enfoncé dans le divan, les yeux mi-clos, vides, parlant d'une voix douce mais passionnée, chuchotant ses mots, non pas à son interlocuteur mais à la chambre elle-même.

C'était comme si Peter avait raconté une histoire inventée pour un de ses films, avait songé Janek.

Le récit avait la même froideur.

Le chien était imprévisible, détestait les étrangers et grognait après tout le monde. Il devait donc trouver un moyen de le neutraliser et il avait décidé d'essayer de l'amadouer, de l'habituer à son odeur. C'était une des raisons de ses multiples visites. Mandy rentrait de promenade avec Petunia, et Petunia se comportait bizarrement, courait partout, grognant et jappant à la recherche de l'étranger qu'il sentait. Comme il n'y avait personne de visible, Mandy ordonnait au monstre de la fermer. La fois suivante le chien reconnaissait l'odeur et recommençait. Mandy avait toujours négligé ces avertissements, les seuls qu'elle avait jamais reçus.

Et pourtant, il le savait, ce serait dangereux.

Brenda avait été une affaire facile. La vulnérabilité : voilà le moyen de courtiser une prostituée. Il savait ça depuis des années, il avait vécu ça toute sa vie. Tout ce que vous aviez à faire avec une fille comme ça c'était d'être gentil avec elle et elle vous mangerait dans la main.

Il n'avait pas rencontré Brenda avant, il n'avait pas pensé ajouter une autre femme. Cette idée-là était venue plus tard. Mais il brûlait les étapes. Retour sur Mandy. C'était elle le stimulant, la cause.

Il l'avait étudiée pendant des mois. Il passait presque tout son temps chez lui à lécher ses blessures. Son dernier film, *Film noir,* son chef-d'œuvre, du moins le pensait-il, était un échec. Il n'était resté que deux semaines dans un cinéma minable du Village, n'avait jamais atteint le circuit des *drive-in* et, après cette débâcle, ses sources de financement s'étaient taries.

Il restait beaucoup chez lui et c'est là qu'il l'avait remarquée. Il s'était mis à l'observer avec attention. Sa fenêtre, allumée la nuit, devenait un écran sur lequel il pouvait fantasmer une histoire.

En l'étudiant, en fantasmant, il découvrit le moyen d'entrer dans son appartement : l'échelle sur le toit, la grille ouverte. Un soir où elle était au cinéma, il le savait parce qu'il l'avait suivie, il entra dans son immeuble, grimpa sur le toit, escalada l'échelle et vérifia que la grille restait ouverte.

Ce soir-là, il n'entra pas. Cela ne faisait donc pas partie des neuf fois. Donc on pouvait dire qu'il y avait été neuf fois et demie avant la nuit finale, parce qu'il fallait tout de même compter cette première expédition : c'était elle qui avait brisé la barrière entre le fantasme et la réalité.

Il passait des heures à dessiner des *story-boards* de la façon dont il pourrait la tuer. Et plus il y travaillait, plus l'idée l'excitait. Et puis il avait commencé à la suivre. Et là, il était pris. Et plus il était pris au piège, plus elle était condamnée car, lorsqu'il avait une idée dans la tête, il se sentait comme forcé à la réaliser.

Pendant des semaines, il l'avait suivie, la regardant, étudiant ses habitudes. Il savait l'heure à laquelle elle se réveillait, promenait son chien, le lieu et l'heure de son autobus, son trajet jusqu'à l'école où elle travaillait, le supermarché où elle faisait ses courses.

Elle rentrait et elle se changeait, là, dans son salon, sans se fatiguer à fermer les volets. Comme si elle s'en fichait. Comme si ça la flattait. Comme si elle disait : Eh, regarde-moi, emplis tes yeux et bouffe-toi le cœur, ordure. Parce que je suis une parfaite petite princesse et que tu ne pourras jamais me toucher. Jamais, jamais, jamais!

L'ordure, c'était elle.

Il la suivait dans les allées du supermarché, il la regardait choisir dans les rayons. Il en vint à connaître sa marque de sparadrap, de tampons, de savon (biodégradable, ce genre de merde). Il apprit ses petites manies gastronomiques, ses achats impulsifs de raisins secs et de noisettes; il sut qu'elle aimait le lait écrémé, le beurre non salé, les pamplemousses roses et les gentils petits trucs à croquer, genre yaourt avec des flocons de céréales, et le pain complet.

Sa vie était mesurée, ses habitudes prévisibles : même les vagues variations n'amenaient aucune surprise. Une visite chez le dentiste. Une demi-heure dans une librairie. Un dîner solitaire dans le restaurant chinois de la Troisième Avenue, près de la 77e Rue. Une sortie toute seule à l'occasion : un concert ou un film. (Elle n'avait aucun goût en ce qui concernait le cinéma : elle aimait les films d'art et d'essai étrangers, ces films français sensibles dans lesquels la fille respire une agonie si douce qu'on a envie de l'étrangler, cette petite pute!)

Un arrêt chez le libraire, à la banque, au magasin de vins. Un déjeuner avec un collègue, ce prof de dessin pédé qu'elle traînait toujours derrière elle. Les vêtements au pressing. Et, hop, direction le cours de gym, comme si se maintenir en forme signifiait quelque chose alors que personne ne toucherait jamais cette précieuse chair si bien entretenue.

Elle ne sortait jamais avec aucun homme. Il se demandait pourquoi. Elle était assez jolie, mince, couleur de muraille peut-être, mais elle avait un joli visage et elle pouvait avoir l'air très belle quand elle n'était pas en train de regarder des enfants comme une gourde ou de marcher en se souriant à elle-même d'un air suffisant. Il supposait que c'était son aura, l'image qu'elle projetait d'elle-même qui lui donnait cet air satisfait. Il était sûr qu'elle n'était ni ouverte, ni sensuelle et qu'elle ne valait pas qu'une autre personne perde son temps avec elle. Elle tenait les coudes serrés, évitait le regard des autres, partageait ses cheveux d'une raie au milieu. Pourtant, il voyait que les gens l'aimaient bien : elle faisait des minauderies, elle simulait la gentillesse et il enrageait de voir qu'elle s'en sortait, alors qu'elle était si visiblement hostile, surtout envers les hommes.

La monotonie de sa vie devint un drame. Combien de temps, se demandait-il, pourrait-elle continuer? Il ne parvenait pas à imaginer comment elle supportait pareille routine : se lever, faire le café, lire le journal, promener le chien, aller au travail, revenir, repromener le chien, s'arrêter faire des courses, préparer son dîner, corriger ses copies, faire une dernière promenade avec le chien, revenir, prendre un bain, écouter la radio, faire sa gymnastique, éteindre les lumières, se résigner au vide, sombrer dans un sommeil sans rêves.

C'était là tout le suspense : est-ce qu'elle allait casser, est-ce qu'elle allait rompre le fil? Il savait que c'était possible, qu'elle était comme une bombe prête à exploser. Alors il attendait. Et rien ne se passait. Et ça le mettait en colère.

Il pouvait prédire l'arrivée de ses règles. Elle allait, avec une grimace, acheter un petit tube de calmants et un paquet économique de Tampax. Elle faisait la grimace en attendant l'autobus, elle parlait d'un air irrité à son concierge, se rabattait sur son chien, grignotait nerveusement des raisins secs pendant ses promenades. Vous auriez pu croire que ces satanées règles feraient quelque chose pour elle, la rendraient consciente qu'elle avait une chatte. Ou, au moins, lui donneraient envie de s'apercevoir qu'elle en avait une au lieu de faire semblant d'être une poupée de porcelaine. Alors, peut-être l'aurait-il haïe un peu moins, peut-être aurait-il moins détesté son hypocrisie. Mais elle ne changeait pas et plus il l'étudiait, plus sa haine grandissait.

Parce qu'elle était bidon. Méchante. Vicieuse. Pas du tout généreuse comme le croyaient les gens. C'était une pute sans baise et elle le cherchait. Elle le suppliait, songeait-il même parfois.

Voilà comment il voyait les choses. D'autres gens pourraient tirer d'autres conclusions. Et alors? Il se consumait de haine. Il avait cette irrésistible envie de la débaucher. De l'ouvrir, de la couper.

Il avait décidé que s'il n'arrivait pas à financer un nouveau film pour siphonner sa rage, alors il la tuerait et ce serait mieux que n'importe quel film : plus difficile, plus complexe, plus brillant, planifié et exécuté d'une manière splendide, insoluble et ultimement satisfaisant. En comparaison, le meurtre de sa mère ressemblerait à un jeu d'enfant.

(Oh oui, il s'était occupé d'elle. Et de l'homme de Néanderthal avec qui elle couchait. Il présumait que Janek avait déterré cette histoire. Aucune raison d'amener le vieux Jesse à la fenêtre si Janek n'avait pas fait le rapprochement.)

Leurs regards s'étaient rencontrés deux fois. Elle était en route pour son travail, un matin, et il était dans le même autobus. Pas par hasard. Le chauffeur avait freiné brusquement et des voyageurs étaient tombés. Elle le regarda, vit qu'il la fixait, fronça les sourcils comme si elle cherchait à se souvenir de lui, échoua et retourna à son livre.

La deuxième fois, il l'avait suivie au cinéma, une reprise des *Enfants du paradis* dans un cinéma en haut de Broadway qui avait parfois passé ses propres films. Le film était long et elle était venue à la dernière séance. Il pleuvait très fort quand elle était sortie. Elle s'était arrêtée un moment, avait pris sa décision et couru dans la rue en hélant un taxi. Il la regardait monter et il la vit soudain se retourner, affolée. Le taxi disparut mais il n'avait aucun doute. Elle l'avait vu, silhouette immobile qui l'avait suivie, debout, en imperméable, sous la lumière glauque d'un néon.

C'est à cette époque que lui vint l'idée de la changer en putain. Il révisa ses plans soigneusement et soudain il eut l'idée de l'échange. Le *switch.*

Il commença à fréquenter des putes, en cherchant une qui lui ressemblerait. (Oui, vous aviez raison. J'étais impressionné que vous ayez trouvé ça si vite. Elles se ressemblaient mais pas d'une manière évidente. Seulement d'une manière qui collait avec mes buts.) La recherche parmi les putes : voilà qui avait été drôle parce qu'elles, elles ne prétendaient pas être autre chose que ce qu'elles étaient. De la merde, bien sûr, mais au moins elles le savaient. Pas comme Mandy. Elle ne savait pas ce qu'elle était.

Bref, Brenda se révéla être très importante : elle était le déclic qui transformait son crime en œuvre d'art. Cela semblait impossible en pratique, même si le concept était splendide, et pourtant, il sentait qu'il pouvait le faire, qu'il avait assez de cervelle, de cran et d'expérience pour le faire. Le plan devint un puzzle qui emplissait tous ses jours, un jeu qu'il allait jouer avec de la chair et du sang. Et, à la fin, c'est le sang qui l'avait presque fait défaillir dans la chambre d'Amanda, quand il lui avait coupé la tête.

Le sang.

Il avait toujours aimé le sang, cela datait de longtemps, de son enfance quand il regardait son oncle Harold opérer. Cela avait quelque chose de beau : la couleur, bien sûr, mais aussi la façon dont ça bougeait. Il jaillissait parfois, ou bien il s'écoulait lentement, s'étalant en flaques, riche et épais.

Quand il tournait ses films, il s'occupait toujours du sang. Il était célèbre pour ça. Il insistait toujours pour maquiller ses actrices lui-même. Les maquilleuses s'occupaient du visage, mais c'était toujours lui qui s'occupait du sang. Cela devait ressembler à ses souvenirs des opérations et de la manière dont il avait jailli de la putain, dans la caravane, un jour, longtemps auparavant.

Mais ce n'était pas comme s'il avait été un vampire. Janek ne devait pas se méprendre. Il n'aimait pas le sang. Ce qu'il aimait, c'était son aspect.

Donc, quand il décida du crime (et il le considérait comme un seul crime, en deux parties, mais chaque partie en elle-même était sans intérêt. C'était la combinaison des deux qui donnait son sens à tout ça), il réfléchit longtemps à l'aspect du sang et à la façon d'éviter de s'en mettre sur les mains ou les vêtements. Donc il avait utilisé le rideau de la douche chez Mandy, et l'alèse avec Brenda. Il lui avait dit, d'entrée, que c'était ça qui l'excitait. (Elle l'avait cru immédiatement. Rien ne surprend une pute. Elles voient défiler toutes sortes de fétichistes. Il s'était présenté comme un type branché caoutchouc mou.) Et il avait apporté une combinaison et des gants en plastique, malgré la chaleur. Il s'était servi de sacs en plastique pour transporter les têtes : il avait presque défailli de bonheur.

Donc, bref...

Peter s'arrêta de parler. Janek en conclut qu'il était épuisé. Il était trois heures du matin. A un moment, pendant son histoire, la nouvelle année avait commencé. Il y avait eu des éclats de feux d'artifice, de pétards, puis quelques coups de freins occasionnels, des éclats de voix, des gens saouls qui chantaient, une sirène au loin. Le boudoir reconstitué était glacial.

– Qu'est-ce que tu as utilisé?

– Hein?

– Pour trancher les têtes?

– Oh, fit Peter comme émergeant de sa rêverie. Deux vieux sabres japonais que j'avais.

– Où les as-tu eus?
– Chez un antiquaire à San Francisco, il y a cinq ans.
– Et les couteaux?
– Quoi?
– Tu les as tuées, avant.
– Ouais. Des couteaux de cuisine. Standard. Payés cash dans une coutellerie. Ils ne s'en souviendront pas, bien sûr.
Bien sûr.
– Le véhicule?
– Bon sang, Janek! Le « véhicule »! Dans cinq minutes tu vas m'appeler « le suspect ». (Il eut un rire dédaigneux.) Tu veux savoir comment je me suis déplacé? En scooter. Avec un coffre à bagages à l'arrière pour les têtes. Les sabres étaient dans un étui de guitare. Les vêtements de rechange, les gants et tout dans un sac à dos de la Navy acheté dans un surplus.
– Et qu'est-ce que tu as fait de tout ça?
– Jeté dans la rivière, naturellement.
Naturellement.
– Le scooter aussi?
Il fit non de la tête.
– J'ai abandonné le scooter. Je me suis dit que quelqu'un pourrait s'en servir. (Il marqua une pause.) Besoin de tout ça pour le rapport, hein?
Encore ce ricanement dédaigneux. Puis, d'une voix d'où le mépris était absent, d'une voix pleine de résignation :
– Quelle différence ça fait? Bien sûr, je vais tout te dire. Je vais même te montrer. Ça te plaît? Je vais même t'emmener là-bas.

Ils marchèrent dans les rues glacées pour rejoindre la Volvo de Janek :
– Comment es-tu entré dans le *loft* de mon amie?

Peter sourit. Son souffle faisait un nuage devant sa bouche.

– Je me demandais quand tu me poserais cette question.

– Alors?

– Par l'escalier d'incendie.

– En plein jour. Tu as eu de la chance de ne pas te faire prendre.

– J'y suis allé de nuit.

Janek se retourna. Ils avaient atteint sa voiture. Ses mains tremblaient pendant qu'il ouvrait la porte.

– Ouais. J'y suis allé pendant que vous dormiez. J'aurais pu vous tuer tous les deux cette nuit-là, dans le lit. J'ai passé la moitié de la nuit accroupi dans la chambre noire. Je vous ai entendus vous réveiller. C'est une fille plutôt solide, ta photographe, Janek. Je croyais que je pourrais lui flanquer la trouille.

Il rit puis, la voix à nouveau empreinte de résignation :

– Je voulais juste vous rendre dingues, c'est tout.

En roulant vers Manhattan, sur le Williamsburg Bridge, le fleuve passa, noir, sous eux, comme des tourbillons de pétrole glacé.

– Pourquoi tout ce blabla? Tu as résolu cette affaire psychologiquement. Alors, dis-moi, comment as-tu trouvé ma vieille cachette de Greenpoint? Comment tu savais que j'avais cet appartement?

Quand Janek lui parla de Nelly Delgado, Peter cligna des yeux : il ne parvenait pas à se souvenir d'elle. Puis, lorsque cela lui revint, il secoua la tête :

– Ça fait des années. Complètement oubliée. Mais pas elle. J'aurais dû y penser.

Janek l'observa. Le sous-entendu était clair : si Peter y avait pensé il s'en serait occupé. Il l'aurait trouvée et tuée – voilà ce qu'il voulait dire.

Janek le conduisit sur les lieux des crimes. Il voulait connaître chaque détail : la sensation du vent sur son visage quand il fonçait en scooter pour traverser le parc en cette sombre nuit. Avait-il tenu les têtes par les cheveux ? Le bruit des sabres en s'abattant. Avait-il évité de regarder les yeux des deux filles ou, au contraire, avait-il contemplé leurs regards morts... Il voulait tout savoir parce qu'il s'imaginait que cela l'aiderait à comprendre. Mais ces détails ne l'aidaient pas. Il ne comprenait pas. Tout ce qu'il pouvait ressentir, c'étaient le froid et la rage.

Ils descendirent la Neuvième Avenue : le trajet que Peter avait accompli après avoir achevé l'échange.

– Ces photos que tu envoyais à Jesse...

– Des photos de plateau de mes films. Sauf, bien sûr, les quatre dernières. Je pensais qu'il aimerait ça. Ça faisait un bon aide-mémoire. Au cas où il arrive à oublier.

– Tu essayais de torturer ce pauvre vieux.

– Je voulais lui montrer que j'étais toujours dans les parages.

– Tu le pourchassais.

– Vous avez fait la même chose.

– Mon meilleur inspecteur a mis trois semaines.

– C'est rien. A chaque fois que cet enculé déménageait, ça me prenait trois mois.

– Donc (Janek se tourna vers lui), tu voulais qu'il se rappelle. C'était la seule raison?

Peter lui rendit son regard et détourna les yeux pour contempler la rue. Il secoua la tête.

Dans West Street, le New Jersey, en face, était perdu dans un brouillard noirâtre.

– C'était quoi alors?

– Plus que le meurtre. Je ne crois pas que tu puisses comprendre.

– Essaie.

– Très bien, Janek, fit Peter en souriant. Appelle ça de l'art.

– Je n'y crois pas. Tu étais metteur en scène. Tu

faisais des films. Tu avais un déversoir. Ça aurait dû te suffire.

Peter haussa les épaules.

– Un film est une imitation.

Puis, d'une voix neutre, les yeux mi-clos, la bouche sérieuse comme la mort :

– Je vais te dire un petit secret, Janek : même l'acte, le vrai, ce n'est pas assez.

Il était important maintenant de trouver les armes.

Peter s'ennuyait. Il attendait dans la voiture de Janek, allongé sur le siège arrière, menottes aux poings, son manteau en guise de couverture. Janek se frottait les mains pour se réchauffer en faisant les cent pas le long du quai de Bank Street. Le brouillard était épais, glacial. Janek s'arrêtait de temps à autre pour regarder l'eau qui léchait les piliers sous les planches pourries.

Enfin, à l'aube, le bateau de la police arriva. Il resta un moment à regarder les plongeurs se débattre avec leurs combinaisons de caoutchouc humides, vérifier leurs bouteilles et leurs lampes sous-marines. Ils étaient contents d'être là, même si tôt, un Premier de l'An. Ils connaissaient Janek et ils connaissaient l'affaire.

Lorsqu'ils furent prêts, il leur indiqua l'endroit où Peter avait balancé son matériel. Puis il ramena Peter au commissariat, mit les grandes lignes de sa confession sur bande vidéo, revint avec lui jusqu'au quai, s'inquiéta du travail des plongeurs, puis il rentra à pied jusqu'à la 14e Rue, à la recherche d'un café ouvert.

Il était neuf heures du matin, un Premier de l'An : il en trouva un, vide de clients, la serveuse avait un imposant gâteau de cheveux laqués sur la tête, le cuistot portait un tablier de boucher taché de graisse, un flot de guirlandes pendait sur la caisse enregistreuse et traînait jusqu'à terre.

Il commanda un café, l'emporta jusqu'au téléphone, réveilla Aaron et Sal, leur dit ce qui s'était passé, puis paya un café à emporter pour Peter qui l'attendait dans sa voiture.

Aaron fut le premier à arriver. Il avait prévenu Stanger. Howell était trop loin. Sal arriva quelques minutes plus tard. Les deux inspecteurs portaient presque la même veste trois-quarts en cuir noir.

Le brouillard était encore plus épais maintenant : ils pouvaient entendre les sirènes mugir et les réponses des cornes de brume des phares. Les plongeurs travaillaient méthodiquement, sans interruption, ramenant toutes sortes d'objets couverts de vase : des bouteilles vides, un seau crevé, des morceaux de verre, des briques, un démonte-pneus, la carcasse d'une bicyclette – le tout couvert d'une couche noirâtre et brillante sous les lampes à quartz.

Stanger arriva et se planta à côté d'eux. Lui aussi voulait être là pour le final. Aucun d'eux ne prêtait attention à Peter : c'était comme si les couteaux étaient devenus la chose la plus importante, la preuve devenue plus importante que l'homme.

Finalement, le soleil réussit à percer, un soleil jaune et sulfureux qui rappela à Janek l'enterrement d'Al, sauf qu'il faisait très chaud ce jour-là, et très froid aujourd'hui. Aaron, d'un coup de coude, lui fit signe de se retourner. Lorsqu'il le fit, il vit les voitures de patrouille : une demi-douzaine, garées selon des angles improbables dans le parking derrière le quai, phares allumés, silhouettes des flics visibles à travers les pare-brise, attendant, regardant, dans le silence parsemé du brouillard qui s'élevait du pavé tout autour.

– Qu'est-ce qui se passe?

– On dirait que notre spectacle passe sur les ondes, dit Aaron.

– Qui était au courant?

– Bon Dieu, Frank, *tout le monde* était au courant!

Il hocha la tête. L'affaire n'avait jamais été dans les journaux, pas « l'échange de têtes » en tout cas. Mais, dans la Division, c'était devenu une affaire célèbre et, en ce matin de Nouvel An, on s'était donné le mot sur les fréquences de la police : elle était résolue.

A onze heures, les plongeurs ramenèrent le premier des deux sabres japonais. A midi la fouille était complète. Ils avaient les deux sabres, les deux couteaux, un étui à guitare pourri, un sac à dos gonflé d'eau, plus toutes sortes de vêtements en plastique, sacs et gants et deux jeux de clés. D'un point de vue purement administratif, l'affaire était terminée. Tout ce qu'il restait à faire, c'était d'emmener Peter en ville, de le boucler et de le remettre entre les mains du procureur.

Quand Janek quitta le quai, plus de cinquante voitures de patrouille, y compris en provenance d'autres commissariats, s'étaient rassemblées au début de Bank Street. Il marcha au milieu d'elles, reconnaissant çà et là des visages, saluant des officiers, acceptant l'hommage rendu à son équipe spéciale pour avoir résolu l'insoluble affaire de « l'échange de têtes ».

Agression

Ils regardèrent le bulletin d'informations de onze heures, nus, dans les bras l'un de l'autre.

Le District Attorney Francis Semple annonça l'inculpation de Peter Lane et, pour la première fois, relia publiquement les meurtres d'Amanda Ireland et de Brenda Beard. Semple était assis à une table devant une batterie de micros à côté du chef Hart. Janek était debout à l'arrière-plan avec son équipe, attendant d'être présenté.

– ... dévoilant certains détails macabres concernant le double homicide Ireland/Beard, disait une journaliste essoufflée et mutine, ce qui, selon le chef Hart, avait été gardé sous silence tant que l'enquête n'était pas terminée. Cela a été révélé cet après-midi par des sources proches du chef Hart. Cette affaire était connue des services de police sous le nom de « l'échange de têtes ». Le chef Hart n'a pas félicité d'inspecteur en particulier mais a choisi d'attirer l'attention sur les grandes qualités de toute sa division. « Une division qui résout des centaines d'affaires importantes chaque année, a-t-il dit, grâce à un travail de routine accompli, jour après jour, par des milliers d'hommes et de femmes... »

Janek se glissa hors du lit pour éteindre la télévision.

Puis, debout, nu, devant le poste, il fit face à Caroline.

– Mon Dieu, tu n'avais pas envie de l'écrabouiller?

– Je lui ai dit que je voulais être transféré aux Affaires internes.

– J'espère que ça l'a déboussolé.

– Un peu, mais pas assez.

Il traversa le *loft*, atteignit la table où elle gardait ses apéritifs et servit deux scotches tassés. Il revint, lui en tendit un et s'assit sur un tabouret.

– Tu es un grand inspecteur, Frank. Tout le monde le dit. Aaron m'a dit que personne d'autre n'aurait pu avoir Lane.

Il but une gorgée.

– On pourrait avoir Hart aussi, tu sais. A nous deux. Je ne pourrais pas le faire seul.

Elle enfila son peignoir, prit le sien et le lui mit sur les épaules, puis noua sa ceinture avant de s'asseoir près de lui. Pendant un moment ils burent en silence.

– OK, dit-elle finalement. (Elle regarda Janek.) Allons-y, tous les deux. On va coincer cet enfoiré.

– Quand Carmichael m'a parlé de cette voiture toute rafistolée de pièces défectueuses, ce qui m'a frappé, c'est le degré d'excitation d'Al lorsqu'il l'a appris. Dès que Lou m'a avoué qu'Al courait après Hart j'ai relié les deux choses. Hart n'a pas tué ton père lui-même. Il a ordonné à quelqu'un de le faire, ce qui implique une chaîne de complices. Tout s'emboîtait parfaitement. Hart donne l'ordre à son homme à tout faire, Sweeney. Sweeney, à son tour, passe l'ordre à deux malfrats qui bossent dans son garage.

– Comment as-tu su pour le garage?

– Depuis qu'il a conduit ma voiture à l'enterrement, Sweeney n'arrête pas de me dire d'y apporter ma voiture. Pendant des années j'ai entendu parler des grosses ristournes qu'il fait aux flics et de tous les petits services supplémentaires. J'ai aussi entendu parler de pièces défectueuses : tu portes ta voiture et tu t'aperçois après que quelque chose ne va plus. J'ai mis Sal sur le coup et, quand il a découvert l'arrière-boutique et que j'ai pu les voir désosser des voitures, tout est devenu limpide. Sweeney a dit à ses seconds couteaux de maquiller le crime en exécution façon gang du New Jersey. Mais ils ont panné le truc, soit par cupidité soit par incompétence, soit les deux. Pourquoi gaspiller une voiture volée? Faisons d'une pierre deux coups. D'abord on prend la stéréo, les pneus et tout ce qui est facile. Et puis on prend quelques pièces du moteur et on met le cadavre dans le coffre. Al a dû se rendre compte qu'il avait gagné le gros lot quand il a entendu parler de la voiture. Mais il a commis une grosse erreur. Il n'avait pas de preuve réelle mais il a foncé quand même, et il a menacé Hart. Il aurait dû se concentrer sur Sweeney en premier.

– Pourquoi Sweeney?

– Parce que Sweeney est le point faible, le lien entre les exécuteurs et Hart. Il n'avait rien contre ton père, rien, aucune raison de le tuer et ce n'est pas le genre à aller coller des balles dans la tête des gens. Il doit se prendre pour l'intermédiaire, c'est tout. Et s'il se prend pour l'intermédiaire, il n'aura pas envie de plonger tout seul. Remarque, c'est un costaud et il vaut mieux le savoir parce que tu peux briser un costaud si tu le manipules correctement : il suffit de lui opposer une force supérieure à la sienne.

– Alors, qu'est-ce qu'on va faire?

– On va le faire couiner.

– Comment?

– Avec un levier : je l'expédie en taule pour le garage à moins qu'il ne me balance Hart.

– Et ça va suffire?

– D'abord tu vas devoir lui faire peur.

– Moi?
– Oui, toi.
Il se pencha et lui embrassa les cheveux.
– Avec ton personnage classique de la fille-dingue-du-type-qu'il-a-tué. Surtout ne t'inquiète pas, je sais que tu peux le faire. Ça va se passer comme ça : si Sweeney ne me dit pas ce que je veux savoir, je le menace de te laisser faire. Il croira à ta rage si tu lui montres tes yeux enragés. Si tu joues bien, tu lui flanqueras la trouille et il parlera.
– Eh bien, fit-elle, nous voilà de retour dans l'agression.
– Oui, répondit-il, mais cette fois c'est la tienne.

La première étape consistait à leurrer Sweeney. Janek décida d'utiliser sa voiture.
C'était une Volvo de la fin des années 60, modèle 122 classique, usée et brillante seulement les jours de pluie. Mais elle marchait bien, elle avait toujours démarré le matin et elle méritait une simple révision.
Il la conduisit au garage, puis resta planté à côté, stupide, tandis que le chef mécanicien de Sweeney l'examinait.
– Elle a besoin d'amortisseurs neufs; le pignon du différentiel fuit; il faut resserrer les soupapes : une révision, comme vous dites. Et il y a une fuite d'huile : un nouveau filtre, un nouveau carter. Vous vous en tirerez pour huit ou neuf cents dollars mais, quand on aura fini, elle sera parfaite.
Le type regarda la carrosserie :
– Pour la tôle, reprit-il, il y a des attaques de rouille sur le devant, près des phares.
– On s'en tiendra à ses entrailles, fit Janek.
Il lui tendit sa carte de réduction.

Elle passa deux week-ends à travailler avec Jamie Sullivan dans le garage, derrière chez Jamie, à Bayside, dans Queens. Janek la regardait faire. Elle s'entendait bien avec Jamie. Il lui montrait comment manipuler les explosifs, comment les modeler autour des électrodes, attacher et tourner les fils, relier les fils aux électrodes et le tout aux piles, et enfin amener tous les fils à l'interrupteur.

– Il faut que vous le fassiez comme si vous l'aviez fait toute votre vie, lui dit Jamie. C'est comme ça qu'on manipule le plastic. Il faut un toucher. On reconnaît toujours un bon spécialiste des explosifs à la légèreté et à la sûreté de son doigté. Entraînez-vous avec de la pâte à modeler. Vos doigts apprendront. Il faut les chauffer avant de commencer. Et, par un temps pareil, il faut mettre des gants. C'est comme ça que font les perceurs de coffres. Les doigts chauds et souples.

Ils la laissèrent à son entraînement, se rendirent dans la cuisine et ouvrirent des bières.

– Elle y arrivera très bien si elle ne panique pas, dit Jamie, et elle ne paniquera pas si elle se concentre.

C'était un ex-flic, vétéran du Viêt-nam, qui avait fait partie de la Brigade de déminage pendant cinq ans. A cette époque, il avait vu exploser quatre types qu'il adorait. Il avait arrêté parce que ses mains tremblaient. Il commençait à trembler dès le matin, en partant au travail. Il avait été pensionné et s'était laissé pousser la barbe. Elle faisait quinze centimètres maintenant, noire et bouclée, parcourue de fils gris.

– Elle m'a dit qu'elle jouait au tennis. Elle joue bien?

– Excellente joueuse, fit Janek.

– On devrait jouer ensemble cette semaine. Ça l'aiderait à se concentrer. Elle ferait même peut-être plus attention à ce que je dis si je gagnais.

Il lui dit :

– D'abord il croira que je suis furax à cause de la voiture. Il saura sûrement qu'il y a autre chose, mais il ne fera pas le rapprochement tout de suite, pas avant la fin. Je ne parlerai pas beaucoup et toi, pas du tout. Fais tout avec tes yeux. Ne grimace pas. Concentre-toi sur ta colère et elle se verra. N'essaie pas de jouer et n'oublie pas : ce type a fait tuer ton père. Tu veux le voir crever. Je suis le seul qui puisse encore te contrôler. Quand je te dirai de faire quelque chose, tu hocheras la tête et tu le feras tout de suite. De cette manière, il saura que je peux seul t'arrêter. Tu es ma créature et si je te lâche la bride, tu deviens une démente, froide comme l'acier. Essaie d'être comme Lane. Froide comme lui. Pleine d'une rage glacée. Laisse-le jeter un coup d'œil sur la bête, mais juste un coup d'œil. Souviens-toi : nos deux outils les plus efficaces sont le silence et la manière dont tu te comportes. Plus il y aura de silence et mieux ce sera. Comme ça, c'est lui qui fera tout le bruit. Si tu commets une erreur, continue comme si tout allait bien. C'est important. Il faut que tes mouvements soient nets et assurés. Tout dépend de la détermination que tu dégageras. Tu dois agir comme si tu avais bien réfléchi et que, une fois lancée, plus rien ne pouvait te faire revenir en arrière. C'est ça qui lui fera comprendre qu'on est dangereux. Je suis un type qui n'en a rien à foutre et tu es une fille qui veut aller jusqu'au bout.

Il était ravi de sa voiture. Elle ronronnait comme jamais. Elle roulait merveilleusement bien. Caroline conduisit jusqu'à Douglastown puis, devant la maison de Sweeney, une très grande et très riche résidence avec plusieurs milliers de mètres carrés de jardin, un garage à deux portes face à la rue et une Audi 5 000 garée dans l'allée. Janek lui dit de tourner au coin et de revenir. C'était un soir de février exceptionnellement tiède, un faux soir de printemps, songea-t-il.

Il savait que la femme de Sweeney était en Floride pour la semaine et que ses enfants étaient à l'université. S'il voulait agir, c'était maintenant ou jamais. Il savait aussi qu'elle était prête et que, s'ils attendaient, elle pouvait perdre son tranchant.

Elle tourna dans l'allée et bloqua la sortie à l'Audi. Il aimait la façon dont ses mains tenaient le volant, calmes, assurées. Il sortit très vite et marcha jusque devant la maison. Au moment où Sweeney ouvrit la porte il put sentir l'adrénaline que pompait son cœur.

– Janek? Que diable?

Comme prévu, Sweeney était surpris.

– J'ai porté ma voiture dans ton prétendu garage.

Sweeney plissa les yeux.

– Tu aurais pu m'appeler.

– Tu me laisses entrer?

– Tu as l'air plutôt énervé.

Ils se regardaient.

– Tu parles que je suis énervé, bordel. Des pièces pourries! Ma bagnole est pleine de merde. Je suis venu te dire ça, et aussi que demain je porte plainte pour fraude.

– De quoi tu parles? fit Sweeney en virant au rouge.

– Viens voir...

– Du calme, Janek. Je vais m'occuper de ça. Et gratuitement, en plus. Qu'est-ce que tu en dis?

Janek ignora son offre.

– Tu veux venir voir?

Sweeney réfléchit un instant, essayant de juger l'étendue de la colère de Janek et le danger qu'il y aurait à ne pas aller voir les pièces défectueuses, à ne pas sympathiser.

– OK, dit-il, laisse-moi mettre une veste.

– Laisse tomber, Sweeney et viens voir les dégâts tout de suite.

Sweeney haussa les épaules et s'avança dans l'allée. Il jeta un coup d'œil à la voiture et aperçut Caroline au volant. Cela parut le soulager. Une fille dans la voiture signifiait que Janek n'était pas totalement cinglé, bien qu'il fût tout de même étrange qu'il eût fait tout ce trajet pour l'emmerder à cette heure indue.

– Ecoute, Janek, s'il y a un échange malheureux de pièces, ne t'inquiète pas, ce n'est pas grave. Tu me connais. Je ne vais pas laisser mon beau-frère enculer un flic. J'ai trop à y perdre. C'est vous qui mettez le beurre dans nos épinards.

Ils étaient arrivés à côté de la voiture.

– Les mains derrière la tête.

– Quoi?

Janek appuya le canon de son Colt sur les côtes de Sweeney, puis lui flanqua un coup dans les reins.

– Tes mains. Vite. Avant que je tire. Obéis, face de con. Maintenant.

Sweeney murmura quelque chose qui ressemblait à « merde! » et Janek le frappa à nouveau. Cette fois, Sweeney mit ses mains dans son dos. Janek lui claqua les menottes sur les poignets.

– Qu'est-ce que...?

– Ta gueule.

Janek ouvrit la porte arrière et poussa Sweeney dans la voiture la tête la première. Puis il pesa sur lui, les genoux dans le dos, saisit ses cheveux et tira sa tête en arrière avant de la balancer de toutes ses forces sur le siège.

– Ecoute-moi, tas de merde. Je ne te le dirai pas deux fois. Si tu tentes le moindre truc, tu crèves.

Il frappa à nouveau. Sweeney se mit à geindre pendant que Janek le fouillait rapidement.

Pas de flingue, pas de couteau, rien. Il arracha les chaussures de Sweeney et les balança par la portière. Puis il lui attacha les chevilles avec de la corde, tira ses jambes en arrière et attacha la corde aux menottes. Sweeney était ligoté comme un rosbif, le visage sur le vinyle. Puis il sortit, fit le tour de la voiture et vint s'asseoir à côté de Caroline.

– Allez, lui dit-il.

Elle hocha la tête et partit en marche arrière à toute vitesse dans l'allée de Sweeney.

Il se dit qu'il faudrait une minute à Sweeney pour envisager ce qui l'attendait : il venait d'être kidnappé par un collègue officier de police, devant sa propre maison. Il était ligoté, très douloureusement, à l'arrière de la voiture de cet officier. Une fille qu'il ne connaissait pas était au volant. Ils avaient l'air de se diriger quelque part. Janek avait des yeux de dingue mais il se comportait comme s'il exécutait un plan. Janek pouvait tout perdre. Si Sweeney portait plainte contre lui, Janek irait en taule. A moins que tout cela ne soit officiel, d'une manière ou d'une autre, ce qui semblait hautement improbable. A moins que le plan de Janek, une fois achevé, n'interdise à tout jamais à Sweeney de porter plainte.

– Janek.

– OK. Voilà le topo. C'est une affaire mortelle. Tu diriges une affaire de bagnoles volées derrière ton garage. On surveille ça depuis des semaines. Tu es bon pour Attica. Réclusion : cinq ou dix ans. Pour un gros sergent comme toi, ça va être dur. Je suis *content*, Sweeney, parce que j'ai toujours pensé que t'étais un tas de merde.

Ceci, songea Janek, devait suffire à le faire réfléchir pendant deux ou trois minutes, le temps qu'ils sortent de cette banlieue et qu'ils prennent l'autoroute de Long Island. A partir de maintenant leur arme serait le silence. Sweeney allait se mettre dans un état de panique totale, tout seul, en parlant.

– Janek? (Janek ne répondit pas.) Ecoute, Janek, qu'est-ce que c'est que cette arrestation?... (Silence.) Tu n'arriveras jamais à me coller quoi que ce soit sur le dos en m'emmenant comme ça. Bordel, c'est un kidnapping, Janek. Tu vas plonger longtemps pour ça. (Janek rit.) Tu crois que c'est drôle, hein? Tu es stupide, vraiment con. Qui c'est cette connasse qui conduit? Un flic?... Vous êtes dingues. Tout ça à cause de trois malheureuses pièces défectueuses. Pour tout te dire, vous m'avez l'air plutôt mal barrés...

Il continua sur le même ton, les traitant de tous les noms, se plaignant de sa position inconfortable, en appelant à la raison, menaçant. C'était quand il essaierait de marchander que Janek le frapperait à nouveau, donc il regarda Caroline, haussa les épaules et elle accéléra.

L'autoroute de Long Island jusqu'à la limite de Suffolk County, puis demi-tour et la même chose à l'envers. Ensuite, le Brooklyn-Queens jusqu'à Verrazano Bridge, avant de tourner un moment dans Staten Island.

– Où on va, Janek? Bon Dieu, mes jambes sont pleines de crampes. Où vous m'emmenez, bordel? Janek! Qu'est-ce que vous voulez? Dis-le-moi. Bordel, qu'est-ce que vous me voulez? Janek! Vous pouvez pas faire ça. Tu t'en tireras pas! Discutons, mon vieux! Ta voiture? Bordel, je t'offre une Mercedes, si tu veux! Janek, tu vas pas me buter pour une histoire de pièces détachées? Tu es complètement malade! T'es un suceur de bite, Janek! Attends que Hart apprenne ça. Il va te défoncer le cul!

Janek se tourna vers son prisonnier. Il y avait un ruisseau de sueur à la base de son cou. Janek colla le canon de son arme dans le creux, juste sur sa nuque.

– Ouais, Hart? demanda-t-il.

Il était surpris lui-même par la sécheresse de sa voix. Ses mots grattaient comme une râpe. Sweeney ne répondit pas immédiatement. Il calculait, Janek le savait, il essayait de se figurer ce que Janek voulait. Ça avait quelque chose à voir avec Hart. Le message était passé. Janek fit tourner le canon de son arme dans le gras de la nuque de Sweeney, doucement, l'enfonçant avec méthode.

– Mes chevilles me font mal.

– J'espère bien.

– Qu'est-ce que tu veux?

– Parle-moi du garage.

– Quoi, le garage?

– Cette histoire de bagnoles : Hart est le banquier, non? Vous partagez comment? Qui d'autre est impliqué? Qui vous achetez pour qu'il la ferme? (Silence.) OK. Comme tu voudras. Pour moi ça ne fait aucune différence.

Il aimait la manière dont il avait dit ça. Son ton de voix contenait le degré de résignation rêvé.

– Meadowlands, dit-il à Caroline.

Elle appuya sur l'accélérateur. La voiture bondit.

L'effrayer par leur silence, leur violence contenue. Voilà le plan. Quand Sweeney se remit à geindre et à les insulter, Janek prit un grand morceau de chiffon, souleva la tête de Sweeney et le bâillonna.

– Comme ça on n'aura plus à entendre ses conneries, dit-il.

– Je préfère ça, fit Caroline.

Il devait être en train de penser : *Pourquoi les Meadowlands? Les Meadowlands, c'est là qu'on se débarrasse des mecs qu'on bute. Janek va me buter. La fille est dans le coup. Il doit y avoir autre chose que le garage. Mais quoi? Ils bluffent. C'est pas possible autrement.*

Il se figurerait qu'il pouvait contrer leur bluff mais il

allait réfléchir, se dire que, au pire, il pouvait balancer le garage. Parce que la manière dont Janek le forçait à parler l'empêcherait de porter une plainte quelconque. Mais Janek le saurait aussi, donc il y avait autre chose, quelque chose de plus profond. Il allait se poser des tas de questions, se ronger les sangs avec ça. Et puis, il se dirait qu'il allait sûrement s'en sortir, mais que ça lui coûterait un maximum; donc, quand le moment viendrait, il allait devoir penser très vite pour limiter les dégâts.

Il finirait par décider qu'il n'y avait aucun marché possible tant qu'il ne saurait pas ce que voulait Janek. Donc le prochain mouvement appartenait à Janek. Pour l'instant, tout ce qu'il avait à faire, c'était se calmer et attendre.

Ils passèrent l'aéroport de Newark, traversèrent Hudson County. Prirent une route qui suivait Sawmill Creek. Les Meadowlands : un immense marécage rempli de cailloux, coincé entre l'Hudson et l'Hackensack, un endroit désolé, où on se débarrassait des choses dont on ne voulait plus, où on tuait les gens avant de les enterrer dans la vase et de les laisser se changer en pourriture.

Ils atteignirent l'endroit que Janek avait choisi, une étendue plate entre des amas de débris fumants. La lumière était étrange. Quelque chose luisait dans les broussailles au cœur de la nuit.

– Prends tes trucs, fit Janek.

Elle éteignit le moteur, sortit et claqua la porte. Il appréciait la façon dont elle bougeait, comme si elle avait un travail à faire. La voiture remua quand elle claqua le coffre.

– Tu as tout?

– Oui.

– OK, finissons-en.

Tout le dialogue et les effets sonores étaient pour le bénéfice de Sweeney. Maintenant, le dos du sergent était baigné de sueur. Il savait qu'on en arrivait au moment crucial, au moment de la vérité. Sa tête devait travailler à triple vitesse, et Janek le savait, Sweeney n'était pas complètement idiot.

– Tu veux parler? fit Janek avec la même voix dure. (Sweeney gigota.) Vas-y, parle, dit Janek. (Puis :) Oh, ouais, le bâillon.

Il sortit, marcha jusqu'à la porte arrière, l'ouvrit et tira Sweeney par les genoux pour le sortir à moitié de la voiture. Une fois sa tête sur le coin de la portière il le tira plus doucement jusque par terre, parce qu'il ne voulait pas lui abîmer le visage.

Il fit un signe à Caroline. Elle était assise, portière ouverte, sur le siège du conducteur, les mains affairées à nouer des fils électriques. Janek installa Sweeney de manière qu'il puisse la voir et lui ôta son bâillon. Il le déroula doucement. Sweeney haletait.

– Tu as à peu près six minutes, dit Janek. Tu peux commencer.

– Je ne...

– Ecoute, Sweeney. On y est maintenant. Fini les conneries.

– Mets-le sur le dos, dit Caroline.

Elle avait dit ça à la perfection, comme si elle se foutait absolument qu'il parle ou pas. Ses yeux étaient parfaits, aussi : deux pointes acérées brillant dans le noir.

Janek fit rouler Sweeney et l'allongea parallèlement à la voiture, puis il s'accroupit à côté de lui. Si Sweeney voulait regarder Caroline, il devait se tourner de l'autre côté. L'idée était de l'obliger à tourner sans arrêt la tête pour les surveiller tous les deux.

– Alors, dis-moi.

– Vous ne vous en sortirez pas.

– On s'en tape.

– Qui c'est? fit-il en désignant Caroline du menton.

– C'est une personne qui veut te faire sauter le caisson.

Sweeney la fixa.

– Je l'ai déjà vue. Où ça?

– A l'enterrement de mon *gourou,* dit Janek.

Sweeney secoua la tête. Il n'arrivait pas à comprendre.

– Tu bluffes. C'est un coup d'épate merdeux.

– Qui te va comme un gant, fit Janek en hochant la tête en direction de Caroline.

Sweeney se tordit le cou pour la regarder.

– OK, qu'est-ce que vous voulez?

– Le lien entre Hart et le garage?

– Pas de lien. Le bébé est à moi.

– Très bien. Tu vas brûler tout seul. Elle va te faire sauter, morceau par morceau, de tout petits morceaux.

Sweeney se tordit à nouveau pour observer Caroline. Elle était en train de modeler son plastic.

– De toutes petites charges, dit Janek. D'abord les pouces, peut-être. Puis deux ou trois doigts. Puis les couilles, ensuite. Quand elle en aura marre de t'entendre hurler elle te fera péter le ventre.

– Vous êtes malades! (Puis :) Pourquoi?

– Tu vois vraiment pas qui elle est?

Sweeney secoua la tête. Elle avait mis les électrodes dans les explosifs. Elle avait l'air parfaitement compétent, elle refermait le plastic autour du métal presque amoureusement.

– La fille de Tommy Wallace.

– Et alors?

– Tu as donné l'ordre d'abattre Tommy.

– De la merde! C'est pas moi!

– Tu vois... (C'était Caroline qui parlait cette fois.) Je te l'avais dit, Frank. Ça ne fait rien.

– Vous êtes dingues, tous les deux!

– Bien sûr. Elle savait que tu nierais. C'est pour ça qu'elle veut te bousiller.

– Tu es un flic, Janek.

– Et alors?

– Tu ne peux pas la laisser faire ça!

– Ça m'est égal, dit Janek en se levant.

– Une minute, rien qu'une. Pourquoi? Explique-moi pourquoi?

– Parce que c'est personnel et que je n'interviens pas dans les trucs personnels... Bon, salut, Sweeney, dit-il en s'approchant de Caroline.

Les charges étaient prêtes. Elle attachait les fils à l'interrupteur.

– Je vais déplacer la voiture, dit-il, si tu la faisais sauter on serait coincés!

Ils rirent. Elle se leva, apporta ses charges et ses fils vers Sweeney. Elle s'immobilisa, debout au-dessus de lui, et le regarda, ligoté, se tordant sur le sol.

Janek mit le contact. C'était le moment crucial. Si Sweeney avait cru à leur cinéma, il allait devoir marchander. S'il n'y avait pas cru, s'ils l'avaient perdu... Janek écarta cette pensée.

Appelle-moi au secours maintenant, enculé!

– Janek!

Il se retourna. Les yeux de Sweeney étaient affolés.

– Ouais?

– Je te donnerai le garage.

– Je l'ai déjà.

– Mais tu disais...

– Je vais te dire... Je t'échange, toi.

– Quoi?

Janek ressortit de la voiture et revint près de Caroline. Sweeney gigotait désespérément dans ses liens.

– Je me fous du garage et elle aussi. Ce qu'on veut c'est Hart. Hart a ordonné le meurtre de Tommy Wallace. Il voulait l'éliminer parce qu'il se croyait victime d'un chantage. C'était censé ressembler à une exécution façon gangsters, mais c'était pas très bien réussi. Aujourd'hui, il y a un inspecteur à Hoboken qui peut démontrer que le corps de Wallace était dans le coffre d'une voiture volée qui a été désossée dans ton arrière-boutique. Tu crois que tes malfrats de mécaniciens vont fermer leur gueule, mais quand ils verront qu'il s'agit d'un homicide... Tu as une chance, Sweeney, une seule. Tu viens à Hoboken avec nous maintenant, tu balances Hart et on s'arrange pour Wallace. Dans les mêmes proportions que quand tu désosses une voiture. Un cinquième environ. Mais, pendant ce temps-là ton garage tourne, il est à toi, l'argent continue à rentrer, et, quand tu sors de taule, tu touches la galette. Tu y resteras un moment, ça c'est certain, mais pas autant que Hart. Il est chef. Lui, il va morfler. Toi, tu seras perdu dans la tourmente. C'est Hart qui a ordonné l'assassinat, c'est lui qui doit payer. Voilà le *deal*. Le garage contre Hart. C'est à prendre ou à laisser.

Il se tut et regarda Caroline.

– Elle a une vengeance à accomplir et, en ce qui me concerne, elle peut faire ce qu'elle veut, comme elle veut.

Sweeney scruta les yeux de Janek, ceux de Caroline, puis il regarda les mains de Caroline. Elle réchauffait ses doigts comme Jamie Sullivan le lui avait appris.

– Pas la peine, Frank, dit-elle.

Janek hocha doucement la tête. Il regarda les explosifs.

– Oublie les petites charges, colle-lui en une grosse sur le ventre et qu'on en finisse...

Et puis cela arriva, si vite que Janek avait du mal à y croire. Grillé, brisé et bluffé, Sweeney commença à parler, spontanément.

Le plus étrange de tout, songea Janek plus tard, c'était la façon dont il s'adressait directement à Caroline. Comme s'il lui devait cette histoire, comme s'il avait besoin de se justifier à ses yeux, comme s'il était très important qu'elle comprenne le rôle mineur qu'il avait joué dans l'exécution de son père.

Janek enregistra tout, posant des questions de temps à autre, relevant des noms ou des lieux précis, saisissant des détails assez évidents pour que Sweeney, même s'il se rétractait, se retrouve coincé. Mais il ne pensait pas que Sweeney se rétracterait, ni qu'il avouerait qu'on l'avait obligé à parler. Le *deal* du garage était trop bon pour lui et, beaucoup plus important, songeait encore Janek, une fois que Sweeney aurait trahi Hart, peu importe sous quelle pression, il lui serait désormais impossible de ressentir la moindre loyauté à son égard.

Il trouva une cabine téléphonique à Lyndhurst et composa un numéro, le numéro qu'il attendait de faire depuis des mois.

Il était une heure du matin. La femme de Carmichael répondit. Il pouvait l'entendre secouer Carmichael pour le réveiller.

– Debout, Jim. C'est un flic de Manhattan. Il dit que c'est urgent. Réveille-toi...

– Bon Dieu...

– Janek.

– Qui?

– Frank Janek. On a déjeuné ensemble au Clam Broth House. On avait parlé de l'affaire Wallace.

– Je me souviens de vous. Pourquoi vous m'appelez maintenant?

– Oh, Carmichael, dit Janek d'une voix grisée par la réussite, j'ai un superbe cadeau pour toi, la Grande Affaire que tu attendais. Alors lève-toi et ramène ton cul en vitesse dans ton poste de police avec un sténo, et sois prêt à expliquer ses droits à un bonhomme. Je te retrouve là-bas dans quinze minutes. Tu vas être célèbre, espèce de flic, t'as vraiment, vraiment du bol...

Quelques heures plus tard, il avait appelé Lou et lui avait tout raconté. Il était debout sur un quai de Hoboken, regardant Manhattan, en face : un milliard de lumières étincelant dans les tours, la ville lumineuse contre le ciel noir d'hiver.

Elle appela son nom. Il se retourna. Elle tenait son appareil devant ses yeux. Il regarda droit dans l'objectif. Elle appuya.

Clic.

C'était une photo qu'il contemplerait le reste de sa vie. Il la sortirait chaque fois qu'il se demanderait ce qu'il avait fait. Il regarderait son visage, ses yeux, chercherait ses passions, le prix qu'il avait dû payer et, malgré la splendeur de ses derniers coups dans ce jeu de mort, il chercherait la mélancolie qui l'avait soudain envahi, une fois les deux affaires résolues.

C'était une très bonne photo, songea-t-il, la ville présente dans le fond, mais douce, le visage du flic, ses traits découpés dans la lumière, son visage fatigué mais triomphant, triste aussi. Le visage d'un homme qui venait d'achever un périlleux voyage dans un pays sans lois qu'il avait toujours eu peur d'explorer. Mais, grâce à l'amour et à la chance, cet homme avait réussi à en revenir. Il y avait tout ça dans la photo : toute sa vie, et elle la tenait dans ses mains.

Romans policiers

On a trop longtemps cru en France qu'il n'existait que deux sortes de romans policiers : les énigmes classiques où l'on se réunit autour d'une tasse de thé pour désigner le coupable, ou les romans noirs où le sexe et le sang le disputent à la violence. Des auteurs tels que Boileau-Narcejac, Ellery Queen, Ross Macdonald, Demouzon démontrent qu'il existe une troisième voie, la plus féconde, où le roman policier est à la fois œuvre littéraire et intrigue savamment menée.

ARNOLD Alan	Le secret de la pyramide 1945***
BAYER William	Une tête pour une autre 2085****
BOILEAU-NARCEJAC	Les victimes 1429**
	Usurpation d'identité 1513****
	Maldonne 1598**
BUCHAN John	Les 39 marches 1862**
CASPARY Vera	Laura 1561***
DEMOUZON	Adieu, La Jolla 1207***
	Mes crimes imparfaits 1267**
	Monsieur Abel 1325**
	Section Rouge de l'Espoir 1472**
	Quidam 1587***
	Bungalow 2041***
FALK Franz-Rudolf	On a tué pendant l'escale (Le paltoquet) 1647***
FARREL Henry	Qu'est-il arrivé à Baby Jane ? 1663***
FRANCIS Dick	Le professeur 2086***
GARDNER Erle Stanley	La jeune fille boudeuse 1459***
	La nièce du somnambule 1546***
	L'œil de verre 1574**
	Le canari boiteux 1632***
	La danseuse à l'éventail 1688***
	La vierge vagabonde 1780***
	L'avocat du diable 2073***
HUGHES Dorothy B.	Et tournent les chevaux de bois 1960***
IMBROHORIS Jean-Pierre	La trajectoire 1934****
IRISH William	L'ange noir 1904**
KELLEY & WALLACE	Witness 1855**

KENRICK Tony	*Shangaï Surprise* 2106***
LEBRUN Michel	*L'Auvergnat* 1460***
	Pleins feux sur Sylvie 1599**
	En attendant l'été 1848***
	Caveau de famille 2033**
LEONARD Elmore	*Stick* 1888***
McBAIN Ed	*Pour des haricots* 1875***
MCDONALD Gregory	*Fletch* 1705***
	Le culot de Fletch 1812***
	Fletch et les femmes mortes 1903***
	Fletch à Rio 2010***
	Flynn s'amuse 2053***
MACDONALD Ross	*Un regard d'adieu* 1545***
	Le frisson 1573***
	L'affaire Wycherly 1631***
	Le corbillard zébré 1662***
	La face obscure du dollar 1687****
	La côte barbare 1823***
	A chacun sa mort 1959***
	La grimace d'ivoire 2034***
MORRELL David	*Rambo First blood* 1924***
QUEEN Ellery	*La ville maudite* 1445***
	Il était une vieille femme 1489***
	Le mystère égyptien 1514***
	Et le huitième jour 1560***
	La maison à mi-route 1586***
	Le renard et la digitale 1613***
	La décade prodigieuse 1646***
	Coup double 1704***
	Le roi est mort 1766***
	Le mot de la fin 1797***
	Un bel endroit privé 1811***
	Le quatre de cœur 1876***
	Le mystérieux Monsieur X 1918***
	L'arche de Noé 1978***
	La dernière femme de sa vie 2052***
	Le mystère du théâtre romain 2103*** (déc. 86)
QUENTIN Patrick	*La veuve noire* 1719***
	Puzzle pour fous 1994***

SADOUL Jacques	L'héritage Greenwood 1529***
	La chute de la maison Spencer 1614***
	L'inconnue de Las Vegas 1753***
SAYERS Dorothy L.	Poison violent 1718***
	Le mort de la falaise 1889****
	Noces de crime 1995****
SPILLANE Mickey	En quatrième vitesse 1798***
THOMAS Louis C.	Manie de la persécution 2009**
VILAR Jean-François	Passage des singes 1824***
	C'est toujours les autres qui meurent 1979***

Cinéma et TV

De nombreux romans publiés par J'ai lu ont été portés à l'écran ou à la TV. Leurs auteurs ne sont pas toujours très connus ; voici donc, dans l'ordre alphabétique, les titres de ces ouvrages :

A la poursuite du diamant vert 1667***	Joan Wilder
Alien 1115***	Alan Dean Foster
Aliens 2105****	Alan Dean Foster
Angélique, marquise des Anges	voir page 19
L'ami Maupassant 2047**	Guy de Maupassant
L'année dernière à Marienbad 546**	Alain Robbe-Grillet
L'Australienne 1969**** & 1970****	Nancy Cato
Blade Runner 1768***	Philip K. Dick
Bleu comme l'enfer 1971****	Philippe Djian
Les Bleus et les Gris 1742***	John Leekley
Carrie 835***	Stephen King
Châteauvallon 1856**** & 1936****	Éliane Roche
Christine 1866****	Stephen King
Coulisses 2108*****	Alix Mahieux
Cujo 1590****	Stephen King
Dallas 1324****	Lee Raintree
- Les maîtres de Dallas 1387****	Burt Hirschfeld
- Les femmes de Dallas 1465****	Burt Hirschfeld
- Les hommes de Dallas 1550****	Burt Hirschfeld
Damien, la malédiction-2 992***	Joseph Howard
Des fleurs pour Algernon 427***	Daniel Keyes
2001 - l'odyssée de l'espace 349**	Arthur C. Clarke
2010 - Odyssée deux 1721***	Arthur C. Clarke

Le diamant du Nil 1803***	Joan Wilder
Dynasty 1697** & 1894***	Eileen Lottman
Ellis Island (Les portes de l'espoir) 1987****	Fred M. Stewart
E.T. l'extra-terrestre 1378***	Spielberg/Kotzwinkle
E.T. La planète verte 1980***	Spielberg/Kotzwinkle
Enemy 1968***	B. Longyear et D. Gerrold
L'exorciste 630****	William Peter Blatty
Fanny Hill 711***	John Cleland
Fletch 1705***	Gregory Mcdonald
Les Goonies 1911***	Steven Spielberg
Il était une fois en Amérique 1698***	Lee Hays
Jonathan Livingston le goéland 1562*	Richard Bach
Joy 1467** & Joy et Joan 1703**	Joy Laurey
Kramer contre Kramer 1044***	Avery Corman
Ladyhawke 1832**	Joan D. Vinge
Love story 412* & Oliver's story 1059**	Erich Segal
Mad Max au-delà du dôme du tonnerre 1864***	Joan D. Vinge
Le magicien d'Oz 1652**	Frank L. Baum
Un mari c'est un mari 823**	Frédérique Hébrard
La Mission 2092***	Robert Bolt
Les oiseaux se cachent pour mourir 1021**** & 1022****	Colleen McCullough
Le paltoquet (On a tué pendant l'escale) 1647***	Franz-Rudolf Falk
Pavillons lointains 1307**** & 1308****	M.M. Kaye
Peur bleue 1999***	Stephen King
Police 2021***	Catherine Breillat
Poltergeist I 1394***	James Kahn
Poltergeist II 2091** inédit	James Kahn
Racines 968**** & 969****	Alex Haley
Rambo First blood 1924***	David Morrell
Rencontres du troisième type 947**	Steven Spielberg
Révolution 1947***	Richard Francis
Rosemary's baby 342***	Ira Levin
Rouge Baiser 2014***	Véra Belmont
Sauve-toi Lola 1678****	Ania Francos
Scarface 1615***	Paul Monette
Le secret de la pyramide 1945***	Alan Arnold
Shangaï Surprise 2106***	Tony Kenrick
Shining 1197****	Stephen King
37,2° le matin 1951****	Philippe Djian
Les 39 marches 1862**	John Buchan
Witness 1855**	Kelley & Wallace

2085
★★★★

Impression Brodard et Taupin à La Flèche (Sarthe)
le 22 octobre 1986
6497-5 Dépôt légal octobre 1986. ISBN 2-277 22085-X
Imprimé en France

Editions J'ai lu
27, rue Cassette, 75006 Paris
diffusion France et étranger : Flammarion